W0329311

SCIENCE FICTION

Herausgegeben
von Wolfgang Jeschke

Von Terry Pratchett erschienen in der Reihe
HEYNE SCIENCE FICTION & FANTASY:

Der Scheibenwelt-Zyklus:

Das Licht der Phantasie · 06/4583
Das Erbe des Zauberers · 06/4584
Gevatter Tod · 06/4706
Der Zauberhut · 06/4715
Pyramiden · 06/4764
Wachen! Wachen! · 06/4805
MacBest · 06/4863
Die Farben der Magie · 06/4912
Eric · 06/4953

Die dunkle Seite der Sonne · 06/4639
Strata · 06/4911

Der Nomen-Zyklus:

Trucker · 06/4970
Wühler · 06/4971
Flügel · 06/4972

TERRY PRATCHETT

Trucker

Erster Roman
der Nomen-Trilogie

Deutsche Erstausgabe

WILHELM HEYNE VERLAG
MÜNCHEN

HEYNE SCIENCE FICTION & FANTASY
Band 06/4970

Titel der englischen Originalausgabe
TRUCKERS
Deutsche Übersetzung von Andreas Brandhorst
Das Umschlagbild malte Josh Kirby

6. Auflage

Redaktion: Friedel Wahren

Die Originalausgabe des Romans erschien bei Doubleday
a division of Transworld Publishers Ltd, London

Printed in Germany 1995
Umschlaggestaltung: Atelier Ingrid Schütz, München
Technische Betreuung: Manfred Spinola
Satz: Schaber Satz- und Datentechnik, Wels
Druck und Bindung: Elsnerdruck, Berlin

ISBN 3-453-06263-9

Noch eins für Rhianna

Über Nomen und die Zeit

Nomen sind klein. Im großen und ganzen leben kleine Geschöpfe nicht lange, aber vielleicht leben sie *schnell.*

Hier mag eine Erklärung nötig sein.

Eins der kurzlebigsten Geschöpfe auf dem Planeten Erde ist die gewöhnliche Eintagsfliege. Ihre Lebenserwartung beträgt genau einen Tag. Andererseits gibt es Mammutbäume, die über viertausend Jahre alt sind und sich noch immer bester Gesundheit erfreuen.

Eintagsfliegen halten das vielleicht für ungerecht, aber wichtig ist nicht die Länge des Lebens, sondern wie lang es zu sein *scheint.*

Für eine Eintagsfliege haben sechzig Minuten vielleicht die Länge eines Jahrhunderts. Man stelle sich vor, wie alte Eintagsfliegen beieinandersitzen und darüber klagen, das Leben in dieser Minute sei nicht mehr so wie in den guten alten Minuten vor langer Zeit, als die Welt jung war, als die Sonne heller schien und Larven noch Respekt zeigten. Bäume hingegen sind nicht wegen ihrer schnellen Reaktionen bekannt; möglicherweise bemerken sie das seltsame Flackern des Himmels, bevor sie von Trockenfäule und Holzwürmern heimgesucht werden.

Alles ist relativ. Je schneller man lebt, desto mehr dehnt sich die Zeit. Für einen Nomen-Wicht dauert ein Jahr ebenso lange wie zehn Jahre für einen Menschen. Denken Sie daran. Ohne deshalb betrübt zu sein. Die Nomen kümmert es nicht. Sie haben überhaupt keine Ahnung davon.

I. Da war die Lage.

II. Und Arnold Bros (gegr. 1905) sah die Lage und erkannte ihr Potential.

III. Denn sie befand sich an der Hauptstraße.

IV. Es gab sogar eine Bushaltestelle in der Nähe.

V. Und Arnold Bros (gegr. 1905) sprach: Es werde ein Kaufhaus. Und es soll ein Kaufhaus sein, wie es die Welt bisher noch nicht gesehen hat.

VI. In der Länge soll es reichen von der Palmer Street bis zum Fischmarkt, in der Breite von der High Street bis zur Disraeli Road.

VII. Fünf Stockwerke soll es hoch sein und auch einen Keller haben. Und es fehle nicht an Aufzügen. Es werde ewiges Licht im Kesselraum des Kellers, und über den Etagen werde eine Buchführung, um *alles* zu bestellen.

VIII. Denn so sprach Arnold Bros (gegr. 1905): *Alles Unter Einem Dach.* Und der Name soll lauten: das Kaufhaus von Arnold Bros (gegr. 1905).

IX. Und so geschah es.

X. Und Arnold Bros (gegr. 1905) unterteilte das Kaufhaus in einzelne Abteilungen, in Eisenwaren, Miederwaren, Damenmode und andere ihrer Art, und er schuf Menschen, um sie mit *allen Dingen* zu füllen, und er sah, daß es gut war. Und Arnold Bros (gegr. 1905) sprach: Es werde rote und gelbe Lastwagen, und sie sollen überall verkünden, daß Arnold Bros (gegr. 1905) *alles* liefert, nach Vereinbarung.

XI. Es werde Wühlstände, Sommer- und Winterschlußverkauf, Sonderangebote und Günstige Gelegenheiten. Es werde Waren, die den jeweiligen Saisons angemessen sind.

XII. Und die Nomen sollen kommen ins Kaufhaus, auf daß es ihre Heimat sei für immer und ewig.

Aus dem *Buch der Nomen,* Keller, Verse I–XII

❖ 1 ❖

Dies ist die Geschichte der Heimkehr.

Es ist die Geschichte vom Gefährlichen Pfad.

Es ist die Geschichte vom Lastwagen, der durch eine schlafende Stadt donnert, gegen Straßenlaternen stößt, Schaufenster zerschmettert und von der Polizei angehalten wird. Und als die verblüfften Beamten zum Streifenwagen zurückkehrten, um Bericht zu erstatten — *Ja, Sie haben richtig gehört: Es sitzt niemand am Steuer!* —, wurde daraus die Geschichte des Lastwagens, der wieder den Motor startete, von den verdutzten Männern fortrollte und in der Nacht verschwand.

Aber die Geschichte fand hier kein Ende.

Sie begann auch nicht an dieser Stelle.

Es regnete Stumpfsinnigkeit. Es regnete Kummer. Es handelte sich um jene Sorte von Regen, der viel zu feucht ist, um einen Regen, der in großen Tropfen herabfällt und *platscht,* um einen Regen, der einem senkrechten Meer mit Schlitzen darin gleicht.

Der Regen trommelte auf die alten Hamburger-Schachteln und Pommes frites-Tüten im Abfallkorb, der Masklin derzeit als Versteck diente.

Beobachten Sie ihn. Er friert. Er ist naß, besorgt und zehn Zentimeter groß.

Normalerweise bot der Müllbehälter ein gutes Jagdrevier, selbst im Winter. Oft enthielten die Tüten noch das eine oder andere Kartoffelstäbchen, manchmal sogar Knochen von einem Hähnchen. Gelegentlich stieß Masklin auf eine Ratte. Über die letzte Ratte hatte er sich sehr gefreut — sie reichte für fast eine Woche. Es gab nur ein Problem: Am dritten Tag konnte man kein

Rattenfleisch mehr sehen. Eigentlich blieb einem schon der dritte Bissen im Hals stecken.

Masklin starrte zum Parkplatz.

Und dort kam er, pünktlich wie immer, spritzte Regenwasser beiseite und hielt mit zischenden Bremsen.

Seit vier Wochen traf der Laster an jedem Dienstag- und Donnerstagmorgen ein. Masklin wußte auch, wieviel Zeit sich der Fahrer ließ.

Sie hatten genau drei Minuten. Für jemanden, der so klein ist wie ein Nom, entspricht das einer halben Stunde.

Masklin kroch an schmierigem Papier vorbei, sprang unten aus dem Abfallkorb und lief zu den Sträuchern am Rand des Parkplatzes. Dort warteten Grimma und die anderen.

»Er ist da«, sagte er. »Kommt!«

Sie standen auf, ächzten und murrten. Mindestens ein dutzendmal hatte Masklin mit ihnen geübt. Es war sinnlos, sie anzuschreien: Damit verwirrte er sie nur, und dann regten sie sich auf und murrten noch mehr. Sie meckerten immer. Über kalte Pommes frites, selbst wenn Grimma sie aufwärmte. Über Rattenfleisch. Ab und zu dachte Masklin daran, einfach fortzugehen, doch die mahnende Stimme des Gewissens hinderte ihn daran. Die anderen brauchten ihn. Sie benötigten jemanden, über den sie nörgeln konnten.

Aber sie waren zu *langsam*. Masklin hätte am liebsten geweint.

Statt dessen wandte er sich an Grimma.

»Wir müssen uns *beeilen*«, drängte er. »Treib sie irgendwie an. Es dauert zu lange!«

Grimma klopfte ihm auf die Hand.

»Sie fürchten sich. Geh du voraus. Wir folgen dir gleich.«

Masklin widersprach nicht — dazu war die Zeit zu knapp. Er eilte durch den Schlamm zum Parkplatz zurück, holte unterwegs Seil und Greifer hervor. Eine Woche hatte es gedauert, um den Haken aus einem Stück Zaundraht anzufertigen, und anschließend übte er tagelang. Der Wicht holte bereits damit aus, als er das Rad des Lasters erreichte.

Beim zweiten Versuch verfing sich der Greifer oben an der Plane. Masklin zog an dem Seil, stützte die Füße an den Reifen ab und zog sich hoch.

Nicht zum erstenmal begann er mit einer solchen Kletterpartie. Oh, er hatte schon drei oder vier hinter sich. Gekonnt kroch er unter die dicke Plane, in eine Welt der Finsternis, rollte noch mehr Seil aus und befestigte es an einem tauartigen Strick, dick wie sein Arm.

Dann schob er sich wieder an den Rand und atmete erleichtert auf: Grimma führte die Alten *tatsächlich* über den Platz. Er hörte, wie sie sich über die Pfützen beklagten.

Masklin sprang ungeduldig auf und ab.

Stunden schienen zu vergehen. Eine Million Mal hatte er es den anderen erklärt, aber als Kinder waren sie nie auf Lastwagen gezogen worden und sahen nicht ein, warum sie jetzt damit anfangen sollten. Oma Morkie bestand darauf, daß alle Männer zur Seite blickten, damit sie ihre Unterröcke nicht sahen. Und der alte Torrit wimmerte so laut, daß Masklin ihn wieder hinabließ; Grimma legte ihm eine Augenbinde an. Nachdem er die ersten heraufgeholt hatte, war es etwas leichter für ihn, denn die anderen halfen ihm am Seil. Trotzdem wurde die Zeit knapp.

Grimma kam als letzte an die Reihe. Sie war leicht. Eigentlich wog niemand besonders viel — sie bekamen nicht jeden Tag Rattenfleisch.

Erstaunlich: Schließlich befanden sich alle an Bord. Masklin hatte ständig nach den Geräuschen von Schritten auf Kies gelauscht, nach dem Knallen der zufallenden Fahrertür, aber nichts dergleichen geschah.

»Na schön«, sagte er. Vor Anstrengung zitterte er. »Das wär's. Wenn wir jetzt ...«

»Ich habe das *Ding* fallen lassen«, brummte der alte Torrit. »Das *Ding*. Ich habe es fallen lassen, verstehst du? Neben dem Rad, als mir Grimma die Augen verband. Hol es, Junge!«

Masklin riß erschrocken die Augen auf, spähte unter der Plane hervor und ... Ja, dort lag es, tief unten. Ein winziger schwarzer Würfel auf dem Boden.

Das *Ding*.

Es ruhte in einer Pfütze, doch das machte dem *Ding* sicher nichts aus. Es widerstand allem, sogar dem Feuer.

Und dann hörte Masklin, wie der Kies in regelmäßigen Abständen knirschte. Jemand kam.

»Wir haben keine Zeit mehr«, flüsterte er. »Es ist zu spät.«

»Ohne das *Ding* können wir nicht aufbrechen«, stellte Grimma fest.

»Natürlich können wir das. Es ist doch nur ein — ein *Ding*. Wir brauchen das verdammte Objekt nicht mehr.«

Masklin bedauerte diese Bemerkung sofort, und es erstaunte ihn, daß seine Lippen solche Worte formuliert hatten. Grimma wirkte entsetzt. Oma Morkie richtete sich zu ihrer vollen Größe auf und zitterte am ganzen Leib.

»Du solltest dich schämen!« stieß sie hervor. »Es gehört sich nicht, so etwas zu sagen! Habe ich recht, Torrit?« Sie stieß ihm den spitzen Ellbogen in die Rippen.

»Wenn wir das *Ding* nicht mitnehmen, bleibe ich hier«, erwiderte Torrit verdrießlich. »Es ist kein ...«

»Der Anführer spricht mit dir«, fuhr Oma Morkie fort. »Gehorch ihm gefälligst. Das *Ding* zurücklassen! Es wäre nicht richtig. Es wäre nicht anständig. Hol es, und zwar sofort.«

Masklin starrte wortlos in den Schlamm hinab, warf verzweifelt das Seil über den Rand und hangelte sich daran nach unten.

Es regnete jetzt stärker, und auch Hagelkörner fielen. Der Wind zerrte an Masklin, als er am großen Rad vorbeifiel, dann in der Pfütze landete. Er bückte sich, griff nach dem *Ding* ...

Und der Lastwagen setzte sich in Bewegung.

Zuerst dröhnte etwas, so laut, daß eine massive Wand des Lärms daraus wurde. Stinkender Qualm wehte Masklin entgegen, und er spürte eine alles erschütternde Vibration.

Ruckartig zog er an dem Seil und rief den Alten zu, sie sollten ihn hochziehen — aber er hörte nicht einmal die eigene Stimme. Doch Grimma oder jemand anders begriff offenbar, worauf es jetzt ankam: Als das riesige Rad losrollte, straffte sich die Leine, und Masklin verlor den Boden unter den Füßen.

Er stieß gegen die Radkappe und prallte ab, schwang hin und her, während man ihn quälend langsam hochzog. Nur wenige Zentimeter trennten ihn von dem Reifen, der jetzt ein schwarzer Schatten war, und ständig hämmerte das gräßliche Wummern auf ihn ein.

Ich habe keine Angst, dachte er. *Dies ist viel schlimmer als alles andere, womit ich jemals fertig werden mußte, und ich fürchte mich nicht davor. Etwas so Schreckliches läßt gar keine Furcht zu.*

Er fühlte sich wie in einem kleinen warmen Kokon, fern von Wind und Lärm. *Ich sterbe,* fuhr es ihm durch den Sinn. *Ich muß mein Leben für das* Ding *opfern, das uns nie geholfen hat, nie irgendeinen Nutzen hatte. Ja, jetzt ist es soweit, jetzt komme ich in den Himmel. Torrit hat oft erzählt, was passiert, wenn man stirbt. Ich frage mich, ob er recht hat. Schade, daß man sterben muß, um es herauszufinden. Jahrelang habe ich jeden Abend den Himmel beobachtet, ohne dort oben auch nur einen Nom zu sehen ...*

Aber es spielte gar keine Rolle. Es betraf Masklin überhaupt nicht mehr. Er schwebte nun in einer anderen Wirklichkeit ...

Hände streckten sich ihm entgegen, faßten ihn unter

den Armen, zogen ihn unter die knatternde Plane, lösten ihm mühsam das *Ding* aus den verkrampften Fingern.

Hinter dem schneller werdenden Lastwagen senkten sich neue Regenvorhänge auf weite Felder herab.

Und im ganzen Land gab es keine Nomen mehr.

Es hatte viel mehr gegeben, damals, als es nicht so häufig regnete. Masklin erinnerte sich an mindestens vierzig. Doch dann kam die Autobahn: Der Bach wurde durch Rohre geleitet, die nächsten Hecken wurden mit den Wurzeln ausgegraben und entfernt. Die Nomen hatten immer in den Ecken der Welt gelebt, und plötzlich bekamen solche Ecken Seltenheitswert.

Immer weniger Nomen blieben übrig. Das lag zum größten Teil an natürlichen Ursachen, und wenn man nur zehn Zentimeter groß ist, haben ›natürliche Ursachen‹ meistens Zähne und Hunger. Eines Nachts führte der besonders abenteuerlustige Pyrrince eine verzweifelte Expedition *über die Fahrbahn,* um den Wald auf der anderen Seite zu erforschen. Er und seine Begleiter kehrten nie zurück. Manche sagten später, sie seien Falken zum Opfer gefallen. Oder einem Laster. Einige spekulierten sogar, sie hätten die Hälfte der Strecke hinter sich gebracht, um anschließend auf dem Grünstreifen in der Mitte festzusitzen, gefangen zwischen endlosen Reihen dahinrasender Autos.

Dann baute man das Café an der Straße, und es führte zu einer gewissen Verbesserung. Es hing von der jeweiligen Perspektive ab: Wenn man kalte Pommes frites und Hähnchenknochen mit Fleischfetzen dran für Nahrung hielt, dann gab es für alle genug zu essen.

Schließlich wurde es Frühling. Masklin blickte sich um und stellte fest, daß die Gruppe nur noch aus zehn Wichten bestand. Acht von ihnen waren zu alt für weite Streifzüge — Torrit ging auf den zehnten Geburtstag zu.

Ein schrecklicher Sommer folgte. Grimma organisierte mitternächtliche Raubzüge zu den Abfallkörben und nahm die wenigen Artgenossen mit, die sich noch einen Rest von Flinkheit bewahrt hatten. Masklin versuchte sich als Jäger.

Allein auf die Jagd zu gehen ... Er hatte dabei das Gefühl, stückchenweise zu sterben. Die meisten Objekte, denen er nachstellte, schlüpften ebenfalls in die Rolle des Jägers. Und selbst wenn er einen Erfolg erzielte und etwas erlegte — wie sollte er die Beute nach Hause schaffen? Bei der Ratte dauerte es zwei Tage — und des Nachts mußte er Wache halten, um andere Geschöpfe abzuwehren. Zehn starke Jäger konnten alles schaffen — Bienennester plündern, Mäuse in Fallen locken, Maulwürfe fangen, *alles* —, aber wenn jemand allein loszog, ohne einen Gefährten, der ihm im hohen Gras Rückendeckung gewährte ... Ein solcher Wicht war die nächste Mahlzeit für alles, was Krallen und Zähne besaß.

Um für genug Nahrung zu sorgen, benötigte man viele Jäger. Und für viele Jäger benötigte man genug Nahrung.

»Im Herbst wird's besser«, versprach Grimma, als sie Masklins Arm verband — ein Wiesel hatte ihn gebissen. »Dann gibt es Pilze, Beeren, Nüsse und so weiter.«

Aber die Suche nach Pilzen blieb vergeblich, und es regnete so sehr, daß die Beeren vor der Reife verfaulten. An Nüssen herrschte jedoch kein Mangel. Der nächste Haselstrauch war einen halben Tagesmarsch entfernt. Masklin vermochte ein Dutzend Nüsse zu tragen, wenn er vorher ihre Schalen zertrümmerte und eine geeignete Papiertüte fand. Er brauchte einen ganzen Tag, um sie heimzubringen — unterwegs riskierte er, von Falken angegriffen zu werden —, und sie reichten auch nur für einen Tag.

Dann stürzte der rückwärtige Bereich des Baus ein, weil es zu lange und zu stark geregnet hatte. Masklin empfand es fast als angenehm, ihn zu verlassen, denn die Alten nörgelten einmal mehr, warfen ihm vor, notwendige Reparaturen vernachlässigt zu haben. Oh, und das Feuer! Ein Feuer im Zugang der unterirdischen Höhle war unverzichtbar; es diente nicht nur zum Kochen, sondern auch zum Fernhalten unerwünschter Besucher. Eines Tages machte Oma Morkie ein Nickerchen und das Feuer erlosch. Wenigstens hatte sie die Anständigkeit, verlegen zu werden.

Als Masklin an jenem Abend zurückkehrte, starrte er lange Zeit in die kalte Asche, rammte seinen Speer in den Boden und lachte schallend. Er lachte, bis er schließlich zu weinen begann. Er konnte den anderen nicht gegenübertreten und hockte sich draußen nieder. Nach einer Weile brachte ihm Grimma eine Haselnußschale mit Nesseltee — mit *kaltem* Nesseltee.

»Alle sind sehr bestürzt«, sagte sie.

Masklin lachte erneut, doch es klang nicht sehr humorvoll. »O ja, ich weiß«, erwiderte er. »Ich hab's gehört. ›Bring beim nächsten Mal einen Zigarettenstummel mit, Junge; mein Tabak ist alle.‹ Und: ›Bekommen wir überhaupt keinen Fisch mehr? Vielleicht findest du demnächst Zeit für einen Abstecher zum Fluß.‹ Und: ›Du denkst immer nur an dich selbst; was anderes fällt den jungen Leuten von heute nicht mehr ein ...‹«

Grimma seufzte. »Sie geben sich Mühe. Aber sie verstehen nicht, daß sich unsere Situation geändert hat. Damals, als sie jung waren, gab es Hunderte von uns.«

»Es dauert bestimmt *Tage*, um ein neues Feuer zu entzünden.« Masklin dachte an das Brillenglas, das ihnen zur Verfügung stand. Es funktionierte nur, wenn die Sonne lange genug schien.

Verdrossen stocherte er im Schlamm herum.

»Ich habe genug«, brummte er. »Ich verlasse euch.«

»Aber wir brauchen dich!«

»*Ich* brauche mich ebenfalls. Ich meine, was ist dies für ein Leben?«

»Die Alten sterben, wenn du fortgehst.«

»Sie sterben ohnehin«, entgegnete Masklin.

»So etwas solltest du nicht sagen!«

»Es stimmt. Irgendwann stirbt jeder. Zumindest *wir.* Nimm dich selbst als Beispiel. Du verbringst die ganze Zeit damit, zu waschen, aufzuräumen, zu kochen und dich um *andere* Leute zu kümmern. Du bist fast drei und solltest endlich ein eigenes Leben führen!«

»Oma Morkie hat mich gut behandelt, als ich klein war«, wandte Grimma ein. »Irgendwann wirst auch du alt.«

»Meinst du? Und wer rackert sich dann für mich ab?«

Zorn brodelte in Masklin auf. Er zweifelte nicht daran, recht zu haben, aber gleichzeitig *fühlte* er sich so, als sei er im Unrecht, und dadurch wurde alles schlimmer.

Er hatte lange darüber nachgedacht, und seine Überlegungen führten immer zu einer Mischung aus Wut und Schuldgefühl. Die Klugen, Kühnen und Tapferen waren längst fort. Ganz deutlich erinnerte er sich an ihre Abschiedsworte: *Guter alter Masklin, auf dich ist Verlaß. Paß du hier auf. Wir sind bald wieder da; wir suchen nur nach einem besseren Ort.* Wenn sich der gute alte Masklin daran entsann, prickelte Empörung in ihm — weil er geblieben war. Er gab immer nach. Darin bestand sein Problem, und er wußte es. Ganz gleich, was er sich zu Anfang versprach: Schließlich wählte er den Weg des geringsten Widerstands.

Grimma starrte ihn an.

Er zuckte mit den Schultern.

»Schon gut, schon gut«, murmelte Masklin. »Die Alten können uns begleiten.«

»Du weißt, daß sie nicht mitkommen. Sie sind zu alt und hier aufgewachsen. Es gefällt ihnen hier.«

»Es gefällt ihnen hier, weil wir sie dauernd bedienen«, murmelte der Jungwicht.

Sie beließen es dabei. Zum Abendessen gab es Nüsse, und in seiner Portion fand Masklin eine Made.

Später ging er nach draußen, saß oben an der Böschung, stützte das Kinn auf die Hände und beobachtete das breite Asphaltband.

Die Autobahn präsentierte ihm einen langen Strom aus roten und weißen Lichtern. Menschen hockten in jenen Kästen und gingen ihren geheimnisvollen Angelegenheiten nach. Aus irgendwelchen rätselhaften Gründen schienen sie immer in Eile zu sein.

Masklin vermutete, daß sie kein Rattenfleisch aßen. Menschen hatten es eigentlich sehr leicht. Sie waren groß und langsam, aber niemand zwang sie, in feuchten Löchern zu wohnen und darauf zu warten, daß dumme alte Frauen ein Feuer ausgehen ließen. Es schwammen keine Würmer in ihrem Tee. Sie gingen und fuhren, wohin sie wollten, verhielten sich immer so, wie sie selbst es für richtig hielten. Die ganze Welt gehörte ihnen.

Sogar des Nachts waren sie stundenlang unterwegs, in ihren kleinen Lastern mit Lampen vorn und hinten. Schliefen sie denn nie? *Es muß Hunderte von ihnen geben,* überlegte Masklin.

Manchmal träumte er davon, mit einem Lastwagen aufzubrechen. Sie hielten oft am Café, und es konnte nicht schwer sein — jedenfalls nicht *zu* schwer —, auf einen hinaufzuklettern. Sie glänzten sauber; bestimmt ermöglichten sie ihm eine bessere Zukunft. Die Alternative wirkte alles andere als verlockend. *Hier überstehen wir den Winter sicher nicht,* dachte er und schauderte bei der Vorstellung, über die Felder zu wandern, wenn das schlechte Wetter begann.

Natürlich blieben es Träume. Masklin malte sich aus, den dahinhuschenden Lichtern zu folgen, aber er brachte nicht den Mut auf, sich diesen Wunsch zu erfüllen.

Und über der Autobahn … Die Sterne. Torrit betonte immer wieder, die Sterne seien sehr wichtig. Derzeit sah sich Masklin außerstande, ihm beizupflichten. Man konnte sie nicht essen. Ihr Schein genügte nicht einmal, um gut zu sehen. Sterne waren recht nutzlos, wenn man genauer darüber nachdachte ...

Jemand schrie.

Masklins Körper sprang auf, noch bevor er einen Befehl vom Gehirn erhielt. Lautlos stürmte er durchs Gebüsch zurück.

Ein Fuchsrüde hatte die Schnauze in den Bau geschoben und wedelte aufgeregt mit der Lunte. Der Nom erkannte das Tier sofort: Er war ihm schon einmal begegnet und mit einem gehörigen Schrecken davongekommen.

Irgendwo in Masklins Kopf hielt das wahre Selbst — jenes Selbst, über das sich Torrit so oft beklagte — entsetzt den Atem an, als er nach dem immer noch im Boden steckenden Speer griff und ihn mit ganzer Kraft an den Hinterlauf des Fuchses schlug.

Das Tier jaulte, wich zurück und wandte sich hungrig und überrascht um. Zwei gelbe Augen hielten Ausschau und entdeckten Masklin, der sich keuchend auf seinen Speer stützte und den Eindruck gewann, daß sich die Zeit dehnte, wodurch ihm alles sehr viel realer erschien. Vielleicht spürten die Sinne den nahen Tod und versuchten, möglichst viele Einzelheiten wahrzunehmen, solange sich noch Gelegenheit dazu bot ...

Blutflecken klebten an der Schnauze des Fuchses.

Neuerlicher Zorn erwachte in Masklin, schwoll an wie eine dicke Blase. Er hatte nicht viel, und dieses knurrende *Etwas* wollte ihm selbst das Wenige nehmen.

Eine rote Zunge tastete sich aus dem Maul, und der Nom begriff, daß es nur zwei Möglichkeiten für ihn gab. Entweder floh er — oder er starb.

Statt dessen entschied er sich für den Angriff. Wie ein Vogel flog ihm der Speer aus der Hand und traf den Fuchs an der Schnauze. Der jaulte erneut, noch lauter diesmal, und hob die Pfote zur Wunde. Und Masklin lief. Er rannte durch den Schlamm, angetrieben vom

Motor der Wut, grub die Hände in zotteliges rotes Fell. Rasch zog er sich an der Flanke des Tiers hoch, saß kurze Zeit später rittlings auf dem Hals und holte mit einem Steinmesser aus. Immer wieder stieß er zu, stach auf alles ein, was mit der Welt nicht in Ordnung war...

Der Fuchs heulte und sauste davon. Hinter Masklins Stirn herrschte noch immer Chaos. Andernfalls wäre ihm klargeworden, daß er mit dem Messer kaum Schaden anrichtete, sondern seinen Gegner nur verärgerte. Doch das Geschöpf war nicht an Mahlzeiten gewöhnt, die sich mit solcher Entschlossenheit zur Wehr setzten, und es wollte jetzt nur noch *weg*. Es erreichte die Böschung und setzte die Flucht in Richtung Autobahn fort.

Die Vernunft kehrte in den Wicht zurück, alarmiert vom Lärm des nahen Verkehrs. Er ließ sich fallen und landete im hohen Gras, als das Tier zum Asphalt galoppierte.

Der Aufprall preßte ihm die Luft aus den Lungen, und er rollte sich ab.

Masklin vergaß nie, was nun geschah. Er erinnerte sich selbst dann noch daran, nachdem er so viele seltsame Dinge gesehen hatte, daß in seinem Gedächtnis eigentlich gar kein Platz mehr sein konnte.

Der Fuchs erstarrte in gleißendem Scheinwerferlicht und zischte herausfordernd, als er versuchte, einen zehn Tonnen schweren und mehr als hundert Stundenkilometer schnellen Lastwagen allein mit dem Blick aufzuhalten.

Ein dumpfes Pochen, ein *Wusch* — und Dunkelheit.

Eine ganze Weile lag Masklin mit dem Gesicht nach unten auf kühlem Moos. Dann stand er auf, schlurfte langsam nach Hause und fürchtete sich vor der Situation, die ihn dort erwartete. Unterwegs versuchte er, seine Phantasie im Zaum zu halten.

Grimma stand vor dem Eingang des Baues und hielt einen Zweig wie eine Keule in der Hand. Sie hätte

Masklin fast den Schädel eingeschlagen, als er aus der Finsternis heranwankte und sich an die Böschung lehnte. Müde hob er den Arm und drückte den Zweig beiseite.

»Wir wußten nicht, wo du warst«, sagte Grimma, und Hysterie vibrierte in ihrer Stimme. »Wir hörten ein Geräusch, und dann kam der Fuchs, und du hättest hier bei uns sein sollen, und er erwischte Herrn Mert und Frau Coom, und er grub noch tiefer...«

Sie unterbrach sich und ließ die Schultern hängen.

»Oh, keine Sorge, ich bin unverletzt«, erwiderte Masklin kühl. »Danke der Nachfrage.«

»Was — was ist geschehen?«

Er schenkte Grimma keine Beachtung, stapfte in den dunklen Bau und legte sich hin. Die Alten flüsterten und raunten, als er in einen tiefen kalten Schlaf sank.

Ich hätte hier bei ihnen sein sollen, dachte er.

Sie brauchen mich.

Wir verlassen diesen Ort. Wir alle.

Zu jenem Zeitpunkt schien es eine gute Idee gewesen zu sein.

Jetzt sah alles ganz anders aus.

Die Nomen hockten nun im Innern des Lastwagens, drängten sich in einer Ecke zusammen. Sie waren still. Es gab gar nicht genug *Platz,* um laut zu sein. Das Dröhnen des Motors füllte die ganze akustische Welt aus. Manchmal verstummte es für einen Sekundenbruchteil und begann dann erneut. Gelegentlich erbebte der Laster.

Grimma kroch über den zitternden Boden.

»Wie lange dauert es, bis wir dort eintreffen?« fragte sie.

»Wo?« erwiderte Masklin.

»Wohin auch immer wir fahren. Ich meine das Ziel. Wann erreichen wir es?«

»Keine Ahnung.«

»Die anderen haben Hunger.«

Sie hatten immer Hunger. Masklin blickte niedergeschlagen zu den Alten hinüber. Einige beobachteten ihn erwartungsvoll.

»Ich kann nichts daran ändern«, sagte er. »Auch ich bin hungrig, aber hier gibt es keine Nahrung. Hier ist alles leer.«

»Oma Morkie wird sehr ungemütlich, wenn sie eine Mahlzeit verpaßt«, erinnerte ihn Grimma.

Masklin starrte sie wortlos an und gesellte sich der Gruppe hinzu. Er nahm zwischen Torrit und der alten Frau Platz.

Ihm wurde plötzlich klar, daß er nie richtig mit ihnen gesprochen hatte. Als Kind waren sie Riesen für ihn, die ein völlig anderes Leben führten. Später jagte er zusammen mit den anderen Jägern, und in diesem Jahr hatte er immer nur nach Nahrung gesucht oder erschöpft geschlafen. Aber er wußte, warum Torrit als Oberhaupt des Stammes galt — immerhin war er der älteste Nom. Der Älteste trug immer die Verantwortung des Anführers — eine Tradition, die Auseinandersetzungen vorbeugte. Natürlich kam nur ein Mann dafür in Frage — etwas anderes wäre unvorstellbar gewesen. In dieser Hinsicht vertrat selbst Oma Morkie einen festen Standpunkt. Eigentlich seltsam: Sie behandelte Torrit wie einen Idioten, und er traf nie eine Entscheidung, ohne sie vorher angesehen zu haben, wenn auch nur aus den Augenwinkeln. Masklin seufzte und starrte auf die Knie.

»Ich weiß nicht, wie lange ...«, begann er.

»Mach dir keine Sorgen um mich, Junge«, unterbrach ihn Oma Morkie, die sich inzwischen wieder gefaßt hatte. »Es ist alles sehr aufregend, nicht wahr?«

»Aber vielleicht dauert es eine Ewigkeit«, sagte Masklin. »Ich meine, ich wußte nicht, daß es so lange dauert. Es war eine verrückte Idee ...«

Oma Morkie hielt ihm einen knochigen Zeigefinger

auf die Brust. »Junger Mann, ich habe den Großen Winter von 1986 erlebt. Schreckliche Monate. Damals hatten wir *wirklich* Hunger. Grimma ist ein braves Mädchen, aber sie zerbricht sich zu sehr den Kopf.«

»Ich weiß nicht einmal, wohin wir unterwegs sind!« entfuhr es Masklin. »Es tut mir leid!«

Torrit saß da, das *Ding* auf den dürren Knien, und schielte ihn kurzsichtig an.

»Wir haben das *Ding*«, betonte er. »Es zeigt uns den Pfad, jawohl.«

Masklin nickte betrübt. Komisch: Torrit schien immer bestens darüber informiert zu sein, was das *Ding* wollte. Es stellte nur ein kantiges schwarzes Etwas dar, hatte jedoch ziemlich klare Vorstellungen von der Wichtigkeit regelmäßiger Mahlzeiten. Außerdem legte es großen Wert darauf, daß jüngere Leute den älteren gehorchten. Nie war es um eine Antwort verlegen.

»Und wohin führt uns der Pfad?« fragte Masklin.

»Das weißt du ganz genau. Zu den Himmeln.«

»O ja«, murmelte der junge Wicht und betrachtete das *Ding*. Er zweifelte kaum daran, daß es dem alten Torrit überhaupt nichts sagte. Masklin hörte ziemlich gut, aber er hatte nie die Stimme des *Dings* vernommen. Es blieb die ganze Zeit über still, rührte sich nie. Seine Aktivität beschränkte sich darauf, schwarz und kantig auszusehen. Darin war es wirklich *gut*.

»Wir können nur dann sicher sein, die Himmel zu erreichen, wenn wir die Anweisungen des *Dings* in allen Einzelheiten befolgen«, intonierte Torrit unsicher. Es klang so, als hätte er diese Botschaft vor langer Zeit bekommen — ohne sie jemals zu verstehen.

»Ja, hm«, entgegnete Masklin. Er stand auf, wanderte über den schwankenden Boden zur Plane. Dort zögerte er, nahm seinen ganzen Mut zusammen und spähte durch den Spalt.

Die Welt draußen bestand aus Schemen, Lichtern und sonderbaren Gerüchen.

Unheil bahnte sich an. An jenem Abend vor einer Woche erschien ihm der Beschluß sehr vernünftig: Alles war besser, als im Bau zu bleiben. Masklin entsann sich an seine feste Überzeugung, doch jetzt ... Ein weiterer ungewöhnlicher Punkt fiel ihm auf. Normalerweise beklagten die Alten sich immer, wenn ihnen irgend etwas nicht paßte, doch jetzt wirkten sie fast fröhlich — obwohl alles düster aussah.

Nomen konnten sehr viel komplizierter sein, als man zunächst glaubte. Vielleicht hielt das *Ding* eine solche Weisheit parat, wenn man ihm die richtige Frage stellte.

Der Laster rollte um eine Ecke, und Dunkelheit empfing ihn. Von einem Augenblick zum anderen quietschten die Bremsen. Masklin sah nun einen hell erleuchteten riesigen Raum voller Lastwagen und *Menschen* ...

Hastig zog er den Kopf zurück und eilte zu Torrit hinüber.

»Äh«, sagte er.

»Was ist, Junge?«

»Der Himmel ... Gibt es dort auch Menschen?«

Der alte Wicht schüttelte den Kopf. »*Die* Himmel. Mehrzahl, verstehst du? Und sie stehen nur uns offen.«

»Bist du ganz sicher?«

»Ja, natürlich.« Torrit strahlte. »Möglicherweise haben die Menschen ihre eigenen Himmel. Könnte durchaus sein. Aber eins steht fest: Sie sind nicht für uns bestimmt.«

»Oh.«

Torrit starrte wieder auf das *Ding* hinab.

»Wir haben angehalten«, sagte er. »Wo sind wir?«

Masklin seufzte und wandte sich um. »Das muß ich erst noch herausfinden«, antwortete er.

Etwas pfiff draußen, und in der Ferne brummten menschliche Stimmen. Das Licht erlosch. Ein Rasseln, ein Klicken — und Stille.

Nach einer Weile knisterte es in einem der stummen Lastwagen. Ein Seil — nicht dicker als ein Faden —

sank von der Ladefläche herab, bis es den mit Ölflecken übersäten Boden der Garage berührte.

Eine Minute verstrich. Dann kam eine kleine gedrungene Gestalt zum Vorschein, ließ sich vorsichtig am Strick herunter, sprang zu Boden und verharrte. Nur die Blicke huschte hin und her.

Es handelte sich um keinen Menschen. Die Anzahl der Arme und Beine stimmte, und der Rest — Augen, Ohren etc. — befand sich an den richtigen Stellen. Aber die in Mauspelz gehüllte Gestalt, die nun über den dunklen Boden schlich, wirkte eher wie eine wandelnde Ziegelsteinmauer. Nomen sind so stämmig, daß Sumo-Ringer im Vergleich zu ihnen halb verhungert wirken, und die Bewegungen dieses Exemplars deuteten darauf hin, daß es beträchtlich zäher war als das Leder alter Stiefel.

Innerlich schlotterte Masklin vor Angst. Hier gab es nichts Vertrautes, abgesehen von dem Geruch nach *Sel*, den er mit Menschen und insbesondere mit Lastwagen in Zusammenhang brachte. (Torrit hatte ihm einmal hochmütig erklärt, *Sel* sei brennendes Wasser und werde von Lastern getrunken. Masklin zog daraus den Schluß, daß der alte Wicht übergeschnappt war: Wasser brannte schließlich nicht.)

Eine völlig fremdartige Umgebung bot sich ihm dar. Gewaltige Kanister ragten auf, und er bemerkte große Metallteile, die einen bearbeiteten Eindruck erweckten. Ja, dies *mußte* Teil des menschlichen Himmels sein. Menschen mochten Metall.

Masklin wich einer Kippe aus und nahm sich vor, sie Torrit mitzubringen.

Andere Laster standen in der Nähe, und sie alle schwiegen. *Wir sind hier in einem Lastwagennest,* vermutete er. Was bedeutete: Als Nahrung stand wahrscheinlich nur *Sel* zur Verfügung.

Er entspannte sich ein wenig und trat unter eine Bank, die wie ein Haus vor der Wand emporreichte. Papierfetzen hatten sich dort angesammelt, und der junge Nom nahm einen Duft wahr, der hier noch stärker wurde als die *Sel*-Aromen. Er ging ihm nach und entdeckte einen Apfelkern. Zwar zeigten sich braune Flecken daran, aber Masklin freute sich trotzdem über den Fund.

Er wuchtete ihn auf die Schulter und drehte sich um.

Eine Ratte beobachtete ihn nachdenklich. Sie war wesentlich größer und besser genährt als jene Tiere, die mit den Nomen um kalte Pommes frites in Abfallkörben kämpften. Langsam sank sie auf alle viere und trippelte näher.

Masklins Verwirrung verflüchtigte sich schlagartig. Die eigentümlichen Gegenstände und schauderhaften Gerüche im Lastwagennest blieben ihm rätselhaft, aber er kannte Ratten und wußte, wie man sich ihnen gegenüber verhielt.

Er ließ den Apfelkern fallen, hob den Speer, zielte auf eine Stelle zwischen den Augen ...

Zwei Dinge geschahen gleichzeitig.

Masklin stellte fest, daß die Ratte ein rotes Halsband trug.

Und eine Stimme erklang: »Nein, bitte nicht! Es hat lange gedauert, ihn zu dressieren. Günstige Angebote in Hülle und Fülle! Woher *kommst* du?«

Der Fremde war ein Nom. Von dieser Annahme mußte Masklin ausgehen. Seine Größe entsprach der eines Noms, und er bewegte sich auch so.

Doch die Kleidung ...

Normalerweise ist Nomenkleidung schlammbraun — aus ebenso praktischen wie vernünftigen Gründen. Grimma kannte fünfzig verschiedene Methoden, um Farbstoffe aus gewissen Kräutern zu gewinnen, und in jedem Fall ergaben sich — nun, schlammige Tönungen: manchmal gelber Schlamm, manchmal brauner oder sogar grünlicher — aber immer Schlamm. Jeder Wicht, der sich mit bunten Sachen ins Freie wagte, hatte eine

Lebenserwartung von etwa einer halben Stunde, bevor er in irgendeinem Magen endete.

Dieser Nom hingegen sah aus wie ein Regenbogen. Der Stoff seiner farbenfrohen Garderobe glänzte so prächtig wie Bonbonpapier, und am Gürtel funkelten kleine Glassplitter. Außerdem trug er makellose Lederstiefel und einen Hut, in dem eine Feder steckte. Während er sprach, drehte er einen Riemen hin und her — die Leine der Ratte.

»Nun?« fragte er scharf. »Antworte mir!«

»Ich komme aus dem Laster«, sagte Masklin knapp und starrte die Ratte an. Sie kratzte sich jetzt nicht mehr an den Ohren, sondern beäugte ihn argwöhnisch und duckte sich hinter ihren Herrn.

»Und was hast du darin gemacht? Antworte mir!«

Masklin straffte die Gestalt. »Wir sind gereist.«

Der Wicht schnaufte. »Gereist?« zischte er. »Was bedeutet das?«

»Unterwegs sein«, erklärte Masklin. »Du weißt schon: einen Ort verlassen und einen anderen erreichen.«

Diese Worte erzielten eine seltsame Wirkung auf den Fremden. Zwar wurde er nicht direkt freundlich, aber seine Stimme verlor an Schärfe.

»Soll das heißen, du kommst von *draußen?*«

»Ja.«

»Aber das ist unmöglich!«

»Tatsächlich?« Masklin runzelte besorgt die Stirn.

»Draußen gibt es nichts!«

»Wirklich nicht?« Der junge Nom räusperte sich. »Entschuldige, aber wir kommen trotzdem von dort. Sind damit irgendwelche Probleme verbunden?«

»Und du meinst ganz bestimmt das *Draußen?*« vergewisserte sich der Fremde und schritt näher.

»Ich denke schon. Wir haben nie groß darüber nachgedacht. Was ist dies für ein ...«

»Wie sieht's draußen aus?«

»Bitte?«

»Das Draußen! Wie sieht es aus?«

Masklin blinzelte verwundert. »Nun, es ist, äh, groß ...«

»Ja?«

»Und, äh, es gibt dort jede Menge Platz ...«

»Ja? Ja?«

»Und viele, du weißt schon, Sachen ...«

»Erstreckt sich die Zimmerdecke wirklich so weit nach oben, daß man sie nicht mehr sehen kann?« fragte der Fremde, außer sich vor Aufregung.

»Keine Ahnung«, erwiderte Masklin. »Was ist eine Zimmerdecke?«

»Das dort«, sagte der Wichtel und deutete in die Höhe, zu schattenumhüllten Trägern.

»Oh, so etwas sehe ich zum erstenmal.« Masklin zuckte kurz mit den Achseln. »Draußen ist die ›Zimmerdecke‹ blau oder grau. Weiße Objekte gleiten in ihr umher.«

»Und — und die Wände sind weit entfernt, und eine Art grüner Teppich wächst auf dem Boden?« Der Fremde hüpfte nun von einem Bein aufs andere.

»Ich weiß nicht«, entgegnete Masklin, und sein Erstaunen wuchs. »Ich kenne keinen ›Teppich‹.«

»Potzblitz!« Der fremde Nom riß sich zusammen und streckte eine zitternde Hand aus. »Ich bin Angalo«, fügte er hinzu. »Angalo von Kurzwaren. Haha. Das sagt dir natürlich nichts! Und dies ist Bobo.«

Die Ratte schien zu lächeln. Es war völlig neu für Masklin, daß man Ratten Namen gab, statt sie als ›Biester‹ oder, wenn einem nichts anderes übrigblieb, als ›Mahlzeit‹ zu bezeichnen.

»Ich heiße Masklin«, sagte er. »Dürfen auch die anderen den Laster verlassen? Wir haben eine lange Reise hinter uns.«

»O ja, natürlich! Und ihr kommt alle von draußen? Mein Vater glaubt mir das nie!«

»Tut mir leid, ich verstehe nicht. Warum verblüfft dich das so sehr? Erst waren wir draußen. Jetzt sind wir drinnen.«

Angalo überhörte ihn. Er beobachtete, wie Masklins Begleiter am Seil herabkletterten und murrten.

»Und auch alte Leute!« stieß der Wicht hervor. »Und sie sehen genauso aus wie wir! Sie haben überhaupt keine spitzen Köpfe oder so!«

»Frechheit!« fauchte Oma Morkie. Damit verbannte sie das Grinsen aus Angalos Gesicht.

»Madam«, sagte er kühl, »wissen Sie überhaupt, mit wem Sie reden?«

»Mit jemandem, der noch nicht zu alt ist, um den Hintern versohlt zu kriegen«, erwiderte Oma Morkie. »Hast du denn noch nie das Wort Respekt gehört, mein Junge? Spitze Köpfe, ha!«

Angalos Mund öffnete und schloß sich lautlos. Dann sagte er: »Ich bin baff! Dorcas meinte: Selbst wenn es draußen Leben gibt — es muß eine ganz andere Art von Leben sein! Bitte, bitte, folgt mir!«

Die Nomen wechselten unschlüssige Blicke, als Angalo zum Rand des Lastwagennests eilte, doch nach einem kurzen Zögern folgten sie ihm. Eigentlich hatten sie gar keine Wahl.

»Ich erinnere mich daran, daß dein alter Vater einmal zu lange in der Sonne saß«, raunte Oma Morkie Masklin zu. »Auch er redete Unsinn, so wie dieser Bursche.«

Torrit schien sich allmählich zu einer Entscheidung durchzuringen. Die Gruppe wartete höflich.

»Ich schätze ...«, begann er schließlich. »Ich schätze, wir sollten seine Ratte essen.«

»Sei still!« sagte Oma Morkie automatisch.

»Ich bin der Anführer, bin ich«, jammerte Torrit. »Du hast kein Recht, so mit einem Anführer zu reden.«

»Natürlich bist du der Anführer«, bestätigte Oma Morkie. »Hat jemand behauptet, daß du nicht der Anführer bist? Nein, niemand. Du bist der Anführer, ganz klar.«

»Ja, genau«, schniefte Torrit.

»Und jetzt sei still!« sagte Oma Morkie.

Masklin klopfte Angalo auf die Schulter. »Wo *sind* wir hier?« erkundigte er sich.

Der Wicht blieb an einer Wand stehen, deren oberen Bereiche sich in Dunkelheit verloren.

Verdutzt hob er die Brauen. »Das wißt ihr nicht?«

»Wir haben nur gedacht — beziehungsweise *gehofft* —, daß uns der Laster in eine bessere Gegend bringt«, antwortete Grimma.

»Nun, dann gehen eure Hoffnungen in Erfüllung«, verkündete Angalo stolz. »Dies ist die beste aller Gegenden. Wir sind hier im *Kaufhaus!*«

❖ 2 ❖

XIII. Und im Kaufhaus gab es weder Nacht noch Tag, nur Geöffnet und Geschlossen. Nie regnete es, und es fiel auch kein Schnee.

XIV. Und die Nomen lebten in Saus und Braus. Im Lauf der Jahre wurden sie immer mehr und verbrachten ihre Zeit mit Rivalität und Kleinkriegen, Abteilung gegen Abteilung. Schließlich vergaßen sie das Draußen.

XV. Und sie sprachen: Hat Arnold Bros (gegr. 1905) nicht *alles* unter einem Dach untergebracht?

XVI. Und lustig machte man sich über jene, die da sagten: Vielleicht nicht *alles.*

XVII. Und andere Nomen sprachen: Selbst wenn ein Draußen existiert – kann es dort Dinge geben, die wir brauchen? Hier haben wir die Macht der Elektrizität, den Speisesaal und alle Arten von Unterhaltung.

XVIII. Und so stapelten sich die Saisons, auch Jahreszeiten genannt, höher als die Kissen in der Abteilung für Vorhänge, Teppiche und dergleichen (3. Stock).

XIX. Bis ein Fremder aus der Ferne kam, die Stimme erhob und rief: O weh, o weh!

Aus dem *Buch der Nomen,* Erster Stock, Verse XIII–XIX

Sie stolperten über die eigenen Füße, stießen gegeneinander, sahen sich dauernd um und staunten mit offenem Mund. Angalo verharrte neben einem Loch in der Wand und winkte.

»Hier durch«, sagte er.

Oma Morkie rümpfte die Nase.

»Das ist ein Rattenloch«, erwiderte sie. »Willst du etwa, daß ich in ein Rattenloch krieche?« Sie wandte sich an Torrit. »Er will, daß ich in ein Rattenloch krieche! Ich habe nicht die Absicht, in ein Rattenloch zu kriechen!«

»Warum denn nicht?« fragte Angalo.

»Es ist ein Rattenloch!«

»Es sieht nur danach aus«, meinte Angalo. »Ein getarnter Zugang.«

»Deine Ratte ist da hineingekrochen«, sagte Oma Morkie in triumphierendem Tonfall. »Ich hab's genau gesehen. Woraus folgt: Es handelt sich um ein Rattenloch.«

Angalo warf Grimma einen flehentlichen Blick zu und duckte sich durch die Öffnung in der Mauer. Sie folgte ihm einige Schritte weit.

»Ich glaube, es ist kein Rattenloch, Oma.« Grimmas Stimme klang gedämpft.

»Und weshalb, wenn ich fragen darf?«

»Weil es hier eine Treppe gibt. Und hübsche kleine Lichter.«

Es war ein langer Aufstieg. Mehrmals blieben sie stehen, damit die Alten zu ihnen aufschließen konnten, und schon nach kurzer Zeit mußte Torrit gestützt werden. Oben führte die Treppe durch eine würdevollere Tür, und dahinter ...

Selbst als Kind hatte Masklin nie mehr als vierzig Nomen auf einmal gesehen.

Hier hielten sich mehr auf. Und es gab Nahrung. Zwar wirkten die Objekte alles andere als vertraut, aber es mußte Nahrung sein: Man aß sie.

Der Raum war etwa doppelt so hoch, wie Masklin groß war, und er reichte bis in weite Ferne. Lebensmittel bildeten breite Stapel, und in den Gängen dazwischen wimmelte es von Nomen. Man achtete kaum auf die kleine Gruppe, als sie hinter Angalo dahinschlurfte, der nun wieder stolzierte.

Mehrere Wichte führten gestriegelte Ratten an Leinen. Einige Frauen ließen sich von Mäusen begleiten, die ihnen gehorsam folgten. Aus dem Ohrwinkel hörte Masklin ein mißbilligendes ›Ts, ts‹ von Oma Morkie.

»Das Zeug dort drüben kenne ich«, sagte der alte Torrit aufgeregt. »Es ist Käse! Einmal lag ein Käsebrötchen im Abfallkorb, im Sommer vierundachtzig, erinnert ihr euch ...?« Oma Morkie stieß ihm fest den Ellbogen in die Rippen.

»Sei still!« befahl sie. »Oder willst du uns vor diesen Leuten in Verlegenheit bringen? Sei ein Anführer. Zeig Stolz.«

Es fiel ihnen schwer. Sie setzten den Weg fort und schwiegen fassungslos. Obst und Gemüse lagen auf langen Tischen, und Nomen waren dort fleißig an der Arbeit. Masklin sah viele Dinge, die er nicht kannte. Zunächst wollte er seine Unwissenheit verbergen, aber schließlich gab er der Neugier nach.

»Was ist das da?« fragte er und deutete in die entsprechende Richtung.

»Eine Salami«, sagte Angalo. »Hast du so etwas schon einmal gegessen?«

»Kann mich nicht daran erinnern«, erwiderte Masklin wahrheitsgemäß.

»Und das sind Datteln«, fuhr Angalo fort. »Und hier haben wir eine Banane. Vermutlich hast du noch nie eine Banane gesehen, oder?«

Masklin öffnete den Mund, aber Oma Morkie kam ihm zuvor.

»Erscheint mir recht klein«, behauptete sie und schnaubte leise. »Ist geradezu winzig, wenn man sie mit denen vergleicht, die wir zu Hause hatten.«

»Tatsächlich?« entgegnete Angalo mißtrauisch.

»O ja«, bestätigte Oma und kam allmählich in Fahrt. »Ein mickriges *Ding*. Die Exemplare daheim ...« Sie zögerte und beäugte die Banane, die wie ein Kanu auf zwei Böcken ruhte. Oma Morkies Lippen bewegten sich lautlos, als sie rasch überlegte. »Nun«, fügte sie triumphierend hinzu, »wir konnten sie kaum aus dem Boden graben.«

Siegesbewußt sah sie Angalo an, der vergeblich versuchte, ihrem Blick standzuhalten.

»Was auch immer«, murmelte er unbestimmt und senkte kurz den Kopf. »Bedient euch. Sagt den zuständigen Leuten, es geht alles auf die Rechnung der Kurzwaren. Aber verratet niemandem, daß ihr aus dem Draußen kommt, in Ordnung? Es soll eine Überraschung sein.«

Ein allgemeines Gedränge in Richtung der Nahrung fand statt. Selbst Oma Morkie schritt rein zufällig zu den hohen Stapeln und wirkte überrascht, als ein Kuchen ihr den Weg versperrte.

Nur Masklin blieb stehen und überhörte die bitteren Klagen seines Magens. Er hatte nicht die geringste Ahnung, wie es im Kaufhaus zuging, aber irgendeine mahnende Stimme teilte ihm mit: *Wer hier seine Würde verliert, läßt sich vielleicht zu Handlungen hinreißen, die er später bedauert.*

»Hast du keinen Hunger?« fragte Angalo.

»Ich *bin* hungrig«, gestand Masklin ein. »Ich esse nur nicht. Woher *stammt* diese Nahrung?«

»Oh, wir nehmen sie den Menschen weg«, erläuterte Angalo wie beiläufig. »Sie sind ziemlich dumm, weißt du.«

»Und sie haben nichts dagegen, daß man ihre Lebensmittel stibitzt?«

»Sie glauben, es liegt an den Ratten.« Angalo lachte leise. »Wir lassen Ratten-Dingsbums zurück. Damit meine ich die Speisesaal-Familien«, korrigierte er sich. »Manchmal dürfen andere Leute sie nach oben begleiten. Tja, und wenn die Menschen Dingsbums auf dem Boden finden, glauben sie an Ratten.«

Masklin furchte die Stirn.

»Dingsbums?« wiederholte er.

»Du weißt schon«, sagte Angalo. »Kot.«

Masklin nickte. »Und darauf fallen die Menschen herein?« Seine Stimme klang skeptisch.

»Ja, weil sie sehr dumm sind.« Der Junge ging an Masklin vorbei. »Du mußt meinen Vater kennenlernen. Ich bin ziemlich sicher, daß du zum Stamm der Kurzwaren gehören wirst.«

Masklin beobachtete seine Gruppe. Ihre Aufmerksamkeit galt allein der Nahrung. Torrit hielt einen Käsebrocken in den Händen, so groß wie sein Kopf, und Oma Morkie betrachtete argwöhnisch eine Banane, schien mit einer Explosion zu rechnen. Selbst Grimma achtete nicht darauf, was um sie herum geschah.

Masklin war völlig ratlos. Er verstand sich darauf, eine Ratte über mehrere Felder hinweg zu verfolgen, sie mit einem einzelnen Speerwurf zu erlegen und nach Hause zu bringen. In dieser Hinsicht zweifelte er nicht an seinen Fähigkeiten. Zufrieden erinnerte er sich daran, daß man ihn mit Bemerkungen wie ›Gut gemacht‹ gelobt hatte.

Aber vielleicht war es auch gar nicht nötig, Bananen zu verfolgen und mit Speeren gegen sie zu kämpfen.

»Ich muß deinen Vater kennenlernen?« Masklin fragte sich, warum das unbedingt erforderlich sein sollte.

»Den Herzog von Kurzwaren«, sagte Angalo stolz. »Den Verteidiger des Zwischenstocks, den Autokraten der Kantine.«

»Dein Vater ist drei Personen?« erwiderte Masklin erstaunt.

»Es sind seine Titel. Einige davon. Im ganzen Kaufhaus gibt es nur wenige Nomen, die mächtiger sind als er. Habt ihr auch im Draußen Väter?«

Komisch, dachte Masklin, *die meiste Zeit über verhält sich dieser Junge wie ein eingebildeter Hohlkopf. Es sei denn, er spricht übers Draußen. Dann wird er zu einem aufgeregten Kind.*

»Ich hatte einmal einen«, sagte er. Dieses Thema gefiel ihm nicht sehr.

»Bestimmt habt ihr viele Abenteuer erlebt!«

Masklin entsann sich an seine Erlebnisse, und meistens ging es dabei um Katastrophen, die ihm fast zugestoßen wären.

»Ja«, erwiderte er.

»Du hattest sicher jede Menge Spaß!«

Spaß, dachte Masklin. Dieses Wort kannte er nicht. Vielleicht bezog es sich darauf, durch schlammige Gräben zu laufen, verfolgt von hungrigen Zähnen. »Gehst du auf die Jagd?« erkundigte er sich.

»Gelegentlich jage ich Ratten. Im Kesselraum. Wir müssen sie unter Kontrolle halten.« Angalo kratzte Bobo hinterm Ohr.

»Eßt ihr sie?«

Der Sohn des Herzogs riß entsetzt die Augen auf. »Ob wir *Ratten* essen?«

Masklin blickte einmal mehr zu den Bergen aus Nahrung. »Nein, natürlich nicht. Nun, ich hätte nie geahnt, daß es so viele Nomen gibt. Wie viele leben hier?«

Angalo nannte ihm eine Zahl.

»Zwei was?« fragte Masklin.

Der Junge wiederholte die Zahl.

»Du scheinst nicht sehr beeindruckt zu sein«, sagte er, als Masklins Gesicht ausdruckslos blieb.

Der Jäger starrte auf die Spitze seines Speers: Sie bestand aus einem Feuerstein. Er hatte ihn eines Tages auf dem Feld gefunden und eine halbe Ewigkeit damit verbracht, den Bindfaden von einem Heuballen zu lösen, um den Stein damit am Speer festzubinden. Derzeit stellte er das einzige vertraute Etwas in einer völlig fremden Welt dar.

»Ich weiß nicht ...«, brummte. »Was ist tausend?«

Herzog Cido von Kurzwaren — er war nicht nur Verteidiger des Zwischenstocks und Autokrat der Kantine, sondern auch Beschützer der nach oben führenden Rolltreppe sowie Ritter des Ladentischs — drehte das *Ding* ganz langsam hin und her. Dann legte er es beiseite.

»Sehr amüsant«, sagte er.

Die Wichtel standen verwirrt im herzoglichen Palast, der sich jetzt unter den Dielen der Abteilung Vorhänge und Teppiche befand. Der Herzog trug noch immer seine Rüstung und schien ganz und gar nicht amüsiert zu sein.

»Ihr kommt also von draußen«, fuhr er fort und schnaufte. »Erwartet ihr wirklich von mir, das zu glauben?«

»Vater, ich ...«, begann Angalo.

»Sei still! Du kennst die Worte von Arnold Bros (gegr. 1905)! Alles unter einem Dach! *Alles!* Also: Es kann kein Draußen geben. Also: Ihr kommt nicht von dort. Also: Ihr stammt aus einer anderen Abteilung. Miederwaren. Oder Junge Mode. Jene Bereiche haben wir nicht gründlich erforscht.«

Masklin holte tief Luft. »Nein, wir ...«

Der Herzog hob beide Hände.

»Hör mir zu!« befahl er und bedachte Masklin mit einem durchdringenden Blick. »*Dir* werfe ich nichts vor. Mein Sohn ist leicht zu beeindrucken und leidet an überschäumender Phantasie. Bestimmt hat er euch alles eingeredet. Er mag es, die Lastwagen zu beobachten, und oft hört er sich dumme Geschichten an, wodurch sein Gehirn zu heiß wird. Nun, ich bin ein vernünftiger Nom«, fügte der Herzog hinzu, und seine Miene verbot allen Anwesenden, ihm zu widersprechen. »In der Kurzwaren-Garde gibt es immer Platz für einen starken Burschen wie dich. Ich schlage vor, wir vergessen diesen Unsinn, einverstanden?«

»Aber wir kommen wirklich von draußen«, beharrte Masklin.

»*Es gibt kein Draußen!*« betonte der Herzog. »Es existiert nur für gute Nomen, die immer anständig gewesen sind — nach ihrem Tod bekommen sie Gelegenheit, in einem ganz besonderen Draußen glücklich zu sein und ewig zu leben. Ich bitte dich ...« Er klopfte Masklin auf die Schulter. »Hör auf mit diesem törichten Geschwätz. Hilf uns statt dessen bei unserer kühnen Aufgabe.«

»Wobei soll ich helfen?« fragte der Jäger verwundert.

»Du möchtest doch nicht, daß die Eisenwarenler unsere Abteilung übernehmen, oder?« fragte der Herzog. Masklin blickte zu Angalo, der hastig den Kopf schüttelte.

»Nein, ich glaube nicht«, entgegnete er. »Aber ihr seid doch alle Nomen, oder? Und hier gibt es genug für jeden. Es erscheint mir dumm, sich dauernd zu zanken.«

Aus den Augenwinkeln sah er, wie Angalo die Hände vors Gesicht schlug.

Rote Flecken bildeten sich auf den Wangen des Herzogs.

»Hast du *dumm* gesagt?«

Masklin wich vorsichtshalber einen Schritt zurück. Er war zu Ehrlichkeit erzogen und befürchtete, nicht intelligent genug zu sein, um überzeugend zu lügen.

»Nun ...«, begann er.

»Weißt du, was Ehre bedeutet?« grollte der Herzog.

Masklin dachte einige Sekunden lang nach und schüttelte den Kopf.

»Die Eisenwarenler wollen das ganze Kaufhaus beherrschen«, warf Angalo nervös ein. »Es wäre schrecklich, wenn sie mit ihren Plänen Erfolg haben. Und die Hutler sind fast genauso schlimm.«

»Warum?« fragte Masklin.

»Warum?« wiederholte der Herzog. »Weil sie immer unsere Feinde gewesen sind. Und jetzt darfst du gehen.«

»Wohin?«

»Zu den Eisenwarenlern oder Hutlern. Oder zu den Büromaterialern; dort fühlst du dich bestimmt wohl. Von mir aus kannst du auch ins Draußen zurückkehren.« Bei den letzten Worten erklang unüberhörbarer Sarkasmus in der Stimme des Herzogs.

»Wir möchten das *Ding*«, sagte Masklin fest. Der Verteidiger des Zwischenstocks griff danach und warf es ihm zu.

»Tut mir leid«, entschuldigte sich Angalo, als sie den Palast verlassen hatten. »Mein Vater kann ziemlich launisch sein.«

»Warum hast du ihn so verärgert?« fragte Grimma vorwurfsvoll. »Wenn wir uns irgendeiner Abteilung anschließen müssen — weshalb nicht seiner? Was soll jetzt aus uns werden?«

»Er war sehr unhöflich«, stellte Oma Morkie fest.

»Und er hat noch nie etwas von dem *Ding* gehört«, ließ sich Torrit vernehmen. »Schrecklich. Das Draußen kennt er ebensowenig. Nun, ich bin dort geboren und aufgewachsen, bin ich. Draußen leben keine Toten. Zumindest keine glücklichen.«

Ein Streit begann — typisch für die Alten.

Masklin musterte die anderen, sah dann auf seine Füße hinab. Sie gingen über eine Art kurzes trockenes Gras, das Angalo als *Teppich* bezeichnet hatte. Irgendwo aus dem Kaufhaus gestohlen.

Das ist doch lächerlich, wollte er sagen. *Warum zanken sich Nomen mit anderen Nomen, sobald sie genug zu essen und zu trinken haben? Im Leben eines Noms muß es doch noch mehr geben.*

Und er wollte sagen: *Wenn Menschen so dumm sind — wie konnten sie dann das Kaufhaus und die vielen Lastwagen bauen? Wenn wir wirklich so klug sind — dann sollten die Menschen von uns stehlen und nicht umgekehrt. Sie mögen groß und langsam sein, aber bestimmt verbirgt sich eine Menge Intelligenz in ihnen.*

Und er wollte hinzufügen: *Es würde mich gar nicht überraschen, wenn sie mindestens so intelligent sind wie Ratten.*

Aber Masklin sprach diese Worte nicht laut aus, und während er überlegte, fiel sein Blick auf das *Ding* in Torrits Armen.

Er spürte, wie sich ein Gedanke in ihm regte, schuf ein wenig Platz im Kopf und wartete geduldig. Doch als die ersten noch vagen mentalen Konturen einer Idee entstanden, wandte sich Grimma an Angalo und fragte: »Was passiert mit Nomen, die keiner Abteilung angehören?«

»Sie führen ein sehr trauriges Leben und müssen irgendwie zurechtkommen«, antwortete der Sohn des Herzogs.

Er schien den Tränen nahe zu sein. »*Ich* glaube euch«, fuhr er fort. »Mein Vater hält es für falsch, die Lastwagen zu beobachten. Angeblich können sie uns Flausen in den Kopf setzen. Nun, ich habe sie monatelang beobachtet. Manchmal treffen sie naß ein. Das Draußen ist mehr als nur ein Traum. Dort *geschieht* etwas. Nun, wenn ihr in der Nähe bleibt ... Vielleicht ändert mein Vater seine Ansicht.«

Das Kaufhaus war groß. Masklin hatte den Laster für groß gehalten, aber das Kaufhaus erstreckte sich endlos — ein Labyrinth aus Boden, Wänden und langen hohen Treppen. Nomen eilten oder schlenderten an ihnen vorbei, gingen eigenen Angelegenheiten nach. Der junge Jäger gab es schon nach kurzer Zeit auf, sie zu zählen. Er hielt das Wort ›groß‹ für zu klein; andere Ausdrücke waren nötig, um das Kaufhaus zu beschreiben.

Auf seltsame Weise schien es noch größer zu sein als das Draußen. Die Ausmaße des Draußen ließen sich überhaupt nicht erfassen. Dort fehlten Kanten, Ränder und Decken; deshalb dachte man nie an irgendeine Größe. Es war einfach *da.* Im Kaufhaus hingegen mangelte es nicht an solchen Barrieren, und dadurch wirkte alles *riesig.*

Während sie Angalo folgten, traf Masklin eine Entscheidung und beschloß, erst mit Grimma darüber zu reden.

»Ich kehre zurück«, sagte er.

Sie starrte ihn groß an. »Aber wir sind doch gerade erst eingetroffen! Warum auf Erden ...«

»Ich weiß es nicht. Hier ist alles verkehrt. Zumindest fühlt sich hier alles verkehrt an. Wenn ich länger hierbleibe, glaube ich vielleicht nicht mehr ans Draußen — obgleich ich dort *geboren* bin. Ich breche auf, sobald ich einen Platz für euch gefunden habe. Du kannst mitkommen, wenn du möchtest.«

»Aber es ist warm hier, und es gibt genug zu essen!«

»Ich kann es nicht erklären. Dauernd habe ich das Gefühl, beobachtet zu werden.«

Grimma hob instinktiv den Kopf und blickte zur Decke, von der sie nur einige Zentimeter trennten. Wenn zu Hause irgend etwas einen Nom beobachtete, so waren damit meistens Vorstellung von der nächsten Mahlzeit verbunden. Sie faßte sich und lachte nervös.

»Unsinn«, sagte Grimma.

»Ich fühle mich hier einfach nicht sicher«, erwiderte Masklin kläglich.

»Du hast das Gefühl, nicht mehr gebraucht zu werden«, kommentierte Grimma leise.

»Wie bitte?«

»Das stimmt doch, oder? Immer mußtest du dich für alle anderen abrackern, und plötzlich ist das nicht mehr nötig. Ein komisches Gefühl, habe ich recht?«

Grimma schritt fort.

Masklin betastete den Feuerstein an seinem Speer. *Seltsam,* dachte er. *Ich hätte nie gedacht, daß sonst noch jemand auf diese Weise denkt.* Er erinnerte sich an eine Grimma, die ständig wusch, sich um die alten Frauen kümmerte oder die Beute zu kochen versuchte, die er nach Hause brachte. Sonderbar, daß man so etwas vermissen konnte.

Nach einer Weile merkte er, daß die Gruppe ebenfalls verharrte. Der Boden reichte noch viel weiter nach vorn, und in unregelmäßigen Abständen leuchteten kleine Lampen an den Wänden. Angalo hatte erklärt, daß die Abteilung Eisenwaren einen hohen Preis für das Licht verlangte. Eifersüchtig hütete sie ihr Geheimnis: Nur die Eisenwarenler wußten, wie man Elektrizität kontrollierte — einer der Gründe für ihre Macht.

»Hier endet das Kurzwaren-Territorium«, sagte der Sohn des Herzogs. »Dort drüben beginnt das Gebiet der Hutler. Derzeit sind unsere Beziehungen zu ihnen ein wenig gespannt. Äh. Bestimmt findet ihr eine Abteilung, die bereit ist, euch aufzunehmen ...« Er sah zu Grimma.

»Äh«, wiederholte er.

»Wir bleiben zusammen«, verkündete Oma Morkie. Ein scharfer Blick zu Masklin — dann wandte sie sich an Angalo und winkte gebieterisch.

»Du kannst gehen, junger Mann. Laß die Schultern nicht so hängen, Masklin. Und nun — vorwärts!«

»Was erlaubst du dir?« brummte Torrit. »Warum sagst *du* ›vorwärts‹? Ich bin der Anführer, bin ich. Es ist meine Aufgabe, Befehle zu geben.«

»Na schön.« Oma Morkie seufzte. »Dann gib sie.«

Torrits Lippen bewegten sich lautlos. »Also gut«, brachte er hervor. »Vorwärts.«

Masklins Kinnlade klappte nach unten.

»Und wohin?« fragte er, als Oma die Gruppe weiterscheuchte.

»*Irgendwohin.* Ich habe den Großen Winter von 1986 überlebt, jawohl«, betonte die alte Frau hochmütig. »Welch einfältiger und dämlicher Herzog! Fast wäre ich bereit gewesen, ihm die Meinung zu sagen. Eins steht fest: Beim Großen Winter hätte er bestimmt nicht lange durchgehalten.«

»Nichts Schlimmes kann uns widerfahren, wenn wir dem *Ding* gehorchen«, erklärte Torrit und gab dem schwarzen Kasten einen zärtlichen Klaps.

Masklin blieb einmal mehr stehen. Er hatte die Nase voll.

»Was teilt uns das *Ding* mit?« fragte er schroff. »Was verlangt es jetzt von uns? Den genauen Wortlaut will ich hören. Wie lauten seine Anweisungen?«

Verzweiflung stahl sich in Torrits Züge.

»Äh«, begann er, »nun, äh, wenn wir zusammenhalten und nichts überstürzen ...«

»Du saugst dir alles aus den Fingern!«

»Wie kannst du es wagen, so mit ihm zu sprechen?« entfuhr es Grimma. Masklin warf seinen Speer beiseite.

»Ich habe genug davon!« erwiderte er laut. »Das *Ding* sagt dies, das *Ding* sagt das. Immer sagt das *Ding* etwas, aber nie gibt es uns einen nützlichen Rat!«

»Seit Hunderten von Jahren wurde das *Ding* von Nomen an Nomen weitergereicht«, mahnte Grimma. »Es ist sehr wichtig.«

»Warum?«

Die junge Frau sah Torrit an, der sich daraufhin die Lippen befeuchtete.

»Es zeigt uns ...«, murmelte er mit bleichem Gesicht.

»Bringen Sie mich näher zur Elektrizität.«

»Das *Ding* scheint wichtiger zu sein als ... Warum starrt ihr alle so?« fragte Masklin.

»Näher zur Elektrizität.«

Torrits Hände zitterten, als er auf das *Ding* hinabblickte.

Wo vorher glatte schwarze Flächen gewesen waren, funkelten nun viele kleine Lichter. Hunderte. *Vielleicht sogar Tausende,* dachte Masklin voller Stolz darauf, daß er dieses Wort kannte.

»Wer hat das gesagt?« erkundigte er sich.

Torrit ließ das *Ding* los. Es fiel auf den Boden, und

seine Lichter glitzerten dort wie tausend Autobahnen in der Nacht. Die Wichte beobachteten es entsetzt.

»Das *Ding* spricht *wirklich* zu dir«, brachte Masklin hervor. »Donnerwetter!«

Torrit ruderte mit den Armen. »Nicht so! Nicht auf diese Weise! Seine Stimme sollte man eigentlich gar nicht hören! Es hat noch nie *laut* gesprochen!«

»Näher zur Elektrizität.«

»Es möchte Elektrizität«, sagte Masklin.

»*Ich* rühre es nicht an!«

Der Jäger zuckte mit den Schultern, griff nach seinem Speer und schob das *Ding* über den Boden, bis es unter den Kabeln lag.

»Wie kann es sprechen?« fragte Grimma. »Es hat doch gar keinen Mund.«

Das *Ding* summte. Bunte Bilder huschten darüber hinweg, so schnell, daß Masklin keine Einzelheiten wahrnahm. Mehrmals bemerkte er rotes Glühen.

Torrit sank auf die Knie. »Es ist zornig«, stöhnte er. »Wir hätten kein Rattenfleisch essen sollen. Wir hätten nicht hierherkommen dürfen. Wir hätten nicht ...«

Masklin kniete ebenfalls und berührte vorsichtig die hellen Stellen. Erstaunlicherweise waren sie gar nicht heiß.

Wieder fühlte er sich von einem seltsamen Empfinden erfaßt: Sein Gehirn wollte bestimmte Gedanken denken, ohne aber die richtigen Ausdrücke dafür zu haben.

»Wenn das *Ding* dir Botschaften übermittelt hat ...«, kam es langsam von seinen Lippen. »Wenn es dir gesagt hat, wie wir ein anständiges Leben führen sollen ...«

Torrit schnitt eine schmerzerfüllte Grimasse.

»Das war nie der Fall.«

»Aber du hast doch behauptet ...«

»*Früher* hat es gesprochen, *früher*«, ächzte Torrit. »Als mir der alte Voozel das *Ding* überließ, meinte er, *früher* hätte es den Nomen gute Ratschläge gegeben. Aber es schweigt seit vielen, vielen hundert Jahren.«

»Wie bitte?« platzte es aus Oma Morkie heraus. »Die ganze Zeit über haben wir von dir gehört: Das *Ding* sagt dies, das *Ding* sagt das, und das *Ding* sagt wer weiß was.«

Torrit wirkte jetzt wie ein in die Enge getriebenes und sehr verängstigtes Tier.

»Nun?« zischte die alte Frau drohend.

»Ähem«, machte Torrit. »Äh. Der alte Voozel meinte auch: Denk daran, was das *Ding* sagen *sollte.* Und sprich die Worte dann laut aus. Sorg dafür, daß die Leute auf dem rechten Pfad bleiben. Und so. Hilf ihnen, zu den Himmeln zu gelangen. Es ist sehr wichtig, die Himmel zu erreichen. Das *Ding* kann euch dabei helfen. Vergiß es nie.«

»*Was?*« rief Oma Morkie.

»Ich habe mich nur so verhalten, wie es mir der alte Voozel auftrug. Und es hat geklappt, nicht wahr?«

Masklin achtete nicht mehr auf seine Begleiter und beobachtete bunte Linien, die an den Flächen des Dings hypnotische Muster bildeten. Er spürte, daß er eigentlich wissen sollte, was es mit ihnen auf sich hatte. Bestimmt bedeuteten sie *etwas.*

Damals, als er noch nicht jeden Tag jagen mußte, war er bei gutem Wetter manchmal weit über die Böschung geklettert, bis zum Parkplatz der Lastwagen. Dort stand ein großes blaues Schild mit seltsamen Zeichen und Bildern. Und das Papier in den Abfallkörben wies weitere rätselhafte Symbole auf. Er erinnerte sich an eine lange Diskussion über die Hähnchenschachteln mit dem Bild eines alten Mannes, der einen langen Schnurrbart trug. Mehrere Wichtel glaubten, es handele sich um die Darstellung eines Hähnchens, aber Masklin zweifelte daran, daß Menschen alte Männer aßen. Sicher steckte mehr dahinter. Vielleicht wurden Hähnchen von alten Männern *erschaffen.*

Das *Ding* summte erneut.

»Fünfzehntausend Jahre sind verstrichen«, sagte es.

Masklin sah zu den anderen.

»Sprich du damit!« forderte Oma Morkie den alten Torrit auf. »Es ist die Pflicht des Anführers, jawohl!«

»Fünfzehntausend Jahre sind verstrichen«, wiederholte das *Ding.*

Masklin hob die Schultern und gab sich einen inneren Ruck.

»Wie verstrichen?« fragte er.

Das *Ding* erweckte den Eindruck, konzentriert nachzudenken. Schließlich erklang seine Stimme erneut. *»Kennen Sie noch die Bedeutung der Worte Navigations- und Aufzeichnungscomputer?«*

»Nein«, erwiderte Masklin. »Ich höre sie jetzt zum erstenmal.« Er fand es seltsam, von einem — ehemals völlig schwarzen — Kasten gesiezt zu werden.

Die Lichter flackerten.

»Wissen Sie über den interstellaren Raumflug Bescheid?«

»Nein.«

Das *Ding* schien enttäuscht zu sein.

»Ist Ihnen denn klar, daß eine weite Reise Sie hierherführte?«

»O ja. Kein Zweifel.«

»Sie kommen von einem Ort, der weiter entfernt ist als der Mond.«

»Äh.« Masklin zögerte. Die Reise hatte ziemlich lange gedauert, und er hielt es für möglich, daß sie unterwegs am Mond vorbeigekommen waren. Er entsann sich daran, ihn am Horizont beobachtet zu haben, und der Lastwagen schien weiter gefahren zu sein.

»Ja«, entgegnete. »Vielleicht.«

»Im Lauf der Zeit verändert sich die Sprache«, sagte das *Ding* nachdenklich.

»Tatsächlich?« fragte Masklin höflich.

»Wie nennen Sie diesen Planeten?«

»Was ist ein Planet?«

»Ein Himmelskörper.«

Masklin blinzelte verwirrt.

»Wie nennen Sie diesen Ort?«

»Er heißt ... das Kaufhaus.«

»Daskaufhaus.« Die Lichter formten neue Muster, als das *Ding* nachdachte.

»Junger Mann, ich möchte hier nicht den ganzen Tag herumstehen und zuhören, wie du dummes Zeug mit dem *Ding* redest«, sagte Oma Morkie. »Wir müssen jetzt entscheiden, wohin wir gehen und was wir unternehmen sollen.«

»In der Tat«, fügte Torrit trotzig hinzu.

»Haben Sie sogar vergessen, daß Sie Schiffbrüchige sind?«

»Ich bin Masklin«, erwiderte Masklin. »Eine Person namens Schiffbrüchige ist mir nicht bekannt.«

Einige Lichter erloschen, und andere leuchteten heller. Später, als er mit dem *Ding* vertrauter war, verglich er diese Reaktion mit einem tiefen Seufzer.

»Mein Existenzzweck besteht darin, Ihnen zu dienen und Sie zu beraten«, sprach das *Ding.*

»Na bitte.« Torrit atmete erleichtert auf. »In diesem Punkt haben wir uns nicht geirrt.«

Masklin stieß den Kasten mit seinem Speer an. »In letzter Zeit bist du sehr still gewesen.«

Das *Ding* surrte. *»Um die interne Energie zu bewahren. Aber ich kann ambientale Elektrizität verwenden.«*

»Freut mich«, sagte Grimma.

»Soll das heißen, du, äh, trinkst Licht?« vergewisserte sich Masklin.

»Das genügt zunächst als Erklärung.«

»Warum sprichst du erst jetzt zu uns?« fragte Masklin.

»Ich habe zugehört.«

»Oh.«

»Und nun erwarte ich Instruktionen.«

Grimma runzelte die Stirn. »In was?«

»Ich glaube, wir sollen dem *Ding* sagen, was es tun

soll«, meinte Masklin. Er hockte sich nieder und betrachtete die Lichter.

»Was *kannst* du?«

»Ich kann übersetzen, rechnen, triangulieren, assimilieren, korrelieren und extrapolieren.«

»Ich glaube, so etwas brauchen wir nicht«, vermutete Masklin. »Brauchen wir so etwas?« wandte er sich an die anderen.

Oma Morkie dachte darüber nach. »Nein«, antwortete sie schließlich. »Für solche Sachen haben wir keine Verwendung. Aber eine Banane wäre nicht schlecht.«

»Ich glaube, wir möchten nur nach Hause und sicher sein.«

»Nach Hause.«

»Ja.«

»Und sicher sein.«

»Genau.«

Später wurden diese fünf Worte zum berühmtesten Zitat in der Nomengeschichte. Man lehrte sie in Schulen. Man meißelte sie in Granit. Deshalb ist es schade, daß zu jenem Zeitpunkt niemand ihre Bedeutung begriff.

Das *Ding* sagte nur: *»Beginne mit der Berechnung.«*

Alle Lichter verblaßten — bis auf ein kleines Grünes, das langsam blinkte.

»Endlich ist es still. Eine schreckliche Stimme.« Grimma sah sich um. »Was nun?«

»Wenn wir dem Jungen namens Angalo glauben können, steht uns ein sehr trauriges Leben bevor«, schnaufte Oma Morkie.

❖ 3 ❖

I. Denn sie wußten es nicht, aber sie hatten das Ding mitgebracht, das in der Nähe von Elektrizität erwachte, und nur es kannte ihre Geschichte.

II. Denn Nomen haben ein Gedächtnis aus Fleisch und Blut, doch das *Ding* hatte eins aus Silizium — das ist Stein, der nicht vergehet. Die Erinnerungen der Nomen hingegen wehen fort wie Staub.

III. Sie gaben dem *Ding* INSTRUKTIONEN, ohne es zu wissen.

IV. Und sie sagten: Es ist ein Kasten mit komischer Stimme.

V. Und das *Ding* BERECHNETE, um allen Nomen Sicherheit zu gewähren.

VI. Und das *Ding* BERECHNETE, um alle Nomen nach Hause zu bringen.

VII. *Ganz* nach Hause.

Aus dem *Buch der Nomen,* Hüte, Verse I—VII

Unter dem Boden konnte man sich leicht verirren. Das war überhaupt nicht schwierig. Die Nomen wanderten durch einen Irrgarten aus Wänden und Kabeln; Staub hatte sich am Rand der Wege angesammelt. Torrit meinte, sie hätten sich eigentlich nicht richtig verirrt — sie wüßten nur nicht, wo sie sich befänden. Überall gab es Pfade zwischen den Trägern und Balken, aber es fehlten Hinweise darauf, wohin sie führten. Gelegentlich eilte ein Wicht vorbei, ohne sie zu beachten.

Sie dösten in einer Nische, die von zwei hohen Holzwänden begrenzt wurde, und als sie erwachten, hatte sich an dem Halbdunkel nichts geändert. Offenbar kannte das Kaufhaus weder Tag noch Nacht. Aber es schien jetzt etwas lauter zu sein — Masklin hörte dumpfes Stimmengewirr in der Ferne.

Einige weitere Lichter blinkten am *Ding*, und ihm war ein kleines schüsselförmiges Etwas gewachsen, das sich ständig drehte.

»Sollen wir versuchen, nach Speisesaal zurückzukehren?« fragte Torrit hoffnungsvoll.

»Ich glaube, man muß einer Abteilung angehören, um dort zugelassen zu sein«, erwiderte Masklin. »Aber bestimmt gibt es auch woanders etwas zu essen, oder?«

»Vorher ist es hier nicht so laut gewesen«, sagte Oma Morkie. »Was für ein Lärm!«

Masklin blickte sich um und entdeckte einen Spalt im Holz; dahinter schimmerte es hell. Er schob sich näher heran und spähte durch die kleine Öffnung.

»Oh«, murmelte er.

»Was siehst du?« rief Grimma.

»Menschen. Mehr Menschen, als ich jemals zuvor gesehen habe.«

Der Spalt erstreckte sich dort, wo die Wand an die Decke eines Raums traf, der fast ebenso groß war wie das Lastwagennest — und voller Menschen. Das Kaufhaus hatte geöffnet.

Die Nomen wußten, daß Menschen sehr langsam lebten. Bei der Jagd war Masklin mehrmals Menschen begegnet, und bevor sie ihm ihr breites dummes Gesicht zuwenden konnten, blieb ihm immer genug Zeit, fortzulaufen und sich irgendwo zu verstecken.

In dem Raum jenseits des Spalts wimmelte es von Menschen. Träge stapften sie umher, unterhielten sich mit dumpfen Stimmen.

Die Nomen beobachteten sie fasziniert.

»Was halten sie da in den Händen?« fragte Grimma. »Die Objekte ähneln dem *Ding*.«

»Keine Ahnung«, sagte Masklin.

»Sie nehmen die Gegenstände und stecken sie in Beutel, nachdem sie anderen Menschen etwas gegeben haben. Und dann gehen sie. Man könnte fast glauben, daß bewußte Absicht dahintersteckt.«

»Nein.« Torrit schüttelte den Kopf. »Menschen sind wie Ameisen. Sie *scheinen* intelligent zu sein, zugegeben, aber wenn man genauer hinsieht, entdeckt man keine Anzeichen von Vernunft.«

»Sie bauen und konstruieren«, wandte Masklin ein.

»Dazu sind auch Vögel fähig, Junge.«

»Ja, aber ...«

»Ich habe Menschen immer mit Elstern verglichen. Ihnen gefallen glitzernde Dinge.«

»Hm.« Masklin verzichtete darauf, Torrit zu widersprechen. Es hatte keinen Sinn — es sei denn, die Einwände kamen von Oma Morkie. Hinter seiner Stirn war nur Platz für eine gewisse Anzahl von Ideen, und wenn eine davon Wurzeln geschlagen hatte, saß sie für immer fest. Aus diesem Grund behielt Masklin folgende Worte für sich: *Wenn die Menschen so dumm sind — warum verstecken* wir *uns dann vor* ihnen?

Plötzlich fiel ihm etwas ein, und er hob das *Ding.*

»Ding?« fragte er.

Er wartete, und kurze Zeit später hörte er die blecherne Stimme des Kastens: *»Hauptprogramm unterbrochen. Sie wünschen?«*

»Weißt du, was Menschen sind?« fragte Masklin.

»Ja. Hauptprogramm wird fortgesetzt.«

Masklin sah verblüfft zu den anderen.

»Ding?«

»Hauptprogramm unterbrochen. Sie wünschen?«

»Ich habe dich gebeten, mir von Menschen zu erzählen«, sagte Masklin.

»Das ist nicht der Fall. Ihre Frage lautete: Weißt du, was Menschen sind? Meine Antwort war in jeder Hinsicht korrekt.«

»Nun, erklär mir, was Menschen sind.«

»Menschen stellen die einheimische Lebensform der Welt dar, die sie Daskaufhaus nennen. Hauptprogramm wird fortgesetzt.«

»Na also!« Torrit nickte zufrieden. »Ich hab's dir ja gesagt, oder? Sie sind einheimisch. Schlau, ja, aber im Grunde genommen nur einheimisch. Nichts als Einheimischkeit im Kopf.« Er zögerte. »Und Einfältigkeit«, fügte er hinzu.

»Sind *wir* einheimisch?« fragte Masklin.

»Hauptprogramm unterbrochen. Nein. Hauptprogramm wird fortgesetzt.«

»Natürlich nicht«, sagte Torrit herablassend. »*Wir* haben einen gewissen Stolz.«

Masklin öffnete den Mund, um zu fragen, was ›einheimisch‹ bedeutete. Er wußte es nicht, und bestimmt hatte auch Torrit keine Ahnung. Anschließend wollte er noch viele andere Fragen stellen, und bevor er sie formulierte, mußte er sich neue Worte einfallen lassen.

Ich kenne nicht genug Worte, dachte er. *Und manche Dinge kann man nur mit den richtigen Worten denken.*

Doch er kam nicht dazu, seine Absicht in die Tat umzusetzen, denn hinter ihm ertönte eine Stimme. »Sonderbare Geschöpfe, nicht wahr? In der letzten Zeit ziemlich emsig. Was wohl in sie gefahren sein mag?«

Masklin drehte sich um und sah einen älteren, recht stämmigen Nom. Im Gegensatz zu vielen anderen Wichten im Kaufhaus trug er nur schlichte Kleidung, die zum größten Teil aus einer langen Schürze mit vielen geheimnisvoll ausgebeulten Taschen bestand.

»Hast du uns etwa beobachtet?« fragte Oma Morkie.

Der Fremde zuckte mit den Schultern.

»Meistens komme ich hierher, um den Menschen zuzusehen. Dies ist eine gute Stelle, und für gewöhnlich hält sich hier niemand auf. Zu welcher Abteilung gehört ihr?«

»Zu keiner«, sagte Masklin.

»Wir sind nur Leute«, erklärte Oma.

»Und nicht einheimisch«, brachte Torrit hastig hervor.

Der Fremde schmunzelte und kletterte von einem Holzbalken, auf dem er bisher gesessen hatte.

»Interessant«, kommentierte er. »Ich nehme an, ihr seid die Besucher, von denen ich gehört habe. Angeblich kommt ihr aus dem *Draußen.*«

Er streckte die Hand aus. Masklin starrte argwöhnisch darauf hinab.

»Und nun?« fragte er höflich.

Der Fremde seufzte. »Du solltest sie schütteln.«

»Ach? Und warum?«

»Tradition. Ich heiße Dorcas del Ikatessen.« Er lächelte schief. »Habt ihr ebenfalls Namen?«

Masklin antwortete nicht darauf. »Du siehst den Menschen zu? Wie meinst du das?«

»Ich studiere ihr Verhalten. Ja, damit beschäftige ich mich. Man kann eine Menge über die Zukunft erfahren, wenn man den Menschen zusieht.«

»So wie mit dem Wetter?« erkundigte sich Masklin.

»Wetter! Oh, natürlich — Wetter!« Der Wicht grinste vom einen Ohr bis zum anderen. »Klar, ihr wißt über das Wetter Bescheid. Immerhin kommt ihr von *draußen.* Beeindruckendes Phänomen, das Wetter, oder?«

»Du kennst es?«

»Aus Geschichten. Hm.« Dorcas musterte den jungen Jäger von Kopf bis Fuß. »Ich dachte immer, Draußenler müßten sich von uns unterscheiden. Leben, ja — aber von einer ganz anderen Art. Kommt mit! Ich zeige euch, was ich meine.«

Masklin blickte sich in der dunklen, staubigen Welt unter dem Fußboden der Menschen um. Er hatte genug. Es war zu warm und zu trocken, und alle behandelten ihn wie einen Narren. Jetzt erwartete man sogar eine andere Gestalt von ihm.

»Nun ...«, begann er, und das unter den Arm geklemmte *Ding* sagte: *»Wir brauchen diese Person.«*

»Und ob«, bestätigte Dorcas. »Ein hübsches Radio. Werden immer kleiner, nicht wahr?«

Dorcas führte sie zu einem großen, quadratischen, tiefen und dunklen Loch. Einige Kabel, dicker als ein Wicht, verschwanden in der finsteren Tiefe.

»Dort wohnst du?« fragte Grimma.

Dorcas hantierte in der Dunkelheit, und kurz darauf machte es *Klick*. Weit oben donnerte etwas, und es folgte lautes Rasseln.

»Hm? O nein. Hab eine Ewigkeit gebraucht, um dieses Rätsel zu lösen. Es handelt sich um eine Art Boden an einem Seil. Gleitet dauernd auf und ab. Mit Menschen drin. Ich dachte mir: He, Dorcas, du wirst auch nicht jünger, und das Treppensteigen strengt dich zu sehr an. Daraufhin habe ich diese Vorrichtung untersucht. Sie ist überhaupt nicht kompliziert. Kein Wunder: Sonst könnten Menschen sie gar nicht benutzen. Bitte tretet zurück.«

Etwas Gewaltiges und Schwarzes sank durch den Schacht und hielt dicht über ihren Köpfen an. Es klapperte und knarrte, und hinzu kamen die inzwischen schon vertrauten Geräusche von schwerfällig umherstapfenden Menschen.

Unter dem Lift hing ein kleiner Drahtkorb an Strikken.

Oma Morkie schnaufte. »Wenn du glaubst, daß ich mich in ein hin und her baumelndes Drahtnetz setze, hast du dich gründlich geirrt.«

»Ist es sicher?« fragte Masklin.

»Mehr oder weniger, mehr oder weniger«, entgegnete Dorcas, schwang sich in den Korb und fummelte an einem Bündel aus Schaltern herum. »Beeilt euch. Hier entlang, Madam.«

»Äh, wieviel mehr oder weniger?« fragte Masklin, als

Oma Morkie einstieg. Sie erhob jetzt keine Einwände mehr, war viel zu sehr davon überrascht, Madam genannt zu werden.

»Nun, *meine* Konstruktion ist sicher«, sagte Dorcas. »Allerdings: Das *Ding* über uns wurde von Menschen montiert, und daher kann man nie wissen. Festhalten, es geht nach *oben!*«

Etwas krachte, und der Lift setzte sich mit einem Ruck in Bewegung, glitt durch den Schacht empor.

»Toll, nicht wahr?« Dorcas lächelte stolz. »Hab eine Ewigkeit gebraucht, um neue Schaltverbindungen zu schaffen. Man sollte eigentlich meinen, daß die Menschen Verdacht schöpfen, nicht wahr? Sie drücken den Knopf für ›unten‹, aber wenn ich nach oben will, geht's nach oben. Zunächst habe ich befürchtet, daß die Menschen einen Lift, der sich anscheinend von ganz allein bewegt, für seltsam halten. Aber sie sind einfach zu dumm, um so etwas zu bemerken. Da wären wir schon.«

Der Aufzug verharrte mit einem neuerlichen Ruck, und der Drahtkorb hing auf einer Höhe mit einer weiteren Nomenetage unter dem Fußboden.

»Elektro- und Haushaltsgeräte«, verkündete Dorcas. »Mein Zuhause. Hier stört mich niemand, nicht einmal der Abt. Nur ich weiß, wie hier alles funktioniert.«

Masklin sah viele Drähte und Leitungen, die dicke Bündel formten und in verschiedene Richtungen führten. Mitten in dem Durcheinander standen einige Nomen und nahmen etwas auseinander.

»Ein Radio«, erklärte Dorcas. »Erstaunliche Apparate. Wir versuchen festzustellen, wie sie sprechen.« Er kramte in Papierstapeln und holte ein Blatt hervor. Verlegen reichte er es Masklin.

Es zeigte einen kleinen rosaroten Kegel mit einem Haarbüschel.

Die Nomen hatten noch nie eine Napfschnecke gesehen. Sonst wäre ihnen sofort aufgefallen, daß die

Zeichnung genau wie eine Napfschnecke aussah — abgesehen vom Haar.

»Hübsch«, sagte Masklin etwas unsicher. »Was ist das?«

»Äh. Meine Vorstellung vom äußeren Erscheinungsbild eines Draußenlers.«

»Ein spitzer Kopf?«

»Der Regen, weißt du. Er wird in den Legenden erwähnt, die aus der Zeit vor dem Kaufhaus stammen. Regen. Wasser, das ständig vom Himmel herabströmt. Es muß irgendwo ablaufen. Und die schrägen Seiten sollen dem Wind einen möglichst geringen Widerstand bieten. Mir standen nur die Informationen aus alten Geschichten zur Verfügung.«

»Die Augen fehlen.«

Dorcas deutete auf eine bestimmte Stelle. »Hier sind sie. Kleine Augen. Unter dem Haar — damit sie nicht von der Sonne geblendet werden. Das ist ein großes helles Licht am Himmel«, fügte Dorcas hinzu.

»Wir kennen es«, sagte Masklin.

»Was redet er da?« fragte Torrit.

»Er vertritt die Ansicht, daß du so aussehen müßtest«, erläuterte Oma Morkie in sarkastischem Tonfall.

»Mein Schädel ist viel dicker!«

»Ein Dickschädel«, murmelte Oma. »Da hast du vollkommen recht.«

»Ich glaube, du gehst von falschen Annahmen aus«, sagte Masklin langsam. »Draußen ist es ganz anders. Hat denn nie jemand das Kaufhaus verlassen, um sich im Freien umzusehen?«

»Ich habe einmal beobachtet, wie sich die große Tür öffnete«, erwiderte Dorcas. »Die in der Garage. Aber dahinter glänzte es nur grell.«

»Ich schätze, einen solchen Eindruck muß man gewinnen, wenn man die ganze Zeit in der Dunkelheit verbringt.«

Dorcas setzte sich auf eine leere Garnrolle. »Bitte erzählt mir davon«, sagte er. »Beschreibt mir das Draußen in allen Einzelheiten.«

An dem *Ding* — es lag auf Torrits Schoß — blinkte ein weiteres grünes Licht.

Irgendwann brachte einer der jungen Wichtel etwas zu essen. Die Besucher erzählten und widersprachen sich häufig, während Dorcas zuhörte und Fragen stellte.

Er bezeichnete sich als Erfinder und arbeitete vor allem mit Elektrizität. Ganz zu Anfang, als die Nomen damit begannen, die Leitungen des Kaufhauses anzuzapfen, waren viele ums Leben gekommen. Schließlich entdeckten sie weniger gefährliche Methoden, aber das Elektrische blieb ein Geheimnis, und kaum jemand wagte es, sich damit zu befassen. Aus diesem Grund ließen die Anführer der großen Familien und selbst der Abt, das Oberhaupt der Büromaterialer, Dorcas in Ruhe. Es sei immer vorteilhaft, etwas zu können, das andere Leute nicht verstanden oder mit dem sie nichts zu tun haben wollten, meinte der alte Erfinder. Sie brauchten ihn und fanden sich damit ab, wenn er gelegentlich laut übers Draußen nachdachte. Vorausgesetzt, er war dabei nicht *zu* laut.

»Mein Erinnerungsvermögen ist überfordert.« Dorcas seufzte. »Wie heißt das andere Licht, das während Geschlossen leuchtet? Entschuldigung — während der Wacht, meine ich.«

»Nacht«, berichtigte Masklin. »Man nennt es Mond.«

»Mond«, wiederholte Dorcas und rollte das Wort auf der Zunge hin und her. »Es ist nicht so hell wie die Sonne? Eigenartig. Es wäre doch sinnvoller, wenn das hellere Licht in der Nacht strahlt und nicht am Tag — dann kann man ohnehin sehen. Ihr kennt nicht zufälligerweise den Grund dafür, oder?«

»Es ist einfach so«, sagte Masklin.

»Ich gäbe alles darum, um es selbst zu sehen. Als ich klein war, habe ich dauernd die Lastwagen beobachtet, aber ich brachte nie den Mut auf, mich von ihnen mitnehmen zu lassen.« Dorcas beugte sich vor

»Ich glaube, Arnold Bros (gegr. 1905) hat uns ins Kaufhaus gebracht, damit wir Dinge herausfinden«, fuhr er fort. »Um mehr zu erfahren. Wozu haben wir sonst ein Gehirn? Was meinst du?«

Die Frage schmeichelte Masklin, doch als er den Mund öffnete, wurde er sofort unterbrochen. »Hier reden die Leute dauernd über Arnold Bros (gegr. 1905)«, sagte Grimma. »Aber niemand weist darauf hin, wer er *ist.*«

Dorcas lehnte sich zurück. »Oh, er schuf das Kaufhaus. Im Jahre 1905. Den Keller, die Buchhaltung und alles dazwischen. Ich kann es nicht leugnen. Irgend jemand muß dies alles gebaut haben. Aber ich betone immer wieder, daß wir uns trotzdem Gedanken machen sollten ...«

Das grüne Licht am *Ding* erlosch, und die kleine, sich immerzu drehende Schüssel verschwand. Der Kasten surrte, wie eine sich räuspernde Maschine.

»Ich empfange die Daten einer telefonischen Kommunikation«, teilte es mit.

Die Wichte sahen sich an.

»Gut«, sagte Grimma. »Das freut uns, nicht wahr, Masklin?«

»Ich habe eine wichtige Botschaft für die Oberhäupter dieser Gemeinschaft. Ist Ihnen klar, daß Sie in einer konstruierten Entität mit begrenzter Existenzdauer leben?«

»Faszinierend«, ließ sich Dorcas vernehmen. »So viele Worte. Man hat das Gefühl, fast zu verstehen, was sie bedeuten.« Er zeigte mit dem Daumen zur Decke. »Dort oben gibt's ähnliche Dinge. Sie heißen Radios. Manchmal flimmern auch Bilder an ihnen. Bemerkenswert.«

»Ich muß so schnell wie möglich mit den Oberhäuptern der Gemeinschaft sprechen, um sie auf die imminente Zerstörung dieses Artefakts hinzuweisen«, intonierte das *Ding*.

»Entschuldige bitte«, sagte Masklin. »Ich verstehe nicht ...«

»Bleiben meine Ausführungen für Sie ohne Signifikanz?«

»Was hat es mit ›Signifikanz‹ auf sich?«

»Offenbar hat sich die Sprache stärker verändert, als ich bisher vermutete.«

Masklin warf dem schwarzen Kasten einen aufmunternden Blick zu.

»Ich werde versuchen, mich einfacher auszudrücken«, versprach das *Ding*. Einige Lichter funkelten an ihm.

»Gute Idee«, sagte Masklin.

»Großes Kaufhaus machen bald Bumm und gehen kaputtig«, erklang die blecherne Stimme.

Erneut wechselten die Nomen einen Blick. In ihren Mienen war nur Platz für Verwirrung.

Das *Ding* surrte einmal mehr. *»Kennen Sie die Bedeutung des Wortes ›Zerstörung‹?«*

»O ja«, bestätigte Dorcas.

»Das wird mit dem Kaufhaus geschehen. In einundzwanzig Tagen.«

❖ 4 ❖

I. Wehe euch, Eisenwarenlern und Kurzwarenlern; wehe euch, Hutlern und Del Ikatessen; wehe euch, Jungen Moden und Räubern von Miederwaren; wehe selbst euch, Büromaterialern.

II. Denn das Kaufhaus ist nur ein Ort im Draußen.

III. Wehe euch, denn Arnold Bros (gegr. 1905) hat mit dem Ausverkauf begonnen: *Alles muß weg.*

IV. Aber sie verspotteten ihn und sprachen: Du bist ein Draußenler und existierst nicht einmal.

Aus dem *Buch der Nomen*, Textilien, Verse I–IV

Oben trampelten die Menschen durch ihr langsames und unverständliches Leben. Teppiche und Dielen dämpften den von ihnen verursachten Lärm; unter dem Boden hörten die Nomen nur ein fernes Grollen, als sie durch staubige Tunnel und Korridore eilten.

»Das *Ding* hat es sicher nicht ernst gemeint«, behauptete Oma Morkie. »Das Kaufhaus ist groß. Etwas so Großes kann nicht einfach zerstört werden. Völlig ausgeschlossen.«

»Ich hab's ja *gesagt!*« keuchte Torrit. Er reagierte immer fröhlich auf Nachrichten, die Verwüstung und Entsetzen betrafen. »Es hieß immer, das *Ding* weiß über Dinge Bescheid. Und komm mir jetzt bloß nicht mit deinem *Sei still.*«

»Warum müssen wir uns so sehr beeilen?« fragte Masklin. »Einundzwanzig Tage sind viel Zeit.«

»Nicht in der Politik«, erwiderte Dorcas grimmig.

»Ich dachte, wir sind hier im Kaufhaus.«

Der Erfinder blieb so plötzlich stehen, daß Oma Morkie gegen ihn prallte.

»Hört mal ...«, begann er mit ungeduldiger Geduld. »Was sollen die Nomen unternehmen, wenn das Kaufhaus, äh, zerstört wird?«

»Ist doch ganz klar«, antwortete Masklin. »Nach draußen gehen ...«

»Aber die meisten von uns glauben nicht einmal, daß ein Draußen existiert! Selbst ich zweifle daran — und ich bin nicht nur außergewöhnlich intelligent, sondern auch sehr neugierig! *Wir können nirgends hingehen!* Verstehst du?«

»Draußen gibt es genug Platz ...«

»Nur, wenn man daran glaubt!«

»Es ist kein Hirngespinst!«

»Ich fürchte, die Leute sind weitaus komplizierter, als du annimmst. Nun, ich halte es trotzdem für angebracht, mit dem Abt zu sprechen. Ein schrecklicher alter Tyrann, aber recht klug, auf seine eigene Art und Weise. Ein wenig spießig.« Dorcas bedachte seine Begleiter mit einem skeptischen Blick.

»Es wäre sicher besser, wenn wir nicht zuviel Aufmerksamkeit erregen würden«, fuhr er fort. »Mich beachtet man kaum, doch für andere ist es alles andere als ratsam, ohne einen triftigen Grund außerhalb ihrer Abteilungen unterwegs zu sein. Und da ihr keiner Abteilung angehört ...«

Er zuckte mit den Achseln. Ein kurzes Heben der Schultern genügte, um deutlich auf jene unangenehmen Dinge hinzuweisen, die einem abteilungslosen Wanderer zustoßen konnten.

Erneut benutzten sie den Lift, und er brachte sie in einen staubigen Unter-dem-Fußboden-Bereich, wo trüb leuchtende Glühbirnen an den Wänden hingen. Weit und breit war niemand zu sehen. Nach dem regen Treiben in den anderen Abteilungen herrschte eine fast angenehme Stille. *Hier ist es sogar noch stiller als auf den weiten Feldern draußen,* dachte Masklin. Dort *sollte* es still sein, aber hier rechnete man mit hin und her eilenden Nomen.

Sie spürten es alle und drängten sich zusammen.

»Hübsche kleine Lichter«, sagte Grimma, um das allgemeine Schweigen zu beenden. »Nomengroß. Und in verschiedenen Farben. Einige blinken sogar.«

»Jedes Jahr stehlen wir Schachteln mit solchen Lampen, kurz vor Weihnachten«, erwiderte Dorcas. Er sah sich nicht um. »Die Menschen hängen sie an Bäume.«

»Warum?«

»Keine Ahnung. Um sie besser zu sehen — was weiß ich? Menschen sind rätselhaft.«

»Du kennst Bäume«, stellte Masklin fest. »Es erstaunt mich, daß es sie auch hier im Kaufhaus gibt.«

»Natürlich kenne ich Bäume«, sagte Dorcas. »Große grüne Dinger mit Plastikdornen dran. Einige von ihnen bestehen aus Girlanden und so. Wenn das Weihnachtsfest näher rückt, stehen sie überall und versperren einem den Weg.«

»Die Bäume im Draußen sind riesig«, erzählte Masklin. »Und sie haben Blätter, die in jedem Jahr abfallen.«

Dorcas sah ihn verdutzt an.

»Sie fallen ab?«

»Ja«, antwortete Masklin. »Erst verfärben sie sich, und dann fallen sie zu Boden.« Die anderen Nomen nickten. In der letzten Zeit hatten sie viel Überraschendes und Verblüffendes gesehen, das sie mit Unsicherheit erfüllte, aber sie wußten ganz genau, was es mit Blättern auf sich hatte.

»Und das passiert jedes Jahr?« vergewisserte sich Dorcas.

»Ja.«

»Wirklich? Verblüffend. Und wer befestigt die Blätter wieder an den Zweigen?«

»Niemand«, sagte Masklin. »Sie kehren einfach zurück.«

»Von ganz allein?«

Die Gruppe nickte und klammerte sich an Gewißheit fest. »So hat es den Anschein«, entgegnete Masklin. »Den Grund dafür haben wir nie herausgefunden. Es ist eben so.«

Der Erfinder kratzte sich am Kopf. »Tja, ich weiß nicht«, murmelte er. »Klingt nach schlechter Geschäftsleitung. Seid ihr sicher ...«

Gestalten umringten sie plötzlich. Im einen Augenblick Staubhaufen, im nächsten Leute. Direkt vor ihnen stand nun ein Wicht, der einen Bart hatte und eine Klappe über dem linken Auge trug. Zwischen den Zähnen steckte ein Messer, und dadurch wirkte sein Grinsen noch schlimmer.

»Ach, du meine Güte!« stöhnte Dorcas.

»Wer sind diese Burschen?« zischte Masklin.

»Räuber. Ein typisches Problem in Miederwaren.« Dorcas hob die Hände.

»Was sind Räuber?« fragte Masklin.

»Was ist Miederwaren?« fügte Grimma hinzu.

Dorcas deutete mit dem Zeigefinger nach oben. »Über uns. Eine Abteilung. Niemand ist daran interessiert, denn sie enthält keine nützlichen Gegenstände. Die meisten Objekte sind rosarot und haben Gummibänder ...«

»Her mid oiren Dachen, fenn oich oier Lehen lieh isch«, nuschelte der Einäugige.

»Bitte?« Grimma wölbte eine Hand hinterm Ohr.

»Her mid oiren Dachen, fenn oich oier Lehen lieh isch, hahe ich geschagt!«

»Ich glaube, es liegt am Messer«, meinte Masklin. »Wir könnten dich bestimmt verstehen, wenn du es aus dem Mund nimmst.«

Der Räuber starrte sie zornig an, kam der Aufforderung jedoch nach.

»Her mit euren Sachen, wenn euch euer Leben lieb ist!« wiederholte er.

Masklin wandte sich an den Erfinder und sah ihn fragend an. Der alte Wicht winkte.

»Er will, daß ihr ihm euren ganzen Besitz gebt. Natürlich tötet er euch nicht, aber Räuber können sehr ungemütlich werden.«

Der junge Jäger und seine Draußenler-Gefährten steckten die Köpfe zusammen. Mit einer solchen Erfahrung wurden sie nun zum erstenmal konfrontiert. Niemand von ihnen war jemals auf die Idee gekommen, etwas zu stehlen — weil es zu Hause nie etwas gegeben hatte, das sich zu stehlen lohnte.

»Verstehen sie kein klares Nomisch?« brummte der Einäugige.

Dorcas lächelte verlegen. »Bitte sei ihnen deshalb nicht böse. Sie sind neu hier.«

Masklin drehte sich um.

»Wir haben uns entschieden und möchten unseren Besitz behalten, wenn es dir nichts ausmacht. Tut mir leid.«

Er schenkte Dorcas und dem Räuber ein strahlendes Lächeln.

Der Einäugige erwiderte es. Zumindest öffnete er den Mund und zeigte die Zähne.

»Äh ...« Dorcas ruderte mit den Armen. »So etwas kannst du nicht sagen. Ich meine, du kannst nicht sagen, daß du deine Sachen behalten möchtest!« Er bemerkte die Verwunderung in Masklins Zügen. »Beraubt zu werden ... Es bedeutet, daß einem Dinge weggenommen werden. Du mußt dich fügen.«

»Warum?« fragte Grimma.

»Weil ...« Der alte Erfinder zögerte. »Keine Ahnung. Tradition, nehme ich an.«

Der Räuberhauptmann warf das Messer von einer Hand in die andere. »Ich sag euch was«, kündigte er an. »Ihr seid neu hier und so, und deshalb gehen wir nicht ganz so grob mit euch um. Schnappt sie!«

Zwei Räuber packten Oma Morkie.

Was sich als Fehler herausstellte. Sie holte mit der knochigen rechten Hand aus, und es klatschte zweimal.

»Frechheit!« schnaufte sie, als die Räuber mit roten Ohren zurücktaumelten.

Ein Räuber versuchte, Torrit festzuhalten — und spürte einen spitzen Ellbogen in der Magengrube. Ein anderer zog das Messer und bedrohte Grimma, deren Finger sich um seinen Unterarm schlossen. Er ließ die Klinge fallen, sank auf die Knie und wimmerte leise.

Masklin bückte sich, griff nach dem Hemd des Einäugigen und hob ihn hoch.

»Ich bin nicht sicher, ob ich diesen Brauch verstehe«, sagte er. »Aber Nomen sollten anderen Nomen nichts zuleide tun, oder?«

»Ahahaha«, erwiderte der Räuberhauptmann nervös.

»Deshalb schlage ich vor, ihr geht jetzt fort, einverstanden?«

Er ließ den Mann los. Der Räuber suchte hastig nach seinem Messer, steckte es ein, sah noch einmal mit einem besorgten Grinsen zu Masklin zurück und rannte los. Seine Kameraden folgten ihm und versuchten dabei, so schnell wie möglich zu humpeln.

Der junge Jäger drehte sich zu Dorcas um, der sich vor Lachen schüttelte.

»Nun, kannst du mir erklären, was gerade geschehen ist?«

Der Erfinder lehnte sich an die Wand und schnappte nach Luft.

»Du weißt es wirklich nicht, oder?« gluckste er.

»Nein«, antwortete Masklin geduldig. »Deshalb frage ich ja.«

»Die Miederwarenler sind Räuber und nehmen sich Dinge, die ihnen nicht gehören. Sie verstecken sich in der Abteilung Miederwaren, weil es sehr schwer ist, sie dort aufzustöbern. Für gewöhnlich beschränken sie sich darauf, anderen Leuten einen Schrecken einzujagen. Sie gehen einem nur auf die Nerven.«

»Warum hatte der Einäugige ein Messer im Mund?« erkundigte sich Grimma.

»Vielleicht hoffte er, dadurch einen tollkühnen und verwegenen Eindruck zu erwecken.«

»Meiner Meinung nach sah er ziemlich albern aus«, sagte Grimma.

»Ich verpasse ihm eine saftige Ohrfeige, wenn er zurückkehrt«, versprach Oma Morkie.

»Die Räuber wagen sich bestimmt nicht noch einmal in unsere Nähe. Es hat sie sicher schockiert, von Überfallenen geschlagen zu werden.« Dorcas lachte. »Ich bin gespannt, welche Wirkung ihr auf den Abt erzielt. Ihr seid einmalig und bringt ... Wie heißt das Zeug, von dem es draußen jede Menge gibt?«

Masklin runzelte die Stirn. »Luft?«

»Ja, genau. Ihr bringt frische Luft ins Kaufhaus.«

Und so erreichten sie schließlich die Abteilung Büromaterial.

›Geht zu den Büromaterialern oder nach draußen!‹ hatte der Herzog gesagt — offenbar sah er keinen großen Unterschied zwischen diesen beiden Möglichkeiten. Alle große Familien mißtrauten den Büromaterialern und argwöhnten, daß sie über eine seltsame, erschreckende Macht verfügten.

Immerhin konnten sie lesen und schreiben. Wer imstande war, die Sprache des Papiers zu deuten, *mußte* sonderbar sein.

Darüber hinaus verstanden die Büromaterialer Arnold Bros' (gegr. 1905) Botschaften am Himmel.

Aber es ist sehr schwer, mit jemandem zu reden, der einen für nicht vorhanden hält.

Masklin hatte immer geglaubt, daß Torrit alt aussehe, doch der Abt wirkte so alt, daß er zusammen mit der Zeit geboren zu sein schien. Er stützte sich auf zwei

Stöcke, und ständig warteten junge Nomen in seiner Nähe, falls er Hilfe brauchte. Sein Gesicht bestand nur aus Falten, und die Augen darin starrten wie zwei glitzernde schwarze Löcher.

Die Gruppe scharte sich hinter Masklin, wie immer, wenn irgend etwas sie beunruhigte.

Die Audienzkammer des Abts befand sich neben einem Lift, und ihre Wände bestanden aus Pappe. Staub rieselte von ihnen herab, wenn ein Aufzug durch den nahen Schacht rumpelte.

Einige Bedienstete eskortierten den Abt zu seinem Stuhl, dort nahm er mühevoll Platz und beugte sich langsam vor.

»Ah«, sagte er, »Del Ikatessen, nicht wahr? Irgendwelche neuen Erfindungen?«

»Keine wichtigen, Exzellenz«, erwiderte Dorcas. »Nun, ich habe die Ehre, dir einige Personen vorzustellen, die ...«

»Ich sehe niemanden«, behauptete der Abt ruhig.

»Muß blind sein«, schniefte Oma Morkie.

»Und ich höre auch niemanden«, fügte der Abt hinzu.

»Seid still!« flüsterte Dorcas. »Jemand hat ihm von euch erzählt. Deshalb sieht er nur mich.« Und lauter: »Exzellenz, ich bringe schlechte Nachrichten. Das Kaufhaus soll abgerissen werden.«

Die erwartete Reaktion blieb aus. Einige hinter dem Abt stehende Büromaterialer-Priester kicherten, und der Greis auf dem Stuhl erlaubte sich ein dünnes Lächeln.

»Meine Güte«, entgegnete er gelassen. »Und wann soll dieses schreckliche Ereignis stattfinden?«

»In einundzwanzig Tagen, Exzellenz.«

»Na schön«, sagte der Abt freundlich. »Geh jetzt und berichte uns nachher davon.«

Die Priester grinsten.

»Es ist kein Scherz, Exzellenz. Ich ...«

Der Abt hob eine knotige Hand. »Zweifellos verstehst du viel von Elektrizität, Dorcas, aber weißt du: Bei jedem Großen Schlußverkauf rufen leicht erregbare Leute: ›Das Ende des Kaufhauses ist nah.‹ Seltsamerweise geht das Leben immer weiter.«

Masklin fühlte den Blick des Abts auf sich ruhen. Als einem Unsichtbaren schenkte man ihm erstaunlich viel Aufmerksamkeit.

»Exzellenz, diesmal ist die Sache sehr ernst«, sagte Dorcas steif.

»Ach?« Spott erklang in der Stimme des Abts. »Hat dir das die *Elektrizität* verraten?«

Der Erfinder stieß Masklin in die Rippen. »Jetzt«, hauchte er.

Der Jäger trat vor und legte das *Ding* auf den Boden.

»Jetzt«, flüsterte er.

»Bin ich in der Präsenz von Oberhäuptern der Gemeinschaft?« fragte das *Ding*.

»Das ist tatsächlich der Fall«, bestätigte Dorcas. Der Abt starrte auf den Kasten.

»Ich werde einfache Worte benutzen«, begann das *Ding*. *»Ich bin der Navigations- und Aufzeichnungscomputer. Ein Computer ist eine Maschine, die denkt. Denk, Computer, denk. Seht nur, wie der Computer denkt. Ich benutze Elektrizität. Manchmal kann Elektrizität Informationen tragen und weiterleiten. Informationen sind Mitteilungen. Ich höre diese Mitteilungen und verstehe sie. Manchmal sind die Mitteilungen in Telefonleitungen unterwegs. Manchmal befinden sie sich in anderen Computern. Es gibt einen Computer im Kaufhaus. Er zahlt den Menschen Löhne und Gehälter. Ich kann hören, wie er denkt, und er denkt folgendes: Bald gibt es kein Kaufhaus mehr; bald ist es nicht mehr nötig, die Bücher zu führen, Löhne und Gehälter auszuzahlen. Und die Telefonleitungen sagen: Ist dort die Firma Grimethorpe, auf Abbruch spezialisiert? Können wir die letzten Vorbereitungen für den Abriß besprechen? Bis zum einundzwanzigsten wird alles verkauft sein …«*

»Sehr amüsant«, kommentierte der Abt. »Wie ist es dir gelungen, einen solchen Apparat zu bauen?«

»Ich habe ihn nicht gebaut, Exzellenz. Diese Leute brachten ihn mit ...«

»Welche Leute?« Der Abt blickte durch Masklin und betrachtete die gegenüberliegende Wand.

»Was passiert, wenn ich ihn in die Nase kneife?« raunte Oma Morkie.

»Es wäre sehr unangenehm«, antwortete Dorcas.

»Gut.«

»Für dich.«

Der Abt stand schwerfällig auf.

»Ich bin ein toleranter Nom«, sagte er. »Du spekulierst über das Draußen, und ich habe nichts dagegen, halte es für eine gute geistige Übung. Jeder Nom sollte Gelegenheit erhalten, seine Gedanken schweifen zu lassen. Aber ich kann nicht dulden, daß du glaubst, im Draußen gäbe es irgend etwas. Kleine hübsche Spielzeuge ...« Der Abt humpelte einige Schritte weit und stieß einen Stock auf das summende *Ding.* »Solchen Unsinn lasse ich nicht zu! Draußen ist alles leer! Leben in anderen Kaufhäusern — pah! Ende der Audienz! Fort mit dir!«

»Ich bin stabil genug, um den Aufprall einer zweitausendfünfhundert Tonnen schweren Masse auszuhalten«, sagte das *Ding* selbstgefällig. Niemand achtete darauf.

»Hinfort! Hinfort!« rief der Abt, und Masklin beobachtete, wie er am ganzen Leib bebte.

Das Kaufhaus erschien ihm immer sonderbarer. Vor einigen wenigen Tagen hatte er nicht viel wissen müssen: Notwendige Kenntnisse beschränkten sich darauf, wie man großen hungrigen Wesen entkam. Feldwerkskunst, nannte es Torrit. Jetzt rang sich Masklin allmählich zu der Erkenntnis durch, daß es noch eine andere Art von Wissen gab. Es betraf gewisse Regeln, die man beachten mußte, wenn man mit vielen anderen Nomen zusammenlebte. Zum Beispiel: Sei sehr vorsichtig, wenn du Leuten etwas erzählst, das sie nicht hören wollen. Und: Die Vorstellung, sich zu irren, kann gewisse Personen sehr verärgern.

Einige Gehilfen des Abts führten sie durch die Tür und vermieden dabei, Masklin und seine Gefährten zu berühren oder sie auch nur anzusehen. Mehrere von ihnen wichen rasch beiseite, als Torrit das *Ding* nahm und schützend die Arme darum schlang.

Oma Morkies Vorrat an Geduld war nie besonders groß gewesen, und jetzt ging er zur Neige. Sie packte den nächsten Priester an seiner schwarzen Kutte und hielt ihn sich dicht vor die Nase. Er verdrehte die Augen, als er versuchte, Oma nicht zu sehen. Sie rammte ihm den Zeigefinger an die Brust.

»Na, spürst du meinen Finger?« fragte sie scharf. »Fühlst du ihn? Glaubst du noch immer, daß ich gar nicht hier bin?«

»Einheimische!« höhnte Torrit.

Der Mönch löste sein unmittelbares Problem, indem er leise ächzte und in Ohnmacht fiel.

»Verschwinden wir von hier«, drängte Dorcas. »Bisher begnügt man sich damit, euch nicht zu sehen. Aber vielleicht kommt gleich jemand auf die Idee, dafür zu *sorgen*, daß ihr nicht existiert.«

»Ich verstehe das nicht«, klagte Grimma. »Wieso sieht uns hier niemand?«

»Weil die Leute wissen, daß wir aus dem Draußen stammen«, erwiderte Masklin.

»Andere Nomen sehen uns!« stieß Grimma fast schrill hervor. Masklin konnte es ihr nicht verdenken. Auch er fühlte sich immer unsicherer.

»Weil sie uns nicht kennen«, sagte er. »Oder weil sie nicht *glauben*, daß wir Draußenler sind.«

»Ich bin kein Draußenler!« protestierte Torrit. »Dies sind alles Drinnenler!«

»Aber dann *weiß* der Abt, daß wir von draußen kommen!« entfuhr es Grimma. »Er *glaubt* an unsere Existenz, und deshalb sieht er uns nicht. Ergibt das einen Sinn?«

»Nein.« Dorcas schüttelte den Kopf. »So sind Nomen eben.«

»Es spielt doch gar keine Rolle«, warf Oma Morkie ein. »In drei Wochen werden alle Drinnenler zu Draußenlern. Geschieht ihnen ganz recht. Dann müssen sie herumlaufen, ohne sich zu sehen. Etwa so.« Sie neigte den Kopf weit in den Nacken, bis ihre Nase zur Decke zeigte. »Oh, ent*schuldigen* Sie, Herr Abt, bin Ihnen auf den Fuß getreten, weil ich Sie gar nicht ge*sehen* habe ...«

»Wenn die hiesigen Wichte bereit wären, uns zuzuhören«, sagte Masklin, »dann verstünden sie bestimmt alles.«

»Ich bezweifle es.« Dorcas trat nach dem Staub. »Eigentlich dumm, daß ich mir etwas anderes erhofft hatte. Die Büromaterialer lehnen neue Ideen immer ab.«

»Bitte um Verzeihung«, ertönte es hinter ihnen.

Sie drehten sich um und sahen einen dicklichen jungen Büromaterialer mit krausem Haar und besorgtem Gesichtsausdruck. Nervös zupfte er am Saum seines Umhangs.

»Ja?« fragte Dorcas.

»Äh. Ich möchte, äh, mit den, äh, Draußenlern sprechen.« Der kleine Mann verbeugte sich vor Torrit und Oma Morkie.

»Offenbar hast du bessere Augen als die meisten anderen«, sagte Masklin.

»Äh, ja«, bestätigte der Büromaterialer. Er sah durch den Korridor. »Äh, ich würde gern mit euch reden. Allein.«

Sie traten hinter einen Balken.

»Nun?« fragte Masklin.

»Der, äh, sprechende Kasten ... Glaubst du ihm?«

»Ich vermute, daß er gar nicht lügen kann.«

»Worum handelt es sich? Um eine Art Radio?«

Masklin wandte sich mit einem hoffnungsvollen Blick an Dorcas.

»Er meint einen Apparat, der Geräusche verursacht«, erklärte der Erfinder stolz.

»Ach?« Masklin hob die Schultern. »Nun, wie dem auch sei … Wir haben das *Ding* schon seit langer Zeit. Angeblich kam es in Begleitung von Nomen aus weiter Ferne, vor fünfzehntausend Jahren.« Er genoß den Klang der letzten Worte. »Seit Generationen bewahren wir es auf, nicht wahr, Torrit?«

Der alte Mann nickte nachdrücklich. »Mein Vater hatte es vor mir, und sein Vater vor ihm, und sein Vater vor ihm und gleichzeitig sein Bruder, und ihr Onkel vor ihnen …«

Der Büromaterialer kratzte sich am Kopf.

»Ich mache mir große Sorgen. Die Menschen verhalten sich seltsam. Es treffen keine neuen Waren im Kaufhaus ein, und man stellt Schilder auf, die wir noch nie zuvor gesehen haben. Selbst der Abt ist beunruhigt und fragt sich immer wieder, was Arnold Bros (gegr. 1905) jetzt von uns verlangt. Deshalb, äh …« Erneut zupfte er am Saum des Umhangs. »Nun, ich bin der Assistent des Abts und heiße Gurder. Ich muß Aufgaben wahrnehmen, um die er sich nicht selbst kümmern kann. Deshalb, äh …«

Masklin seufzte lautlos. »Ja?«

»Könntet ihr mit mir kommen? Bitte?«

»Gibt es was zu essen?« fragte Oma Morkie. Sie vergaß nie die wichtigen Dinge.

»Wir lassen uns etwas bringen«, versicherte ihr Gurder und wich durch das Labyrinth aus Trägern, Kabeln und Drähten zurück. »Bitte folgt mir. Bitte!«

❖ 5 ❖

I. Doch einige sprachen: Wir haben Arnold Bros' (gegr. 1905) neue Schilder im Kaufhaus gesehen und sind besorgt, weil sie uns ein Rätsel bleiben.

II. Denn dies ist die Saison des Weihnachtsfestes, doch normalerweise werden zu Weihnachten ganz andere Schilder aufgestellt.

III. Es sind auch nicht die Schilder des Winter- und Sommerschlußverkaufs; sie verkünden weder Spezielle Gelegenheiten noch Sonderangebote. Keine Saison hat jemals solche Schilder gesehen.

IV. Ihre Botschaft lautet: Räumungsverkauf. Ja, wir sind sehr besorgt.

Aus dem *Buch der Nomen*, Klagen, Verse I–IV

Gurder verneigte sich immer wieder und knickste, während er die Gruppe tiefer ins Territorium der Büromaterialer führte. Es roch muffig. Hier und dort sah Masklin Stapel aus Objekten, die ›Bücher‹ hießen. Er wußte nicht, was sie darstellten, aber Dorcas hielt sie für sehr wichtig.

»Sieh dir das an«, grummelte der alte Erfinder.

»Zwischen den Deckeln der Bücher verbergen sich bestimmt sehr interessante und nützliche Dinge, aber die Büromaterialer bewachen sie wie, wie ...«

»Wie etwas, das sehr gut bewacht wird?« fragte Masklin.

»Genau, genau. Ja, das stimmt genau. Manchmal starren die hiesigen Leute darauf hinab. *Lesen* — so nennen sie es. Aber sie verstehen davon überhaupt nichts.«

Das *Ding* in Torrits Armen summte, und einige Lichter glühten auf.

»*Bücher enthalten Wissen?*« erkundigte es sich.

»Angeblich eine ganze Menge«, antwortete Dorcas.

»*Dann ist es sehr wichtig, daß Sie sich Bücher beschaffen.*«

»Die Büromaterialer geben sie nicht her«, sagte der Erfinder. »Sie behaupten, Bücher setzen das Gehirn in Brand, wenn man nicht weiß, wie man sie richtig liest.«

»Hier entlang, bitte.« Gurder schob eine Barriere aus Pappe beiseite.

Jemand wartete auf sie, saß steif auf mehreren Kissen und kehrte ihnen den Rücken zu.

»Ah, Gurder«, brummte er. »Da bist du ja. Gut.«

Der Abt. Er drehte sich nicht um.

Masklin berührte Gurder am Arm. »Vorhin war es schon schlimm genug. Warum müssen wir das wiederholen?«

Gurders Augen schienen dem jungen Jäger mitzuteilen: Vertrau mir; es gibt keine andere Möglichkeit.

»Hast du dafür gesorgt, daß man uns etwas zu essen bringt, Gurder?« murmelte der Abt.

»Exzellenz, ich wollte gerade ...«

»Erledige es jetzt.«

»Ja, Exzellenz.«

Gurder warf Masklin noch einen verzweifelten Blick zu und eilte davon.

Die Wichte standen unsicher vor dem Thron aus Kissen, und jeder von ihnen fragte sich, was nun geschehen mochte.

Schließlich sprach der Abt.

»Ich bin fast fünfzehn Jahre alt. Ich bin sogar noch älter als einige Abteilungen im Kaufhaus. Viele seltsame Dinge habe ich gesehen, und bald werde ich Arnold Bros (gegr. 1905) begegnen, in der Hoffnung, ein guter und pflichtbewußter Nom gewesen zu sein. Ich bin so alt, daß manche glauben, ich *sei* das Kaufhaus. Sie befürchten das Ende ihrer Welt, wenn ich sterbe. Und ihr sagt, es steht tatsächlich bevor. Wer trägt bei euch die Verantwortung?«

Masklin wandte sich an Torrit, aber alle anderen sahen ihn an.

»Nun, äh. Ich. Glaube ich. Momentan.«

»Das stimmt.« Torrit seufzte erleichtert. »Ich gebe ihm vorübergehend die Verantwortung. Weil ich der Anführer bin.«

Der Abt nickte.

»Eine sehr kluge Entscheidung«, lobte er. Torrit strahlte.

»Bleib mit dem sprechenden Kasten hier«, sagte der Abt zu Masklin. »Was die anderen betrifft ... Geht bitte. Eine Mahlzeit für euch ist bereits unterwegs. Bitte geht und wartet.«

»Äh«, erwiderte Masklin. »Nein.«

Kurze Stille.

»Warum *nein?*« fragte der Abt sanft.

»Weil wir, äh, immer zusammen sind«, entgegnete Masklin. »Wir haben uns nie zuvor getrennt.«

»Eine anerkennenswerte Einstellung. Aber das Leben erfordert Kompromisse, wie du früher oder später feststellen wirst. Hast du etwa Angst? Du fühlst dich doch nicht von mir bedroht, oder?«

»Sprich du mit ihm, Masklin«, sagte Grimma. »Wir bleiben in der Nähe. Es ist nicht weiter wichtig.«

Er nickte widerstrebend.

Die anderen verließen den Raum, und daraufhin drehte sich der Abt um. Aus der Nähe gesehen wirkte er noch viel älter. Das Gesicht war nicht faltig, sondern bildete eine große Falte. *Er war in mittleren Jahren, als Torrit geboren wurde,* dachte Masklin. *Er könnte Oma Morkies Großvater sein!*

Der Abt lächelte ein mühevolles Lächeln: Jemand

schien ihm das Lächeln erklärt zu haben, aber offenbar hatte er nie Zeit gefunden, um zu üben.

»Du heißt Masklin, wenn ich mich recht entsinne.«

Der Jäger stritt es nicht ab.

»Ein Wunder!« platzte es aus ihm heraus. »Du kannst mich sehen! Vor zehn Minuten hast du meine Existenz geleugnet, und jetzt redest du mit mir!«

»Das ist keineswegs seltsam«, erwiderte der Abt. »Vor zehn Minuten war alles offiziell. Meine Güte, soll ich etwa zulassen, daß die Leute glauben, ich hätte mich von Anfang an geirrt? Seit Generationen betonen die Äbte immer wieder: Es existiert nichts im Draußen. Wenn ich jetzt einräume, daß es dort doch etwas geben könnte ... Man hielte mich für verrückt.«

»Tatsächlich?«

»Ja, so ist das in der Politik. Äbte dürfen nicht dauernd ihre Meinung ändern. Dir wird sicher bald klar, worauf ich hinaus will. Es spielt keine Rolle, ob ein Anführer recht oder unrecht hat — er muß *sicher* sein. Sonst wissen die anderen Leute gar nicht mehr, was sie denken sollen. Natürlich kann es nicht schaden, recht zu haben«, fügte der Abt hinzu. Er lehnte sich zurück.

»Einst fanden schreckliche Kriege im Kaufhaus statt«, fuhr er fort. »*Entsetzliche* Kriege. Eine grauenhafte Zeit. Nom gegen Nom. Vor Jahrzehnten. Immer schien irgendein Wicht die Ansicht zu vertreten, seine Familie müsse über das Kaufhaus herrschen. Die Schlacht vom Lastenaufzug, die Textilien-Feldzüge, die gräßlichen Kriege des Zwischenstocks ... Doch das ist jetzt vorbei. Und weißt du warum?«

»Nein«, antwortete Masklin.

»*Wir* haben einen Schlußstrich unter diese Vergangenheit gezogen. Wir, die Büromaterialer. Mit List, Vernunft und Diplomatie. Wir wiesen darauf hin, daß Arnold Bros (gegr. 1905) von den Nomen erwartet, in Frieden zu leben. *Nun,* angenommen, ich wäre vorhin bereit gewesen, eure Existenz anzuerkennen und dir zu glauben. Die übrigen Anwesenden hätten gedacht: Jetzt ist der alte Knabe übergeschnappt.« Der Abt lachte leise. »Und dann hätten sie sich gefragt: Haben sich die Büromaterialer die ganze Zeit über geirrt? Vielleicht wäre eine Panik ausgebrochen. Nein, so etwas darf nicht passieren. Wir müssen die Nomen zusammenhalten. Du weißt sicher, daß die dauernd miteinander zanken.«

»Ja, das stimmt«, erwiderte Masklin. »Und dann geben sie einem die Schuld für alles und sagen: Na, was willst du jetzt unternehmen?«

»Es ist dir aufgefallen, nicht wahr?« Der Abt lächelte erneut. »Mir scheint, du bringst genau die richtigen Voraussetzungen mit, um ein guter Anführer zu sein.«

»Das glaube ich nicht.«

»Genau das meine ich. Du möchtest kein Anführer sein. Und *ich* wollte nie Abt werden.« Seine Finger trommelten auf den Gehstock, und er bedachte Masklin mit einem durchdringenden Blick.

»Die Leute sind immer viel komplizierter, als man zunächst annimmt«, sagte er. »Es ist sehr wichtig, das nie zu vergessen.«

»Ich denke daran«, versprach Masklin. Eine andere Antwort fiel ihm nicht ein.

»Du glaubst nicht an Arnold Bros (gegr. 1905), oder?« brummte der Abt. Es war eigentlich keine Frage, eher eine Feststellung.

»Nun, ich ...«

»Ich habe ihn gesehen. Als Junge. Bis zur Buchhaltung bin ich hinaufgeklettert, versteckte mich dort und sah: Er saß an einem Tisch und schrieb.«

»Oh?«

»Er hatte einen Bart.«

»Oh.«

Wieder trommelten die Finger des Abts auf den Gehstock, und er erweckte den Eindruck, sich zu einer Entscheidung durchzuringen. »Hm. Wo bist du im — Draußen zu Hause gewesen?«

Masklin erzählte es ihm. Seltsam: Wenn er sich jetzt daran erinnerte, erschien ihm alles viel besser. Mehr Sommer als Winter, mehr Nüsse als Rattenfleisch. Keine Bananen, Elektrizität oder Teppiche, aber dafür viel frische Luft. Das Gedächtnis zeigte ihm auch weniger Regen und Frost. Der Greis hörte ihm aufmerksam zu.

»Als unsere Gruppe größer war, führten wir alle ein leichteres Leben«, beendete Masklin seine Schilderungen. Er blickte auf seine Füße. »Ihr könnt uns begleiten und bei uns wohnen. Nach dem Abriß des Kaufhauses.«

Der Abt lachte. »Wahrscheinlich fiele es mir sehr schwer, mich ans Draußen zu gewöhnen. Und ich bin nicht sicher, ob ich daran glauben möchte. Es klingt kalt und gefährlich. Wie dem auch sei: Eine sehr geheimnisvolle Reise steht mir bevor. Wenn du mich jetzt bitte entschuldigen würdest ... Ich muß ausruhen.« Er klopfte mit dem Stock, und plötzlich stand Gurder vor ihm.

»Führ Masklin herum und erklär ihm alles«, sagte der Abt. »Kehrt später zu mir zurück. Und bitte: Laß den schwarzen Kasten hier. Ich möchte mehr darüber erfahren. Leg ihn auf den Boden.«

Masklin kam der Aufforderung nach und beobachtete, wie der Greis seinen Stock hob und das *Ding* anstieß.

»Schwarzer Kasten«, sprach der Abt, »was bist du und welchen Zweck erfüllst du?«

»Ich bin der Navigations- und Aufzeichnungscomputer des Raumschiffs Schwan. *Ich habe viele Funktionen. Derzeit besteht meine Hauptaufgabe darin, jene Nomen zu beraten, die vor fünfzehntausend Jahren auf dieser Welt strandeten, als ihr Erkundungsschiff abstürzte.«*

»So redet das *Ding* die ganze Zeit über«, sagte Masklin in einem entschuldigenden Tonfall.

»Welche Nomen meinst du?« fragte der Abt.

»Alle Nomen.«

»Und das ist deine einzige Aufgabe?«

»Man hat mich auch beauftragt, den Nomen Sicherheit zu gewähren und sie nach Hause zu bringen.«

»Sehr lobenswert«, kommentierte der Abt. Er sah zu den beiden jungen Männern hinüber.

»Also los. Zeig ihm unsere Welt, Gurder. Und anschließend habe *ich* eine Aufgabe für *euch*.«

Erklär ihm alles, hatte der Abt gesagt.

Es bedeutete, mit dem *Buch der Nomen* zu beginnen. Es bestand aus zusammengenähten Papierschnipseln, die mit Zeichen versehen waren.

»Menschen benutzen sie für Zigaretten«, meinte Gurder und las die ersten Verse vor. Die Gruppe hörte stumm zu, und dann fragte Oma Morkie: »Dieser Arnold Bros ...«

»... (gegr. 1905)«, warf Gurder sofort ein.

»Was auch immer. Er hat das Kaufhaus für Nomen geschaffen?«

»Äh, ja«, bestätigte Gurder unsicher.

»Und was war hier vorher?« fuhr Oma Morkie fort.

»Die Lage.« Gurder wand sich voller Unbehagen hin und her. »Wißt ihr, äh, der Abt sagt, es gibt nichts außerhalb des Kaufhauses. Äh.«

»Aber wir kommen von ...«

»Er sagt auch, Geschichten übers Draußen sind nur Träume.«

»Hat er sich etwa über mich lustig gemacht, als ich ihm von unserer Heimat berichtete?« fragte Masklin.

»Es läßt sich kaum feststellen, woran der Abt glaubt«, erwiderte Gurder. »Vermutlich glaubt er vor allem an Äbte.«

»Aber *du* glaubst uns, nicht wahr?« vergewisserte sich Grimma. Gurder nickte nach kurzem Zögern.

»Ich habe oft überlegt, wohin Lastwagen fahren und woher die Menschen kommen. Der Abt wird zornig, wenn man darüber spricht. Nun, eine neue Saison hat begonnen, und das bedeutet *etwas*. Einige von uns haben die Menschen lange beobachtet, und wenn eine neue Saison beginnt, geschieht häufig Ungewöhnliches.«

»Saison?« wiederholte Masklin.

»Jahreszeiten.«

»Aber wie könnt ihr Jahreszeiten haben, obwohl es hier gar kein Wetter gibt?«

»Wetter hat mit Jahreszeiten beziehungsweise Saisons überhaupt nichts zu tun. Ich schlage vor, jemand bringt die Alten zum Speisesaal, und anschließend führe ich euch zwei herum. Es ist alles sehr sonderbar. Aber …« Gurders Gesicht brachte tiefen Kummer zum Ausdruck. »Arnold Bros (gegr. 1905) würde das Kaufhaus doch nicht zerstören, oder?«

❖ 6 ❖

III. Und Arnold Bros (gegr. 1905) sprach: Es werde Schilder, auf daß alle wissen, wie es im Kaufhaus zugeht.

IV. An der Rolltreppe soll das Schild heißen: Hunde und Sportwagen müssen getragen werden.

V. Und Arnold Bros (gegr. 1905) wurde sehr zornig, denn viele trugen weder Hund noch Sportwagen.

VI. An den Aufzügen soll das Schild heißen: Dieser Lift trägt zehn Personen.

VII. Und Arnold Bros (gegr. 1905) wurde sehr zornig, denn oft trug der Lift nur zwei oder drei Personen.

VIII. Und Arnold Bros (gegr. 1905) sprach: Wahrlich, dumm sind die Menschen, denn sie verstehen die einfachsten Worte nicht.

Aus dem *Buch der Nomen*, Vorschriften, Verse III–VIII

Es begann eine lange Wanderung durch die hektische Welt unter dem Fußboden.

Die Büromaterialer konnten offenbar jeden beliebigen Ort aufsuchen. Niemand fürchtete sie, weil sie keine richtige Abteilung bildeten. Zum Beispiel fehlten Frauen und Kinder.

»Man schließt sich euch *an?*« fragte Masklin.

»Wir werden ausgewählt«, korrigierte Gurder. »In jedem Jahr schicken die Abteilungen einige intelligente Jungen zu uns. Wenn man zu den Büromaterialern gehört, muß man seine Herkunft vergessen und dem ganzen Kaufhaus dienen.«

»Und warum gibt es keine Büromaterialerinnen?« fragte Grimma.

»Alle wissen, daß Frauen nicht lesen können«, sagte Gurder. »Das ist natürlich nicht ihre Schuld. Ihre Gehirne laufen zu heiß. Wegen der Anstrengung. Tja, damit muß man sich abfinden.«

»Komisch«, entgegnete Grimma. Masklin warf ihr einen kurzen Blick zu. Er hatte diesen zuckersüßen, unschuldigen Tonfall schon mehrmals vernommen und ahnte, daß Schwierigkeiten bevorstanden.

Doch ganz abgesehen davon: Es war erstaunlich, wie andere Leute auf Gurder reagierten. Sie traten beiseite und verneigten sich, wenn er vorbeiging. Ab und zu hob jemand ein kleines Kind und zeigte auf ihn. Selbst die Wächter an den Grenzübergängen hoben respektvoll die Hand zum Helm.

Um sie herum herrschte die Betriebsamkeit des Kaufhauses, das sich durch die Zeit bewegte. *Tausende von Wichten,* dachte Masklin. *Ich wußte nicht einmal, daß es so große* Zahlen *gibt. Eine Welt aus Leuten.*

Er erinnerte sich daran, allein zu jagen, durch die tiefen Furchen des Ackers hinter der Autobahn zu laufen: nur Erde und Steine, bis in weite Ferne. Und der Himmel ... Eine umgedrehte Schüssel mit ihm in der Mitte.

Hier hatte er das Gefühl, gegen jemanden zu stoßen, wenn er sich plötzlich umdrehte. Er fragte sich, wie es sein mochte, das ganze Leben im Kaufhaus zu verbringen und sonst nichts kennenzulernen, keine Kälte, keine Nässe, keine Furcht.

Dann kam man vielleicht auf den Gedanken, daß es gar nicht anders sein konnte ...

Nach einer Weile merkte er, daß sie über einen Hang gingen. Kurz darauf schoben sie sich durch einen Spalt und erreichten ein riesiges Gewölbe des Kaufhauses. Es war Nacht — beziehungsweise Geschlossen —, doch am Himmel leuchteten helle Lichter. *Nein, nicht am Himmel,* verbesserte sich Masklin in Gedanken. *An der Decke.*

»Dies ist die Abteilung Kurzwaren«, sagte Gurder. »Seht ihr das Schild dort drüben?«

Masklin spähte in die dunstige Ferne und nickte. Ja, er sah es und bemerkte rote Zeichen auf weißem Grund.

»Die Botschaft sollte *Weihnachten* lauten«, fuhr der Büromaterialer fort. »Es ist die richtige Saison; sie kommt nach dem *Sommerschlußverkauf* und vor *Neue Mode für den Frühling.* Aber statt dessen steht dort geschrieben ...« Gurder kniff die Augen zusammen, und seine Lippen bewegten sich lautlos. »*Letzte Herabsetzung.* Niemand von uns weiß, was es bedeutet.«

»Es ist nur so ein Gedanke«, erklang Grimmas sarkastische Stimme. »Nur eine winzige Idee. Große Ideen könnten vielleicht dazu führen, daß mein Kopf explodiert. Bedeutet es nicht, daß alles zum letztenmal herabgesetzt wird?«

»Oh, etwas so Einfaches steckt bestimmt nicht dahinter«, widersprach Gurder. »Man muß die Schilder interpretieren. Einmal gab es eins mit der Aufschrift *Brandaktuell,* aber es brannte überhaupt nichts.«

»Und die anderen Schilder?« erkundigte sich Masklin. Er schauderte innerlich bei der Vorstellung, daß alles zum letztenmal herabgesetzt wurde.

»Nun, das dort drüben verkündet *Alles muß weg*«, sagte Gurder. »Aber solche Hinweise erscheinen jedes Jahr. Auf diese Weise teilt uns Arnold Bros (gegr. 1905) mit, daß wir ein gutes Leben führen sollen, weil wir schließlich alle sterben. Auch die beiden dort drüben sind nicht neu.« Er schnitt eine ernste Miene. »Kaum jemand glaubt noch daran. Vor Jahren brachen deshalb Kriege aus. Reiner Wunderglaube. Ich halte es einfach für absurd, daß ein Ungeheuer namens *Bombenpreise* existiert: Angeblich schleicht es des Nachts durchs Kaufhaus, auf der Suche nach Sündern. Ach, damit verängstigt man nur ungezogene Kinder.«

Gurder biß sich auf die Unterlippe. »Und noch etwas. Seht ihr die Objekte an den Wänden? Man nennt sie Regale. Manchmal nehmen Menschen Gegenstände aus ihnen heraus, und manchmal legen sie welche hinein. Doch seit einiger Zeit nehmen sie nur noch Dinge weg.«

Mehrere Regale erstreckten sich leer an den Wänden entlang.

Masklin kannte sich mit den Feinheiten des menschlichen Verhaltens nicht sehr gut aus. Menschen waren Menschen, so wie Kühe einfach Kühe waren. Vielleicht konnten sich Kühe oder Menschen untereinander erkennen, aber Masklin hielt vergeblich nach individuellen Unterschieden Ausschau. Und wenn ihr Verhalten irgendeinen Sinn hatte, so blieb er ihm verborgen.

»›Alles muß weg‹«, wiederholte er leise.

»Ja, aber nicht *weg*«, sagte Gurder. »Nicht wirklich *weg*. Du glaubst doch nicht, daß *weg* gemeint ist, oder? Das würde Arnold Bros (gegr. 1905) wohl kaum zulassen.«

»Keine Ahnung«, antwortete Masklin. »Habe nie von ihm gehört, bevor wir hier eintrafen.«

»O ja«, murmelte Gurder zurückhaltend. »Ihr behauptet, aus dem Draußen zu kommen. Es klang — sehr interessant. Und nett.«

Grimma nahm Masklins Hand und drückte sie.

»Auch hier ist es nett«, sagte sie. Er sah sie überrascht an.

»Es stimmt«, fügte die junge Nomin trotzig hinzu. »Das meinen auch die anderen. Es ist warm hier, und es gibt genug zu essen. Die Leute haben nur komische Vorstellungen von Frauenhirnen.« Sie wandte sich wieder an Gurder. »Kannst du Arnold Bros (gegr. 1905) nicht fragen, was vor sich geht?«

»Oh, darauf sollten wir besser verzichten«, erwiderte der Büromaterialer hastig.

Masklin erlag dem Drängen der Neugier. »Warum denn? Es wäre doch sinnvoll, ihn zu fragen, wenn er hier für alles zuständig ist. Hast du Arnold Bros (gegr. 1905) jemals *gesehen?*«

»Ich nicht, aber der Abt. Als Junge kletterte er bis zur Buchhaltung hinauf. Allerdings spricht er kaum von seinen Erlebnissen.«

Masklin dachte darüber nach, als sie zurückkehrten. Zu Hause hatte sich niemand mit Religion oder Politik beschäftigt — die Welt war einfach zu *groß,* als daß man Zeit an so etwas zu verschwendete. Er begegnete Arnold Bros (gegr. 1905) mit erheblichen Zweifeln. Wenn er das Kaufhaus für Nomen geschaffen hatte, wieso dann nicht in angemessener Nomengröße? Aus irgendeinem Grund hielt es Masklin für besser, derartige Fragen für sich zu behalten.

Wenn man konzentriert genug nachdachte, konnte man die Antwort auf alles finden — davon war er immer überzeugt gewesen. Zum Beispiel der Wind. Dieses Phänomen hatte ihn immer verwirrt, bis er eines Tages den Grund dafür begriff: Wind entstand, weil sich die Bäume schüttelten.

Sie fanden den Rest der Gruppe unweit des Abt-Quartiers. Nahrung war herbeigeschafft worden. Oma Morkie erklärte einigen verblüfften Büromaterialern, diese Ananas seien überhaupt nicht mit denen zu vergleichen, die sie zu Hause gejagt hatten.

Torrit sah von einem Stück Brot auf.

»Wir haben auf euch gewartet«, sagte er. »Der Abt will mit euch reden. Übrigens: Das Brot ist *weich.* Man braucht nicht daraufzuspucken, so wie bei dem Brot, das wir zu Hau ...«

»Red keinen Unsinn!« zischte Oma Morkie, um den Ruf der Heimat zu bewahren.

»Aber es stimmt«, protestierte Torrit. »So etwas hatten wir nie. Ich meine, die Würstchen, das Fleisch in großen Stücken, Nahrungsmittel, die man nicht erlegen muß ... Hier braucht niemand in Abfallkörben herumzuwühlen.«

Die anderen starrten ihn an, er errötete und brummte leise vor sich hin.

»Sei still, du dummer alter Narr!« befahl Oma.

»Vermutlich gibt es auch keine Füchse, wie?« fragte Torrit. »Frau Coom und mein alter Kumpel Mert. Sie sind gar nicht ...«

Oma Morkies wütender Blick hatte Erfolg. Torrit erbleichte.

»Es war nicht nur Glanz und Glück«, flüsterte er und schüttelte den Kopf. »Nicht nur Glanz und Glück, wenn du mir diese Bemerkung gestattest.«

»Was meint er?« fragte Gurder fröhlich.

»Er meint überhaupt nichts«, schnappte Oma.

»Oh.« Gurder wandte sich an Masklin. »Ich weiß, was ein Fuchs ist«, erklärte er stolz. »Ich kann Menschenbücher lesen, sogar sehr gut. Und ich erinnere mich an ein Buch mit dem Titel ...« Er zögerte. »*Unsere pelzigen Freunde.* Ja, ich glaube, so hieß es. Der Rotfuchs ist ein hübscher und geschickter Jäger, der sich von Aas, Früchten und kleinen Nagetieren ernährt. Er ... Stimmt was nicht?«

Torrit erstickte fast an seinem Brot, und die anderen klopften ihm hastig auf den Rücken. Masklin griff nach dem Arm des jungen Büromaterialers und führte ihn fort.

»Habe ich etwas Falsches gesagt?« erkundigte sich Gurder.

»In gewisser Weise. Ich vermute, der Abt wartet auf uns, nicht wahr?«

Der Greis saß völlig still, hielt das *Ding* auf dem Schoß und starrte ins Leere.

Er schenkte den beiden jungen Nomen keine Beachtung, als sie eintraten. Ab und zu trommelten seine Finger auf den schwarzen Kasten.

»Exzellenz?« fragte Gurder nach einer Weile.

»Hm?«

»Du wolltest uns sprechen.«

»Ah«, sagte der Abt geistesabwesend. »Gurder, nicht wahr?«

»Ja, Exzellenz!«

»Oh. Gut.«

Stille folgte. Der Assistent des Abts hüstelte höflich.

»Du wolltest uns sprechen«, wiederholte er.

»Ah.« Der Greis nickte langsam. »Oh. Ja. Ihr beide. Der junge Mann mit dem Speer.«

»Meinst du mich?« fragte Masklin.

»Ja. Hast du dich mit diesem — diesem *Ding* unterhalten?«

»Mit dem *Ding?* Wie man's nimmt. Es redet irgendwie komisch. Man kann es kaum verstehen.«

»Ich habe ihm zugehört. Es hat mir erzählt, daß es von Nomen gebaut wurde, vor langer Zeit. Es frißt Elektrizität, und es hört elektrische Dinge. Es hat mir gesagt ...« Der Abt betrachtete das *Ding* auf seinem Schoß. »Es hat mir gesagt, daß es von Arnold Bros' (gegr. 1905) Plänen hörte, unser Kaufhaus abzureißen. Es ist ein verrücktes *Ding*: Es redet über Sterne und behauptet, wir seien von einem Stern gekommen, in einem sogenannten Raumschiff. Aber ... Seltsames wurde mir berichtet, und ich frage mich: Ist dies ein Bote der Geschäftsleitung? Hat er den Auftrag, uns zu warnen? Oder handelt es sich um eine Falle, vorbereitet von *Bombenpreise?* Nun!« Mit einer faltigen Hand klopfte er auf den schwarzen Kasten. »Wir müssen Arnold Bros (gegr. 1905) um *Auskunft* bitten. Dann erfahren wir die Wahrheit.«

»Aber Exzellenz!« entfuhr es Gurder. »Du bist viel zu ... Ich meine, es wäre nicht richtig, daß du erneut ganz nach oben klettern würdest. Es ist eine schrecklich gefährliche Reise!«

»In der Tat, mein Junge. Und deshalb wirst du aufbrechen. Du kannst Menschisch lesen. Und dein abenteuerlustiger Freund wird dich begleiten.«

Gurder sank auf die Knie. »Exzellenz? Bis ganz nach *oben?* Ich bin nicht würdig ...« Seine Stimme verklang.

Der Abt nickte. »Niemand von uns ist würdig«, erwiderte er. »Das Kaufhaus hat uns verdorben. *Alles muß weg.* Geh nun. Und mögen die günstigen Angebote in Hülle und Fülle mit dir sein.«

»Wer sind die günstigen Angebote?« fragte Masklin, als sie das Zimmer verließen.

»Diener des Kaufhauses«, erklärte Gurder, der noch immer zitterte. »Feinde des gräßlichen Monstrums Bombenpreise, das des Nachts durch die Korridore schleicht und mit einer grauenvollen Lampe nach sündigen Wichten sucht.«

»Freut mich für dich, daß du nicht daran glaubst«, sagte Masklin.

»Natürlich nicht«, pflichtete ihm Gurder bei.

»Trotzdem klappern dir die Zähne.«

»Weil meine *Zähne* an das Ungeheuer glauben. Und auch die Knie. Und der Magen. Nur mein Kopf nicht. Und er wird von abergläubischen Feiglingen herumgetragen. Entschuldige bitte. Ich packe rasch meine Sachen zusammen. Es ist sehr wichtig, daß wir sofort losziehen.«

»Warum?« fragte Masklin.

»Weil ich den Mut verliere, wenn wir noch länger warten.«

Der Abt lehnte sich auf dem Stuhl zurück.

»Erzähl mir noch einmal, wie wir hierhergekommen sind«, sagte er. »Du hast etwas Gebrochenes erwähnt ...«

»Schiffbruch«, antwortete das *Ding.*

»Ja. Ein zerbrochenes Schiff. Und vorher schwamm es nicht etwa, sondern flog. Erstaunlich.«

»Es handelte sich um ein galaktisches Erkundungsschiff«, erwiderte das *Ding.*

»Aber es zerbrach«, beharrte der Abt.

»Eins der Überalltriebwerke fiel aus, und deshalb konnten wir nicht zum Mutterschiff zurückkehren. Haben Sie das tatsächlich vergessen? Zu Anfang gelang es uns, mit den Menschen zu kommunizieren, aber aufgrund verschiedener Stoffwechselraten und des stark divergierenden Zeitgefühls wurden die Kontakte immer problematischer. Zunächst versuchte man, den Menschen genug wissenschaftliche Kenntnisse zu vermitteln, um sie in die Lage zu versetzen, ein neues Schiff zu bauen. Aber sie waren zu langsam und begriffsstutzig. Letztendlich mußten wir uns darauf beschränken, sie die Grundlagen zu lehren, zum Beispiel Metallurgie, in der Hoffnung, daß sie lange genug damit aufhörten, gegeneinander zu kämpfen, um sich für die Raumfahrt zu interessieren.«

»Metall Urgie.« Der Abt drehte diese beiden Worte im Mund hin und her. Metall Urgie. Urgie wie urgieren beziehungsweise drängen, verlangen und dergleichen. Ja, typisch für die Menschen. Er nickte. »Und was haben wir ihnen sonst noch beigebracht? Du nanntest ein Wort, das mit G beginnt.«

Das *Ding* zögerte nur kurz — inzwischen wußte es, wie man mit Nomen sprechen mußte. »Agrikultur?«

»Genau: ah, Grikultur. Ist sehr wichtig, nicht wahr?«

»Die Basis der Zivilisation.«

»Was bedeutet es?«

»Es bedeutet: ja.«

Der Abt lauschte, während das *Ding* seinen Bericht fortsetzte. Sonderbare Worte wehten ihm entgegen, zum Beispiel *Planeten* und *Elektronik*. Er wußte nicht, was es damit auf sich hatte, aber sie klangen *richtig*. Menschen, die von Nomen lernten. Nomen, die von weither kamen, von einem fernen Stern ...

Das überraschte den Abt nicht sonderlich. Seit einigen Jahren wanderte er kaum noch durchs Kaufhaus, aber früher, in seiner Jugend, hatte er die Sterne gesehen. Wenn die Saison Weihnachten begann, erschienen sie in den meisten Abteilungen. Große Sterne, mit spitzen und glitzernden Objekten dran. Und mit vielen

Lichtern. Er war immer sehr beeindruckt gewesen und fand es angemessen, daß sie einst den Nomen gehört hatten. Natürlich leuchteten und blinkten die Sterne nicht immer; irgendwann verschwanden sie, was darauf hindeutete, daß man sie in einem Lager oder sonst irgendwo aufbewahrte.

Das *Ding* schien ähnlicher Ansicht zu sein und bezeichnete das Lager als Galaxis. Es befand sich über der Buchhaltung.

Und dann das Rätsel der ›Lichtjahre‹. Der Abt war jetzt fast fünfzehn Jahre alt, und in dieser Zeit hatte er auch viele Schattenseiten des Lebens kennengelernt. Etwas mehr Licht in den Jahren konnte sicher nicht schaden.

Er lächelte und nickte und hörte zu und schlief ein, als das *Ding* erzählte und erzählte ...

❖ 7 ❖

> XXI. Doch Arnold Bros (gegr. 1905) sprach: Dieses Schild gebe ich euch.
>
> XXII. Wenn Sie nicht finden, was Sie suchen, so wenden Sie sich an die Auskunft.
>
> Aus dem *Buch der Nomen,* Vorschriften, Verse XXI–XXII

»Sie kann nicht mitkommen«, sagte Gurder.

»Warum nicht?« fragte Masklin.

»Weil es, äh, gefährlich ist.«

»Na und?« Masklin sah Grimma an, deren Gesicht Trotz zeigte.

»Man sollte keine Mädchen mitnehmen, wenn Gefahren drohen«, erwiderte Gurder tugendhaft.

Erneut entstand jenes Gefühl in Masklin, das ihn seit ihrer Ankunft im Kaufhaus oft erfaßte hatte. Die anderen Wichte sprachen; ihre Lippen bewegten sich, und jedes Wort hatte einen Sinn. Aber wenn man sie zusammenfügte, bildeten sich unverständliche Sätze. Vielleicht sollte man rätselhafte Bemerkungen dieser Art einfach überhören. Wenn Frauen zu Hause keine gefährlichen Orte aufsuchen durften, konnten sie *nirgends* hingehen.

»Ich begleite euch«, sagte Grimma. »Bestimmt ist es nicht so gefährlich, wie du glaubst. Nun, vielleicht begegnen wir Bombenpreisen, aber ...«

»Und Arnold Bros (gegr. 1905) höchstpersönlich«, fügte Gurder nervös hinzu.

»Nun, ich komme trotzdem mit. Hier braucht mich niemand, und es gibt nichts zu tun. Was kann schon passieren? Ich meine, sicher kann nichts Schreckliches geschehen.« Grimma lächelte ironisch. »Das schrecklichste wäre, wenn ich plötzlich etwas lese und mein Gehirn dadurch zu heiß wird.«

»Äh, ich wollte keineswegs andeuten ...«, begann Gurder verlegen.

»Ich wette, die Büromaterialer waschen ihre schmutzigen Hemden selbst«, sagte Grimma. »Und bestimmt stopfen sie auch ihre Socken. Ich wette ...«

»Schon gut, schon gut.« Gurder winkte ab. »Aber du darfst nicht trödeln. Und du darfst uns auch nicht zur Last fallen. Wir treffen hier die Entscheidungen, klar?«

Er warf Masklin einen verzweifelten Blick zu,

»Sag ihr, daß sie uns nicht zur Last fallen darf«, forderte er den Jäger auf.

»Oh, ich mache ihr nie irgendwelche Vorschriften«, entgegnete Masklin.

Die Reise war weniger aufregend als erwartet. Der alte Abt hatte von rollenden Treppen berichtet, von Feuer in Kübeln und langen leeren Fluren ohne Versteckmöglichkeiten.

Aber Dorcas' Einfallsreichtum hatte dafür gesorgt, daß jetzt Lifte zur Verfügung standen. Damit erreichten sie die Abteilung Kinderkleidung und Spielzeug. Die Kleidianer waren ein freundliches Volk und hatten sich gut an das Leben in einem hohen Stockwerk angepaßt. Nur selten verirrten sich Reisende zu ihnen, und sie hießen alle willkommen, die Geschichten über die Welt tief unten mitbrachten.

»Sie benutzen nicht einmal den Speisesaal«, sagte Gurder. »Holen sich alles Notwendige aus der Kantine-für-die-Angestellten. Leben größtenteils von Tee und Keksen. Und von Joghurt.«

»Seltsam«, murmelte Grimma.

»Sehr freundliche und sanfte Leute«, fuhr Gurder fort. »Sehr nachdenklich. Sehr still. Sehr in sich gekehrt. Vielleicht auch ein bißchen *mystisch.* Liegt wahrscheinlich an dem vielen Joghurt.«

»Das mit dem Feuer in Kübeln verstehe ich nicht«, gestand Masklin ein.

»Äh«, sagte Gurder. »Nun, der alte Abt ... Äh. Wir glauben, daß sein Gedächtnis ... Schließlich *ist* er sehr alt.«

Grimma nickte. »Ich weiß, was du meinst. Der alte Torrit kann manchmal ebenso sein.«

»Sein Verstand ist einfach nicht mehr so scharf wie früher«, fügte Gurder hinzu.

Masklin schwieg und überlegte. Wenn der Verstand des Abts stumpf geworden war, dann mußte er früher scharf genug gewesen sein, um sogar den Wind in Fetzen zu schneiden.

Ein kleidianischer Pfadfinder begleitete sie zu den abgelegenen Regionen dieser Domäne. So weit oben gab es nur wenige Nomen. Die meisten zogen das rege Treiben der unteren Etagen vor.

Es war fast so wie im Draußen. Leichte Brisen wehten den Staub in dunkle Ecken. Nirgends glühten Lampen; das einzige Licht stammte aus kleinen Fugen und Ritzen. An den dunkelsten Stellen mußte der Pfadfinder Streichhölzer anzünden. Der ziemlich kleine Wicht lächelte schüchtern und blieb immer still, wenn Grimma versuchte, ihn in ein Gespräch zu verwickeln.

»Wohin gehen wir?« fragte Masklin, blickte zurück und beobachtete ihre deutlich sichtbaren Fußspuren.

»Zu den Rolltreppen«, antwortete Gurder.

»Die Treppen rollen? Wie ist das möglich? Schiebt sich der Rest des Kaufhauses um sie herum?«

Gurder lachte gönnerhaft.

»Für dich ist das natürlich alles neu. Mach dir keine Sorgen, wenn du etwas nicht verstehst.«

»Rollen die Treppen wirklich?« erkundigte sich Grimma.

»Wart's ab. Wir benutzen nur diese eine, wißt ihr.

Weil es ein wenig gefährlich ist. Man muß obendrauf stehen. Bei den Aufzügen sieht die Sache ganz anders aus.«

Der kleine Kleidianer deutete nach vorn, verbeugte sich und eilte fort.

Gurder führte seine beiden Begleiter durch einen schmalen Spalt in den uralten Dielen, in die helle Leere eines Flurs. Und dort …

… rollte die Treppe.

Masklin beobachtete sie wie gebannt. Stufen stiegen mit einem gespenstischen Quietschen aus dem Boden und summten in die ferne Höhe.

»Donnerwetter«, hauchte er. Etwas anderes fiel ihm nicht ein.

»Die Kleidianer wagen sich nicht in die Nähe der Rolltreppe«, sagte Gurder. »Sie glauben, dort liegen böse Geister auf der Lauer.«

»Kein Wunder.« Grimma schauderte.

»Reiner Aberglaube.« Gurder war bleich, und seine Stimme vibrierte. »Hier gibt es nichts, wovor man sich fürchten müßte«, quiekte er.

Masklin musterte ihn.

»Bist du schon einmal an diesem Ort gewesen?« fragte er.

»O ja. Millionenmal. Oft.« Der Büromaterialer hob den Saum seines Umhangs und zupfte daran.

»Und jetzt?«

Gurder versuchte, langsam und ruhig zu sprechen, aber seine Zunge bewegte sich immer schneller. »Wißt ihr, die Kleidianer behaupten, Arnold Bros (gegr. 1905) wartet dort oben, ja, und wenn Nomen sterben …«

Grimma blickte nachdenklich zur Rolltreppe und schauderte erneut. Dann rannte sie los.

»Was tust du?« rief Masklin.

»Ich stelle fest, ob die Kleidianer recht haben! Sonst stehen wir hier den ganzen Tag herum!«

Masklin folgte Grimma. Gurder schluckte, starrte in

die Richtung, aus der sie kamen — und eilte zur Treppe.

Der Jäger sah, wie sich Grimma einer riesigen Stufe näherte. Plötzlich hob sich der Boden unter ihr, und Grimma taumelte, als sie emporgetragen wurde. Masklin spürte, wie sich ihm etwas an die Füße preßte, und dann glitt er ebenfalls nach oben.

»Spring herunter! Man kann keinem Boden trauen, der sich von ganz allein bewegt!«

Grimmas kalkweiße Miene erschien über dem Rand der Stufe.

»Was nützt es?« erwiderte sie.

»Anschließend gehen wir in den Flur und reden darüber!«

Grimma lachte. »Wie willst du in den Flur zurückkehren? Hast du in der letzten Zeit mal nach unten gesehen?«

Masklin sah nach unten.

Er war bereits mehrere Stufen weit oben. Der ferne Gurder, das Gesicht nur noch ein Fleck, nahm seinen ganzen Mut zusammen und sprang auf den sich hebenden Boden …

Oben erwartete sie nicht etwa Arnold Bros (gegr. 1905), sondern nur ein langer brauner Korridor mit Türen in den Wänden. Worte zierten einige von ihnen.

Grimma stand vor der Treppe. Masklin winkte mahnend mit dem Zeigefinger, als er von seiner Stufe wankte, die sich auf geheimnisvolle Weise unter ihm zusammenfaltete.

»Daß sich so etwas nie, *nie* wiederholt!« rief er.

»Wenn ich nicht losgelaufen wäre, stünden wir jetzt noch unten!« sagte Grimma scharf. »Vor Angst ist Gurder ja regelrecht erstarrt.«

»Aber hier oben hätte es alle Arten von Gefahren geben können!«

»Zum Beispiel?« fragte Grimma hochmütig.

»Nun, äh ...« Masklin zögerte. »Darum geht es gar nicht. Viel wichtiger ist ...«

Gurders Stufe rollte ihnen den Büromaterialer vor die Füße. Sie halfen ihm auf die Beine.

Grimma lächelte. »Jetzt sind wir wieder zusammen. Und alles ist in bester Ordnung, nicht wahr?«

Gurder blickte sich um, hüstelte und strich sich den Umhang glatt.

»Hab das Gleichgewicht verloren«, sagte er. »Sind sehr schwierig, die Rolltreppen. Aber man gewöhnt sich schließlich daran.« Er hüstelte erneut und blickte den Flur entlang. »Tja, ich schlage vor, wir setzen den Weg fort.«

Die drei Wichte schlichen an mehreren Türen vorbei.

»Wohnt *Bombenpreise* hinter einer dieser Pforten?« fragte Grimma. Aus irgendeinem Grund klang der Name hier oben viel schlimmer.

»Äh, nein«, antwortete Gurder. »Er haust bei den Öfen im Keller.« Der Büromaterialer spähte an der nächsten Tür hoch. »›Löhne und Gehälter‹«, las er.

»Noch ein Ungeheuer?« Grimma betrachtete die Schriftzeichen auf dem lackierten Holz.

»Keine Ahnung.«

Masklin bildete den Abschluß und drehte langsam den Kopf von einer Seite zur anderen, um den ganzen Flur im Auge zu behalten. Zu breit, zu leer. Nirgends eine Möglichkeit, sich zu verstecken.

Er deutete zu einigen großen roten Objekten, die an der gegenüberliegenden Wand hingen. Gurder hauchte ihren Namen: Kübel.

»In *Colin und Susan fahren ans Meer* habe ich Bilder davon gesehen«, flüsterte er.

»Was steht auf ihnen geschrieben?«

Gurder hielt aufmerksam Ausschau. »›Feuer‹. Meine Güte. Der Abt hatte recht. Kübel mit Feuer!«

»Feuer in Kübeln?« brummte Masklin. »Kübel mit *Feuer?* Ich sehe keine Flammen.«

»Sie befinden sich in ihnen«, vermutete Gurder. »Vielleicht gibt es irgendwo einen Deckel. Bohnenbüchsen enthalten Bohnen, und Marmeladengläser enthalten Marmelade. Woraus folgt: Feuerkübel enthalten Feuer. Kommt!«

Grimma betrachtete die geschriebenen Worte und wiederholte sie lautlos. Dann folgte sie den beiden Wichten.

Schließlich erreichten sie das Ende des Korridors, verharrten vor einer Tür, deren obere Hälfte aus Glas bestand.

Gurder schielte an ihr hinauf.

»Auch dort stehen Worte«, bemerkte Grimma. »Lies sie uns vor! Ich halte besser den Blick von ihnen fern«, betonte sie. »Damit sich mein Gehirn nicht überhitzt.«

Gurder schluckte und las: »›Arnold Bros (gegr. 1905). D. H. K. Butterthwaite, Geschäftsführer.‹ Äh.«

»Er ist da drin?« fragte Grimma.

»Bohnen in Bohnenbüchsen und Feuer in Feuerkübeln«, erinnerte Masklin. »He, die Tür ist nicht verschlossen. Sollen wir reingehen?«

Gurder nickte kummervoll. Masklin trat vor, lehnte sich an die Tür und drückte mit den Armen zu, bis sie schmerzten. Schließlich schwang das Hindernis vor ihm einen Spaltbreit auf.

Es brannten keine Lampen, aber das Licht im Korridor filterte durchs Glas, und Masklin sah ein großes Zimmer. Der Teppich war hier viel dicker, wirkte wie dichtes Gras. Einige Meter entfernt stand ein riesiges rechteckiges Etwas aus Holz. Als der Wicht an ihm vorbeischritt, fiel ihm ein Stuhl dahinter auf. Vielleicht gehörte er Arnold Bros (gegr. 1905).

»Wo bist du, Arnold Bros (gegr. 1905)?« flüsterte er.

Einige Minuten später hörten seine beiden Gefährten, wie er leise nach ihnen rief. Vorsichtig schoben sie sich durch den Spalt zwischen Tür und Wand.

»Wo bist du?« zischte Grimma.

»Hier oben«, erklang Masklins Stimme. »Auf dem hölzernen Ding. Hier und dort ragt etwas daraus hervor; daran könnt ihr hochklettern. Achtet auf den Teppich — vielleicht dient er wilden Tieren als Versteck. Wenn ihr ein bißchen Geduld habt, helfe ich euch.«

Grimma und Gurder marschierten durch den dicken Teppich und warteten nervös am Berg aus Holz.

»Ein Schreibtisch«, erklärte der Büromaterialer herablassend. »In der Abteilung Einrichtung gibt's jede Menge davon. Hochwertiges Furnier aus garantiert hundert Prozent Eichenholz.«

»Was tut er dort oben?« fragte Grimma. »Ich höre ein Klimpern.«

»Ein Muß in jedem Haushalt«, fuhr Gurder fort. Die Worte schienen ihm Trost zu spenden. »Große Auswahl an Stil und Eleganz: für jeden Geldbeutel etwas.«

»Wovon redest du da?«

»Entschuldige. So was schreibt Arnold Bros (gegr. 1905) auf die Schilder. Ich fühle mich besser, wenn ich die Botschaften laut ausspreche.«

»Was ist das andere Ding?«

Grimma streckte den Arm aus, und Gurder neigte den Kopf nach hinten.

»Meinst du das? Ein Drehstuhl, ›wie er einem Manager gebührt‹.«

»Scheint groß genug für einen Menschen zu sein«, sagte die junge Nomin nachdenklich.

»Ich schätze, Menschen sitzen da, wenn Arnold Bros (gegr. 1905) ihnen Anweisungen erteilt.«

»Hmm.«

Erneut klimperte etwas über ihnen.

»Entschuldigt bitte!« rief Masklin. »Ich mußte sie erst aneinanderhaken.«

Gurder starrte nach oben, betrachtete eine schimmernde Kette, die nun herabbaumelte.

»Büroklammern«, sagte er erstaunt. »Tolle Idee. Wäre nie darauf gekommen.«

Sie kletterten nach oben, gesellten sich einem Masklin hinzu, der über die glänzende Oberfläche des Schreibtischs wanderte und seinen Speer an Dinge stieß. Papier, erklärte Gurder hochtrabend. Und Markierungsstifte.

»Nun, Arnold Bros (gegr. 1905) scheint nicht hier zu sein«, meinte Masklin. »Vielleicht ist er zu Bett gegangen oder was weiß ich.«

»Der Abt hat gesehen, wie er eines Abends hier an diesem Schreibtisch saß und über das Kaufhaus wachte«, erwiderte Gurder.

»Auf diesem Stuhl?« fragte Grimma.

»Ich denke schon.«

»Er ist also ziemlich groß, wie?« Grimma fügte erbarmungslos hinzu: »Etwa so groß wie ein Mensch?«

»Möglich«, räumte Gurder widerstrebend ein.

»Hmm.«

Masklin entdeckte ein armdickes Kabel und folgte seinem Verlauf.

»Wenn er menschliche Gestalt und Größe hat«, begann Grimma, »dann ist er vielleicht ein ...«

»Mal sehen, was wir hier oben finden«, warf Gurder hastig ein, eilte zu einem Papierstapel, zog ein Blatt heran und las es im matten Licht, das vom Flur durchs Glas der Tür glühte.

»›Die Arnco-Gruppe‹«, las er laut. »›Bestehend aus Arnco-Immobilien (UK), Fernsehen und MultiMedia, Arnco-Schultz (Hamburg) AG, Arnco Airlines, Arnco Video, Organisation Arnco (Kinos) Ltd., Arnco Petroleum Holdings, Arnco-Verlag und Arnco UK-Einzelhandel.‹«

»Donnerwetter«, murmelte Grimma beeindruckt.

»Und das ist noch nicht alles.« Gurder befeuchtete sich aufgeregt die Lippen. »Hier steht noch viel mehr in kleinen Buchstaben, die vielleicht für *uns* bestimmt sind. Hör dir diese Namen an: ›Zu Arnco UK-Einzelhandel gehören Kredite und Finanzierungen Ltd., Grimethorpe: Farben und Tapeten, Kwik-Kleen-Kehrmaschinen Ltd. und ... und ... und ...‹«

»Stimmt was nicht?«

»›... und Arnold Bros (gegr. 1905).‹« Gurder sah auf. »Was bedeutet das alles? *Günstige Angebote in Hülle und Fülle — steht uns bei!*«

Licht gleißte auf sie herab, weiß und blendend hell. Die beiden Wichte standen über einer Lache aus Dunkelheit, geformt von ihren Schatten.

Gurder starrte entsetzt zu der leuchtenden Kugel, die über ihnen schwebte.

»Ich glaube, es ist meine Schuld«, tönte Masklins Stimme aus der Finsternis jenseits des Lichts. »Ich habe diesen Schalter hier gefunden, und als ich ihn betätigte, klickte etwas. Tut mir leid.«

»Ahaha«, lachte Gurder freudlos. »Ein elektrisches Licht. Natürlich. Ahaha. Bin tatsächlich erschrocken, für eine halbe Sekunde oder so.«

Masklin erschien im erhellten Bereich und sah auf das Blatt Papier.

»Ich habe dich lesen gehört. Irgend etwas Interessantes?«

Gurder beugte sich wieder über die Schriftzeichen.

»›Mitteilung für die Angestellten‹«, sagte er. »›Wir alle wissen, daß die Umsätze des Kaufhauses seit einigen Jahren zurückgehen und praktisch kein Gewinn mehr erwirtschaftet wird. Dieses große Gebäude mag für den begüterten Konsumenten zu Anfang des Jahrhunderts geeignet gewesen sein, aber es paßt nicht in die aufregende Welt der neunziger Jahre. Unglücklicherweise haben nicht nur die Aktien Einbußen erlitten; aufgrund anderer Anbieter in der Stadt sinkt die Zahl unserer Kunden. Die Arnco-Gruppe verdankt ihre Erfolge dem über Jahrzehnte hinweg stabilen finanziellen Fundament von Arnold Bros, und deshalb betrübt es uns alle sehr, daß dieses Kaufhaus geschlossen werden muß. Trösten wir uns mit dem Wissen, daß die Gruppe einen neuen Supermarkt im Neil Armstrong-Einkaufszentrum plant. Am Ende des Monats wird dieses Gebäude abgerissen, um durch eine prächtige Arnco-Freizeitanlage ersetzt zu werden ...‹«

Gurder schwieg und schlug die Hände vors Gesicht.

»Da sind die Worte schon wieder«, brummte Masklin. »Geschlossen. Abgerissen.«

»Was ist Freizeit?« fragte Grimma.

Der Büromaterialer beachtete sie nicht.

Masklin griff sanft nach ihrem Arm.

»Ich glaube, er möchte für eine Weile allein sein.« Er strich mit der Speerspitze über das große Blatt und faltete es zusammen, bis es so klein war, daß er es tragen konnte.

»Der Abt will es sich bestimmt ansehen. Er wird uns nie glauben, wenn wir ...«

Masklin unterbrach sich — Grimma starrte ihm über die Schulter. Er drehte sich um und blickte durchs Glas der Tür in den Korridor. Ein Schemen zeigte sich dort, wie ein Mensch geformt. Und er wurde größer.

»Was *ist* das?« hauchte die junge Wicht.

Masklin schloß die Hand fester um den Speer. »Vielleicht ...« Er zögerte und holte tief Luft. »Vielleicht Bombenpreise.«

Sie drehten sich um und eilten zu Gurder.

»Es kommt jemand«, raunte ihm Masklin zu. »Wir müssen auf den Boden zurück, schnell!«

»Abgerissen!« stöhnte der Assistent des Abts. Er schlang die Arme um sich, neigte den Oberkörper von einer Seite zur anderen. »*Alles muß weg!* Letzte Herabsetzung! Wir sind verloren!«

»Ja, aber was hältst du davon, wenn wir auf dem Boden verloren sind?« meinte Masklin.

»Er ist völlig außer sich«, stellte Grimma fest. »Komm«, fügte sie in einem schrecklich fröhlichen Tonfall hinzu, »hoppla!«

Sie zog Gurder hoch und half ihm zu der langen Kette aus Büroklammern. Masklin folgte ihnen und behielt dabei die Tür im Auge.

Er dachte: *Bombenpreise hat das Licht gesehen. Hier drin sollte es dunkel sein, aber es brennt eine Lampe. Ich kann sie nicht rechtzeitig ausschalten, und es spielt ohnehin keine Rolle mehr. Ich glaube nicht an dämonische Ungeheuer, doch jetzt kommt eins. Welch seltsame Welt!*

Der Jäger duckte sich in den Schatten eines Papierstapels und wartete.

Auf oder dicht über dem Boden hörte er Gurders dumpfe Proteste, und seine Stimme verklang ganz plötzlich. Vielleicht hatte ihm Grimma etwas auf den Kopf geschlagen; in gefährlichen Situationen entwickelte sie einen ausgeprägten Sinn fürs Notwendige.

Sehr langsam schwang die Tür auf, und dort *stand* eine Gestalt: Sie sah aus wie ein Mensch, gekleidet in eine blaue Uniform. Masklin kannte sich mit dem menschlichen Mienenspiel nicht sehr gut aus, aber dieser Mann wirkte alles andere als glücklich. In der rechten Hand hielt er eine Metallröhre, und Licht glänzte aus ihrem einen Ende. *Seine grauenhafte Lampe,* fuhr es Masklin durch den Sinn.

Die Gestalt näherte sich in der trägen, schlafwandlerischen Art, wie sie den Menschen zu eigen war. Masklin spähte über den Rand des Papierstapels hinweg, und Faszination verdrängte einen Teil der Furcht aus ihm. Er blickte zu einem runden rötlichen Gesicht hinauf, spürte den Atem, sah eine spitz zulaufende Mütze.

Er wußte inzwischen, daß die Menschen im Kaufhaus Abzeichen mit ihren Namen trugen — weil sie sich sonst nicht daran erinnerten, wie sie hießen. Bei diesem Mann stand der Name am Hut. Masklin beobachtete die einzelnen Zeichen und setzte sie zu einem Wort zusammen: N-A-C-H-T-W-Ä-C-H-T-E-R. Er hatte einen weißen Schnurrbart.

Der Mann richtete sich zu voller Größe auf und wanderte im Zimmer umher. *Menschen sind nicht so dumm, wie die anderen Nomen glauben,* dachte Masklin. *Dieses Exemplar ist intelligent genug, um zu wissen, daß hier kein Licht brennen sollte, und es will feststellen, wer die Lampe eingeschaltet hat. Bestimmt sieht der Mann Grimma und Gurder, wenn er aufmerksam genug Ausschau hält. Selbst ein Mensch kann uns sehen.*

Er hob den Speer. *Die Augen,* flüsterte es in ihm. *Du mußt zwischen die Augen zielen ...*

Nachtwächter schlurfte verträumt durch den Raum, überprüfte Schränke und Ecken. Dann wich er zur Tür zurück.

Masklin wagte es, wieder zu atmen, und genau in diesem Augenblick ertönte unten Gurders hysterische Stimme.

»Es *ist* Bombenpreise! Oh, günstige Angebote in Hülle und Fülle, steht uns bei! Wir sind alle mmphmmphmmph ...«

Nachtwächter blieb stehen. Er drehte sich um, und Verwirrung kroch über seine Züge, so langsam wie Sirup.

Masklin schob sich noch tiefer in die Schatten. *Jetzt ist es soweit,* wisperte erneut die Stimme des Jägers. *Wenn ich loslaufe, den Speer werfe und treffe ...*

Im Korridor dröhnte etwas, und es klang fast nach einem Lastwagen. Der Mann wirkte nicht besorgt, öffnete nur die Tür und blickte in den Flur.

Masklin bemerkte dort eine menschliche Frau. Sie schien recht alt zu sein, soweit er das beurteilen konnte, trug eine rosarote, mit Blumenmustern geschmückte Schürze und Pantoffeln. In der einen Hand hielt sie ein Staubtuch, und mit der anderen ...

Nun, es hatte den Anschein, als bändigte sie damit ein brüllendes Tier, eine Art Sack auf Rädern. Immer wieder stürmte es über den Teppich nach vorn, aber die Frau hielt es an einem Stock fest, zog das Wesen zurück.

Während Masklin die Frau beobachtete, gab sie dem

Ding einen Tritt, woraufhin sich das Dröhnen in ein leiser werdendes Heulen verwandelte. Der Nachtwächter sprach mit ihr. Für den Nom hörte sich das Gespräch an wie zwei zankende Nebelhörner.

Er rannte über den Schreibtisch, hangelte sich hastig an der Kette aus Büroklammern hinab. Nach einer Weile ließ er sich einfach fallen. Unten, hinter einem gewaltigen Holzbein des Tisches, warteten seine beiden Gefährten auf ihn. Der Assistent des Abts rollte mit den Augen; Grimma preßte ihm nach wie vor die Hand auf den Mund.

»Verschwinden wir von hier, solange der Mann nicht in unsere Richtung sieht!« zischte Masklin.

»Wie denn?« erwiderte Grimma. »Es gibt keine andere Tür.«

»Mmphmmph.«

»Was fangen wir mit *ihm* an?«

»Hör mal«, wandte sich Masklin an das Entsetzen in Gurders Zügen, »du willst doch nicht erneut Unheil und Verderben verkünden, oder? Sonst müssen wir dich knebeln. Bedaure.«

»Mmph.«

»Versprochen?«

»Mmph.«

»Gut. Laß ihn los, Grimma!«

»Die günstigen Angebote in Hülle und Fülle!« hauchte Gurder aufgeregt.

Grimma sah Masklin an. »Soll ich ihn wieder zum Schweigen bringen?« fragte sie.

»Er kann sagen, was er will — wenn er es *leise* sagt«, erwiderte der Jäger. »Wahrscheinlich fühlt er sich dadurch besser. Hat einen ziemlichen Schock erlitten.«

»Die günstigen Angebote in Hülle und Fülle haben die Frau geschickt, um uns zu schützen! Mit ihrem großen donnernden Seelensauger ...« Gurder runzelte verwirrt die Stirn.

»Ein Staubsauger, nicht wahr?« fuhr er zögernd fort.

»Ich habe mir immer etwas Magisches vorgestellt, aber es war nur ein Staubsauger. In der Abteilung Haushaltsgeräte gibt es viele von ihnen. Mit extra großer Saugwirkung für Tiefenfrische.«

»Gut. Freut mich. Nun, vielleicht sollten wir jetzt überlegen, wie wir diesen Ort verlassen.«

Die Suche hinter den Aktenschränken blieb nicht ohne Erfolg: Sie entdeckten einen Spalt in den Dielen, gerade breit genug, um ohne größere Schwierigkeiten hindurchzukriechen. Die Wichte brauchten einen halben Tag für die Rückkehr, zum Teil deswegen, weil sich Gurder immer wieder setzte und in Tränen ausbrach. Aber hauptsächlich dauerte es deshalb so lange, weil sie im Innern der Wand nach unten klettern mußten. Sie war hohl, und unterwegs stießen sie immer wieder auf Kabel und seltsame Holzstücke, die von den Kleidianern stammten; trotzdem kamen sie nur langsam voran. Schließlich erreichten sie die Etage unter der Kinderkleidung. Gurder hatte sich inzwischen wieder gefaßt, forderte hochmütig etwas zu essen und eine Eskorte.

Nach einer langen Reise trafen sie in der Abteilung Büromaterial ein.

Gerade noch rechtzeitig.

Oma Morkie blickte auf, als man die jungen Nomen ins Schlafzimmer des Abts führte. Sie saß am Bett, die Hände auf den Knien.

»Seid leise!« befahl sie. »Er ist sehr krank und meint, er fühlt den nahen Tod.« Sie seufzte. »Das bedeutet, er stirbt bald.«

»Er stirbt? Woran?«

»An einem langen Leben«, erwiderte Oma.

Der Abt lag zwischen den Kissen, wirkte noch kleiner und verschrumpelter als vorher und hielt das *Ding* in zwei klauenartigen schmalen Händen.

Er erblickte Masklin und winkte ihn mühsam näher.

»Du mußt dich über ihn beugen«, sagte Oma Morkie. »Er kann nur noch krächzen. Armer Kerl.«

Der Abt griff mit zitternden Fingen nach Masklins Ohr und zog es vor den Mund.

»Eine gediegene Frau«, flüsterte er. »Bestimmt hat sie viele gute Eigenschaften. Aber bitte schick sie fort, bevor sie mir noch mehr von ihrer Medizin gibt.«

Masklin nickte. Omas Arzneien, hergestellt aus ganz einfachen und meistens fastgiftigen Kräutern und Wurzeln, waren wirklich erstaunlich. Nach einer Dosis Bauchschmerzensaft wagte man nie wieder, über Bauchschmerzen zu klagen. In gewisser Weise handelte es sich tatsächlich um Heilmittel.

»Ich kann sie nicht *fortschicken*«, entgegnete er. »Aber ich *bitte* sie, das Zimmer zu verlassen.«

Oma Morkie marschierte in den Korridor und wies ihre Helfer an, noch mehr Heilsaft zu brauen.

Gurder kniete am Bett.

»Du stirbst doch nicht, Exzellenz, oder?« fragte er zaghaft.

»Natürlich sterbe ich«, raunte der Abt. »Irgendwann kommt jeder an die Reihe. So ist das nun mal im Leben.« Und dann: »Habt ihr Arnold Bros (gegr. 1905) gesehen?«

»Nun. Äh.« Gurder zögerte. »Wir haben Schriften gefunden, Exzellenz. Es stimmt: Das Kaufhaus soll abgerissen werden. Das Ende unserer Welt. Was sollen wir jetzt unternehmen, Exzellenz?«

»Ihr müßt das Kaufhaus verlassen«, entgegnete der Abt.

Gurder riß entsetzt die Augen auf.

»Aber du hast immer gesagt, alles im Draußen kann nur ein Traum sein.«

»Und du hast mir nie geglaubt. Nun, vielleicht habe ich mich geirrt. Der junge Mann mit dem Speer — ist er noch hier? Ich sehe nicht mehr sehr gut.«

Masklin trat vor.

»Oh, da bist du ja«, ächzte der alte Wicht. »Dein Kasten ...«

»Ja?«

»Hat mir Dinge erzählt. Mir Bilder gezeigt. Das Kaufhaus ist viel größer, als ich dachte. Es gibt einen Raum, in dem man Sterne aufbewahrt — nicht nur die glitzernden und blinkenden, die während der Saison Weihnachten von der Decke hängen, sondern auch viele andere. Das Zimmer heißt Universum. Wir haben dort gewohnt, und uns gehörte praktisch alles. Jenes Zimmer war unser *Zuhause.* Wir brauchten uns nicht unter dem Fußboden der Menschen zu verstecken. Ich glaube, Arnold Bros (gegr. 1905) fordert uns jetzt auf, dorthin zurückzukehren.«

Er hob die Hand, und seine kalten weißen Finger schlossen sich überraschend fest um Masklins Arm.

»Ich halte dich nicht für übermäßig intelligent«, fuhr der Abt fort. »Ich glaube vielmehr, daß du einer von den eher dummen, aber pflichtbewußten Wichte bist, die zum Anführer werden, obgleich man dadurch überhaupt keinen Ruhm erringen kann. Wie dem auch sei: Du denkst gründlich nach. Und du gibst nicht auf. Bring das Volk des Kaufhauses nach Hause.«

Er sank ermattet aufs Bett zurück und schloß die Augen.

»Aber ... Wir sollen das Kaufhaus verlassen, Exzellenz?« brachte Gurder hervor. »Wir sind Tausende. Und die vielen Alten und kleinen Kinder ... Wohin sollen wir gehen? Masklin hat uns von Füchsen erzählt, die im Draußen auf uns Nomen Jagd machen. Und von Wind und Hunger und Wasser, das in Tropfen vom Himmel fällt! Exzellenz? Exzellenz?«

Grimma tastete nach dem Puls des Greises.

»Hört er mich?« fragte Gurder.

»Vielleicht«, erwiderte Grimma. »Möglicherweise. Aber rechne nicht mit einer Antwort — er ist tot.«

»Aber er darf nicht tot sein!« kam es entgeistert von

Gurders Lippen. »Er ist immer hiergewesen. Bestimmt irrst du dich. Exzellenz? Exzellenz!«

Masklin nahm das Ding aus den schlaffen Händen des Abts, als ein Büromaterialer hereineilte, alarmiert von Gurders lauter Stimme.

»Ding?« fragte er leise und trat von den anderen fort.

»Ich höre dich.«

»Ist er tot?«

»Ich stelle keine Lebenszeichen fest.«

»Was bedeutet das?«

»Es bedeutet: ja.«

»Oh.« Masklin überlegte. »Ich dachte, man muß gefressen oder zerquetscht werden. Ich wußte nicht, daß man auch einfach so sterben kann.«

Das *Ding* bot ihm keine zusätzlichen Informationen an.

»Hast du irgendeinen Rat für mich?« erkundigte sich Masklin. »Gurder hat recht. Die hiesigen Nomen haben es warm und genug zu essen. Bestimmt lehnen sie es ab, ihr einfaches Leben aufzugeben. Ich meine, einige der Jüngeren sind vielleicht dazu bereit, aus Jux. Doch wenn wir draußen überleben wollen, brauchen wir viele Leute. Glaub mir, ich weiß, wovon ich rede. Und was soll ich ihnen sagen? Etwa: Entschuldigt bitte, aber ihr müßt alles zurücklassen?«

Das *Ding* sprach.

»Nein«, sagte es.

Masklin hatte noch nie eine Bestattung beobachtet. Bis vor kurzer Zeit war ihm nicht einmal klar gewesen, daß Nomen an einem zu langen Leben sterben konnten. Sie wurden gefressen oder kehrten nicht zurück. Aber der Tod im Bett ...

»Wo begrabt ihr eure Toten?« fragte Gurder.

»Häufig im Innern von Dachsen und Füchsen«, antwortete Masklin. Er konnte der Versuchung nicht widerstehen und fügte hinzu: »In den Mägen hübscher und geschickter Jäger.«

Auf folgende Weise nahmen die Kaufhaus-Nomen von ihren Toten Abschied:

Das Zeremoniell begann, indem man die Leiche in ein festliches grünes Gewand kleidete und eine rote Zipfelmütze hinzufügte. Der lange weiße Bart wurde sorgfältig gekämmt, und anschließend lag der Abt friedlich auf dem Bett, während Gurder vorlas:

»O Arnold Bros (gegr. 1905), empfange die Seele unseres Bruders und bringe sie in deine große Gartenbau-Abteilung jenseits der Buchhaltung, wo es Scheren für das problemlose Schneiden von Rasenrändern gibt, Blumenschüsseln zur Zierde Ihres Gartens, den Teich des ewigen Lebens mit leicht auszulegenden Kunststoffplanen und einer Einfassung, die nichts zu wünschen übrigläßt. Wir geben ihm die Geschenke, die jeder Nomen für seine Reise braucht.«

Der Graf von Eisenwaren trat vor und legte ein Objekt neben den Leichnam. »Ich gebe ihm den Spaten Ehrlicher Arbeit.«

»Und ich«, ließ sich der Herzog von Kurzwaren vernehmen, »schenke ihm die Angelrute der Hoffnung.«

Andere Würdenträger der Nomen-Gemeinschaft brachten weitere Dinge: die Schubkarre des Oberhaupts, den Einkaufskorb des Lebens. Der Tod im Kaufhaus war eine ziemlich komplizierte Angelegenheit, fand Masklin.

Grimma putzte sich die Nase, als Gurder die Messe beendete. Einige ernste Wichte trugen die Leiche fort.

In den Keller, erfuhr Masklin später. Zur Verbrennungsanlage. In die Domäne von *Bombenpreise*, wo er — wie die Legenden behaupteten — des Nachts saß und seinen grauenhaften Tee trank.

»Schrecklich«, kommentierte Oma Morkie, als sie unschlüssig beieinanderstanden. »Als in meiner Jugend jemand starb, begruben wir die Leiche. In der Erde.«

»Erde?« wiederholte Gurder.

»Eine Art Boden«, sagte Oma.

»Und was geschah dann?« fragte der Assistent des verstorbenen Abts.

Oma Morkie blinzelte. »Wie?«

»Was geschah nach der Bestattung?« wiederholte der Büromaterialer geduldig. »Ich meine, wohin gingen die Toten?«

»Wohin sie *gingen?* Ich bezweifle, ob sie mit irgendeiner Wanderung begannen. *Unsere* Toten haben sich kaum bewegt.«

Gurder sprach nun so langsam, als bemühe er sich, einem geistig zurückgebliebenen Kind etwas zu erklären. »Wenn hier im Kaufhaus ein Nom stirbt und wenn er ein *guter* Nom gewesen ist, so schickt ihn Arnold Bros (gegr. 1905) zu uns zurück, bevor er einen besseren Ort erreicht.«

»Aber wie ...«, begann Oma.

»Das innere Etwas des Toten«, erläuterte Gurder. »Den Kern des Selbst.«

Die Draußenler musterten ihn höflich und warteten darauf, daß er seinen Worten einen Sinn verlieh.

Gurder seufzte. »Na schön. Ich bitte jemanden, es euch zu zeigen.«

Man brachte sie zur Abteilung Gartenbau. Der Ort erschien Masklin sehr seltsam. Er wirkte wie die Welt draußen — ohne ihre problematischen Aspekte. Das Licht stammte von Drinnen-Sonnen, die auch des Nachts schienen. Hier gab es nie Wind und Regen. Das Gras: grün bemaltes Sackleinen, aus dem stachelartige Objekte ragten. Saatgutbeutel formten hohe Berge, und Masklin argwöhnte, daß die Bilder darauf ausschweifender menschlicher Phantasie entsprangen. Sie zeigten Blumen, doch solche Blumen kannte er nicht.

»Sieht es im Draußen ähnlich aus?« fragte der junge Priester, der sie herumführte. »Es heißt, äh, man sagt, äh, ihr kommt von dort. Man sagt, ihr hättet das Draußen *gesehen.*« Es klang hoffnungsvoll.

»Dort gibt's mehr Grün und Braun«, erwiderte Masklin kategorisch.

»Und Blumen?«

»Einige«, sagte Masklin. »Aber nicht solche wie hier.«

»Ich habe einmal Blumen dieser Art gesät«, murmelte Torrit. Und dann schwieg er erstaunlicherweise.

Der Priester geleitete sie um die gewaltige Masse eines riesigen Rasenmähers herum, und auf der anderen Seite ...

... standen Nomen. Groß und pausbäckig. Mit rosarot bemalten Wangen. Einige hielten Angelruten oder Spaten in den Händen. Andere schoben bunte Schubkarren. Und alle grinsten.

Die Gruppe beobachtete sie stumm.

Schließlich hauchte Grimma:

»Wie schrecklich.«

»O nein!« widersprach der Priester entsetzt. »Es ist herrlich! Arnold Bros (gegr. 1905) schickt uns glücklich und zufrieden zurück. Später verlassen wir das Kaufhaus und gelangen zu einem wundervollen Ort!«

»Frauen fehlen hier«, stellte Oma Morkie fest. »Eine wahre Gnade.«

»Nun, äh«, begann der Priester verlegen, »dieser Punkt ist umstritten. Wir sind uns nicht ganz sicher, glauben jedoch ...«

»Und sie unterscheiden sich gar nicht voneinander«, fuhr Oma fort. »Sie sehen alle gleich aus.«

»Nun, äh, weißt du ...«

»Auf diese Weise möchte ich nicht zurückkehren«, grummelte Oma Morkie. »Wenn ich *so* zurückkehren muß, will ich gar nicht erst weg.«

Der Priester war den Tränen nahe.

»Aber ...«

»Ich habe mal einen derartigen Wicht gesehen.« Dieser Hinweis stammte vom alten Torrit. Er wirkte sehr blaß und zitterte.

»Sei still!« zischte Oma Morkie. »Du hast nie irgend etwas gesehen.«

»Doch, habe ich«, beharrte Torrit. »Als kleiner Junge. Opa Dimpo führte uns durch die Felder und durch den Wald, zu einem der großen Häuser, in dem Menschen wohnen, und davor gab es kleine Felder mit Blumen wie hier und kurzes Gras und einen Teich mit orangefarbenen Fischen, und dort sahen wir einen solchen Wicht. Er saß neben dem Teich auf einem Pilz, jawohl.«

»Unsinn«, erwiderte Oma Morkie automatisch.

»Nein.« Torrit schüttelte den Kopf. »Und ich erinnere mich noch an Opa Dimpos Worte: ›Welch gräßliches Leben, bei jedem Wetter draußen zu stehen. Vögel lassen einem ihren Dingsbums auf den Hut fallen, und man wird von Hunden bepinkelt.‹ Er meinte, es handele sich um einen Riesenwicht, der versteinert sei, weil er zu lange am Teich hockte, ohne jemals einen Fisch zu fangen. Und er sagte. ›Welch ein Tod. Das ist nichts für mich, Jungs. Ich möchte ganz plötzlich sterben ...‹ Er konnte den Satz nicht beenden, weil eine Katze auf ihn zusprang. Ironie des Schicksals, wenn ihr mich fragt.«

»Und dann?« erkundigte sich Masklin.

»Oh, wir verpaßten ihr eine Abreibung mit unseren Speeren, zerrten Opa auf die Beine und rannten wie ...« Torrit bemerkte Oma Morkies strenges Gesicht. »Und wir rannten ziemlich schnell.«

»Nein, nein!« jammerte der Priester. »Es ist ganz anders!« Er begann zu schluchzen.

Oma zögerte kurz, bevor sie ihm tröstend auf den Rücken klopfte.

»Na, na«, sagte sie. »Du brauchst nicht gleich zu weinen. Der dumme alte Narr redet dauernd dummes Zeug. Weil er dumm ist.«

»Ich bin nicht ...« Torrit unterbrach sich, als ihm Oma einen warnenden Blick zuwarf.

Sie kehrten langsam zurück und versuchten dabei, das schreckliche Bild versteinerter Nomen aus ihrer

Vorstellung zu verbannen. Torrit schlurfte hinter der Gruppe her und grollte dabei wie ein erschöpftes Gewitter.

»Ich habe ihn gesehen, habe ich«, flüsterte er. »Ein blöd grinsender Riesenwicht. Hockte auf einem fleckigen Pilz. Ganz *deutlich* habe ich ihn gesehen. Bin allerdings nie wieder zum Feld vor dem Haus gegangen. Um jedes Risiko zu vermeiden. Aber ich habe ihn *gesehen.*«

Alle schienen der Meinung zu sein, daß Gurder der neue Abt werden sollte. Der alte Abt hatte Anweisungen hinterlassen, und niemand stellte sie in Frage.

Die einzigen Einwände stammten von Gurder selbst.

»Warum ich?« klagte er. »Ich wollte nie ein Anführer sein! Außerdem ...« Er senkte die Stimme. »Manchmal kommen mir *Zweifel*. Der alte Abt wußte bestimmt davon, und ich verstehe einfach nicht, wieso er mich für einen geeigneten Nachfolger hielt.«

Masklin schwieg und dachte daran, daß der alte Abt möglicherweise eine ganz bestimmte Absicht verfolgt hatte. Vielleicht war die Zeit reif für ein wenig Zweifel. Vielleicht wurde es Zeit, Arnold Bros (gegr. 1905) aus einem anderen Blickwinkel zu betrachten.

Sie standen auf einer Seite des großen Unter-dem-Fußboden-Saals, in dem wichtige Versammlungen der Büromaterialer stattfanden. Nur hier und im Speisesaal waren Kämpfe streng verboten. Familienoberhäupter und die Leiter verschiedener Abteilungen und Untersektionen schlenderten umher. Zwar durften sie keine Waffen tragen, aber bei jeder sich bietenden Gelegenheit wechselten sie giftige Blicke.

Ohne die Hilfe der Büromaterialer konnte man sie unmöglich dazu bringen, auch nur an Zusammenarbeit zu *denken*. Seltsam: Die Büromaterialer verfügten über keine echte Macht, doch alle Familien benötigten sie. Man brachte ihnen keine Furcht entgegen, und deshalb überlebten sie nicht nur, sondern herrschten auch, auf eine sonderbare Art und Weise. Kurzwarenler weigerten sich aus Prinzip, selbst sehr vernünftige Ratschläge von den Eisenwarenlern entgegenzunehmen, aber sie lauschten aufmerksam, wenn ein Büromaterialer sprach, denn alle wußten: Büromaterialer ergriffen für niemanden Partei; sie vertraten einen neutralen Standpunkt.

Masklin wandte sich an Gurder.

»Wir müssen mit den Eisenwarenlern reden. Sie kontrollieren die Elektrizität, nicht wahr? Und das Lastwagennest.«

»Dort drüben steht der Graf von Eisenwaren.« Gurder deutete in die entsprechende Richtung. »Der Bursche mit dem Schnurrbart. Ist nicht sehr religiös. Allerdings versteht er kaum etwas von Elektrizität.«

»Aber du hast mir doch gesagt ...«

»Oh, die Eisenwarenler *kontrollieren* das Elektrische. Die Untertanen und Bediensteten und so. Aber nicht Leute wie der Graf.« Gurder lächelte. »Glaubst du etwa, der Herzog von Kurzwaren rührt jemals eine Schere an? Und die Baronin del Ikatessen läßt sich bestimmt nicht dazu herab, selbst zu kochen.«

Er sah Masklin an.

»Du hast einen Plan, stimmt's?«

»Ja. Glaube ich.«

»Was willst du ihnen erzählen?«

Geistesabwesend betastete Masklin die Spitze seines Speers.

»Die Wahrheit. Ich werde darauf hinweisen, daß sie das Kaufhaus verlassen und alles mitnehmen können. Das müßte eigentlich möglich sein.«

Gurder rieb sich das Kinn. »Hmm. Vielleicht ist es tatsächlich möglich. Wenn jeder so viel mitschleppt, wie er tragen kann. Aber die Regale leeren sich schnell, und außerdem: Man kann keine Elektrizität tragen. Sie lebt in Drähten, weißt du.«

Masklin achtete nicht darauf. »Wie viele Büromaterialer sind imstande, Menschisch zu lesen?«

»Wir alle, mehr oder weniger«, antwortete Gurder. »Aber nur vier von uns sind gute Leser, wenn du's unbedingt wissen willst.«

»Ich fürchte, wir brauchen mehr«, murmelte Masklin.

»Nun, um zu lesen, muß man gewisse Tricks beherrschen, und nicht alle kriegen den Dreh raus. Was *hast* du vor?«

»Ich möchte alle — *alle* — nach draußen bringen. Und alle Dinge mitnehmen, die wir *jemals* brauchen.«

»Das Gewicht so vieler Gegenstände wird uns zermalmen!«

»Nein«, widersprach Masklin, »die meisten Dinge wiegen überhaupt nichts.«

Gurder wirkte plötzlich besorgt.

»Steckt irgendeine verrückte Idee von Dorcas dahinter?« fragte er.

»Nein.«

Masklin fühlte sich so, als werde er jeden Augenblick explodieren. Sein Kopf schien nicht groß genug zu sein, um alle Worte des *Dings* aufzunehmen.

Und nur er wußte Bescheid. Oh, der Abt hatte die Bilder gesehen und starb mit Sternen in den Augen, aber ohne zu *verstehen*. Die Galaxis! Der Greis hielt sie für einen großen Raum außerhalb des Kaufhauses, für die größte aller Abteilungen. Vielleicht konnte nicht einmal Gurder begreifen, worum es sich handelte: Er hatte sein ganzes Leben unter Decken verbracht, ohne eine Vorstellung von *großen* Entfernungen.

Masklin spürte einen Anflug von Stolz. Die Kaufhaus-Wichte verstanden die Mitteilungen des *Dings* nicht, weil ihnen entsprechende Erfahrungen fehlten. Für sie gab es keine größere mögliche Entfernung als die Strecke vom einen Ende des Kaufhauses zum anderen.

Daher mußte es ihnen schwerfallen, sich mit der Vorstellung anzufreunden, daß die Sterne — um nur ein

Beispiel zu nennen — viel weiter entfernt waren. Selbst wenn man immerzu lief: Wahrscheinlich dauerte es *Wochen,* um sie zu erreichen.

Masklin beschloß, sie ganz vorsichtig mit den neuen Konzepten vertraut zu machen.

Die Sterne! Vor langer, langer Zeit waren die Nomen zwischen ihnen unterwegs gewesen, in Dingen, neben denen Lastwagen winzig anmuteten — und von Nomen gebaut. Eins jener großen Raumschiffe erforschte das All in der Nähe eines kleinen Sterns am Rande des Nichts; es schickte ein kleineres Schiff aus, das auf der Welt der Menschen landete.

Doch irgend etwas ging schief. Die nächsten Hinweise blieben Masklin rätselhaft. Er verstand nur eins: Jenes Etwas, das die Raumschiffe bewegte, entfaltete enorm viel Kraft. Nun, Hunderte von Nomen überlebten, und einer von ihnen fand das *Ding* im Wrack. Es nützte kaum etwas, solange es keine Elektrizität essen konnte, aber die Wichte behielten es trotzdem, denn das *Ding* war die Maschine, die das Schiff gesteuert hatte.

Eine Generation folgte auf die andere, und alles geriet in Vergessenheit. Die Nomen erinnerten sich nur an die Wichtigkeit des *Dings.*

Allein das genügt schon für einen Kopf, dachte Masklin. Aber es war noch nicht einmal das wirklich Bedeutsame, das sein Blut zum Schäumen und seine Finger zum Prickeln brachte.

Weitaus mehr Bedeutung hatte *dies:* Jenes große Raumschiff, das zwischen den Sternen fliegen konnte, befand sich noch immer irgendwo dort oben. Maschinen wie das *Ding* kümmerten sich darum und warteten geduldig auf die Rückkehr der Nomen. Zeit spielte keine Rolle für sie. Es gab Apparate, um die langen Korridore sauberzuhalten. Es gab Apparate, die Nahrung herstellten, die Sterne beobachteten, in der dunklen Leere des Schiffes Stunden und Minuten zählten.

Und die Maschinen warteten auch weiterhin. Für sie war Zeit nur etwas, das es zu zählen galt. Sie würden warten, bis das Feuer der Sonne erlosch, bis der Mond starb. Mit unerschütterlicher Gelassenheit reparierten sie sich selbst, um bereit zu sein, wenn die Nomen zurückkehrten.

Um sie nach Hause zu bringen.

Und während sie warteten, haben wir sie vergessen, dachte Masklin. *Wir haben alles über uns selbst vergessen und verkriechen uns im Boden.*

Er wußte, worauf es nun ankam. Eine schwierige Aufgabe stand ihm bevor, vielleicht sogar eine unmögliche — aber mit so etwas kannte er sich aus. Es schien auch eine unmögliche Aufgabe zu sein, eine erlegte Ratte aus dem Wald bis zum Bau zu zerren. Doch es war *nicht* unmöglich, sie einen oder zwei Meter weit zu ziehen, und dann ruhte man sich aus, zog sie noch ein kleines Stück ... Um unmögliche Aufgaben zu bewältigen, mußte man sie in eine Anzahl von sehr schwierigen Aufgaben unterteilen, die aus einer Reihe von sehr anstrengenden Aufgaben bestanden, die sich wiederum aus recht komplizierten Aufgaben zusammensetzten und so weiter ...

Masklin wußte, was die schwierigste aller Aufgaben war: *Wie soll ich den anderen Nomen erklären, was sie einst gewesen sind und was sie wieder sein können?*

Ja, er hatte einen Plan. Eigentlich begann er als Plan des *Dings,* doch nach langem Nachdenken wurde daraus sein eigener. Vermutlich ein unmöglicher Plan. Doch das mußte sich erst noch herausstellen.

Gurder musterte ihn noch immer neugierig.

»Äh«, sagte Masklin, »was den Plan angeht ...«

»Ja?«

»Der Abt meinte, ihr Büromaterialer hättet immer versucht, die Wichte zur Zusammenarbeit zu bewegen und zu verhindern, daß sie sich dauernd streiten.«

»Das stimmt«, bestätigte Gurder.

»Nun, wenn mein Plan Erfolg haben soll, *müssen* sie zusammenarbeiten.«

»Gut.«

»Ich fürchte jedoch, es wird dir nicht sehr gefallen«, fügte Masklin hinzu.

»Das ist unfair! Wie kannst du von solchen Annahmen ausgehen?«

»Bestimmt lachst du darüber.«

»Stell mich auf die Probe«, schlug Gurder vor.

Masklin erklärte ihm alles. Als Gurder den Schock überwunden hatte, lachte er laut und lange.

Dann sah er Masklins Gesicht und verstummte.

»Das ist doch nicht dein Ernst, oder?« fragte er.

»Laß es mich folgendermaßen ausdrücken«, erwiderte der Jäger. »Hast du einen besseren Plan? Darf ich mit deiner Unterstützung rechnen?«

»Aber wie willst du ...?« begann Gurder. »Wie sollen die Wichte ...? Ist es überhaupt möglich, daß wir ...?«

»Wir finden einen Weg«, sagte Masklin. »Natürlich mit Arnold Bros' (gegr. 1905) Hilfe«, betonte er diplomatisch.

»Ja, natürlich.« Gurder nickte widerstrebend und riß sich zusammen.

»Wie dem auch sei: Wenn ich der neue Abt sein soll, muß ich eine Rede halten«, fuhr er fort. »Das erwartet man von mir. Ich bringe meinen guten Willen zum Ausdruck und so. Wir sprechen später darüber. Denk in aller Ruhe nach und ...«

Masklin schüttelte den Kopf. Gurder schluckte.

»Du meinst — *jetzt?*« fragte er.

»Ja. Jetzt. Wir sagen es ihnen *jetzt.*«

❖ 8 ❖

I. Und die Oberhäupter der Nomen versammelten sich, und der Abt Gurder sprach zu ihnen: Höret die Worte des Draußenlers.

II. Und einige wurden zornig und sagten: Er *ist* ein Draußenler. Warum sollen wir ihm zuhören?

III. Da sprach der Abt Gurder: Weil es der alte Abt wünschte. Ja, und ich teile seinen Wunsch.

IV. Da murrten die Versammelten, erhoben jedoch keine Einwände mehr.

V. Und der Draußenler sprach: Was die Gerüchte über den Abriß betrifft … Ich habe einen Plan.

VI. Lasset uns nicht wie Bohrasseln aus einem umgedrehten Baumstamm fliehen, sondern als stolzes, würdevolles Volk. Und lasset uns den Zeitpunkt selbst bestimmen.

VII. Und die Versammelten unterbrachen ihn und fragten: Was sind Bohrasseln? Und der Draußenler antwortete: Na schön, Ratten.

VIII. Lasset uns Dinge mitnehmen, die wir brauchen, um im Draußen ein neues Leben zu beginnen, nicht in einem anderen Kaufhaus, sondern unter dem Himmel. Lasset uns alle Nomen mitnehmen, die alten wie die jungen, und genug Nahrung und Material und notwendige Informationen.

IX. Und die Versammelten fragten: Alle? Und der Draußenler antwortete: Alle. Da sprachen die Oberhäupter der Nomen: Das ist unmöglich …

Aus dem *Buch der Nomen,* Dritter Stock, Verse I–IX

»Doch, es *ist* möglich«, sagte Masklin. »Wenn wir einen Lastwagen stehlen.«

Völlige Stille folgte diesen Worten.

Der Graf von Eisenwaren wölbte die Brauen.

»Meinst du die großen stinkenden Dinger mit Rädern an jeder Ecke?« fragte er.

»Ja«, bestätigte Masklin. Alle Blicke klebten an ihm fest, und er spürte, wie seine Wangen zu glühen begannen.

»Ein Narr bist du!« rief der Herzog von Kurzwaren. »Selbst wenn das Kaufhaus in Gefahr wäre, und ich sehe keinen Grund, daran zu glauben, ich wiederhole: keinen Grund ... Ein solche Idee ist absurd und grotesk.«

Masklin errötete. »Ein Laster bietet genug Platz. Wir können alles mitnehmen und Bücher stehlen, die uns Dinge erklären ...«

»Der Mund bewegt sich, die Zunge wackelt, aber nichts ergibt einen Sinn«, sagte der Herzog. Einige der anderen Wichte lachten nervös. Aus den Augenwinkeln sah Masklin Angalo, der mit glänzenden Augen neben seinem Vater stand.

»Ehre dem verstorbenen Abt«, ließ sich einer der anderen Würdenträger vernehmen, »aber ich habe gehört, daß es im Draußen andere Kaufhäuser geben soll. Ich meine, wir müssen irgendwo gewohnt haben, bevor dieses Kaufhaus erschaffen wurde.« Er schluckte. »Äh, ich will auf folgendes hinaus: Wenn dieses Kaufhaus 1905 gebaut wurde, wo waren wir dann im Jahre 1904? Womit ich natürlich niemandem zu nahe treten möchte ...«

»Ich spreche nicht davon, in ein anderes Kaufhaus umzuziehen«, erwiderte Masklin. »Ich schlage euch vielmehr vor, im Freien zu leben.«

»Und ich habe keine Lust, mir diesen Unsinn noch länger anzuhören. Der alte Abt war ein sehr vernünftiger Mann, aber kurz vor seinem Tod wurde er ein wenig verschroben.« Der Herzog von Kurzwaren drehte sich um und stürmte hinaus. Die meisten anderen Familien- und Abteilungsoberhäupter folgten ihm, einige eher widerstrebend, wie Masklin bemerkte. Mehrere verharrten an der Tür, so daß sie behaupten konnten, gerade gehen zu wollen, falls sie jemand fragte.

Es blieben der Graf, eine kleine dicke Frau — Gurder hatte sie als Baronin del Ikatessen vorgestellt — und eine Reihe von recht unwichtigen Unterabteilungsleitern.

Der Graf sah sich theatralisch um.

»Ah«, sagte er, »endlich genug Platz, um zu atmen! Fahr fort, junger Mann!«

»Nun, das wär's im großen und ganzen«, entgegnete Masklin. »Um mehr zu planen, muß ich mehr herausfinden. Zum Beispiel: Seid ihr in der Lage, Elektrizität zu erzeugen? Ich meine, es genügt nicht, sie aus den Kabeln des Kaufhauses zu stehlen. Könnt ihr sie selbst herstellen?«

Der Graf rieb sich das Kinn.

»Verlangst du von mir, die Geheimnisse meiner Abteilung preiszugeben?«

»Wenn wir so verzweifelte Maßnahmen beschließen«, sagte Gurder scharf, »müssen wir offen zueinander sein und unser Wissen teilen.«

»Das finde ich auch«, pflichtete ihm Masklin bei.

»Ja.« Gurder nickte ernst. »Das Wohl der Nomen steht an erster Stelle.«

»Eine lobenswerte Einstellung«, lobte Masklin. »Die Büromaterialer leisten einen eigenen Beitrag und werden allen interessierten Wichten beibringen, wie man — liest.«

Einmal mehr folgte Stille — abgesehen von einem leisen Schnaufen Gurders, der offenbar einen Erstikkungsanfall erlitt.

»Wie man liest ...«, stöhnte er.

Masklin zögerte. Nun, den ersten Schritt hatte er bereits hinter sich — warum mit dem zweiten warten? Er fühlte Grimmas Blick auf sich ruhen.

»Auch den Frauen«, proklamierte er.

Diesmal wirkte der Graf überrascht. Die Baronin hingegen lächelte. Gurder ächzte nach wie vor.

»In der Abteilung Büromaterial und Schreibwaren stehen viele Bücher in den Regalen«, sagte Masklin. »Ganz gleich, was wir anstellen wollen: Es gibt ein Buch, in dem alles genau erklärt wird! Aber wir brauchen viele Leute, um sie zu lesen — damit wir die erforderlichen Informationen finden.«

»Ich glaube, der junge Büromaterialer braucht ein Glas Wasser«, bemerkte der Graf. »Ich glaube, er ist ganz überwältigt vom neuen Geist der Zusammenarbeit und des geteilten Wissens.«

»Junger Mann«, begann die Baronin, »vielleicht hast du recht. Aber teilen uns die Bücher auch mit, wie man einen Lastwagen fährt?«

Masklin nickte. Auf diese Frage war er vorbereitet. Grimma taumelte näher, in den Armen ein Buch, das fast so groß zu sein schien wie sie selbst. Der Jäger half ihr dabei, es aufzurichten, so daß es alle sehen konnten.

»Hier stehen Worte drauf«, verkündete er stolz. »Ich habe sie schon gelernt. Sie heißen ...« Er zeigte mit dem Speer auf die verschiedenen Schriftzeichen. »*Straßen-ver-kehrs-ordnung. Straßenverkehrsordnung.* Und das Buch enthält auch Bilder. Wenn uns die Straßenverkehrsordnung bekannt ist, können wir fahren. Es steht hier drin. *Straßenverkehrsordnung*«, wiederholte er unsicher.

»Und ich weiß bereits, was ein paar der anderen Worte bedeuten«, sagte Grimma.

»Ja, sie hat einige davon gelesen.« Masklin beobachtete, wie Interesse im Gesicht der Baronin aufleuchtete.

»Und mehr ist nicht nötig?« erkundigte sich der Graf.

»Äh«, antwortete Masklin. Dieser Punkt beunruhigte ihn ebenfalls. Er hatte das unangenehme Gefühl, daß es nicht ganz so einfach sein konnte, aber dies war wohl kaum der geeignete Zeitpunkt, um vergleichsweise unwichtige Details zu klären. Er erinnerte sich an den Hinweis des Abts: *Es spielt keine Rolle, ob ein Anführer recht oder unrecht hat — er muß* sicher *sein. Natürlich kann es nicht schaden, recht zu haben.*

»Nun, heute morgen habe ich das Lastwagennest besucht — ich meine die Garage«, sagte Masklin. »Wenn man an den Lastern hochklettert, kann man hineinsehen. Mir sind Hebel, Räder und andere Dinge aufgefallen, aber es läßt sich bestimmt feststellen, wozu sie dienen.« Er holte tief Luft. »Es *muß* einfach sein — sonst kämen Menschen überhaupt nicht damit zurecht.«

Diesem Argument hatten die Wichte nichts entgegenzusetzen.

»Faszinierend«, kommentierte der Graf. »Darf ich fragen, was du jetzt brauchst?«

»Helfer«, erwiderte Masklin sofort. »So viele wie du entbehren kannst. *Insbesondere* jene Leute, die du eigentlich *nicht* entbehren kannst. Und wir benötigen Nahrung für sie.«

Die Baronin blickte den Graf an. Er nickte, und daraufhin nickte sie ebenfalls.

»Ich wüßte gern von der jungen Frau, wie sie sich fühlt«, sagte sie. »Nach dem Lesen, meine ich.«

»Ich kenne nur einige wenige Worte«, erklärte Grimma. »Zum Beispiel ›links‹, ›rechts‹ und ›Fahrrad‹.«

»Und du verspürst keinen Druck im Kopf?«

»Nein, Madam.«

»Hmm. Das ist äußerst interessant.« Die Baronin starrte Gurder an.

Der neue Abt setzte sich. »Ich ... ich ...«, begann er.

Masklin stöhnte innerlich. Er hatte gedacht, es sei schwer zu lernen, wie ein Lastwagen funktionierte, wie man ihn fuhr, wie man Bücher las. Doch dabei handelte es sich nur um, nun — Aufgaben. Wenn man sich lange genug Mühe gab, erzielte man irgendwann einen Erfolg. Daran bestand kein Zweifel. Weitaus schwieriger war der Umgang mit Nomen.

Achtundzwanzig Helfer trafen ein.

»Das reicht nicht«, sagte Grimma.

»Es ist ein Anfang«, entgegnete Masklin. »Ich hoffe, im Lauf der Zeit kommen mehr. Sie alle müssen lesen lernen. Nicht perfekt, aber durchschnittlich gut. Und anschließend sollen fünf der besten Leser den anderen beibringen, wie man Büchern Informationen entlockt.«

»Woher hast du diese Idee?« fragte Grimma erstaunt.

»Vom *Ding*«, antwortete Masklin. »Es geht dabei um etwas, das man *Tiefenanalyse* nennt. Es bedeutet, daß man immer zuerst an etwas denken muß. Zum Beispiel: Um ein Haus zu bauen, braucht man Ziegelsteine. Und bevor man Ziegelsteine herstellen kann, sollte man wissen, welchen Ton man dazu verwendet. Und so weiter.«

»Ton? Man benötigte Geräusche, um ein Haus zu bauen?«

»Keine Ahnung.«

»Was sind Ziegelsteine?«

»Weiß nicht.«

»Und was ist ein Haus?«

»Hab's noch nicht herausgefunden«, gestand Masklin ein. »Aber wie dem auch sei: Sie ist sehr wichtig, die Tiefenanalyse. Und dann gibt es noch etwas, das man *sequentielle Zielfestsetzung mit ständiger Ablaufkontrolle* nennt.«

»Und was ist *das?*«

»Vermutlich soll man die Leute antreiben und fragen, warum sie noch nicht fertig sind.« Masklin betrachtete auf seine Füße. »Ich schätze, damit können wir Oma Morkie beauftragen. Sie ist bestimmt nicht daran interessiert, lesen zu lernen, aber sie versteht sich gut darauf, Leute anzutreiben.«

»Und ich?«

»Ich möchte, daß du noch viel mehr und besser liest.«

»Warum?«

»Weil wir lernen müssen, richtig zu denken«, erklärte Masklin.

»Ich kann denken!«

»Glaubst du?« erwiderte Masklin. »Ich meine, ja, natürlich. Aber einige Dinge können wir nicht denken, weil uns dazu die Worte fehlen. Nimm die Kaufhaus-Nomen als Beispiel. Sie wissen nicht einmal, was es mit Wind und Regen auf sich hat!«

»O ja. Ich habe versucht, der Baronin von Schnee zu erzählen ...«

Masklin nickte. »Na bitte. Die hiesigen Wichte haben keine Ahnung, und sie wissen nicht einmal, daß sie keine Ahnung haben. Und was wissen *wir* nicht? Wir müssen alle Bücher lesen, die wir bekommen können. Gurder hält kaum etwas davon. Er meint, nur Büromaterialer sollten lesen. Aber das Problem ist: Sie versuchen nicht, Dinge zu verstehen.«

Gurder war sehr erbost gewesen.

»*Lesen!*« hatte er gerufen. »Dauernd kommen dumme Wichte hierher und nutzen das Papier ab, indem sie dauernd darauf hinabstarren! Warum verraten wir nicht alle unsere Geheimnisse, da wir schon einmal dabei sind? Warum bringen wir den Leuten nicht auch das Schreiben bei?«

»Dazu haben wir später noch Gelegenheit«, sagte Masklin sanft.

»*Was?*«

»Es ist nicht so wichtig.«

Gurder hämmerte an die Wand. »Bei Arnold Bros (gegr. 1905): Weshalb hast du mich vorher nicht um Erlaubnis gefragt?«

»Hättest du es erlaubt?«

»Nein!«

»Jetzt kennst du den Grund«, sagte Masklin.

»So etwas habe ich nicht erwartet, als ich dir meine Hilfe anbot!« heulte Gurder.

»Ebensowenig wie ich!« schnappte Masklin.

Der neue Abt zögerte.

»Wie meinst du das?« fragte er.

»Ich dachte, du wolltest helfen«, antwortete Masklin schlicht.

Gurder ließ die Schultern hängen. »Na schön, na schön«, murmelte er. »Jetzt kann ich es nicht mehr verbieten. Wäre meiner Autorität sehr abträglich.« Er seufzte. »Also gut. Du hast freie Hand. Nimm dir alle Leute, die du brauchst.«

»Gut«, sagte Masklin. »Wann kannst du anfangen?«

»Ich? Aber ...«

»Du hast dich selbst als besten Leser bezeichnet.«

»Ja, das stimmt auch, aber ...«

»Gut.«

Die Wichte gewöhnten sich später an dieses Wort. Masklin sprach es auf eine Weise aus, die darauf hindeute, daß alles geklärt war, daß es keinen Sinn mehr hatte, noch etwas hinzuzufügen.

Gurder winkte fahrig.

»Was verlangst du von mir?«

»Wie viele Bücher gibt es?« fragte Masklin.

»Hunderte! Tausende!«

»Und weißt du, wovon sie berichten?«

Gurder musterte ihn verblüfft. »Ist dir eigentlich klar, was du da fragst?«

»Nein, aber ich möchte es gern herausfinden.«

»Die Bücher berichten über *alles!* Es ist kaum zu fassen! Sie sind voller Wörter, die nicht einmal ich verstehe!«

»Existieren auch Bücher, die einem unverständliche Wörter erklären?« *Das ist Tiefenanalyse,* fuhr es Masklin durch den Sinn. *Und ich führe sie durch, ohne darüber nachzudenken. Donnerwetter!*

Gurder zögerte. »Eine interessante Vorstellung«, sagte er.

»Ich will möglichst viel über Lastwagen, Elektrizität und Nahrung erfahren«, fuhr Masklin fort. »Und dann brauche ich ein Buch über, über ...«

»Ja?«

Das Gesicht des Jägers offenbarte so etwas wie Verzweiflung. »Gibt es ein Buch, das mitteilt, wie Nomen einen für Menschen gebauten Laster fahren können?«

»Du weißt es nicht?«

»Nun, nicht — genau. Ich dachte, wir kommen früher oder später dahinter.«

»Aber du hast doch gesagt, man braucht sich nur mit der *Straßenverkehrsordnung* auszukennen!«

»J-ja«, erwiderte Masklin unsicher. »Darin steht *geschrieben,* daß man zuerst die *Straßenverkehrsordnung* lernen muß. Trotzdem: Ich habe das Gefühl, daß es nicht so einfach sein kann.«

»Günstige Angebote in Hülle und Fülle — steht uns bei!«

»Das hoffe ich«, sagte Masklin. »Das hoffe ich von ganzem Herzen.«

Und dann wurde es Zeit für ein gewagtes Experiment.

Es war kalt im Lastwagennest, und es stank nach *Sel.* Darüber hinaus erwartete sie ein langer Sturz nach unten, wenn sie vom Träger fielen. Masklin versuchte, nicht in die Tiefe zu starren.

Sie verharrten in der Nähe eines Lastwagens. Hier drin wirkte er weitaus größer als draußen — ein riesiges, rotes und schreckliches Blechgebirge, das im Zwielicht emporragte.

»Das ist weit genug«, sagte der Jäger nach einer Weile. »Wir sind jetzt direkt über dem Etwas, das aus dem Rest herausragt. Der Fahrer sitzt da drin.«

»Du meinst das Führerhaus«, ließ sich Angalo vernehmen.

»Ja, genau. Das Führerhaus.«

Angalo war eine echte Überraschung gewesen. Keuchend und mit rotem Gesicht erschien er in der Abteilung Büromaterial und bat darum, in das Geheimnis der Büchersprache eingeweiht zu werden.

Um über Lastwagen zu lesen.

Sie faszinierten ihn.

Masklin erinnerte sich an seine erste Reaktion: »Aber dein Vater hält doch gar nichts von der ganzen Idee.«

»Und wenn schon«, erwiderte Angalo. »Für dich spielt's kaum eine Rolle. Ich meine, du *kommst* von dort! Ich möchte die vielen Dinge ebenfalls sehen. Ich möchte nach Draußen und feststellen, ob dort tatsächlich etwas existiert, ob es mehr ist als nur ein Traum!«

Er war kein besonders guter Leser, gab sich jedoch große Mühe, als ihm die Büromaterialer Bücher mit Lastern auf den Titelbildern brachten. Daraufhin las er so angestrengt, bis ihm das Gehirn schmerzte. Jetzt wußte er wahrscheinlich mehr über Lastwagen als alle übrigen. Mit anderen Worten: etwas mehr als nichts.

Masklin hörte, wie Angalo vor sich hin brummte, als er die Riemen und Gurte überstreifte.

»Gang«, sagte er. »Schaltung. Lenkrad. Scheibenwischer. Automatisches Getriebe. Spediteur. Hau das Gas runter. Friß den Asphalt. Quietschende Reifen. Trukker.« Angalo sah zu Masklin auf und lächelte dünn. »Alles klar.«

»Denk daran: Manchmal sind die Fenster geschlossen. Wenn das der Fall sein sollte, so zieh einmal am Seil. Dann holen wir dich wieder hoch.«

»Zehn-vier.«

»Wie bitte?«

»Das bedeutet ›ja‹ in der Lastwagenfahrersprache«, erklärte Angalo.

»Oh. Na schön. Nun, wenn du im Führerhaus bist, dann such dir ein Versteck, von dem aus du den Fahrer beobachten kannst ...«

»Ja, ja«, entgegnete Angalo ungeduldig. »Du hast mich immer wieder darauf hingewiesen.«

»Also gut. Hast du die belegten Brote dabei?«

Angalo klopfte sich auf den Beutel an der Taille. »Und auch das Notizbuch«, betonte er. »Ich bin soweit. Drück das Gaspedal bis zur Vorderachse.«

»Was?«

»›Es kann losgehen‹ auf Lastwagisch.«

Masklin blinzelte verwirrt. »Müssen wir so viele Fachausdrücke kennen, um einen Laster zu fahren?«

»Negatief«, sagte Angalo stolz.

»Oh? Nun, Hauptsache, *du* verstehst, was damit gemeint ist.«

Dorcas, Leiter der Seil-Gruppe, klopfte Angalo auf die Schulter.

»Willst du nicht doch den Draußen-Schutzanzug benutzen?« fragte er hoffnungsvoll.

Er war kegelförmig und bestand aus dickem Stoff, den der alte Erfinder an einem zusammenfaltbaren Regenschirmgestell befestigt hatte. Vorn verfügte die Vorrichtung über ein kleines Fenster, durch das man die Umgebung beobachten konnte.

»*Du* bist vielleicht an Regen und Wind gewöhnt«, wandte sich Dorcas an Masklin. »Möglicherweise ist dein Kopf dadurch besonders hart und widerstandsfähig geworden. Aber wir Kaufhaus-Wichte ...«

»Nein, danke«, lehnte Angalo höflich ab. »Das Ding ist zu schwer, und außerdem habe ich nicht vor, den Lastwagen bei dieser Reise zu verlassen.«

»Gut«, sagte Masklin. »Nun, vergeuden wir keine Zeit. Auf geht's, Angalo. Ich meine: hinab. Haha! Seid ihr bereit, Jungs? Also los, Angalo!« Und da es nie schaden konnte, jeden möglichen Schutz in Anspruch zu nehmen, fügte er hinzu: »Möge Arnold Bros (gegr. 1905) mit dir sein.«

Angalo schob sich über den Rand des Trägers und wurde innerhalb kurzer Zeit zu einem vagen Schemen im Halbdunkel, als Dorcas' Wichte das Seil — beziehungsweise den Faden — hinablließen. Masklin hoffte inständig, daß ihr Vorrat reichte. Sie hatten keine Gelegenheit gefunden, die Entfernung zu messen.

Plötzlich erzitterte der Strick mehrmals. Masklin beugte sich vor und sah Angalo etwa einen Meter unter ihm hängen.

»Wenn mir etwas zustößt ...!« rief er. »Bitte verzichtet darauf, Bobo zu essen!«

»Sei unbesorgt«, antwortete Masklin. »Dir passiert bestimmt nichts.«

»Ja, ich weiß. Aber wenn wir uns irren ... Bobo soll ein gutes Zuhause bekommen.«

»In Ordnung. Ein gutes Zuhause. Ja.«

»Wo niemand Ratten verspeist. Versprichst du mir das?«

»Ratten werden von der Speisekarte gestrichen«, erwiderte Masklin.

Angalo nickte, und die Nomen gaben noch mehr Seil zu.

Schließlich war die winzige Gestalt unten und eilte über das gewölbte Dach des Führerhauses. Dem Jäger wurde allein vom Zusehen schwindelig.

Angalo verschwand. Schließlich zog er zweimal am Seil, das Zeichen für *noch etwas mehr Faden*. Dorcas und seine Gruppe reagierten sofort, und der Strick glitt über den Rand des Trägers. Dann ein dreifaches Ziehen, nicht so stark wie vorher. Und kurze Zeit später noch einmal.

Masklin stieß den angehaltenen Atem zischend aus.

»Angalo hat das Ziel erreicht«, sagte er. »Holt das Seil ein. Wir lassen es hier, falls er ... Ich meine, damit wir ihn später wieder hochholen können.«

Er riskierte einen weiteren Blick auf die gewaltige Masse unter ihnen. Lastwagen fuhren fort, Lastwagen kehrten zurück — Nomen wie Dorcas glaubten, daß es sich um die gleichen Lastwagen handelte. Sie verließen die Garage voll beladen mit Waren, und wenn sie später wieder in ihr Nest rollten, waren sie ebenfalls vollbeladen. Niemand wußte, warum Arnold Bros (gegr. 1905) es für notwendig hielt, bestimmte Waren für einen Tag fortzubringen. Nur eins stand fest: Nach ein oder höchstens zwei Tagen im Draußen kehrten sie heim.

Masklin beobachtete den Laster, in dem sich nun der Forscher befand. Wohin fuhr er? Was mochte geschehen? Was würde Angalo *sehen,* bevor er wieder im Kaufhaus eintraf? Und wenn er verschwunden blieb — was sollte Masklin seinen Eltern sagen? Daß jemand aufbrechen mußte, daß ihr Sohn darum *gebeten* hatte, daß alles von ihm abhing, daß sie unbedingt Informationen darüber brauchten, wie man einen Lastwagen fuhr? Es klang sicher nicht sehr überzeugend.

Dorcas trat auf ihn zu.

»Dürfte ziemlich schwer werden, alle Nomen auf diese Weise nach unten zu bringen.«

»Ich weiß. Wir müssen uns etwas anderes einfallen lassen.«

Der Erfinder deutete zu einem der stillen Lastwagen. »Dort ist eine kleine Stufe, an der Tür des Fahrers. Sieh nur. Wenn wir ein Seil am Griff festbinden ...«

Masklin schüttelte den Kopf. »Zu weit oben«, erwiderte er. »Ein kleiner Schritt für einen Menschen, doch ein weiter Sprung für Nomen.«

❖ 9 ❖

V. Und so sprach der Draußenler: Überzeugen will ich jene, die nicht an das Draußen glauben, denn einer soll nach draußen geschickt werden, um zu beweisen, daß es mehr gibt zwischen Himmel und Erde als nur das Kaufhaus.

VI. Und Einer brach mit einem Lastwagen auf, um im Draußen nach einer neuen Heimat zu suchen.

VII. Und man wartete lange auf ihn, denn er blieb fort.

Aus dem *Buch der Nomen*, Kolonialwaren, Verse V–VII

Masklin hatte sich daran gewöhnt, in einem alten Schuhkarton zu schlafen, in einer Ecke der Abteilung Büromaterial, wo er etwas Ruhe fand. Doch als er zurückkehrte, wartete eine kleine Abordnung aus Nomen auf ihn. Sie trugen ein Buch.

Inzwischen war Masklin von den Büchern ein wenig enttäuscht. Vielleicht standen tatsächlich irgendwo jene Dinge geschrieben, über die er mehr erfahren wollte, aber es hatte sich als sehr schwer erwiesen, die betreffenden Stellen zu entdecken. Vielleicht steckte sogar Absicht dahinter. Vielleicht waren die Bücher so zusammengestellt worden, daß man gesuchte Erklärungen nur mit Mühe fand. In ihrem Inhalt fehlte *Sinn*. Besser gesagt: Es mochte einen Sinn geben, aber er schien unsinniger Natur zu sein.

Masklin erkannte den jungen Eisenwarenler Vinto Pimmie und seufzte. Vinto gehörte zu den interessiertesten und schnellsten Lesern, aber viele Worte verstand er nicht. Außerdem neigte er dazu, es mit seiner Begeisterung zu übertreiben.

»Ich hab's«, verkündete der Junge voller Enthusiasmus.

»Was hast du?« fragte Masklin.

»Ich *meine:* Ich weiß jetzt, wie wir einen Menschen dazu bringen können, den Lastwagen für uns zu fahren!«

Masklin seufzte einmal mehr. »Wir haben darüber nachgedacht und sind dabei zu dem Schluß gelangt, daß es sicher nicht klappt. Wenn wir uns einem Menschen zeigen ...«

»Spielt keine Rolle! Spielt überhaupt keine Rolle! Er kann gar nichts machen, weil wir — he, das gefällt dir bestimmt — ein Gnu haben!«

Vinto strahlte wie ein Hund, der gerade ein schwieriges Kunststück vollbracht hatte.

»Ein Gnu*«, wiederholte Masklin.

»Ja! Es steht hier in diesem Buch!« Vinto wuchtete es stolz hoch, und der Jäger reckte den Hals. Er lernte das Lesen Stück für Stück, merkte sich neue Worte immer dann, wenn er Zeit fand, doch er glaubte, den Titel leicht entziffern zu können. Offenbar ging es in dem Buch um *Gei Seln in 10 000 Fuß Höhe.*

»Erzählt es vielleicht von vielen Schuhen?« fragte Masklin.

»Nein, nein, nein, man muß sich ein Gnu beschaffen, und dann richtet man es auf den Fahrer, und jemand sagt: ›Der Kerl hat ein Gnu!‹ Und dann sagt man: ›Du wirst uns jetzt gehorchen, sonst schießen wir mit diesem Gnu auf dich!‹ Und dann ...«

»Gut, in Ordnung, ausgezeichnet.« Masklin wich zu-

---

* *Anmerkung des Übersetzers:* Hier handelt es sich um ein unübersetzbares Wortspiel. Allem Anschein nach hat Vinto Pimmie einen Druckfehler in seinem Buch gefunden — mit ›Gnu‹ ist ›gun‹ gemeint, eine Waffe.

rück. »Prächtig. Eine tolle Idee. Wir ziehen sie natürlich in Erwägung. Gute Arbeit.«

»Das war sehr gescheit von mir, nicht wahr?« Vinto hüpfte vom einen Bein aufs andere.

»Ja. Sehr. Äh. Was hältst du davon, wenn du demnächst Bücher liest, deren Ratschläge einen *praktischen* Nutzen ...?« Masklin zögerte. Wer wußte, welche Bücher besser waren als andere?

Er stapfte zu seinem Karton, drückte die Tür aus Pappe zu und lehnte sich dagegen.

»Ding?« fragte er.

»Ich höre Sie, Masklin«, antwortete das *Ding*. Es lag unter mehreren Decken, und deshalb klang die blecherne Stimme gedämpft.

»Was ist ein Gnu?«

Ein oder zwei Sekunden lang herrschte Stille. Dann antwortete der schwarze Kasten: *»Das Gnu gehört zur Gattung Connochaetes und der Familie Bovidae. Es handelt sich um eine afrikanische Kuhantilope mit nach unten gewölbten Hörnern. Die Körperlänge beträgt bis zu zwei Meter (sechs Komma fünf Fuß), die Schulterhöhe bis zu hundertvierzig Zentimeter (vier Komma fünf Fuß), das Gewicht bis zu zweihundertsiebzig Kilogramm (sechshundert Librae). Gnus leben in den Steppen Ost- und Südafrikas.«*

»Oh. Könnte man jemanden mit einem Gnu bedrohen?«

»Das ist durchaus möglich.«

»Gibt es welche im Kaufhaus?«

Wieder folgte kurze Stille. »Existiert hier eine Tierabteilung?«

Masklin wußte, was damit gemeint war. Sie hatten gestern über dieses Thema gesprochen, als Vinto vorschlug, Versuchskaninchen als Fleischreserve zu züchten.

»Nein«, antwortete er.

»Dann halte ich es für sehr unwahrscheinlich, daß sich derartige Geschöpfe im Kaufhaus befinden.«

»Oh. Nun, was soll's.« Masklin ließ sich auf sein Bett sinken. »Weißt du …«, sagte er nachdenklich. »Wir brauchen irgendeine Möglichkeit, das Ziel unserer Reise zu bestimmen. Ich denke dabei an einen Ort abseits der Menschen, aber nicht zu weit von ihnen entfernt. Ich meine einen Ort, der uns Sicherheit bietet.«

»Suchen Sie nach einem Atlas oder einer Karte.«

»Wie sieht so etwas aus?«

»Vielleicht sind die entsprechenden Objekte mit den Worten ›Atlas‹ beziehungsweise ›Karte‹ gekennzeichnet.«

»Ich bitte den Abt, die Suche danach zu veranlassen.« Masklin gähnte.

»Sie müssen ausruhen und schlafen«, sagte das *Ding*.

»Die Leute wollen dauernd irgend etwas von mir. Wie dem auch sei: Du schläfst nicht.«

»Ich bin kein Nom.«

»Ich brauche gute Ideen«, murmelte Masklin. »Wir können kein Gnu verwenden. Die anderen glauben, ich hätte auf alles eine Antwort, aber manchmal kenne ich nicht einmal die Fragen. Wir wissen, was wir brauchen, doch wie sollen wir so viele Gegenstände in nur einer Nacht in einem Lastwagen verstauen? Alle sind davon überzeugt, daß mir etwas einfällt, aber meine Phantasie läßt mich im Stich …«

Er schlief ein und träumte davon, so groß zu sein wie ein Mensch. Für Menschen war alles viel einfacher.

Zwei Tage vergingen. Die Nomen hielten auf dem Träger über der Garage Wache. Ein kleines Teleskop aus Kunststoff wurde aus der Spielzeugabteilung heruntergerollt, und damit stellte man fest: Die große Metalltür des ›Lastwagennests‹ öffnete sich immer dann, wenn ein Mensch die rote Taste daneben betätigte. Wie sollte man einen Knopf drücken, der sich ganz hoch oben an der Wand befand? Masklin fügte diesen Punkt seiner Liste noch zu lösender Probleme hinzu.

Gurder entdeckte eine Karte. In einem kleinen Buch.

»Wir mußten nicht lange suchen«, sagte er. »In jedem Jahr gibt es Dutzende davon. Diese Objekte heißen ...« Langsam las er die goldenen Buchstaben. »*Taschenkalender.* Und ganz hinten enthalten sie diese Karte, sieh nur.«

Masklin starrte auf blaue und rote Flecken. Einige von ihnen hatten Namen, zum Beispiel Afrika und Asien.

»Nu-un«, erwiderte er, und: »J-ja. Gut. In Ordnung. Wo sind wir?«

»In der Mitte«, verkündete Gurder. »Ist doch logisch.«

Und dann kehrte der Lastwagen zurück.

Ohne Angalo.

Masklin lief über den langen Träger, ohne an die Tiefe rechts und links davon zu denken. Das kleine Knäuel aus Personen vermittelte ihm eine Botschaft, die er gar nicht empfangen wollte. Ein junger Wicht war hinabgelassen und gerade wieder hochgezogen worden, nahm jetzt Platz und schnappte nach Luft.

»Ich habe es an allen Fenstern versucht, aber sie sind geschlossen«, berichtete er. »Drinnen ist es dunkel. Konnte nichts sehen.«

»Und es handelt sich bestimmt um den richtigen Laster?« wandte sich Masklin an den Leiter der Wächtergruppe.

»Sie sind vorn mit Zahlen gekennzeichnet«, lautete die Antwort. »Ich habe mir extra die Nummer des betreffenden Lastwagens gemerkt, und als er heute nachmittag zurückkehrte ...«

»Wir müssen uns in seinem Innern umsehen«, sagte Masklin fest. »Jemand sollte ... Nein, das dauert zu lange. Laßt mich hinunter!«

»Was?«

»Laßt mich hinunter!« wiederholte der Jäger. »Bis zum Boden.«

»Es ist ein langer Weg bis ganz nach unten«, warnte jemand.

»Ich weiß! Zu lang, um die Treppen zu benutzen.« Masklin griff nach dem Ende des Seils und reichte es zwei Wichten. »Vielleicht liegt Angalo verletzt im Führerhaus oder so.«

»Es ist nicht unsere Schuld«, sagte einer der Wächter. »Als der Laster hereinkam, wimmelte es überall von Menschen. Wir mußten warten.«

»Niemand hat Schuld. Einige von euch sollten den längeren Weg über die Stufen nehmen; wir treffen uns unten. Schaut nicht so bestürzt drein — niemand braucht sich etwas vorzuwerfen.«

Ich bin vielleicht die einzige Ausnahme, dachte Masklin, als er durch die Finsternis schwebte. Er sah, wie die gewaltige Masse des Lastwagens an ihm vorbeiglitt. Draußen wirkten sie irgendwie kleiner.

Sel-Rückstände bildeten eine schmierige Schicht auf dem Boden. Masklin rannte unter den Laster, in eine Welt, deren Decke aus Kabeln und Rohren bestand, viel zu hoch, um erreichbar zu sein. Er suchte unter einer der Bänke weiter hinten, fand ein Stück Draht und verbog es zu einem Haken.

Kurze Zeit später kletterte er zwischen den Rohren hindurch. Es war gar nicht schwer. Der untere Teil des Lastwagens setzte sich überwiegend aus Rohrleitungen und Kabelsträngen zusammen, und nach ein oder zwei Minuten bemerkte der Jäger vorn eine Metallwand mit Löchern, die noch mehr Drähte aufnahmen. Er schob sich durch eine der Öffnungen, und dahinter ...

Ein Teppich. Damit hatte er im Innern eines Lastwagens nicht gerechnet. Hier und dort lag Bonbonpapier, für einen Nom so groß wie Zeitungen. Riesige pedalförmige Dinge ragten aus dem Boden. In der Ferne sah Masklin einen Sitz, hinter einem großen Rad. Vermutlich diente er Menschen dazu, sich festzuhalten.

»Angalo?« rief er leise.

Keine Antwort. Eine Zeitlang wanderte er ziellos umher und wollte schon aufgeben, als etwas zwischen den Haufen aus Fusseln, Staub und Papier unter dem Sitz seine Aufmerksamkeit weckte. Ein Mensch hätte den Fetzen sicher für ein weiteres Stück Abfall gehalten, doch der Nom erkannte Angalos Umhang.

Er untersuchte sorgfältig den Müll und stellte sich vor, wie hier jemand gelegen und alles beobachtet hatte. In einer Ecke fand er einen Papierfetzen, und daran klebten die Krümel eines belegten Brotes.

Er nahm den Mantel mit und verließ den Lastwagen — es schien keinen Sinn zu haben, die Suche fortzusetzen.

Ein Dutzend Nomen wartete besorgt auf dem *sel*verschmierten Boden unter dem Motor. Masklin hob den Umhang und zuckte mit den Schultern.

»Das ist alles. Er befand sich in diesem Laster, aber jetzt ist er nicht mehr da.«

»Was könnte ihm zugestoßen sein?« fragte einer der älteren Wichte.

Jemand hinter ihm sagte: »Vielleicht hat ihn das Ungeheuer Regen zerquetscht. Oder er wurde vom schrecklichen Wind fortgeblasen.«

»Ja«, brummte ein anderer, »im Draußen könnte Gräßliches lauern.«

»Nein!« widersprach Masklin. »Ich meine, draußen *gibt* es gräßliche Dinge ...«

»Aha.« Einer der Nomen nickte.

»... aber *so etwas* nicht! Im Innern des Lastwagens hätte er völlig sicher sein müssen! Ich habe ihn aufgefordert, drinnen zu bleiben, in seinem Versteck ...«

Plötzlich herrschte eine seltsame Stille. Die Wichte sahen nicht etwa Masklin an, sondern an ihm vorbei.

Der Herzog von Kurzwaren stand hinter ihm, in seiner Begleitung einige Soldaten. Mit steinerner Miene musterte er den Jäger und streckte wortlos die Hände aus.

Masklin gab ihm den Mantel. Der Herzog drehte ihn hin und her, blickte darauf hinab. Die Stille dehnte sich, wurde dünner und dünner, bis sie fast surrte.

»Ich habe es ihm verboten«, sagte der Herzog leise. »Ich habe ihn darauf hingewiesen, es sei viel zu gefährlich. Wie dumm von mir. Dadurch bestärkte ich ihn nur in seiner Entschlossenheit.« Er sah wieder Masklin an.

»Nun?« fragte er.

»Äh?« erwiderte Masklin.

»Lebt mein Sohn noch?«

»Äh. Das wäre möglich. Nichts spricht dagegen.«

Der Herzog nickte geistesabwesend.

Jetzt ist es soweit, flüsterte es in Masklin. *Hier und jetzt geht alles zu Ende.*

Der Herzog starrte zum Lastwagen, ließ den Blick dann über die unbewegten Gesichter der Gardisten gleiten.

»Und diese Dinger rollen nach draußen?« erkundigte er sich.

»O ja«, bestätigte Masklin. »Immer wieder. Die ganze Zeit über.«

»Es gibt nichts im Draußen«, sagte der Herzog. »Ich weiß es. Aber mein Sohn wollte mir nicht glauben. Du meinst, wir sollten das Kaufhaus verlassen und uns draußen eine neue Heimat suchen. Werde ich dort meinen Sohn wiedersehen?«

Masklin sah in die Augen des alten Mannes und verglich sie mit zwei noch nicht ganz fertig gebratenen Eiern. Er dachte an die Größe des Draußen, dann an die Größe der Nomen. Und er dachte: *Ein Anführer sollte Wahrheit und Ehrlichkeit schätzen, den Unterschied dazwischen erkennen. Was die Ehrlichkeit betrifft: Unsere Chancen, Angalo zu finden, sind größer als die Wahrscheinlichkeit, daß dem Kaufhaus Flügel wachsen. Aber um bei der Wahrheit zu bleiben …*

»Es ist möglich«, sagte er und fühlte sich schrecklich. Aber es *war* möglich.

»Na schön«, entgegnete der Herzog. Sein Gesichtsausdruck veränderte sich nicht. »Was brauchst du?«

»Wie bitte?« Masklins Kinnlade klappte nach unten.

»Was benötigst du?« fragte der Herzog. »Um den Lastwagen nach draußen zu bringen?«

Masklin zögerte. »Nun, äh, derzeit brauchen wir vor allem, äh, Leute ...«

»Wie viele?« zischte der Herzog.

Masklins Gedanken rasten.

»Fünfzig?« antwortete er behutsam.

»Du bekommst sie.«

»Aber ...«, begann der Jäger. Jetzt veränderte sich die Miene des Herzogs. Er wirkte nicht mehr verloren und allein; der alte Zorn kehrte in ihn zurück.

»Ich verlange *Erfolg*«, knurrte er, drehte sich ruckartig um und stapfte fort.

An jenem Abend trafen fünfzig Kurzwarenler ein, bestaunten die Garage und offenbarten allgemeine Verwirrung. Masklin musterte sie nacheinander. Mehrere von ihnen schienen einigermaßen intelligent zu sein, und er beschloß, sie zum Leseunterricht zu schicken. Gurder protestierte.

»So viele!« klagte er. »Und bei Arnold Bros (gegr. 1905): Es sind gewöhnliche Soldaten!«

»Ich habe damit gerechnet, daß es der Herzog ablehnt, fünfzig zu schicken«, erwiderte Masklin. »Ich war ziemlich sicher, daß er auf zwanzig herunterhandelt. Wie dem auch sei: Bestimmt brauchen wir sie bald.«

Das Leseprogramm lief nicht so wie erwartet. Bücher *enthielten* nützliche Dinge, ja, aber es erwies sich als sehr schwierig, sie inmitten der vielen seltsamen Schilderungen zu finden.

Zum Beispiel das Mädchen im Kaninchenbau.

Vinto berichtete davon.

»... und Alice fiel in das Loch, und dort begegnete sie einem Kaninchen mit einer Uhr, über Kaninchen weiß ich Bescheid, und dann fand sie eine kleine Flasche mit einem Trank, der sie GROSS werden ließ, ich meine, wirklich *groß,* und dann fand sie eine andere Flasche mit einem anderen Trank, der sie wirklich *klein* werden ließ.« Vinto schnappte nach Luft, und Begeisterung rötete ihm die Wangen. »Wir müssen uns also nur etwas von dem GROSS-Zeug beschaffen, und dann kann einer von uns den Lastwagen fahren.«

Masklin wagte es nicht, diesen Hinweis zu überhören. Wenn es ihnen irgendwie gelang, auch nur einem Wicht die Größe eines Menschen zu geben — dann war alles *leicht.* Das hatte er sich oft überlegt. Nun, es schien einen Versuch wert zu sein.

Fast die ganze Nacht verbrachten sie damit, im Kaufhaus nach Flaschen mit der Aufschrift ›Trink mich‹ zu suchen. Entweder gab es hier keine — Gurder lehnte diese Vorstellung ab, denn das Kaufhaus hatte *Alles unter einem Dach* —, oder sie existierten überhaupt nicht. Allem Anschein nach erzählten Bücher häufig von Dingen, die mit der Realität kaum etwas zu tun hatten. Masklin fragte sich: Was mochte Arnold Bros (gegr. 1905) dazu veranlaßt haben, soviel Unwirkliches in Büchern unterzubringen?

»Damit die Gläubigen den Unterschied feststellen können«, behauptete Gurder.

Masklin hatte ein Buch mitgenommen; es paßte gerade so in seinen Schuhkarton. Der Titel lautete *Sterne für Kinder,* und es zeigte viele Bilder vom Nachthimmel, an dessen Realität er sich deutlich erinnerte.

Er schlug das Buch immer dann auf, wenn er über zuviel nachdenken mußte. Jetzt betrachtete er die dargestellten Sterne.

Sie hatten Namen wie Sirius, Rigel, Wolf 359 oder Ross 154.

Nach einer Weile sprach er das *Ding* darauf an.

»Diese Bezeichnungen kenne ich nicht«, erklang die blecherne Stimme.

»Ich dachte, wir kämen von einem solchen Stern«, erwiderte Masklin. »Du hast gesagt ...«

»Dies sind andere Namen. Derzeit bin ich nicht imstande, sie zu identifizieren.«

»Wie heißt der Stern, von dem die Nomen kommen?« fragte Masklin und streckte sich von Dunkelheit umhüllt zwischen den Kissen aus.

»Man nannte ihn Sonne.«

»Aber die Sonne ist hier!«

»Alle Sterne werden von den Lebensformen in ihrer Nähe Sonne genannt. Weil man sie für wichtig hält.«

»Haben die Nomen ... Ich meine, haben wir viele von ihnen besucht?«

»Mir sind vierundneunzigtausendfünfhundertdreiundsechzig von Nomen erforschte Sterne bekannt.«

Masklin starrte in die Finsternis. Große Zahlen bereiteten ihm Schwierigkeiten, und er ahnte, daß diese Zahl zu den größten gehörte. *Günstige Angebote in Hülle und Fülle!* dachte er. Dann spürte er Verlegenheit und ersetzte den ersten geistigen Ausruf mit einem ebenso ernst gemeinten *Donnerwetter! So viele Sonnen, kilometerweit voneinander entfernt — und ich muß nur einen Lastwagen nach draußen bringen!*

Wenn man es aus dieser Perspektive sah, schien es geradezu lächerlich einfach zu sein.

❖ 10 ❖

X. Und siehe, Einer kehrte zurück und sprach: Auf Rädern bin ich unterwegs gewesen und habe das Draußen gesehen.

XI. Und sie fragten: Was ist das Draußen?

XII. Und er sagte: Es ist groß.

Aus dem *Buch der Nomen,* Berichte, Verse X–XII

Am vierten Tag kehrte Angalo zurück. In seinen Augen funkelte es, und er grinste wie ein Irrer.

Einer der Träger-Wächter stürmte in die Abteilung, gefolgt vom forsch schreitenden Angalo und einer Schar begeisterter junger Wichte. Der Heimkehrer war schmutzig, seine Kleidung zerlumpt, und er schien seit Stunden nicht geschlafen zu haben. Doch er schritt mit offensichtlichem Stolz einher, wie ein Nom, der sich kühn dorthin wagte, wo noch nie zuvor ein Nom war — und der darauf brannte, ausführlich davon zu erzählen.

»Wo ich gewesen bin?« entfuhr es ihm. »Wo ich *gewesen* bin? Fragt mich besser, wo ich *nicht* gewesen bin. Oh, ihr solltet sehen, was es im Draußen gibt!«

»Was gibt es dort?« ertönten mehrere Stimmen.

»Alles!« antwortete Angalo, und seine Pupillen leuchteten. »Und wißt ihr was?«

»Was denn?« erklang es im Chor.

»Ich habe das Kaufhaus von *außen* beobachtet! Es ...« Er zögerte kurz und fuhr leiser fort: »Es ist wunderschön. Überall ragen Säulen auf, und dann die vielen bunten Fenster ...«

Immer mehr Wichte eilten herbei und drängten sich um Angalo.

»Hast du auch die Abteilungen gesehen?« fragte ein Büromaterialer.

»Nein!«

»Was?«

»Von draußen kann man die Abteilungen nicht sehen! Alles ist ein großes Etwas! Und, und ...« In der plötzlichen Stille öffnete Angalo den Beutel und holte sein Notizbuch hervor, das nun wesentlich dicker zu sein schien. Aufgeregt blätterte er darin. »Davor steht ein großes Schild, und ich habe das Wort darauf abgeschrieben, weil es kein Lastwagisch ist und ich es nicht verstand, und es setzte sich aus diesen Buchstaben zusammen.«

Er zeigte das Blatt.

Niemand gab einen Ton von sich. Inzwischen konnten schon ziemlich viele Nomen lesen.

Das Wort lautete: RÄUMUNGSVERKAUF.

Anschließend ging Angalo zu Bett, brabbelte noch immer von Lastwagen, Bergen und Städten — und schlief zwei Stunden lang.

Masklin besuchte ihn später.

Angalo setzte sich in seinem Bett auf, und die Augen im blassen Gesicht glänzten noch immer wie Murmeln.

»Ermüde ihn nicht!« mahnte Oma Morkie. Sie pflegte alle Leute, die zu krank waren, um sich zu wehren. »Er ist nach wie vor sehr schwach und hat Fieber. Kein Wunder, wenn man in einem großen und lauten Lastwagen durchgeschüttelt wird. So was ist nicht normal. Gerade war sein Vater hier, und nach fünf Minuten mußte ich ihn rauswerfen.«

»Du hast den Herzog fortgeschickt?« fragte Masklin. »Aber wie? Er hört auf niemanden!«

»Im Kaufhaus mag er ein sehr einflußreicher Nom sein«, erwiderte Oma Morkie zufrieden, »aber in einem Krankenzimmer stört er nur.«

»Ich muß mit Angalo reden«, erklärte Masklin.

»Und ich möchte von meinen Erlebnissen erzählen«, fügte der Sohn des Herzogs hinzu. »Alle sollen davon erfahren! Draußen gibt es so *viel!* Einige der Dinge, die ich dort gesehen habe ...«

»Leg dich wieder hin!« Oma drückte Angalo aufs Polster zurück. »Übrigens: Ratten hier drin gefallen mir nicht sonderlich.« Bobos Schnurrhaare ragten unter dem einen Ende der Decke hervor.

»Aber er ist sauber und mein Freund«, wandte Angalo ein. »Und du hast gesagt, daß du Ratten magst.«

»Ratte«, hielt ihm Oma Morkie streng entgegen. »Ich habe *Ratte* gesagt, nicht Ratten.« Ihr Zeigefinger bohrte sich Masklin in die Brust. »Er darf sich nicht aufregen, klar?«

Der Jäger nahm neben dem Bett Platz, und Angalo berichtete mit ungebändigtem Enthusiasmus über die Welt im Draußen. Er verhielt sich wie jemand, der sein ganzes Leben lang eine Augenbinde getragen und zum erstenmal Gelegenheit bekommen hatte, sich umzusehen. Er sprach vom großen Licht am Himmel, von Straßen voller Lastwagen, von großen Dingen, die aus dem Boden ragten und an denen grüne Zipfel hingen ...

»Bäume«, meinte Masklin.

... und von großen Gebäuden, wo man Dinge vom Lastwagen nahm oder in ihm verstaute. Bei einem davon verirrte sich Angalo. Als der Laster hielt, stieg er aus, um zur Toilette zu gehen, und der Fahrer kehrte eher zurück als er. Daraufhin kletterte er in einen anderen Lastwagen, der nach einer längeren Fahrt auf einem großen Platz mit vielen Fahrzeugen parkte. Dort suchte Angalo nach einem Laster von Arnold Bros (gegr. 1905).

»Vermutlich meinst du ein Restaurant an der Autobahn«, warf Masklin ein. »Wir haben in der Nähe einer solchen Raststätte gewohnt.«

»So nennt man das?« fragte Angalo verträumt. »Dort

gab es ein großes blaues Schild mit Bildern von Tassen, Messern und Gabeln. Wie dem auch sei ...«

Er fand keine Kaufhauslaster. Vielleicht standen welche auf dem großen Parkplatz, aber wenn das der Fall war, so verloren sie sich inmitten der vielen anderen. Schließlich schlug Angalo sein Lager am Rand des Platzes auf und lebte von Abfällen, bis er durch Zufall einen Arnold Bros (gegr. 1905)-Lastwagen sah. Er konnte nicht ins Führerhaus gelangen, kletterte an einem Rad hoch und verbarg sich an einem dunklen Ort, schlang die Beine um mehrere Kabel, um nicht auf die unter ihm hinwegrasende Straße zu fallen.

Er holte sein Notizbuch hervor, das jetzt viele schwarze Flecken aufwies.

»Hätte es beinahe verloren«, sagte er. »Einmal wäre ich fast bereit gewesen, es zu verspeisen. Wußte nicht mehr ein noch aus vor Hunger.«

»Ja, aber was ist mit dem Fahren?« drängte Masklin. Aus den Augenwinkeln beobachtete er die immer ungeduldiger werdende Oma Morkie. »Wie *fährt* man einen Lastwagen?«

Angalo blätterte in dem kleinen Buch. »Ich hab's irgendwo aufgeschrieben. Ah, hier ist es ja.« Er deutete auf ein Bild.

Masklin betrachtete eine komplizierte Darstellung aus Hebeln, Pfeilen und Zahlen.

»›Den Schlüssel drehen, eins, zwei ... Den roten Knopf betätigen, eins, zwei ... Pedal Nummer eins mit dem linken Fuß niederdrücken, den großen Hebel nach links und oben schieben, eins, zwei ... Das Pedal langsam kommen lassen, Pedal Nummer zwei drücken ...‹« Er gab es auf. »Was bedeutet das alles?« fragte er und fürchtete die Antwort. Er ahnte, wie sie lautete.

»Auf diese Weise fährt man einen Lastwagen«, sagte Angalo.

»Oh. Aber, äh, so viele Pedale und Knöpfe und Hebel und so ...«

»Man braucht sie alle«, erklärte Angalo stolz. »Und dann rollt der Laster los, und man wechselt die Gänge und ...«

»Äh, ja, ich verstehe.« Masklin starrte auf das zerknitterte Blatt Papier.

Wie? dachte er.

Angalo war sehr gründlich gewesen. Als der Fahrer das Führerhaus verließ, hatte er sogar die Länge des offenbar sehr wichtigen Schalthebels gemessen: Das Ding schien fünfmal so lang zu sein, wie ein normaler Nom groß war. Und das riesige Rad, das sich bewegte und dem ebenfalls erhebliche Bedeutung zukam: Es war so breit wie acht nebeneinander stehende Nomen.

Außerdem benötigte man Schlüssel. Davon hatte Masklin nichts gewußt. *Ich habe* überhaupt nichts *gewußt,* dachte er betroffen.

»Gute Arbeit, nicht wahr?« fragte Angalo. »Es steht alles hier drin, im Notizbuch.«

»Ja. Ja. Gute Arbeit. Kein Zweifel.«

»Nichts fehlt«, fuhr der Sohn des Herzogs begeistert fort. »Das Um-die-Ecken-fahren-Blinklicht, die Hupe ...«

»Ja. Ja. Du hast alles berücksichtigt.«

»Und das Schneller-Pedal und das Langsamer-Pedal und alles!

Aber du scheinst dich nicht sehr zu freuen.«

»Ich muß erst über alles nachdenken.«

Angalo griff nach Masklins Arm. »Es hieß immer, es gebe nur ein Kaufhaus!« stieß er hervor. »Aber das stimmt nicht. Das Draußen ist voll von Dingen, und es gibt auch andere Kaufhäuser. Ich habe einige gesehen. Vielleicht wohnen dort auch Nomen. Leben in anderen Kaufhäusern! *Du* weißt natürlich Bescheid.«

»Du solltest jetzt schlafen«, sagte Masklin so sanft wie möglich.

»Wann brechen wir auf?«

»Uns bleibt noch Zeit genug. Sei unbesorgt und schlaf jetzt.«

Er verließ das Krankenzimmer und schritt geradewegs in eine Auseinandersetzung. Der Herzog war mit einigen Begleitern zurückgekehrt, um Angalo in die Abteilung Büromaterial zu bringen. Er stritt sich mit Oma Morkie. Oder versuchte es.

»Madam, ich versichere Ihnen, daß man sich gut um ihn kümmert«, sagte er.

»Ha! Was versteht ihr schon von richtiger mediziehnischer Pflege? Hier muß nur selten jemand behandelt werden. Aber in *meiner* alten Heimat ...« Oma Morkie hob stolz den Kopf. »Dort waren das ganze Jahr über irgendwelche Leute krank, jawohl. Dauernd bekamen wir's mit Erkältungen und Verstauchungen und Bauchschmerzen und Bißwunden und so zu tun. So was nennt man *Erfahrung.* Bestimmt habe ich mehr Kranke gesehen als du warme Mahlzeiten.« Ihr knochiger Zeigefinger traf zielsicher den Bauch des Herzogs. »Und über einen Mangel *daran* brauchst du dich sicher nicht zu beklagen.«

»Ich könnte Sie verhaften lassen, Madam!« donnerte Angalos Vater.

Oma schniefte. »Und wenn schon«, erwiderte sie herausfordernd.

Der Herzog öffnete den Mund, schloß ihn jedoch wieder, als er Masklin sah.

»Na schön«, brummte er nach einer Weile. »Meinetwegen. Aber ich besuche meinen Sohn jeden Tag.«

»Nicht länger als jeweils zwei Minuten«, schnappte Oma Morkie.

»Fünf!« verlangte der Herzog.

»Drei«, sagte Oma.

»Vier«, einigten sie sich.

Angalos Vater nickte und winkte Masklin zu sich.

»Du hast mit meinem Sohn gesprochen.«

»Ja, das stimmt.«

»Und er hat dir von seinen Erlebnissen berichtet.«

»In der Tat.«

Der Herzog wirkte jetzt recht klein. Masklin hatte sich ihn immer als großen Wicht vorgestellt, doch nun wurde ihm klar, daß diese Größe nur scheinbarer Natur war. Zuvor hatte sich Angalos Vater mit Wichtigkeit und Autorität aufgepumpt, aber nun verlor er beides, erweckte einen besorgten und unsicheren Eindruck.

»Äh«, sagte er und schien das linke Ohr Masklins zu betrachten. »Ich glaube, ich habe dir einige Leute geschickt, nicht wahr?«

»Ja.«

»Bist du mit ihren Leistungen zufrieden?«

»Ja, das bin ich. Im großen und ganzen.«

»Gib mir Bescheid, wenn du noch mehr Hilfe brauchst, in Ordnung? Ganz gleich, *was* du benötigst.« Bei den letzten Worten murmelte der Herzog nur noch. Er klopfte Masklin geistesabwesend auf die Schulter und ging fort.

»Was ist los mit ihm?« fragte der Jäger.

Oma Morkie war fleißig dabei, Verbände vorzubereiten. Es bestand kein Bedarf, aber sie hielt es trotzdem für wichtig, einen ausreichend großen Vorrat anzulegen — groß genug für die ganze Welt.

»Er muß nachdenken«, erwiderte sie. »Und das beunruhigt ihn.«

»So schwer habe ich mir das nicht vorgestellt«, jammerte Masklin.

»Soll das heißen, du hattest überhaupt keine Ahnung, wie man einen Lastwagen fährt?« fragte Gurder.

»Nicht die geringste?« fügte Grimma hinzu.

»Ich ...«, begann Masklin verlegen. »Nun, ich dachte, Laster bringen die Insassen einfach zum gewünschten Ort. Ich dachte: Wenn sie Menschen dienen, so gehorchen sie auch uns. Mit diesen Eins-zwei-ziehen-Sachen habe ich nicht gerechnet! Die Räder und Pedale sind *riesig!*«

Er musterte die Freunde besorgt.

»Eine Ewigkeit lang habe ich darüber nachgedacht.« Er hatte das Gefühl, nur Gurder und Grimma vertrauen zu können.

Die Tür aus Pappe öffnete sich, und ein kleines glückliches Gesicht erschien.

»Ich habe noch mehr gelesen, Herr Masklin«, sagte es. »Und etwas gefunden, das wird dir bestimmt gefallen.«

»Nicht jetzt, Vinto. Wir sind beschäftigt.«

Enttäuschung vertrieb die Freude aus Vintos Zügen.

»Ach, hör ihm ruhig zu«, meinte Grimma. »Derzeit haben wir nichts *Wichtiges* zu tun, oder?«

Masklin senkte den Kopf.

»Also los, Junge!« sagte Gurder mit gespielter Fröhlichkeit. »Was ist dir diesmal eingefallen, hm? Möchtest du vorschlagen, den Lastwagen von wilden Hamstern ziehen zu lassen?«

»Nein«, erwiderte Vinto.

»Glaubst du vielleicht, wir könnten irgendwie dafür sorgen, daß ihm Flügel wachsen — um nicht zu fahren, sondern zu *fliegen?*«

»Nein, ich habe dieses Buch hier entdeckt, und da drin steht, wie man Menschen fängt. Und dann beschaffen wir uns ein Gnu und ...«

Masklin warf seinen beiden Gefährten einen kummervollen Blick zu.

»Ich habe ihm erklärt, daß wir nicht in der Lage sind, Menschen zu benutzen. Ich hab's dir gesagt, Vinto. Und ich weiß nicht, ob es Sinn hat, Leute mit Antilopen zu bedrohen ...«

Der Junge stöhnte vor Anstrengung, als er das Buch aufschlug.

»Hier ist ein Bild.«

Sie sahen darauf hinab. Es zeigte einen auf dem Boden liegenden gefesselten Menschen. Wichte umringten ihn.

»Donnerwetter!« entfuhr es Grimma. »Es gibt Bücher mit Bildern von uns!«

»Oh, dies kenne ich.« Gurder winkte ab. »Es heißt *Gullivers Reisen*. Nur erfundene Geschichten, weiter nichts.«

»Bilder von uns in einem Buch«, wiederholte Grimma. »Stellt euch das vor. Siehst du's, Masklin?«

Masklin starrte.

»Braver Junge, gut gemacht«, lobte Gurder, und seine Stimme schien in weiter Ferne zu erklingen. »Herzlichen Dank, Vinto. Äh, du solltest jetzt besser gehen.«

Masklin starrte noch immer. Der Mund klappte ihm auf. Er spürte, wie Ideen in ihm brodelten, den Kopf füllten.

»Seile«, hauchte er.

»Es ist nur ein Bild«, sagte Gurder.

»Seile! Grimma, die Seile!«

»Was soll damit sein?«

Masklin hob beide Fäuste und starrte erneut, diesmal zur Decke. Bei solchen Gelegenheiten glaubte er fast, daß *tatsächlich* jemand dort oben war, über der Abteilung Kinderkleidung.

»Jetzt sehe ich den Weg!« rief er. Die drei anderen Wichte beobachteten ihn verblüfft. »Ja, ich sehe ihn! Bei Arnold Bros (gegr. 1905): *Ich sehe den Weg!*«

Während Geschlossen an jenem Abend schlichen mehrere Dutzend winziger Gestalten über den Boden der Garage und verschwanden unter einem geparkten Lastwagen. Ein aufmerksamer Zuhörer hätte leises Klimpern, dumpfes Pochen und ab und zu vielleicht auch ein Schimpfwort vernommen. Zehn Minuten später befanden sich die Nomen im Führerhaus.

Dort blickten sie sich um und staunten.

Masklin trat an ein Pedal heran — es war größer als

er — und stemmte sich dagegen. Es erzitterte nicht einmal. Einige der anderen halfen ihm, und daraufhin gab das Ding ein wenig nach.

Ein Nom — Dorcas — sah ihnen nachdenklich zu. Er trug einen Gürtel, an dem verschiedene selbst angefertigte Werkzeuge baumelten, und in der rechten Hand hielt er die Graphitmine eines Bleistifts. Wenn er sie nicht brauchte, klemmte er sie sich hinters Ohr.

Masklin kehrte zu ihm zurück.

»Was hältst du davon?« fragte er.

Dorcas rieb sich die Nase. »Letztendlich hängt alles von Hebeln und Flaschenzügen ab«, antwortete er. »Hebel sind erstaunliche Vorrichtungen. Gib mir einen Hebel, der lang genug ist, außerdem einen festen Ansatzpunkt — dann könnte ich das Kaufhaus bewegen.«

»Es genügt mir, wenn du bei einem der Pedale Erfolg hast«, erwiderte Masklin höflich.

Der alte Erfinder nickte. »Wir versuchen es. Also los, Jungs, bringt es her!«

Ein langes Holzstück — es stammte aus der Abteilung für den Heimwerker — wurde ins Führerhaus getragen. Dorcas schlenderte umher, maß Entfernungen mit einem Faden und wies seine Helfer schließlich an, das eine Ende der Latte in einem kleinen Spalt im metallenen Boden festzukeilen. Vier Wichte bezogen am anderen Ende Aufstellung und zerrten an der Stange, bis sie auf dem Hebel ruhte.

»In Ordnung«, brummte Dorcas. »Zudrücken.«

Die Nomen drückten zu, und das Pedal sank ganz nach unten. Hurra-Rufe erklangen.

»Wie hast du das geschafft?« fragte Masklin.

»Mit Hebelkraft«, erklärte Dorcas. »Na *schön.*« Er ließ den Blick durchs Führerhaus schweifen und kratzte sich am Kinn. »Wir brauchen drei Hebel.« Er blickte zum großen Rund des Lenkrads. »Wie sollen wir damit zurechtkommen?«

»Ich habe an Seile gedacht«, erwiderte Masklin.

»Wie meinst du das?«

»Die Speichen da drin. Wenn wir Seile an ihnen befestigen und wenn Nomen daran ziehen, dann dreht sich das Rad, und der Lastwagen fährt in die gewünschte Richtung.«

Dorcas spähte zum Lenkrad hoch. Er schritt umher, starrte nach oben, blickte zu Boden. Seine Lippen bewegten sich lautlos, während er überlegte.

»Die Zieher-Gruppen sehen nicht, wohin wir unterwegs sind«, sagte er schließlich

»Und wenn jemand dort oben steht, am großen Fenster, um ihnen mitzuteilen, wie sie ziehen müssen?« Masklin musterte den Erfinder hoffnungsvoll.

»Der junge Angalo erzählte uns, daß Lastwagen sehr laut sind«, entgegnete Dorcas. Erneut kratzte er sich am Kinn. »Nun, irgendwie kriege ich das bestimmt hin. Und dann das lange Etwas dort, der Halthebel ...«

»Schalthebel«, sagte Masklin.

»Ja. Schlägst du auch dabei Seile vor?«

»Es müßte eigentlich klappen, oder?«

Dorcas holte tief Luft. »Nu-un«, brummte er. »Mehrere Gruppen, die an den Lenkrad-Seilen ziehen und den Schalthebel bewegen, und dann noch Leute, um die Pedale mit Hebeln niederzudrücken, und noch jemand, der oben am Fenster steht, um Anweisungen zu übermitteln ... Es ist viel Übung notwendig, damit alles reibungslos läuft. Angenommen, ich spanne hier alle erforderlichen Seile und so ... Wie viele Nächte haben wir, um Erfahrungen zu sammeln, um zu organisieren und zu lernen?«

»Zählt dabei auch die Nacht, in der wir aufbrechen?«

Dorcas nickte. »Ja.«

»Eine«, sagte Masklin.

Der Erfinder schnaubte leise. Eine Zeitlang sah er nach oben und grummelte.

»Unmöglich«, lautete sein Urteil.

»Wir bekommen nur eine Chance«, betonte Masklin. »Wenn das Problem die Ausrüstung betrifft ...«

»Nein, ganz und gar nicht«, wandte Dorcas ein. »Dabei geht es nur um Holz und Stricke — bis morgen kann alles vorbereitet sein. Ich dachte eher an Leute, weißt du. Wir benötigen ziemlich viele Nomen, um den Laster zu fahren. Und sie müssen ausgebildet werden.«

»Aber ... Sie brauchen doch nur zu ziehen und zu drücken, wenn man sie dazu auffordert.«

Dorcas grummelte einmal mehr. Masklin wußte inzwischen, daß der Erfinder immer leise vor sich hin brummte, bevor er schlechte Nachrichten verkündete.

»Nun, mein Junge, ich bin sechs«, sagte er. »Ich habe viele Leute kennengelernt, und daher ist mir eins klar: Wenn man zehn Nomen nimmt und ihnen ›Zieht!‹ zuruft, dann drücken vier von ihnen, und zwei fragen: ›Wie bitte?‹ So sind die Leute nun mal. Es liegt in der Natur der Nomen.«

Er lächelte schief, als er Masklins bestürzten Gesichtsausdruck bemerkte.

»Du solltest uns einen kleinen Lastwagen zur Verfügung stellen. Damit wir üben können.«

Der Jäger nickte niedergeschlagen.

»Und noch etwas«, fuhr Dorcas fort. »Hast du dir überlegt, wie wir alle an Bord bringen? Zweitausend Wichte. Und jede Menge Gepäck. Von Omas und Kleinkindern kannst du kaum erwarten, daß sie sich an Seilen entlanghangeln oder durch kleine Löcher kriechen, oder?«

Masklin schüttelte den Kopf. Dorcas beobachtete ihn und lächelte wieder.

Dieser Wicht versteht sein Handwerk, dachte er. *Aber wenn ich ihm* Überlaß alles mir *sage, dann überläßt er mir tatsächlich alles. Geschieht mir ganz recht. Oh, bei der Tiefenanalyse: Warum sind Leute immer so schwierig?*

»Hast du eine Idee?« fragte er. »Für deine Hilfe wäre ich dir sehr dankbar.«

Dorcas warf dem jüngeren Nom einen nachdenklichen Blick zu und klopfte ihm auf die Schulter.

»Ich habe mich hier umgesehen«, sagte er. »Vielleicht gibt es eine Möglichkeit, sowohl zu üben *als auch* das andere Problem zu lösen. Komm morgen abend hierher und laß dich überraschen, einverstanden?«

Masklin nickte.

Wir haben einfach nicht genug Leute, fuhr es ihm durch den Sinn, als sie das Führerhaus verließen. Viele Eisenwarenler halfen, auch die Angehörigen einiger anderer Abteilungen. Hinzu kamen einige junge Wichte, die sich davonstahlen, weil sie sich etwas Aufregendes erhofften. Doch für den Rest der Nomen ging das Leben wie gewohnt weiter.

Im Kaufhaus schien sich kaum etwas verändert zu haben. Abgesehen davon, daß während Geöffnet noch mehr Menschen kamen und noch mehr Lärm verursachten.

Was die Familienoberhäupter betraf ... Allein der Graf zeigte Interesse, und Masklin argwöhnte, daß nicht einmal er an das baldige Ende des Kaufhauses glaubte. *Unsere Bemühungen bedeuten nur: Die Eisenwarenler lernen lesen, worüber sich die Kurzwarenler ärgern — und das amüsiert den Graf.* Selbst Gurder schien nicht mehr so überzeugt zu sein wie vorher.

Masklin kehrte in seinen Schuhkarton zurück, schlief und erwachte eine Stunde später.

Der Schrecken hatte begonnen.

❖ 11 ❖

> Lauf zum Lift.
> Lift, warum trägst du mich nicht?
> Lauf zu den Wänden.
> Wände, warum versteckt ihr mich nicht?
> Lauf zum Lastwagen.
> Lastwagen, warum nimmst du mich nicht auf?
> Alles an einem Tag.
>
> Aus dem *Buch der Nomen,* Ausgänge, Kapitel 1, Vers I

Es begann mit Stille zu einer Zeit, während der es eigentlich laut sein sollte. Tagsüber waren alle Nomen an das von Menschen verursachte dumpfe Pochen und Brummen gewöhnt, und deshalb nahmen sie es gar nicht mehr zur Kenntnis. Jetzt wich diese beständige Geräuschkulisse einer seltsamen, gespenstischen Stille. Natürlich gab es Tage, an denen keine Menschen ins Kaufhaus kamen — zum Beispiel erlaubte ihnen Arnold Bros (gegr. 1905) manchmal, eine ganze Woche fortzubleiben, oft zwischen der Aufregung von *Weihnachten* und dem Durcheinander des *Winterschlußverkaufs.* Aber die Wichte hatten so etwas schon oft erlebt; es gehörte zum Rhythmus des Lebens im Kaufhaus. Diesmal jedoch ...

Nach einigen Stunden Stille hörte man keine Bemerkungen mehr wie: Seid unbesorgt; es hat überhaupt nichts zu bedeuten. Oder: Wahrscheinlich ist heute ein besonderer Tag für die Menschen. Oder: Einmal dauerte das Geschlossen mehr als eine Woche lang, und man klebte anderes Papier an die Wände und so.

Einige besonders tapfere Nomen wagten es, die Welt unter dem Fußboden zu verlassen und sich in den riesigen Sälen umzusehen.

Leere erstreckte sich zwischen den vertrauten Ladentischen. Und es lagen kaum mehr Dinge in den Regalen.

»So ist es immer nach einem Großen Verkauf«, sagten sie. »Und dann, ganz plötzlich, sind die Regale wieder voll. Wir brauchen uns deshalb keine Sorgen zu machen. Es gehört alles zu Arnold Bros' (gegr. 1905) *Plan.*«

Und die Wichte hockten stumm im Halbdunkel, summten vor sich hin oder versuchten, sich mit irgend etwas von ihrer Unruhe abzulenken. Es gelang kaum jemandem.

Und dann kamen Menschen, nahmen die wenigen noch übriggebliebenen Sachen aus den Regalen und von den Ladentischen, verstauten sie in großen Kartons, trugen sie in die Garage und brachten sie dort in den Lastwagen unter ...

Masklin erwachte, als sie anschließend die ersten Bodendielen lösten.

Jemand rüttelte ihn an den Schultern, und in der Ferne ertönten laute Stimmen. Es klang vertraut.

»Steh auf, schnell!« drängte Gurder.

»Was ist denn los?« Masklin gähnte.

»Die Menschen reißen das Kaufhaus ab!«

Masklin erstarrte.

»Unmöglich!« entfuhr es ihm. »Wir haben noch Zeit genug.«

»Die Menschen scheinen anderer Ansicht zu sein!«

Masklin stand auf und streifte sich die Kleidung über. Er hüpfte umher, nur erst ein Bein in der Hose, und klopfte auf das *Ding.*

»He!« rief er. »Du hast doch behauptet, der Abriß finde erst in einer halben Ewigkeit statt!«

»In vierzehn Tagen«, antwortete das *Ding.*

»Er beginnt *jetzt!*«

»Vermutlich werden die restlichen Warenbestände transferiert, um mit vorbereitenden Arbeiten zu beginnen.«

»Oh, gut. Dann können wir ja ganz beruhigt sein. Warum hast du uns nicht darauf hingewiesen?«

»Ich dachte, Sie wissen Bescheid.«

»Das ist leider nicht der Fall. Was schlägst du jetzt vor?«

»Verlassen Sie das Kaufhaus so schnell wie möglich.«

Masklin schnitt eine Grimasse. Er hatte gehofft, noch zwei Wochen Zeit zu haben, um alle Probleme zu lösen. Um Vorräte anzulegen. Um Sachen zu sammeln, die sie später brauchten. Um Pläne zu schmieden. Selbst zwei Wochen reichten dafür kaum aus. Und jetzt wurden vierzehn Tage zu einem unerfüllbaren Wunsch.

Er bahnte sich einen Weg durch die Scharen verschreckter und völlig aufgelöster Nomen. Glücklicherweise waren die Dielen nicht in bewohnten Bereichen entfernt worden. Einige der vernünftigeren Flüchtlinge berichteten, daß man sie nur am einen Ende der Abteilung Gartenbau aus dem Boden gerissen hatte — Menschen hantierten dort an den Wasserrohren —, doch die in der Nähe lebenden Wichte wollten kein Risiko eingehen.

Oben klopfte etwas. Einige Minuten später traf ein atemloser Nom ein und erzählte, daß man die Teppiche zusammenrolle und fortbringe.

Erschrockene Stille folgte, und Masklin fühlte alle Blicke auf sich ruhen.

»Äh«, sagte er.

Dann fuhr er fort: »Ich glaube, jeder sollte so viel Nahrung holen, wie er tragen kann. Anschließend begeben wir uns in den Keller, in die Nähe der Garage.«

»Meinst du noch immer, wir sollten *es* versuchen?« fragte Gurder.

»Wir haben keine Wahl, oder?«

»Aber ...«, begann der neue Abt. »Ich meine, du hast

doch gesagt, wir sollten alles aus dem Kaufhaus mitnehmen, Drähte und Werkzeuge und so. Und Bücher.«

»Wir können froh sein, wenn wir imstande sind, *uns selbst* mitzunehmen. Es bleibt nicht mehr genug *Zeit!*«

Ein weiterer Kurier traf ein, ein Nom aus Dorcas' Gruppe. Er flüsterte Masklin etwas zu, und daraufhin lächelte der Jäger.

»Ist es wirklich möglich, daß uns Arnold Bros (gegr. 1905) in der Stunde der Not im Stich läßt?« fragte Gurder.

»Ich glaube nicht«, entgegnete Masklin. »Vielleicht hilft er uns. Ratet mal, wohin die Menschen all jene Kisten tragen ...«

❖ 12 ❖

I. Und der Draußenler sprach: Gepriesen sei Arnold Bros (gegr. 1905).

II. Denn er hat uns einen Lastwagen geschickt, und die Menschen beladen ihn mit allen Dingen, die wir Nomen brauchen. Das ist ein Zeichen. Alles muß weg. Auch wir.

Aus dem *Buch der Nomen,* Ausgänge, Kapitel 2, Verse I–II

Eine halbe Stunde später lag Masklin zusammen mit Dorcas auf dem Träger und blickte in die Garage hinab.

Nie hatte dort so reger Betrieb geherrscht. Menschen schlafwandelten umher, trugen zusammengerollte Teppich und legten sie in Lastwagen. Gelbe Apparate, wie Kreuzungen zwischen sehr kleinen Lastern und sehr großen Lehnstühlen, glitten zwischen ihnen über den Boden und stapelten Kisten.

Dorcas griff nach dem Teleskop und reichte es dem Jäger.

»Fleißige Geschöpfe, nicht wahr?« sagte er im Plauderton. »Arbeiten schon seit dem frühen Morgen. Zwei Lastwagen sind bereits fortgerollt und zurückgekehrt. Sie können also nicht sehr weit gefahren sein.«

»Der Brief auf dem Schreibtisch erwähnte ein neues Kaufhaus«, erwiderte Masklin. »Vielleicht bringt man die ganzen Sachen dorthin.«

»Möglich. Derzeit sind es praktisch nur Teppiche und die großen reglosen Menschen aus den Modeabteilungen.«

Masklin verzog das Gesicht. Gurder behauptete, jene

großen Menschen, die in den einzelnen Kleidungsabteilungen standen, ohne sich jemals zu bewegen, hätten irgendwann den Zorn von Arnold Bros (gegr. 1905) erregt. Deshalb seien sie in ein gräßliches rosarotes Etwas verwandelt worden, und manche Wichte glaubten sogar, daß man sie auseinandernehmen könne. Gewisse kleidianische Philosophen widersprachen dieser Auffassung und meinten, es seien besonders *gute* Menschen gewesen, denen Arnold Bros (gegr. 1905) erlaubte, im Kaufhaus zu bleiben, ohne es während Geschlossen verlassen zu müssen. Religion war schwer zu verstehen, fand Masklin.

Die große Tür schob sich rasselnd nach oben. Donnernd sprang ein Motor an, und der entsprechende Laster rollte in blendend helles Tageslicht.

»Wir brauchen einen Lastwagen mit vielen Dingen aus der Abteilung Eisenwaren«, sagte Masklin. »Mit Draht und Werkzeugen und so. Da fällt mir ein: Was ist mit Nahrung?«

»Allem Anschein nach hat der erste Laster eine ganze Menge Kram aus dem Speisesaal abtransportiert«, erwiderte Dorcas.

»Dann müssen wir uns mit dem Rest zufriedengeben.«

»Was tun wir, wenn auch das übrige Zeug aufgeladen und weggefahren wird?« erkundigte sich Dorcas. »Es sind Menschen, aber sie arbeiten bemerkenswert schnell.«

»Sie können doch nicht an einem Tag alles fortschaffen, oder?« fragte Masklin.

Der alte Erfinder zuckte mit den Schultern. »Wer weiß?«

»Wir müssen *unseren* Lastwagen daran hindern, die Garage zu verlassen.«

»Wie denn? Indem du dich vor ihm zu Boden wirfst?«

»Bestimmt gibt es eine Möglichkeit«, sagte Masklin.

Dorcas lächelte. »Ich finde sie. Meine Jungs gewöhnen sich allmählich an diesen Ort.«

Aus allen Teilen des Kaufhauses strömten Flüchtlinge in die Abteilung Eisenwaren, und ihre Stimmen flüsterten furchterfüllt unter dem Fußboden. Viele von ihnen blickten auf, als Masklin vorbeischritt, und ihre Gesichter zeigten einen Ausdruck, der ihn beunruhigte.

Sie glauben, daß ich ihnen helfen kann, dachte er. *Sie sehen in mir ihre einzige Hoffnung.*

Und ich habe keine Ahnung, was es zu unternehmen gilt. Wahrscheinlich klappt überhaupt nichts; wir brauchen mehr Zeit.

Er trachtete danach, zuversichtlich zu wirken, und die Nomen lächelten zufrieden. Sie wollten nur sicher sein, daß es irgendwo jemanden gab, der die richtigen Entscheidungen traf. Masklin fragte sich, wer dafür in Frage kam. *Ich bestimmt nicht.*

Dauernd trafen schlimme Nachrichten ein. Ein großer Teil der Sparte Gartenbau war leergeräumt worden, ebenso die einzelnen Modeabteilungen. In Kosmetik und Körperpflege entfernten die Menschen alle Ladentische; zum Glück wohnten darunter nur wenige Wichte. Selbst hier bei den Eisenwarenlern hörte Masklin das ferne Knacken und Knirschen.

Schließlich ertrug er es nicht länger — zu viele Leute starrten ihn an. Er suchte erneut die Garage auf, wo Dorcas noch immer auf dem Träger lag und Ausschau hielt.

»Nun?« fragte Masklin.

Der alte Erfinder deutete auf den Lastwagen genau unter ihnen.

»Das ist der richtige für uns. Beladen mit allen erforderlichen Dingen aus der Bastler- und Heimwerker-Abteilung. *Und* mit Eisenwarenartikeln, Nadeln und so weiter. Nach solchen Objekten sollte ich doch Ausschau halten, oder?«

»Ja«, bestätigte Masklin. »Der Laster darf das Kaufhaus auf keinen Fall verlassen!«

Dorcas schmunzelte. »Die Tür kann jetzt nicht mehr nach oben rollen. Der entsprechenden Maschine fehlt die Sicherung.«

»Sicherung?« wiederholte Masklin verwirrt.

Der ältere Nom deutete auf eine lange und dicke rote Stange. »Das da.«

»Du hast sie entfernt?«

»War ziemlich schwierig. Wir mußten einen Strick daran befestigen und mit aller Kraft ziehen. Funken stoben, als sie sich aus der Einfassung löste.«

»Und wenn einer der Menschen die fehlende Sicherung ersetzt?« fragte Masklin.

»Oh, das ist bereits geschehen«, antwortete Dorcas. »Die Großen sind schlauer, als viele von uns glauben. Aber die Tür rührt sich trotzdem nicht von der Stelle. Nachdem wir die Sicherung entfernten, schnitten meine Jungs einige Kabel in der Wand durch. Eine sehr gefährliche Angelegenheit. Aber die Menschen brauchen bestimmt lange, um die durchtrennten Stellen zu finden.«

»Hm. Und wenn sie die Tür nach oben hebeln?«

»Nützt ihnen nichts. Der Laster bleibt trotzdem hier.«

»Und warum?«

Dorcas zeigte nach unten. Masklin blickte in die Tiefe und beobachtete zwei kleine Gestalten, die unter dem Lastwagen hervoreilten und zu den Schatten an der Wand flohen. Sie trugen eine Zange.

Einige Sekunden später folgte ihnen ein dritter Wicht und zog einen Draht hinter sich her.

»Tja, Laster brauchen viele Drähte«, meinte Dorcas. »Dieser hat jetzt einen weniger. Komisch: Man nehme einen winzigen Funken weg, und der Motor läuft nicht mehr. Aber sei unbesorgt: Ich schätze, später können wir wieder alles in Ordnung bringen.«

Unten knallte es: Einer der Menschen trat gegen die Tür.

»Aber, aber, wer wird denn gleich so zornig werden?« murmelte Dorcas.

»Du hast an alles gedacht«, sagte Masklin in einem bewundernden Tonfall.

»Hoffentlich«, entgegnete der Erfinder. »Wir sollten besser auf Nummer Sicher gehen, nicht wahr?« Er stand auf, holte eine weiße Fahne hervor und winkte damit. In den Schatten vor der gegenüberliegenden Wand hob jemand einen ebenfalls weißen Wimpel.

Das Licht ging aus.

»Ein sehr nützliches Ding, die Elektrizität«, sagte Dorcas in der Dunkelheit. Die Menschen brummten verärgert, und etwas klirrte, als einer von ihnen gegen etwas stieß. Es pochte und klapperte mehrmals; unverständliche Flüche erklangen. Dann fand jemand die Tür zum Keller, und kurz darauf befanden sich nur noch Nomen in der Garage.

»Ob sie Verdacht schöpfen?« fragte Masklin.

»Es arbeiten noch andere Menschen im Kaufhaus«, erwiderte Dorcas. »Bestimmt geben sie ihnen die Schuld.«

»Die Elektrizität ist wirklich erstaunlich«, kommentierte Masklin. »Kannst du sie herstellen? Der Graf von Eisenwaren drückte sich in diesem Zusammenhang sehr undeutlich aus.«

»Weil die Eisenwarenler überhaupt keine Ahnung haben.« Dorcas schnaufte abfällig. »Sie wissen nur, wie man elektrische Kraft stiehlt. Nun, was das Lesen betrifft, bin ich nicht besonders gut, aber ich habe Vinto gebeten, für mich in Büchern zu blättern. Er meint, die Herstellung von Elektrizität sei ganz einfach. Man braucht dazu nur etwas, das Uhr-anium heißt. Eine Art Metall.«

»Ist es in der Abteilung Eisenwaren vorrätig?« fragte Masklin hoffnungsvoll.

Dorcas schüttelte den Kopf. »Nein.«

Auch das *Ding* konnte ihnen nicht weiterhelfen.

»Ich bezweifle, ob Sie schon für die Nutzung nuklearer Energie bereit sind«, sagte es. *»Versuchen Sie es mit Windmühlen.«*

Masklin verstaute seine wenigen Besitztümer in einem Beutel.

»Wenn wir aufbrechen, kannst du nicht mehr zu uns sprechen, oder?« erkundigte er sich. »Weil du im Draußen keine Möglichkeit hast, Elektrizität zu trinken.«

»Ja, das stimmt.«

»In welche Richtung sollten wir uns wenden?«

»Ich weiß es nicht. Wie dem auch sei: Ich orte Funksignale, die auf Flugzeugverkehr nördlich von hier hindeuten.«

Masklin zögerte. »Das ist gut, nicht wahr?«

»Es läßt auf Flugmaschinen schließen.«

»Und damit sind wir in der Lage, bis ganz nach Hause zu fliegen?«

»Nein, aber vielleicht stellen Flugzeuge den nächsten Schritt für Sie dar. Vielleicht kann man mit ihnen einen Kontakt zum Raumschiff herzustellen. Doch zuerst müssen Sie mit dem Lastwagen losfahren.«

»Anschließend ist sicher alles möglich«, sagte Masklin leise. Er richtete einen erwartungsvollen Blick auf das *Ding* und stellte entsetzt fest, daß die Lichter nacheinander erloschen.

»Ding!«

»Wir sprechen uns wieder, wenn Sie erfolgreich gewesen sind.«

»Aber willst du uns denn nicht mehr *helfen?*« entfuhr es Masklin.

»Ich schlage vor, Sie denken gründlich über die eigentliche Bedeutung des Wortes ›Hilfe‹ nach«, entgegnete das Ding. *»Entweder sind Sie intelligente Nomen oder nur geschickte Tiere. Es liegt bei Ihnen, sich für eine dieser beiden Alternativen zu entscheiden.«*

»Wie bitte?«

Das letzte Licht verblaßte.

»Ding?«

Der schwarze Kasten blieb dunkel, und es gelang ihm, außerordentlich still und schweigsam zu wirken.

»Aber ich bin sicher gewesen, daß du uns herauszufinden hilfst, wie man einen Lastwagen fährt und so weiter! Und jetzt läßt du mich einfach im Stich?«

Der schwarze Kasten schien noch schwärzer zu werden. Masklin starrte verzweifelt darauf hinab.

Dann dachte er: *Für das* Ding *ist alles ganz einfach. Es wartet, und damit hat es sich. Die Nomen verlassen sich auf mich, doch ich habe niemanden, auf den ich mich verlassen kann. Ob sich der alte Abt ebenso gefühlt hat? Wie konnte er es so lange ertragen? Immer muß ich mich um alles kümmern, und niemand verschwendet einen Gedanken daran, was* ich *möchte ...*

Die Papptür schwang auf, und Grimma trat ein.

Sie betrachtete das dunkle *Ding,* hob den Blick und musterte Masklin.

»Du wirst dort draußen gebraucht«, sagte sie ruhig. »Warum glühen keine Lichter mehr an dem *Ding?«*

»Es hat sich gerade verabschiedet«, klagte Masklin. »Es will uns nicht mehr helfen und meinte, wir müßten unsere Intelligenz beweisen. Es will erst dann wieder mit uns sprechen, wenn wir erfolgreich gewesen sind. Was soll ich jetzt tun?«

Ein wenig Zuspruch wäre jetzt nicht schlecht. Und Verständnis. Und das eine oder andere aufmunternde Wort. Und Mitgefühl. Gute alte Grimma. Auf sie ist Verlaß.

Die junge Nomin holte tief Luft. »Was du jetzt tun sollst?« erwiderte sie scharf. »Hör endlich damit auf, Trübsal zu blasen. Geh nach draußen und *organisiere alles!«*

»Wie bi ...«

»Bring die Leute auf Trab! Plane! Gib Anweisungen! Na *los!«*

»Aber ...«

»*Jetzt sofort!*« fauchte Grimma.

Masklin stand auf.

»So kannst du nicht mit mir reden«, beschwerte er sich. »Immerhin bin ich der Anführer.«

Grimma verschränkte die Arme, und in ihren Augen funkelte es.

»Natürlich bist du der Anführer. Habe ich etwa behauptet, daß du nicht der Anführer bist? Alle wissen, daß du der Anführer bist! Und jetzt *führ an!*«

Masklin schob sich an ihr vorbei, und sie klopfte ihm auf die Schulter.

»Du mußt lernen, richtig zuzuhören.«

»Wie? Was soll das heißen?«

»Das *Ding* ist eine Art denkende Maschine, nicht wahr? Ich weiß es von Dorcas. Nun, Maschinen sagen immer das, was sie meinen, oder?«

»Ja, ich glaube schon, aber ...«

Grimma lächelte triumphierend.

»Nun, es hat ›wenn‹ gesagt. *Denk* darüber nach. Es hätte auch das Wort ›falls‹ wählen können.«

Der Abend kam, die Nacht begann, und Masklin befürchtete, daß die Menschen auch weiterhin im Kaufhaus blieben. Einer von ihnen, ausgerüstet mit einer Taschenlampe und mehreren Werkzeugen, untersuchte lange Zeit den Sicherungskasten und die Kabel im Keller. Schließlich stapfte er davon, brummte verärgert und schlug die Tür hinter sich zu.

Nach einer Weile ging das Licht in der Garage an.

In den Wänden raschelte und knisterte es; eine dunkle Flut floß unter den Bänken hervor. Einige der jüngeren Wichte trugen Fäden mit Haken, die sie am Lastwagen hochwarfen. Flinke Kletterer begannen mit dem Aufstieg.

Andere brachten dickere Seile mit. Man befestigte sie an den Fäden, zog sie rasch nach oben ...

Masklin eilte durch den endlosen Schatten des Lasters und erreichte die ölige Dunkelheit unter dem Motor, wo Dorcas' Mitarbeiter ihre Ausrüstung in Stellung brachten. Der alte Erfinder befand sich im Führerhaus und wühlte zwischen den dicken Drähten herum. Etwas zischte, und unmittelbar darauf leuchtete eine Lampe.

»Na bitte«, brummte Dorcas zufrieden. »Jetzt können wir wenigstens sehen, woran wir arbeiten. Also los, Jungs! Geben wir uns Mühe!«

Als er sich umdrehte und Masklin sah, wollte er zunächst die Hände hinterm Rücken verbergen, überlegte es sich dann aber anders. Sie steckten in den abgeschnittenen Fingern von Gummihandschuhen.

»Oh«, sagte Dorcas. »Habe dich gar nicht bemerkt. Eine Art Betriebsgeheimnis. Die Elektrizität kann nicht in Gummi beißen.« Er duckte sich, als mehrere Wichtel einen langen Balken durchs Führerhaus schwangen und ihn mit dem Schalthebel verbanden.

»Wie lange dauert's noch?« rief Masklin, als eine andere Gruppe Garn entrollte. Es ging ziemlich laut zu. Fäden wurden gespannt, Holzstücke in alle Richtungen getragen; der Jäger hoffte inständig, daß diesen Aktivitäten eine Planung zugrunde lag.

»Etwa eine Stunde«, antwortete Dorcas und fügte gutmütig hinzu:

»Wir werden schneller fertig, wenn uns niemand im Weg steht.«

Masklin nickte und erforschte den rückwärtigen Bereich des Führerhauses. Der Lastwagen war alt, und er entdeckte ein für Kabel bestimmtes Loch, das auch einem Nom genug Platz bot, zumindest einem schlanken. Er schob sich hindurch, fand eine weitere Öffnung und gelangte in den hinteren Teil des Lasters.

Die ersten Nomen an Bord hatten eine Latte heraufgezogen, die als Laufplanke diente. Die anderen Passagiere kraxelten darüber hinweg.

Masklin hatte Oma Morkie gebeten, hier die Aufsicht

zu führen. Die alte Frau verstand es meisterhaft, furchterfüllten Leuten ihren Willen aufzuzwingen.

»Steil?« rief sie einem dicken Wicht zu, der auf halbem Wege verharrte und sich nicht mehr weiterwagte. »Das nennst du steil? Ein Spaziergang ist es, jawohl! Möchtest du, daß ich komme und dir helfe?«

Diese schreckliche Drohung genügte. Der Dicke setzte sich sofort in Bewegung, *lief* den Rest der Strecke und wankte mit einem erleichterten Schnaufen in den Schatten der großen Ladefläche.

»Alle sollten sich einen weichen Platz suchen«, riet Masklin. »Wegen der möglichen Erschütterungen und so. Und schick die kräftigsten Nomen ins Führerhaus. Dort brauchen wir jede Hilfe, die verfügbar ist, glaub mir.«

Oma Morkie nickte und trieb eine Familie an, die auf der Laufplanke stehengeblieben war.

Masklin blickte auf den endlosen Strom aus Leuten hinab, die in den Lastwagen kletterten. Viele von ihnen taumelten unter dem Gewicht schwerer Beutel und Taschen.

Seltsam: Er hatte jetzt das Gefühl, alles in die Wege geleitet zu haben. Die Evakuierung des Kaufhauses lief wie, wie — wie etwas, das gut lief. Entweder gelang der Plan, oder er gelang nicht. Entweder konnten die Nomen gut zusammenarbeiten, oder sie konnten es nicht.

Er erinnerte sich an das Bild von Gulliver. Wahrscheinlich nur das Ergebnis besonders phantasievoller Phantasie, meinte Gurder. Nun, Bücher enthielten oft Dinge, die es in der Realität gar nicht gab. Trotzdem fand Masklin Gefallen an der Vorstellung, daß die Nomen sich lange genug über etwas einig waren, so wie die kleinen Männer und Frauen im Buch ...

»Nun, es scheint jetzt alles zu klappen«, sagte er unsicher.

»Sieht ganz danach aus«, erwiderte Oma Morkie.

»Äh, vielleicht wäre es sinnvoll, festzustellen, was die Kisten enthalten«, fügte Masklin hinzu. »Wenn wir anhalten, bleibt uns möglicherweise nur wenig Zeit, um ...«

»Ich habe Torrit damit beauftragt«, unterbrach ihn Oma. »Sei unbesorgt.«

»Oh.« Masklin nickte. »Gut.«

Er fühlte sich plötzlich überflüssig.

Aus reiner — nun, nicht aus Langeweile, denn das Herz klopfte ihm bis zum Hals — Unruhe kehrte er ins Führerhaus zurück.

Dorcas' Wichte hatten bereits eine hölzerne Plattform über dem Lenkrad gebaut, direkt vor dem großen Fenster. Der Erfinder stand auf dem Boden und exerzierte mit den Einsatzgruppen.

»Also schön!« rief er. »Und jetzt ... Erster Gang!«

»Pedal nach unten, zwei, drei ...«, ließ sich das Beschleunigungsteam vernehmen.

»Hebel nach oben, zwei, drei ...«, antworteten die Wichte am Schalthebel.

»Pedal nach oben, zwei, drei, vier!« Der Leiter des Kupplungsteams winkte Dorcas zu. »Gang eingelegt!«

»Das war mies, absolut mies«, schimpfte der Erfinder. »Was ist mit der Beschleunigungsgruppe passiert, hm? Bringt das Pedal nach unten!«

»Entschuldige bitte, Dorcas.«

Masklin berührte den alten Nom an der Schulter.

»Übt auch weiterhin!« befahl Dorcas. »Bis hoch zum vierten Gang. Es muß reibungslos laufen, klar? Ja? Was ist denn? Oh, du bist's.«

»Ja, ich bin's«, bestätigte Masklin. »Bald sind alle an Bord. Wann seid ihr hier soweit?«

»Dieser Haufen aus Idioten lernt es *nie.*«

»Oh.«

»Deshalb können wir jederzeit losfahren und unterwegs Erfahrungen sammeln. Das Lenken zum Beispiel läßt sich erst üben, wenn der Laster rollt.«

»Wir schicken dir noch mehr Helfer«, kündigte Masklin an.

»Oh, ausgezeichnet. Genau das hat mir gefehlt: noch mehr Leute, die nicht imstande sind, rechts von links zu unterscheiden.«

»Wie willst du wissen, wohin gesteuert werden muß?«

»Semaphor«, sagte Dorcas fest.

»Semaphore?«

»Signalisieren mit Flaggen. Du erklärst dem Burschen auf der Plattform, wohin du fahren willst, und ich beobachte seine Signale. Mit einer Woche mehr Zeit hätte ich vielleicht eine Art Telefon installieren können.«

»Flaggen«, sagte Masklin. »Und das funktioniert?«

»Das will ich stark hoffen. Später probieren wir's aus.«

Und jetzt war es später. Die letzten Nomen-Kundschafter kletterten in den Lastwagen. Hinten hatten es sich die meisten Leute so bequem wie möglich gemacht und lagen hellwach in der Dunkelheit.

Masklin stand auf der Plattform, zusammen mit Angalo, Gurder und dem *Ding*. Gurder wußte noch weniger von Lastern als Masklin, aber man hielt es für besser, daß er zugegen war. Immerhin stahlen sie einen Lastwagen von Arnold Bros (gegr. 1905), und vielleicht wurden Erklärungen notwendig. Angalo hatte zunächst versucht, sich von Bobo begleiten zu lassen, doch damit rief er allgemeinen Unwillen hervor, insbesondere den des Draußenlers, der die Ratte zur Ladefläche verbannte.

Auch Grimma war zugegen. Gurder wollte von ihr wissen, warum sie sich im Führerhaus aufhielt, und die junge Nomin stellte ihm die gleiche Frage. Beide sahen Masklin an.

»Sie hilft mir beim Lesen«, sagte er und versuchte, sich seine Erleichterung nicht anmerken zu lassen.

Trotz großer Bemühungen kam er mit geschriebenen Worten noch immer nicht gut zurecht. Es schien dabei einen Trick zu geben, den man beherrschen mußte. Grimma hingegen fiel es überhaupt nicht schwer, die Botschaft von Buchstaben zu deuten, und bisher war eine Explosion ihres Gehirns ausgeblieben.

Sie nickte selbstgefällig und schlug die *Straßenverkehrsordnung* vor Masklin auf.

»Bestimmte Dinge sind erforderlich«, sagte er unsicher. »Vor dem Losfahren muß man einen Spagel sehen …«

»In einen Spiegel«, warf Grimma ein.

»In einen Spiegel, ja«, bestätigte Masklin mit fester Stimme. »So steht es hier in dem Buch. Spiegel.«

Er richtete einen fragenden Blick auf Angalo, der mit den Schultern zuckte.

»Keine Ahnung«, sagte der Sohn des Herzogs. »Der Fahrer *sah* immer wieder in den Spiegel, doch der Grund dafür ist mir ein Rätsel.«

»Geht es darum, nach irgend etwas Ausschau zu halten?« erkundigte sich Masklin. »Oder schneidet man einfach nur eine Grimasse?«

Gurder holte tief Luft. »Was auch immer der Fall sein mag — wir müssen alle Vorschriften beachten.« Er hob die Hand. »Dort oben ist ein Spiegel. Hängt von der Decke herab.«

»Ihn ausgerechnet da zu befestigen …« Masklin schüttelte den Kopf, warf ein Seil mit einem Haken und zog sich hoch.

»Siehst du irgendwas?« rief Gurder von unten.

»Nur mich selbst.«

»Na schön, komm jetzt zurück. Diese Sache ist erledigt, und nur darauf kommt es an.«

Masklin glitt zur Plattform, die unter ihm wackelte.

Grimma starrte in die *Straßenverkehrsordnung.*

»Und dann muß man seine Absicht signalisieren«, verkündete sie. »Völlig klar. Signalgeber?«

Einer von Dorcas' Assistenten trat schüchtern vor und hielt zwei weiße Flaggen nach unten.

»Ja, Ma'am?« fragte er.

»Sag Dorcas ...« Grimma sah zu den anderen. »Sag ihm, daß wir soweit sind.«

»Ent*schuldige* bitte«, schnaufte Gurder. »Wenn hier jemand bekanntgibt, daß wir soweit sind, dann bin ich das. Es steht mir zu, allen anderen mitzuteilen, daß wir soweit sind.« Er musterte Grimma verlegen. »Äh. Wir sind soweit.«

»Zu Befehl, Ma'am.« Der Signalgeber winkte kurz. Unten ertönte die Stimme des Erfinders. »Alles bereit!«

»Also gut«, murmelte Masklin. »Wir brechen auf.«

»Ja«, sagte Gurder und warf Grimma einen durchdringenden Blick zu. »Haben wir irgend etwas vergessen?«

»Wahrscheinlich eine ganze Menge«, befürchtete Masklin.

»Nun, jetzt ist es zu spät«, meinte der neue Abt.

»Ja.«

»Ja.«

»In Ordnung.«

»Finde ich auch.«

Sie schwiegen einige Sekunden lang.

»Soll ich die Anweisung geben?« fragte Masklin schließlich.

»Was haltet ihr davon, wenn wir Arnold Bros (gegr. 1905) bitten, uns seinen Schutz zu gewähren?« schlug Gurder vor. »Wir verlassen das Kaufhaus, aber dies ist sein Lastwagen.« Er lächelte schief und seufzte. »Ich wünschte, er würde uns ein Zeichen schicken. Damit wir wissen, daß er einverstanden ist.«

»Es kann losgehen!« rief Dorcas.

Masklin trat an den Rand der wackligen Plattform und lehnte sich ans nicht sehr stabile Geländer.

Auf dem Boden des Führerhauses wimmelte es von Wichten: Sie hielten Seile oder warteten an Hebeln und

Flaschenzügen. Niemand von ihnen rührte sich, und alle blickten stumm nach oben — Masklin starrte auf ein Meer aus besorgten und aufgeregten Gesichtern.

Er hob die Hand.

»Den Motor anlassen«, sagte er, und in der Stille klang seine Stimme unnatürlich laut.

Der Jäger wandte sich um und blickte in die helle Leere der Garage. Einige andere Laster parkten vor der gegenüberliegenden Wand, und hinzu kamen zwei der kleinen gelben Beladungsfahrzeuge — sie standen dort, wo die Menschen sie zurückgelassen hatten. *Einst habe ich diesen Ort Lastwagennest genannt,* erinnerte sich Masklin. Das richtige Wort hieß Garage. Erstaunlich, wie man sich fühlte, wenn man Namen kannte. Man glaubte, Kontrolle zu haben. Er verglich das Wissen um Namen mit ganz besonderen Hebeln.

Etwas surrte vor ihnen, und dann erzitterte die Plattform, als es donnerte. Es hörte sich wie ein Gewitter an, doch das Grollen verklang nicht: Der Motor lief nun.

Masklin hielt sich am Geländer fest, um das Gleichgewicht nicht zu verlieren. Angalo zupfte ihn am Ärmel.

»So ist es immer!« rief er, um den Lärm zu übertönen. »Nach einer Weile gewöhnst du dich daran!«

»Gut!« Die Bezeichnung ›Geräusch‹ traf kaum den Kern der Sache. Es war viel zu laut, um nur ein Geräusch zu sein. Es schien sich eher um massive Luft zu handeln.

»Ich glaube, wir sollten zuerst ein wenig üben! Um sicher zu sein, das alles klappt! Darf ich dem Signalgeber sagen, daß wir ganz langsam losfahren möchten, nach vorn?«

Masklin nickte grimmig. Der Signalgeber überlegte kurz und winkte mit seinen Flaggen.

Tief unten gab Dorcas Befehle. Etwas knirschte, und es folgte ein Ruck, der Masklin von den Beinen warf. Er landete auf allen vieren und blickte in Gurders furchtgezeichnetes Gesicht.

»Wir bewegen uns!« entfuhr es dem Büromaterialer.

Masklin starrte aus dem Fenster.

»Ja, und weißt du was?« Er sprang auf. »Wir rollen nach *hinten!*«

Angalo taumelte zum Signalgeber, der eine Flagge fallen gelassen hatte.

»Langsam nach vorn! Hast du nicht gehört? Langsam nach vorn. Nicht nach hinten! Nach *vorn!*«

»Ich habe ›nach vorn‹ signalisiert!«

»Aber wir fahren rückwärts! Gib noch einmal das Signal für vorwärts!«

Der Nom hob die andere Flagge auf und winkte eifrig.

»Nein, signalisier nicht ›nach vorn‹, sondern ›Halt‹ ...«, begann Masklin.

Ein Geräusch erklang am hinteren Ende des Lastwagens. Man hätte es mit dem Wort *Knirsch* beschrieben können, aber diese eine Silbe genügte nicht, um eine klare Vorstellung von dem häßlichen metallenen Kratzen und der heftigen Erschütterung zu vermitteln, die Masklin erneut auf den Bauch warf. Der Motor brummte nicht mehr.

Stille schloß sich an.

»Entschuldigt bitte!« rief Dorcas in der Ferne. Dann wandte er sich in einem drohenden Tonfall an die Einsatzgruppen. »Zufrieden? Seid ihr jetzt zufrieden? Als ich sagte, schiebt den Schalthebel nach oben und nach links und nach oben, habe ich nach oben und nach links und nach oben gemeint, nicht nach oben und nach rechts und nach oben, klar?«

»Links von dir oder links von uns, Dorcas?«

»Einfach nur links!«

»Aber ...«

»Komm mir nicht mit *aber!*«

»Ja, aber ...«

Masklin und die anderen setzten sich, als unten eine hitzige Diskussion stattfand. Gurder lag noch immer auf den Planken.

»Wir haben uns tatsächlich bewegt«, hauchte er. »Arnold Bros (gegr. 1905) hatte *recht*. Alles *muß* weg!«

»Ich möchte etwas weiter weg, wenn du erlaubst«, knurrte Angalo.

»Hallo, ihr da oben!« Eine Mischung aus Zorn und falscher Fröhlichkeit vibrierte in Dorcas' Stimme. »Einige Anfangsschwierigkeiten, weiter nichts. Wir haben jetzt alle Probleme gelöst und sind soweit!«

»Soll ich noch einmal in den Spiegel sehen?« fragte Masklin. Grimma zuckte mit den Achseln.

»An deiner Stelle würde ich keine Zeit damit verschwenden«, entgegnete Angalo. »Laß uns *vorwärts* bewegen. Und so schnell wie möglich. Ich rieche Die-*Sel*. Vielleicht haben wir das eine oder andere Faß umgestoßen.«

»Ist das schlimm?« erkundigte sich Masklin.

»Das Zeug brennt«, erklärte Angalo. »Ein einziger Funken oder so reicht aus, um es zu entzünden.«

Der Motor donnerte wieder. Das Knirschen wiederholte sich, wenn auch etwas leiser, als der Lastwagen langsam nach vorn rollte und mit einem leichten Ruck vor der großen Stahltür verharrte.

»Ich schlage vor, wir steuern den Laster einige Male hin und her!« rief Dorcas. »Damit meine Jungs Gelegenheit erhalten, praktische Erfahrungen zu sammeln!«

»Meiner Ansicht nach wäre es eine sehr schlechte Idee, noch länger in der Garage zu bleiben«, sagte Angalo in einem drängendem Tonfall.

Masklin nickte. »Du hast recht. Je eher wir das Kaufhaus verlassen, desto besser. Gib Dorcas das Signal, die Tür zu öffnen.«

Der Signalgeber zögerte. »Ich glaube, dafür haben wir kein Zeichen vereinbart.«

Masklin beugte sich übers Geländer. »Dorcas!«

»Ja?«

»Öffne die Tür! Wir müssen *jetzt* nach draußen!«

Die ferne Gestalt wölbte eine Hand hinterm Ohr.

»Was?«

»Du sollst die Tür öffnen! Und zwar *schnell!*«

Der Erfinder schien eine Zeitlang nachzudenken, und dann hob er das Megaphon vor die Lippen.

»Was ich dir jetzt zu sagen habe ... Bestimmt lachst du darüber.«

»Wie war das?« fragte Grimma

»Er meint, wir lachen gleich«, erklärte Angalo.

»Oh, gut.«

»Na *los!*« rief Masklin. Dorcas' Antwort verlor sich im Gedröhn des Motors.

»Wie bitte?«

»Was?« erwiderte Dorcas.

»Was hast du gesagt?«

»In der ganzen Aufregung habe ich die Tür völlig vergessen!«

Gurder runzelte die Stirn. »Was hat er gesagt?«

Masklin drehte sich um und blickte zur Tür. Der Erfinder war sehr stolz darauf gewesen, daß er die Menschen daran gehindert hatte, sie zu öffnen. Jetzt wirkte sie außerordentlich geschlossen. Etwas ohne Gesicht konnte eigentlich keinen zufriedenen und selbstgefälligen Eindruck erwecken, aber der Tür gelang es trotzdem.

Verzweifelt wandte sich Masklin wieder dem Geländer zu und sah, wie die kleinere Tür zum Rest des Kaufhauses aufschwang. Eine Gestalt stand dort hinter einem kleinen Kreis aus weißem Licht.

Seine grauenhafte Lampe, dachte Masklin.

Es war niemand anders als *Bombenpreise.*

Masklin spürte, wie sein Gehirn sehr langsam und klar zu denken begann.

Es ist nur ein Mensch, lauteten die Gedanken. *Kein schreckliches Ungeheuer. Nur ein Mensch, der ein Schild mit seinem Namen trägt, damit er ihn nicht vergißt. So wie die vielen Frauen-Menschen im Kaufhaus, mit Namen wie ›Tracy‹ und ›Sharon‹ und ›Mrs. J. E. Williams, Abteilungsleiterin‹. Dieser Mann-Mensch heißt Nachtwächter. Er wohnt unten im Kesselraum und trinkt dort Tee. Bestimmt hat er das Brummen des Motors gehört und auch den Rest.*

Und jetzt will er feststellen, wer den Lärm verursachte.

Mit anderen Worten: Er sucht nach uns.

»O nein«, flüsterte Angalo, als die Gestalt näher schlurfte. »Siehst du, was er im Mund hat?«

»Eine Zigarette«, erwiderte Masklin. »Ich habe schon des öfteren Menschen mit Zigaretten im Mund gesehen. Was ist damit?«

»Sie brennt. Er müßte das Die-*Sel* doch riechen, oder?«

»Was passiert, wenn das Zeug Feuer fängt?« fragte Masklin und ahnte die Antwort.

»Dann macht's *Wummp*«, sagte Angalo.

»Einfach nur *Wummp?*«

»Oh, *Wummp* genügt.«

Der Mensch kam noch näher, und Masklin sah jetzt seine Augen. Menschen fiel es selbst dann schwer, Nomen zu erkennen, wenn sie sich gar nicht bewegten, aber Nachtwächter fragte sich bestimmt, warum ein Lastwagen von ganz allein durch die Garage fuhr, noch dazu mitten in der Nacht.

Er erreichte das Führerhaus und streckte die Hand nach dem Türgriff aus. Seine Taschenlampe leuchtete durchs Seitenfenster, und genau in diesem Augenblick richtete sich Gurder auf. Er zitterte vor Wut.

»Hinfort mit dir, Höllenbrut!« rief er und stand wie im Scheinwerferlicht. »Beachte die Schilder von Arnold Bros (gegr. 1905)! *Rauchen verboten! Hier zum Ausgang!*«

Träges Erstaunen breitete sich im Gesicht des Menschen aus, und dann — so langsam wie gemächlich über den Himmel ziehende Wolken — wich die Verblüffung wortloser Panik. Nachtwächter ließ den Türgriff los, drehte sich um und kehrte in Richtung der kleinen Pforte zurück. Für einen Menschen war er sehr schnell. Als er lief, fiel ihm die Zigarette aus dem Mund, rotierte um die eigene Achse und neigte sich dem Boden entgegen.

Masklin und Angalo wechselten einen kurzen Blick, sahen dann zum Signalgeber.

»Volle Kraft voraus!« riefen sie.

Der Lastwagen erbebte, als die Zieher-Gruppen damit begannen, einen Gang einzulegen. Dann rollte er nach vorn.

»Schneller!« heulte Masklin. »Schneller!«

»Was ist denn los?« fragte Dorcas. »Die Tür ...«

»Wir öffnen sie!« rief Masklin. »Wir öffnen die verdammte Tür!«

»Wie denn?«

»Nun, sie scheint nicht sehr dick zu sein, oder?«

Für Menschen ist die Welt der Nomen eine sehr schnelle Welt. Nomen leben mit so hoher Geschwindigkeit, daß um sie herum alles sehr langsam wirkt. Der Laster schien über den Boden und die Rampe zu schweben, wie in Zeitlupe gegen die Tür zu stoßen. Dumpfes Donnern erklang, gefolgt von dem Geräusch zerfetzenden Metalls. Etwas kratzte übers Dach des Führerhauses, und dann gab es gar keine Tür mehr, nur noch Dunkelheit, in der hier und dort Lichter glühten.

»Links!« schrie Angalo. »Nach links!«

Der Lastwagen schleuderte träge, prallte in aller Seelenruhe von einer Wand ab und rollte über die Straße.

»Weiter so! Weiter so! Und jetzt geradeaus!«

Ein heller Schein huschte über die Wand neben dem Führerhaus.

Und dann machte es *Wummp* hinter dem Laster.

❖ 13 ❖

I. Und Arnold Bros (gegr. 1905) sprach: Jetzt ist alles zu Ende.

II. Alle Gardinen, Teppiche, Bettzeug, Damenunterwäsche, Spielzeuge, Hüte, Kurzwaren, Eisenwaren, Elektrogeräte.

III. Alle Wände, Böden, Decken, Aufzüge und Rolltreppen.

IV. Alles muß weg.

Aus dem *Buch der Nomen,* Ausgänge, Kapitel 3, Verse I—IV

Später, als die nächsten Kapitel fürs *Buch der Nomen* geschrieben wurden, hieß es, das Ende des Kaufhauses habe mit einem Knall begonnen. Das stimmte nicht, aber man erzählte von einem Knall, weil es beeindrukkender klang. Ein Ball aus gelben und orangefarbenen Flammen rollte aus der Garage und verursachte dabei ein Geräusch, das von einem riesigen Hund zu stammen schien, der sich vorsichtig räusperte.

Wummp.

Die Nomen waren kaum in der Lage, das Geschehen weiter hinten zu beobachten. Viel wichtiger erschienen ihnen die Geräusche von Dingen, die fast gegen sie stießen.

Masklin hatte andere Fahrzeuge auf der Straße erwartet — die *Straßenverkehrsordnung* berichtete darüber. Es war wichtig, ihnen auszuweichen. Er fand es jedoch besorgniserregend, daß praktisch alle übrigen *Verkehrsteilnehmer* bestrebt zu sein schienen, gegen den Laster zu prallen. Sie blökten immer wieder wie kranke Kühe.

»Ein wenig nach links!« rief Angalo. »Und dann ein bisch'n nach rechts, und schließlich geradeaus.«

»Ein bisch'n?« wiederholte der Signalgeber. »Ich weiß nicht, wie ich für ein *bisch'n* winken soll. Könnten wir ...«

»Langsam! Und jetzt nach links! Wir müssen die rechte Seite der Straße erreichen!«

Grimma spähte über den oberen Rand der *Straßenverkehrsordnung* hinweg.

»Wir *sind* auf der rechten Seite«, stellte sie fest.

»Ja, aber die rechte Seite sollte eigentlich die linke sein!«

Masklin deutete auf das Blatt vor ihnen. »Hier steht, daß man Rücklicht ...«

»Rücksicht«, raunte Grimma.

»... Rücksicht auf andere Straßenbenutzer nehmen muß«, beendete er den Satz. Ein Ruck ließ ihn nach vorn taumeln. »Was war das?«

»Wir sind jetzt auf dem Bürgersteig! Rechts! Nach *rechts!*«

Aus den Augenwinkeln sah Masklin ein hellerleuchtetes Schaufenster, bevor der Lastwagen es zertrümmerte und in einem Regen aus Glassplittern auf die Straße zurückkehrte.

»Jetzt nach links, nach links, und nach rechts, nach rechts! Geradeaus! Links! Ich habe *links* gesagt!« Angalo starrte durch die sogenannte Windschutzscheibe und beobachtete das verwirrende Muster aus Licht und Schatten.

»Da ist eine andere Straße. Links! Nach links! Gebt mir jede Menge links! Noch mehr links ...!«

»Ein Schild kommt uns entgegen«, stellte Masklin fest.

»Links!« kreischte Angalo. »Und jetzt nach rechts. Rechts! Rechts!«

»Du wolltest links«, sagte der Signalgeber vorwurfsvoll.

»Und jetzt will ich rechts! Einen Haufen rechts! Dukken!«

»Wir haben kein Signal für ...«

Diesmal machte es nicht *Wummp*, sondern ganz eindeutig *Bumm*. Der Laster stieß gegen eine Mauer, schabte funkenstiebend daran entlang, rollte in eine Ansammlung aus Mülltonnen und blieb stehen.

Stille herrschte, abgesehen von einem leisen Zischen und Knacken, das seinen Ursprung unter der Motorhaube hatte.

Dorcas' verärgerte Stimme ertönte aus der Dunkelheit.

»Würdet ihr uns hier unten bitte mitteilen, was ihr da oben anstellt?« fragte der Erfinder.

»Wir müssen uns etwas einfallen lassen, um den Laster besser zu steuern«, antwortete Angalo. »Und wir brauchen Licht. Irgendwo gibt es einen Schalter für Licht.«

Masklin stemmte sich hoch. Der Laster stand offenbar in einer schmalen dunklen Gasse. Überall war es finster.

Er half Gurder auf die Beine und strich ihm den Umhang glatt. Der neue Abt blinzelte benommen.

»Sind wir da?« fragte er.

»Noch nicht ganz«, erwiderte Masklin. »Wir haben gehalten, um, äh, einige Dinge zu klären. Während das geschieht, sollten wir vielleicht nach hinten gehen und nachsehen, ob bei unseren Passagieren alles in Ordnung ist. Bestimmt sind sie sehr besorgt. Komm mit, Grimma!«

Sie kletterten nach unten, überließen es Angalo und Dorcas, ein ziemlich lebhaftes Gespräch über Steuerung, Licht, klare Anweisungen und die Notwendigkeit zu führen, alle drei Dinge in einem ausreichenden Maß zur Verfügung zu stellen.

Stimmen murmelten auf der Ladefläche, untermalt vom Weinen der Kinder. Mehrere Passagiere waren durch die heftigen Erschütterungen hin und her geworfen worden und hatten dadurch leichte Verletzungen erlitten. Oma Morkie schiente gerade das gebrochene Bein eines Noms: Eine Kiste war auf ihn herabgefallen, als der Laster gegen die Mauer stieß.

»Bei unserer letzten Reise ging's nicht ganz so ungemütlich zu«, kommentierte sie und verknotete den Verband. »Warum haben wir angehalten?«

»Um einige Dinge zu klären«, sagte Masklin und versuchte, fröhlicher zu klingen, als er sich fühlte. »Wir fahren bald weiter. Wenigstens wissen jetzt alle, was sie zu erwarten haben.« Er blickte durch den langen dunklen Laderaum, und Neugier erfaßte ihn.

»Ich sehe mich draußen um, während wir hier warten«, fügte er hinzu.

Grimma sah ihn groß an. »Warum denn?«

»Nur so«, antwortete Masklin unsicher. »Um festzustellen, wie's draußen aussieht.« Er wandte sich an Gurder. »Möchtest du mitkommen?«

»Was?« entfuhr es dem neuen Abt entsetzt. »Ich? Nach draußen?«

»Früher oder später mußt du den Laster ohnehin verlassen. Warum nicht jetzt?«

Gurder zögerte, zuckte dann mit den Schultern.

»Können wir das Kaufhaus« — er leckte sich die Lippen — »von *außen* sehen?«

»Vielleicht — wir sind noch nicht sehr weit gefahren«, entgegnete Masklin möglichst diplomatisch.

Einige Wichte halfen ihnen über die Ladeklappe des Lastwagens, und sie sprangen auf etwas hinab, das Gurder vermutlich als Fußboden bezeichnet hätte. Der Asphalt war feucht, und Dunstschwaden zogen langsam dahin. Masklin atmete mehrmals tief durch. Dies war das Draußen, kein Zweifel. Richtige Luft, frisch und kühl. Sie roch nicht so, als sei sie bereits von zweitausend Nomen verbraucht worden.

»Der Sprinkler hat sich eingeschaltet«, sagte Gurder.

»Der was?«

»Der Sprinkler. Kleine Düsen in der Decke. Sie versprühen Wasser, wenn ...« Gurder unterbrach sich und sah nach oben. »Ach du meine Güte ...«

»Du meinst sicher den Regen«, vermutete Masklin.

»Meine Güte, meine Güte.«

»Es ist nur Wasser, das vom Himmel herabfällt«, erklärte Masklin. Und da das nicht zu genügen schien, fügte er hinzu: »Es ist naß, und man kann es trinken. Regen. Man braucht gar keinen spitzen Kopf. Es fließt trotzdem ab.«

»Meine Güte ...«

»Fühlst du dich nicht gut?«

Gurder zitterte. »Hier gibt es keine Decke!« stöhnte er. »Und alles ist so groß!«

Masklin klopfte ihm auf die Schulter.

»Für dich ist das natürlich neu«, sagte er. »Mach dir keine Sorgen, wenn du etwas nicht verstehst.«

»Du verspottest mich!« klagte der Abt.

»Nein, eigentlich nicht. Ich weiß genau, wie man sich fühlt, wenn man Angst hat.«

Gurder straffte die Gestalt. »Angst? Ich? Unsinn! Es ist alles in Ordnung mit mir. Ich bin nur ein wenig, äh, überrascht. Weil ich nicht damit gerechnet habe, daß hier alles so, äh, so, so *draußen* ist. Inzwischen konnte ich mich daran gewöhnen, und jetzt geht es mir schon viel besser. Tja. So sieht es also aus, das Draußen.« Er drehte das letzte Wort im Mund hin und her, wie ein seltsam schmeckendes Bonbon. »Ziemlich, äh, groß. Ist das alles, oder gibt es noch mehr davon?«

»Noch viel mehr«, antwortete Masklin. »In meiner alten Heimat reichte das Draußen vom einen Rand der Welt bis zum anderen.«

»Oh«, murmelte Gurder. »Nun, ich glaube, dieses Draußen genügt mir vorerst. Ja.«

Der Jäger drehte sich um und faßte den Lastwagen ins Auge. Er war in der Gasse fast festgekeilt, und

Müll umgab ihn. Im einen Ende zeigte sich eine große Beule.

Jenseits des Gassenzugangs schimmerten Straßenlaternen im Nieselregen. Ein Auto sauste mit blitzendem blauen Blinklicht vorbei. Es sang — anders ließ es sich nicht beschreiben.

»Sonderbar«, sagte Gurder.

»So etwas haben wir auch zu Hause gehört, manchmal«, meinte Masklin. Es war eine sehr angenehme Abwechselung, selbst über Dinge Bescheid zu wissen und sie zu erklären. »Gelegentlich erklangen diese Melodien von der Autobahn: Ta-tü, Ta-tü, TA-TÜ, TA-TÜ, ta-tü. Wahrscheinlich werden Menschen damit aufgefordert, Platz zu schaffen und nicht im Weg zu sein.«

Sie schritten am Rinnstein entlang, erreichten die Ekke und spähten über den Bordstein, als ein weiterer singender Wagen vorbeiraste.

»Oh, günstige Angebote in Hülle und Fülle!« Gurder preßte sich die Hand auf den Mund.

Das Kaufhaus brannte.

Flammen loderten aus einigen der oberen Fenster, wie im Wind wehende Gardinen. Eine Rauchwolke stieg vom Dach auf und bildete eine dunkle Säule vor dem Regenhimmel.

Der letzte Schlußverkauf fand statt. Das Kaufhaus bot nun eine besondere Auswahl an Funken und Glut an, für jeden Geldbeutel geeignet.

Menschen eilten vor dem Kaufhaus hin und her. Zwei rote Lastwagen mit Leitern darauf parkten am Straßenrand. Schläuche gingen davon aus und spritzten offenbar Wasser ins Gebäude.

Masklin musterte Gurder und fragte sich, was der Abt wohl gerade dachte. Er nahm alles erstaunlich gefaßt hin, doch als er sprach, klang seine Stimme gepreßt, und er schien sich große Mühe zu geben, die Selbstbeherrschung zu wahren.

»So — habe ich mir das nicht vorgestellt«, krächzte er.

»Nein«, sagte Masklin.

»Wir — wir sind gerade noch rechtzeitig aus dem Kaufhaus entkommen.«

»Ja.«

Gurder hüstelte. Er erweckte den Eindruck, lange mit sich gerungen zu haben und nun eine Entscheidung zu treffen. »Was wir Arnold Bros (gegr. 1905) verdanken«, sagte er fest.

»Bitte?«

Gurder drehte den Kopf. »Wenn er dich nicht ins Kaufhaus gerufen hätte, wären wir noch immer dort.« Bei jedem Wort klang er zuversichtlicher.

»Aber ...« Masklin zögerte. Das ergab doch gar keinen Sinn. Wenn sie nicht beschlossen hätten, mit einem Lastwagen ins Draußen zu fahren, wäre nie ein Feuer ausgebrochen. Oder? Zweifel keimten in ihm. *Vielleicht ist ein Feuerkübel undicht geworden,* dachte er und hielt es für besser, dem jungen Abt nicht zu widersprechen. Gewisse Leute mochten es nicht, wenn man gewisse Dinge in Frage stellte. Masklin fand das alles sehr seltsam.

»Komisch, daß er euer Kaufhaus brennen läßt«, sagte der Jäger schlicht.

»Normalerweise bestünde gar keine Gefahr«, entgegnete Gurder. »Wegen der Sprinkleranlage. Außerdem gibt es spezielle Vorrichtungen, die dafür sorgen, daß ein Feuer nach draußen gelangt und niemanden bedroht. Sie heißen Feuertüren. Arnold Bros (gegr. 1905) läßt das Kaufhaus abbrennen, weil wir es jetzt nicht mehr brauchen.«

Es krachte, als die oberste Etage einstürzte.

»Das Ende der Buchhaltung«, stellte Masklin fest. »Ich hoffe, die Menschen sind jetzt nicht mehr dort drin.«

»Wer?«

»Du weißt schon. Wir haben ihre Namen an den Türen gelesen. Löhne. Und Gehälter. Personal. Geschäftsführer.«

»Ich bin sicher, Arnold Bros (gegr. 1905) hat sie in Sicherheit gebracht«, behauptete Gurder.

Masklin hob kurz die Schultern. Und dann sah er eine Gestalt, deren Silhouette sich vor den Flammen abzeichnete. *Bombenpreise.* Die Mütze bot einen unmißverständlichen Hinweis. Er hielt eine Taschenlampe in der Hand und unterhielt sich mit anderen Menschen. Als er sich halb umdrehte, blickte Masklin in sein Gesicht. Er schien sehr zornig zu sein.

Und er wirkte sehr menschlich. Ohne das *grauenhafte* Licht und die nächtlichen Schatten im Kaufhaus entpuppte sich *Bombenpreise* als gewöhnlicher Mensch.

Andererseits ...

Nein, es war zu kompliziert. Und außerdem gab es wichtigere Dinge.

»Komm«, sagte Masklin. »Kehren wir zurück. Ich glaube, wir sollten so schnell wie möglich so weit wie möglich fahren.«

»Ich werde Arnold Bros (gegr. 1905) bitten, uns den Weg zu weisen«, versprach Gurder.

»Ja.« Masklin nickte. »Gute Idee. Warum auch nicht. Aber jetzt müssen wir uns beeil ...«

»Sein Schild verkündet: *Wenn Sie nicht finden, was Sie suchen, so wenden Sie sich an die Auskunft.*«

Masklin ergriff den Abt am Arm. *Jeder braucht etwas,* dachte er. *Und man kann nie wissen.*

»Ich ziehe an diesem Strick«, sagte Angalo und deutete auf den Faden über seiner Schulter — er verschwand in den Tiefen des Führerhauses. »Dann weiß der Anführer der Lenkrad-nach-links-Gruppe, daß er nach links steuern soll. Weil das Seil an seinem Arm festgebunden ist. Der andere Strick führt zur Rechts-Mannschaft. Auf diese Weise benötigen wir nicht mehr so viele Signale, und Dorcas kann sich auf die Gänge und so konzentrieren. Und aufs Bremsen. Es muß auch möglich sein, ohne die Hilfe einer Mauer anzuhalten.«

»Was ist mit Licht?« fragte Masklin. Angalo strahlte.

»Signal fürs Licht«, wandte er sich an den Nom mit den Flaggen. »Wir haben Fäden an den Schaltern befestigt und ...«

Etwas klickte, und ein langer Metallarm glitt über die Windschutzscheibe, strich Regentropfen fort. Sie beobachteten ihn eine Zeitlang.

»Er *beleuchtet* nicht sehr viel, oder?« meinte Grimma.

»Falscher Schalter«, entschuldigte sich Angalo. »Signalgeber: Der Wischer soll eingeschaltet bleiben, und außerdem möchten wir *Licht.*«

Unten zankten sich mehrere Wichte, und dann klickte es noch einmal. Unmittelbar darauf erklang die dumpfe Stimme eines Menschen im Führerhaus.

»Keine Sorge, es ist nur das Radio«, sagte Angalo. »Aber eben nicht das *Licht*. Dorcas sollte es eigentlich wissen.«

»Ich kenne Radios«, erwiderte Gurder. »Du brauchst mir nicht zu erklären, was ein Radio ist.«

»*Ich* hätte nichts gegen eine Erklärung einzuwenden«, ließ sich Masklin vernehmen, der keine Ahnung hatte, was Radios darstellten.

»Neunundzwanzig fünfundneunzig, Batterien nicht inbegriffen«, sagte Gurder. »Mit UKW und MW und eingebautem Kassettenrecorder. Einmaliges Angebot. Sofort zugreifen.«

»Ukahweh und Emweh?« wiederholte Masklin.

»Ja.«

Die Menschenstimme dröhnte auch weiterhin aus dem Radio.

»*... größtes Feuer in der Geschichte dieser Stadt. Es wurde auch die Feuerwehr von Newton alarmiert. Unterdessen sucht die Polizei nach einem Lastwagen des Kaufhauses, der das Gebäude kurz vor dem Brand verließ ...*«

»Das Licht, das *Licht*. Der dritte Schalter.« Angalo gestikulierte. Einige Sekunden später gleißte ein weißer Glanz durch die Gasse vor dem Laster.

»Eigentlich müßten zwei Lampen leuchten«, sagte Angalo. »Aber eine zerbrach, als wir das Kaufhaus verließen. Na schön, sind wir jetzt soweit?«

»Wer das gesuchte Fahrzeug sieht, sollte sofort die Polizei von Grimethorpe verständigen ...«

»Und schaltet das Radio aus«, fügte Angalo hinzu. »Das Brummen geht mir auf die Nerven.«

»Schade, daß wir es nicht verstehen«, meinte Masklin. »Ich bin sicher, die Menschen sind recht intelligent. Leider bleibt ihre Sprache reines Kauderwelsch für uns.«

Er nickte Angalo zu. »Also los!«

Diesmal klappte es besser. Der Lastwagen kratzte nur kurz an der Mauer entlang, löste sich dann von ihr, rollte langsam durch die schmale Gasse und näherte sich den fernen Lichtern an ihrem Ende. Als die Wände rechts und links zurückwichen, ordnete Angalo ein Bremsmanöver an, und der Laster hielt mit einem nur leichten Ruck.

»Wohin jetzt?« fragte der Sohn des Herzogs. Masklin schwieg.

Gurder blätterte im Taschenkalender. »Kommt ganz darauf an, wohin wir wollen. Haltet nach Schildern Ausschau, auf denen Afrika steht. Oder vielleicht Kanada.«

»Dort vorn sehe ich ein Schild.« Angalo starrte durch den Regen. »›Stadtmitte‹ lautet seine Botschaft. Und daneben erkenne ich einen Pfeil mit der Aufschrift ...« Er kniff die Augen zusammen. »Einbann ...«

»Einbahnstraße«, murmelte Grimma.

»Stadtmitte klingt nicht sehr vielversprechend«, sagte Masklin.

»Außerdem fehlt ein derartiger Hinweis auf der Karte«, erwiderte Gurder.

»Also die andere Richtung.« Angalo zog an einem Faden.

»Ich bin nicht so sicher, was Einbahnstraßen betrifft«, gab Masklin zu bedenken. »Vielleicht sollte man nur in einer Richtung in ihnen unterwegs sein.«

»Das sind wir auch«, entgegnete Angalo. »Außerdem: Wie soll man denn in zwei Richtungen *gleichzeitig* fahren?«

Der Lastwagen rollte aus der Nebenstraße, holperte über den Bürgersteig und setzte die Fahrt über glatten Asphalt fort.

»Und jetzt der zweite Gang«, sagte Angalo. »Und etwas mehr Schneller-Pedal.« Ein Auto wich dem Laster langsam aus, und für die Nomen klang seine Hupe wie das ferne Klagen eines Nebelhorns.

»Solche Fahrer dürften eigentlich gar nicht auf der Straße erlaubt sein«, meinte Angalo. Ein Pochen folgte, und die Reste einer Laterne fielen zur Seite. »Irgendwer hat hier irgendwelche Sachen aufgestellt.«

»Denk daran, daß man auf andere Verkehrsteilnehmer Rücksicht nehmen muß«, erinnerte Masklin den Sohn des Herzogs.

»Ich hab's nicht vergessen. Bisher sind wir gegen kein Auto gestoßen, oder?« Angalo horchte kurz. »Was war das?«

»Einige Büsche, glaube ich«, antwortete Masklin.

»Ich frage mich, wer sie mitten auf der Straße angepflanzt hat.«

»Wenn ich mich nicht sehr irre, befindet sich die Straße etwas weiter rechts«, sagte Gurder.

»Und sie kriecht hin und her, bleibt nie an einem Ort«, grummelte Angalo verdrießlich. Er zog behutsam am Rechts-Faden.

Es war fast Mitternacht, und nach dem Einbruch der Dunkelheit ging es in dem Ort Grimethorpe eher ruhig zu. Es gab keine Autos, die mit dem Laster zusammenstoßen konnten, als er aus dem Alderman Surley Way donnerte und durch die John Lennon Avenue raste — ein großer zerbeulter Blechberg, der im Licht der Neonlampen feucht glänzte. Inzwischen regnete es nicht mehr, doch Nebelschwaden krochen über die breite Straße.

Es war eine fast friedliche Szene.

»Und jetzt der dritte Gang«, sagte Angalo. »Noch etwas schneller. He, was hat es mit dem Schild dort vorn auf sich?«

Grimma und Masklin reckten den Hals und blickten durch die Windschutzscheibe.

»Sieht nach ›Achtung, Straßenbauarbeiten‹ aus.« Grimmas Stimme klang verwirrt.

»Hört sich gut an. Ihr da unten — noch mehr Schneller-Pedal.«

»Ja, aber ...«, begann Masklin. »Was *bedeutet* ›Straßenbauarbeiten‹? Wird an der Straße gebaut? Und warum? Es ist doch alles in Ordnung mit ihr.«

»Vielleicht weist das Schild darauf hin, daß man die vielen Hindernisse entfernt, die Kanten am Rand und Laternen und Sträucher«, überlegte Angalo laut. »Vielleicht ...«

Masklin beugte sich übers Geländer.

»Halt!« rief er. »Jede Menge Halt! Und noch viel mehr Halt!«

Die Brems-Gruppe sah erstaunt nach oben, kam der Aufforderung jedoch nach. Reifen quietschten. Stürzende Wichte schrien. Vorn klapperte, knirschte und rasselte es, als der Lastwagen durch Barrieren aus Schranken und Kegeln brach.

»Ich hoffe, dafür gibt es einen guten Grund«, knurrte Angalo, als sie schließlich hielten.

»Mir tut das *Knie* weh«, jammerte Gurder.

»Die Straße ist zu Ende«, sagte Masklin schlicht.

»Unsinn«, schnappte Angalo. »Die Straße kann überhaupt nicht zu Ende sein. Der Laster steht drauf, oder?«

»Sieh nach unten«, hauchte Masklin. »Sieh einfach nur nach unten.«

Angalo spähte zur Straße. Eine ihrer interessantesten Eigenschaften bestand darin, daß sie gar nicht existierte. Nach einer Weile wandte sich der Sohn des Herzogs an den Signalgeber.

»Können wir bitte ein wenig rückwärts bekommen?« fragte er leise.

»Ein *bisch'n?*« vergewisserte sich der Nom mit den Flaggen.

»Oder auch ein bißchen«, fügte Angalo hinzu.

Grimma starrte ebenfalls auf das Loch in der Straße. Es war groß. Es war tief. Und es enthielt einige Rohre.

»Manchmal glaube ich, daß Menschen gar nicht wissen, wie man richtig mit der Sprache umgeht«, kommentierte sie.

Grimma blätterte in der *Straßenverkehrsordnung,* als der Lastwagen langsam von dem Loch zurückwich, mehrere Dinge unter sich zermalmte, übers Gras rollte und hinter der Baustelle auf die Straße zurückkehrte.

»Es wird Zeit, vernünftig zu sein«, sagte die junge Nomin. »Ganz offensichtlich darf man den Mitteilungen der Schilder nicht bedingungslos vertrauen. Fahr langsam!«

»Mich trifft nicht die geringste Schild«, erwiderte Angalo mürrisch. »Was kann ich dafür, daß die Schilder lügen?«

»Noch ein Grund mehr, um langsam zu fahren.«

Schweigend beobachteten sie die dahingleitende Straße.

Schließlich erschien ein weiteres Schild.

»Kreisverkehr«, sagte Angalo. »Und das Bild eines Kreises. Nun, hat jemand eine Idee?«

Grimma blätterte wieder einmal in der *Straßenverkehrsordnung.*

»Vielleicht ist ein Karussell gemeint«, spekulierte Gurder. »Wenn euch das was nützt — ich hab mal eins gesehen. In einem Buch namens *Wir gehen zum Jahrmarkt.* Karussells sind groß und glänzen, und goldene Dinge hängen dran, und Pferde drehen sich darauf ...«

»Nein, es muß etwas anderes gemeint sein.« Grimma blätterte und blätterte mit wachsender Verzweiflung. »Ich bin sicher, hier drin steht irgendwo etwas über Kreisverkehr. Oder Karussells ...«

»Goldene Dinge, wie?« schnaufte Angalo. »Sind bestimmt nicht zu übersehen.« Er warf Grimma einen kurzen Blick zu. »Ich glaube, wir könnten es jetzt mit dem dritten Gang versuchen.«

»In Ordnung, Herr Angalo, Boß«, bestätigte der Signalgeber.

Masklin starrte in die Nacht. »Nirgends eine Spur von goldenen Pferden. Nun, ich weiß nicht, ob ...«

»Und es erklingt fröhliche Musik«, sagte Gurder, glücklich darüber, einen Beitrag zu leisten.

»Ich höre auch keine Musi ...«, begann Masklin.

Dafür hörte er etwas anderes: das lange dröhnende Hupen eines Autos. Die Straße endete an einem Hügel mit Büschen. Der Lastwagen donnerte den Hang hinauf, und für einen Sekundenbruchteil verloren alle vier Räder den Bodenkontakt. Dann fiel er wieder auf den Asphalt zurück, wo eine neue Straße begann. Er schlingerte und schaukelte, rollte einige Meter weit und hielt. Wieder herrschte Stille im Führerhaus. Bis jemand stöhnte.

Masklin kroch zum Rand der Plattform und blickte in das entsetzte Gesicht Gurders, der über dem tiefen Abgrund hing.

»Was ist passiert?« ächzte er.

Masklin zog ihn auf die Holzplanken und klopfte ihm Staub von der Kleidung.

»Ich glaube, die Schilder meinen zwar, was sie sagen, aber sie sagen nicht immer, was sie meinen.«

Grimma schob sich unter der *Straßenverkehrsordnung* hervor. Angalo befreite sich von einigen verhedderten Stricken und blickte in das wütende Gesicht der jungen Noms.

»Du bist ein Idiot!« zischte sie. »Und total übergeschnappt! Und ein verrückter Raser! Warum hast du nicht auf mich *gehört?*«

»So kannst du nicht mit mir reden«, protestierte Angalo und wich zurück. »Gurder, sag ihr, daß sie so nicht mit mir reden kann!«

Der Abt saß am Rand der Plattform und zitterte.

»Von mir aus soll sie dich nennen, wie sie will. Nur zu, junge Dame!«

Angalo schnitt eine finstere Miene. »*Wart* mal! *Du* hast von goldenen Pferden erzählt! *Ich* habe keine goldenen Pferde gesehen. Sind irgend jemandem goldene Pferde aufgefallen? Er hat mich verwirrt, als er goldene Pferde erwähnte ...«

Gurder richtete den Zeigefinger auf ihn. »Komm mir nicht mit ›er‹ und so weiter!«

»Und wag *du* es nicht noch einmal, mich in einem solchen Tonfall ›junge Dame‹ zu nennen!« keifte Grimma.

Unten erklang Dorcas' Stimme.

»Ich möchte euch nicht stören«, sagte er, »aber hier gibt es einige Leute, die sehr sauer werden, wenn so etwas noch einmal geschieht. Habe ich mich klar genug ausgedrückt?«

»Nur ein geringfügiges Problem beim Steuern!« rief Masklin heiter. Er wandte sich an die anderen.

»Sperrt die Ohren auf!« fuhr er gefährlich leise fort. »Mit den ständigen Auseinandersetzungen muß endlich Schluß sein. Dauernd zanken wir uns, wenn ein Problem auftaucht. Das ist *dumm.*«

Angalo schniefte. »Es war alles in bester Ordnung, bis er ...«

»Sei still!«

Die Nomen starrten Masklin groß an. Er bebte vor Zorn.

»Ich habe genug von euch allen!« schimpfte er. »Ich schäme mich, wenn ich euer Verhalten beobachte! Bisher ist es so gut gelaufen! Ich habe nicht eine Ewigkeit damit verbracht, Vorbereitungen zu treffen und dies zu ermöglichen, nur damit ein — ein *Steuerungskomitee* alles ruiniert! Reißt euch zusammen, damit wir die Fahrt fortsetzen können! Wir haben zweitausend Nomen an Bord, und sie verlassen sich auf euch! Verstanden?«

Sie wechselten betroffene Blicke und erhoben sich verlegen. Angalo griff nach den Steuerfäden. Der Signalgeber hob die Flaggen auf.

»Ähem«, sagte der Sohn des Herzogs schüchtern, »ich glaube ... Ja, ich glaube, ein bißchen erster Gang wäre jetzt angebracht, falls niemand etwas dagegen hat.«

»Gute Idee«, pflichtete ihm Gurder bei. »Fahr los!«

»Aber ganz vorsichtig«, mahnte Grimma. »Und langsam.«

»Danke«, erwiderte Angalo höflich. »Bist du einverstanden, Masklin?«

»Hm? Ja. Gut. Fahren wir weiter.«

Wenigstens gab es hier keine Gebäude mehr. Der Lastwagen schnurrte über die leere Straße, und der eine Scheinwerfer glühte durch den Dunst. Ab und zu kam ein Auto auf der anderen Straßenseite vorbei.

Masklin wußte, daß sie bald nach einer neuen Heimat für die Wichte suchen mußten. Er dachte dabei an einen Ort, der Schutz gewährte, abseits der Menschen: *Aber nicht zu weit von ihnen entfernt, da wir bestimmt noch viele Dinge brauchen.* Vielleicht waren sie jetzt nach Norden unterwegs; wenn das tatsächlich der Fall sein sollte, so verdankten sie es nur dem Zufall.

Nach einer Weile hob Masklin den Kopf — er war müde und verärgert, weilte mit den Gedanken ganz woanders — und sah ...

Bombenpreise.

Es konnte kein Zweifel daran bestehen. Der Mensch stand mitten auf der Straße und winkte mit seiner Taschenlampe. Neben ihm parkte ein Wagen, und darauf blinkte ein blaues Licht.

Die anderen Wichte bemerkten ihn ebenfalls.

»Bombenpreise!« stöhnte Gurder. »Direkt vor uns!«

»Schneller!« rief Angalo grimmig.

»Was hast du vor?« fragte Masklin.

»Gleich wird sich herausstellen, ob er mit seiner Taschenlampe etwas gegen einen Lastwagen ausrichten kann«, brummte der Sohn des Herzogs.

»Ausgeschlossen! Man darf keine Leute überfahren. Die *Straßenverkehrsordnung* verbietet es.«

»Bombenpreise ist *Bombenpreise!«* erwiderte Angalo scharf. »Er gehört nicht zu den Leuten!«

»Er hat recht«, stimmte ihm Grimma zu. »Wir dürfen uns auf keinen Fall von ihm aufhalten lassen!«

Masklin griff nach den Steuerfäden und zog an einem. Der Laster schleuderte, *Bombenpreise* ließ die Lampe fallen und sprang erstaunlich schnell ins Gebüsch. Es knallte laut, als der hintere Teil des Lastwagens gegen das Auto stieß. Dann hielt Angalo wieder die Fäden in der Hand und steuerte mehr oder weniger geradeaus.

»Das war nicht nötig«, knurrte er gereizt. »Es gibt wohl kaum etwas daran auszusetzen, *Bombenpreise* zu überfahren. Was meinst du, Gurder?«

»Nun, äh.« Gurder bedachte Masklin mit einem verlegenen Blick. »Ich bin nicht sicher, ob wirklich *er* auf der Straße stand. Er trug dunklere Kleidung. Und dann der Wagen mit dem blinkenden Licht ...«

»Ja, aber er hatte die Mütze auf und leuchtete mit der grauenhaften Lampe!«

Der Laster rumpelte an eine Böschung, riß dicke Erdbrocken aus dem Boden und wackelte wieder auf die Straße.

»Wie dem auch sei ...«, sagte Angalo zufrieden. »Das alles spielt jetzt keine Rolle mehr. Wir haben Arnold Bros (gegr. 1905) im Kaufhaus zurückgelassen. Hier im Draußen brauchen wir den religiösen Kram nicht mehr.«

Es war ziemlich laut im Führerhaus, aber diese Worte schufen eine seltsame Stille.

»Es stimmt«, verteidigte Angalo seinen Standpunkt. »Dorcas ist der gleichen Ansicht. Und auch viele der jüngeren Wichte.«

»Ach, tatsächlich?« Gurder musterte den Steuerer streng. »*Ich* bin der Meinung: Wenn Arnold Bros (gegr. 1905) jemals irgendwo war, dann ist er überall.«

»Was soll das heißen?«

»Ich weiß es nicht genau. Muß erst noch gründlicher darüber nachdenken.«

Angalo schnaubte. »Na schön, denk gründlich nach. Aber ich glaube nicht mehr daran. Es ist alles Unfug. Falls ich mich irre, so erwarte ich eure Strafe, günstige Angebote in Hülle und Fülle«, fügte er hinzu.

Irgendwo blinkte blaues Licht. Es gab Spiegel über den beiden vorderen Rädern des Lastwagens: Einer von ihnen war zerbrochen und der andere verbogen, aber sie funktionierten noch immer, zumindest in gewisser Weise. Das Licht schimmerte hinter dem Laster.

»Wer auch immer es sein mag — er verfolgt uns«, sagte Masklin leise.

»Und ich höre das *Ta-tü*-Singen«, meinte Gurder.

Der Jäger überlegte. »Ich glaube, es wäre eine gute Idee, die Straße zu verlassen.«

Angalo blickte von einer Seite zur anderen.

»Zu viele Hecken«, brummte er.

»Nein, ich meine, wir sollten besser die Straße wechseln. Läßt sich das bewerkstelligen?«

»Zehn-vier. Kein Problem. He, der Typ will überholen! Was für eine Frechheit! Ha!« Der Lastwagen schwenkte hin und her.

»Könnten wir doch nur die Fenster öffnen!« fuhr der Sohn des Herzogs fort. »Einer der Fahrer, die ich beobachtet habe ... Wenn hinter ihm jemand hupte, streckte er die Hand nach draußen, winkte und rief etwas. Ich glaube, das ist die richtige Verhaltensweise.« Er hob den Arm und donnerte: »*Woraufwartestdunochblödmann!*«

»Wie dem auch sei ...«, sagte Masklin. »Such uns eine andere Straße. Eine schmale. Ich bin gleich wieder da.«

Er kletterte die Strickleiter zu Dorcas und seinen Leuten hinunter. Derzeit beschränkte sich ihre Tätigkeit darauf, ab und zu an den Seilen zu ziehen, die das Lenkrad drehten, und die Beschleunigungsgruppe übte einen gleichmäßigen Druck auf das Schneller-Pedal aus. Viele Wichte hatten Platz genommen und versuchten sich zu entspannen. Einige fröhliche Hurrarufe erklangen, als sich Masklin zu ihnen gesellte.

Dorcas saß allein und kritzelte etwas auf einen Zettel.

»Oh, du bist's!« sagte er. »Klappt jetzt alles? Gibt es keine Dinge mehr, gegen die wir stoßen können?«

»Wir werden verfolgt«, erklärte Masklin. »Von jemandem, der möchte, daß wir anhalten.«

»Ein anderer Lastwagen?«

»Ein Auto, glaube ich. Mit Menschen drin.«

Dorcas kratzte sich am Kinn.

»Welche Art von Hilfe erhoffst du dir?«

»Als wir nicht wollten, daß der Laster die Garage verließ ...«, begann Masklin. »Mit bestimmten Werkzeugen gelang es dir, Drähte durchzuschneiden.«

»Zangen. Und?«

»Hast du sie noch?«

»O ja. Aber es sind zwei Nomen erforderlich, um sie zu benutzen.«

»Dann brauche ich einen Helfer.« Masklin erläuterte seinen Plan.

Der alte Erfinder musterte ihn mit kaum verhohlener Bewunderung und schüttelte dann den Kopf.

»Unmöglich«, erwiderte er. »Die Zeit genügt nicht. Trotzdem: eine gute Idee.«

»Aber wir sind viel schneller als Menschen! Wir

könnten es schaffen und wieder im Lastwagen sein, bevor sie etwas merken!«

»Hm.« Dorcas lächelte skeptisch. »Und du willst an diesem Einsatz selbst teilnehmen?«

»Ja. Nomen, die sich bisher nie ins Draußen gewagt haben, sind vielleicht, äh, überfordert.«

Der Erfinder stand auf und gähnte. »Nun, ich würde gern mal die ›frische Luft‹ ausprobieren. Soll sehr gut sein.«

Man stelle sich Beobachter vor, die hinter den Sträuchern neben der nebelumhüllten Landstraße hocken: Sie sehen einen Lastwagen, der sich mit ziemlich hoher Geschwindigkeit nähert.

Vielleicht denken sie: Dies ist ein sehr ungewöhnliches Fahrzeug. Es hat viele Dinge verloren, die eigentlich dazugehören, zum Beispiel einen Scheinwerfer, eine Stoßstange, den größten Teil des Lacks an der einen Seite. Dafür hat es jetzt *andere* Dinge, die man eigentlich nicht an einem Laster erwartet: Büsche und mehr Dellen als ein Stück Wellblech.

Möglicherweise wundern sie sich darüber, warum am einen Türgriff ein Schild mit der Aufschrift ›Achtung, Straßenbauarbeiten‹ hängt.

Bestimmt fragen sie sich, weshalb das sonderbare Gefährt jetzt allmählich langsamer wird und stehenbleibt.

Der Streifenwagen hielt auf eine eindrucksvollere Weise: Reifen quietschten; am Straßenrand wirbelten die blockierten Räder Kies und Sand auf. Zwei Polizisten fielen fast aus dem Auto, rannten zum Laster und rissen die Türen auf.

Wenn die Beobachter in der Lage gewesen wären, die menschliche Sprache zu verstehen, so hätten sie erst folgendes gehört: *Na, schön, Bürschchen, das wär's für heute abend.* Und dann: *He, wo steckt der Kerl? Ich sehe hier nur jede Menge Fäden!* Und der zweite Mann antwortete: *Bestimmt ist er auf der anderen Seite rausgeklettert, um sich aus dem Staub zu machen.*

Und während dies geschah und während sich die Polizisten im Bereich der Sträucher umsahen, mit ihren Taschenlampen unschlüssig in den Nebel leuchteten ... Zwei winzige Gestalten lösten sich aus den Schatten am Heck des Lasters und eilten zum Streifenwagen. Sie bewegten sich sehr schnell, wie Mäuse. Und ihre Stimmen klangen wie leises Quieken.

Sie trugen eine Zange.

Einige Sekunden später liefen sie zurück und verschwanden wieder unter dem Lastwagen, der kurz darauf losrollte.

Die Polizisten drehten sich überrascht um und hasteten zu ihrem Auto.

Doch der Motor blieb stumm. Statt dessen hörte man nur das Surren des Anlassers in der nebligen Nacht.

Nach einer Weile stieg einer der beiden Männer aus und hob die Kühlerhaube.

Als sich die Konturen des Lasters im Dunst verloren, als das Glühen des einen Rücklichts verblaßte, tastete der Polizist unter den Wagen und griff nach einigen durchgeschnittenen Drähten.

Dies alles hätten die Beobachter gesehen. Aber es waren nur zwei Kühe zugegen, und sie verstanden überhaupt nichts.

Vielleicht ist die Geschichte hier fast zu Ende.

Einige Tage später fand man den Lastwagen in einem Straßengraben außerhalb des Ortes. Seltsam: Die Batterie sowie alle Drähte, Glühbirnen und Schalter fehlten. Ebenso das Radio.

Das Führerhaus war voller Fäden.

❖ 14 ❖

XV. Und die Nomen sprachen: Hier ist unsere neue Heimat, für immer und ewig.

XVI. Und der Draußenler schwieg.

Aus dem *Buch der Nomen*, Ausgänge, Kapitel 4, Verse XV—XVI

Es handelte sich um einen alten Steinbruch. Die Nomen wußten das, weil am Tor ein rostiges Schild hing: *Steinbruch, Gefahr. Zutritt verboten.*

Sie fanden ihn nach einem langen und verzweifelten Marsch über die Felder. Durch reinen Zufall, behauptete Angalo. Mit Arnold Bros' (gegr. 1905) Hilfe, versicherte Gurder.

Es spielt keine Rolle, wie sie sich dort niederließen, die alten verfallenen Gebäude fanden, Höhlen und Felshaufen erforschten, Ratten verscheuchten. Das war nicht weiter schwer. Als weitaus schwieriger erwies es sich, die älteren Nomen dazu zu bewegen, nach draußen zu gehen. Oma Morkie trug erheblich zu einer Lösung dieses Problems bei, indem sie vor einer der Höhlen auf und ab stapfte, sich mutig der schrecklichen ›frischen Luft‹ aussetzte.

Hinzu kam: Die aus dem Kaufhaus mitgenommenen Nahrungsvorräte reichten nicht für immer. Die Nomen hungerten — und erinnerten sich bald an die Kaninchen auf den Feldern. Und ans Gemüse. Es war nicht so rein und sauber, wie es nach dem Willen von Arnold Bros (gegr. 1905) eigentlich sein sollte, steckte vielmehr schmutzig im Boden. Viele Klagen darüber wurden laut. Die Maulwurfshaufen auf dem nächsten Feld stellten nur das Ergebnis des ersten experimentellen Kartoffelbergwerks dar ...

Nach einigen recht unangenehmen Erlebnissen lernten Füchse, sich von den Nomen fernzuhalten.

Und dann entdeckte Dorcas Elektrizität, die noch immer in Drähten wohnte — sie führten zu einem Kasten in einer der verlassenen Hütten. An sie heranzugelangen und gleichzeitig am Leben zu bleiben, erforderte ebenso gründliche Planung wie die Große Fahrt; man verwendete dabei Besenstiele und Gummihandschuhe.

Masklin überlegte lange und schob das Ding schließlich in die Nähe eines elektrischen Drahts. Einige Lichter flackerten daran, doch es schwieg auch weiterhin. Er glaubte, daß es zuhörte. Er *hörte,* wie es lauschte.

Nach einer Weile nahm er es fort und verstaute es in einem Mauerspalt. Aus irgendeinem Grund hielt er noch nicht den Zeitpunkt für gekommen, das *Ding* um Hilfe zu bitten. *Je länger wir darauf verzichten, desto mehr Gelegenheit haben wir, unseren eigenen Verstand zu benutzen,* dachte er und fand Gefallen an der Vorstellung, es später zu wecken und zu sagen: »Sieh nur, das alles haben wir allein fertiggebracht.«

Gurder hatte bereits herausgefunden, daß sie sich vermutlich irgendwo in China befanden.

Aus dem Winter wurde Frühling, und der Frühling ging in den Sommer über ...

Aber es war noch nicht vorbei, ahnte Masklin.

Er saß auf den Felsen oberhalb des Steinbruchs und hielt Wache. Es hielt immer jemand Wache, für alle Fälle. Eine von Dorcas' Erfindungen — ein Schalter, verbunden mit einem Draht, durch den Elektrizität zu einer Glühbirne unter den Schuppen wanderte — lag versteckt unter einem Stein. Der alte Wicht hatte ein Radio in Aussicht gestellt, früher oder später. Wahrscheinlich früher, denn inzwischen gingen bei ihm viele Schüler in die Lehre. Sie verbrachten viel Zeit in einer der Hütten, hantierten dort mit Drähten und wirkten sehr ernst.

Der Wachdienst erfreute sich großer Beliebtheit, zumindest an sonnigen Tagen.

Eine neue Heimat. Die Nomen richteten sich häuslich ein, streiften umher, planten und begannen damit, sich *wohl* zu fühlen.

Das galt auch für Bobo. Er verschwand am ersten Tag, kehrte zerzaust und stolz als Anführer der Steinbruchratten und Vater von vielen kleinen Rattenjungen zurück. Vielleicht war das einer der Gründe dafür, warum Ratten und Wichte gut miteinander auskamen: Sie gingen sich aus dem Weg und verzichteten darauf, sich gegenseitig auf die Speisekarte zu setzen.

Sie gehören mehr hierher als wir, dachte Masklin. *Dies ist kein richtiges Zuhause für uns. Menschen haben diesen Ort geschaffen und ihn vergessen, aber irgendwann erinnern sie sich wieder daran. Dann kehren sie zurück. Dann bleibt uns nichts anderes übrig als weiterzuziehen. Immer sind wir auf der Wanderschaft. Immer suchen wir nach unserer eigenen kleinen Welt, im Innern einer viel größeren. Einst hatten wir alles, und jetzt geben wir uns mit einem kleinen Stück davon zufrieden.*

Er blickte in den Steinbruch hinab und sah Oma Morkie, die mit einigen jungen Wichten in der Sonne saß und sie das Lesen lehrte.

Eine gute Sache, zweifellos. Masklin fiel es noch immer schwer, geschriebene Worte zu verstehen, aber die Kinder lernten schnell.

Es gab nach wie vor Probleme. Zum Beispiel die Abteilungsfamilien. Es existierten keine Abteilungen mehr, über die sie herrschen konnten, und daher zankten sie sich häufig. Ständig fanden irgendwo Auseinandersetzungen statt, und alle erwarteten von Masklin, den Streit zu schlichten. Offenbar arbeiteten Nomen nur dann zusammen, wenn sie ein gemeinsames Ziel anstrebten ...

Jenseits des Mondes, hatte das *Ding* gesagt. *Ihr habt einmal zwischen den Sternen gelebt.*

Masklin streckte sich auf dem Boden aus und lauschte den Bienen.

Eines Tages kehren wir zurück. Wir finden einen Weg, um das große Schiff im Himmel zu erreichen, und dann kehren wir zurück. Aber noch ist es nicht soweit. Umfangreiche Vorbereitungen sind notwendig, und der schwierige Teil besteht erneut darin, den Nomen alles begreiflich zu machen. Jedesmal nach dem Erklettern einer Stufe lassen wir uns nieder und glauben, am Ende der Treppe zu sein. Und dann fangen wir wieder an, uns zu zanken.

Trotzdem: Es ist bereits ein guter Anfang zu wissen, *daß die Sterne dort oben auf uns warten.*

Von hier aus konnte Masklin viele Kilometer weit übers Land sehen. Bis hin zum Flughafen.

Er erinnerte sich an das allgemeine Erschrecken, als sie den ersten Jet sahen, doch mehrere Wichte entsannen sich an Bilder in den Büchern, die sie gelesen hatten. Sie meinten, es sei nur eine Art Lastwagen, der am Himmel fuhr.

Masklin erklärte nicht, warum er es für eine gute Idee hielt, mehr über den Flughafen herauszufinden. Er wußte, daß einige der anderen etwas argwöhnten, aber es gab soviel zu tun, daß sie kaum darüber nachdachten.

Er war ganz vorsichtig zu Werke gegangen, indem er darauf hinwies, wie wichtig es sei, möglichst viel über diese neue Welt zu erfahren. Er wählte seine Worte mit großer Sorgfalt, um Fragen nach dem Warum vorzubeugen. Niemand erhob Einwände — es standen genug Nomen zur Verfügung, und das Wetter war gut.

Masklin führte eine Erkundungsgruppe über die Felder. Die Reise dauerte eine Woche, doch der Trupp bestand aus dreißig Personen, und deshalb ergaben sich keine besonderen Schwierigkeiten. Sie mußten sogar eine Autobahn überqueren, doch glücklicherweise war es nicht nötig, sich auf den Asphalt zu wagen. Ein für Dachse gebauter Tunnel ermöglichte es ihnen, zur anderen Seite zu gelangen. Unterwegs begegneten sie einem Dachs, der jedoch sofort weglief, als er sie sah. Schlechte Nachrichten wie bewaffnete Nomen sprachen sich rasch herum.

Und dann fanden sie einen Drahtzaun, kletterten daran herauf und beobachteten stundenlang, wie Flugzeuge landeten und starteten.

Dabei entstand ein inzwischen schon vertrautes Gefühl in Masklin: Einmal mehr glaubte er, etwas Wichtiges zu sehen. Die Jets schienen groß und gräßlich zu sein, aber Lastwagen hatten zunächst den gleichen Eindruck erweckt. Man mußte nur über sie Bescheid wissen. Wenn man den richtigen Namen kannte, so wurde man damit fertig, hielt eine Art Hebel in der Hand. Eines Tages mochten Flugzeuge nützlich sein. *Eines Tages brauchen wir sie vielleicht.*

Für den nächsten Schritt.

Seltsamerweise spürte Masklin Optimismus und Zuversicht. Einmal prickelte herrliche Gewißheit in ihm: Nomen stritten, zankten, behinderten sich gegenseitig und neigten zu den dümmsten aller dummen Fehler, aber letztendlich würden sie es schaffen. Denn auch Dorcas hatte die Flugzeuge beobachtet, während er sich am Drahtzaun festhielt, und er wirkte dabei sehr nachdenklich. Masklin fragte ihn:

»Angenommen — nur einmal angenommen, mehr nicht —, wir müßten einen fliegenden Lastwagen stehlen ... Kämen wir damit zurecht?«

Dorcas rieb sich das Kinn.

»Es sollte eigentlich nicht zu schwer sein, sie zu fahren«, erwiderte er und lächelte. »Immerhin haben sie nur drei Räder.«

Terry Pratchett

»Pratchetts Romane - der Stoff, aus dem Kultromane gewoben sind.« PUBLISHERS WEEKLY

»Wirklich witzige Bücher sind rar. Und diese Romane sind nicht nur geistreich, sondern auch wunderbar erzählt. Terry Pratchett ist der Douglas Adams der Fantasy.« THE GUARDIAN

Von Terry Pratchett sind im Heyne-Taschenbuch erschienen:

Das Licht der Phantasie
06/4583

Das Erbe des Zauberers
06/4584

Die dunkle Seite der Sonne
06/4639

Gevatter Tod
06/4706

Der Zauberhut
06/4715

Pyramiden
06/4764

Wachen! Wachen!
06/4805

MacBest
06/4863

Strata
06/4911

Die Farben der Magie
06/4912

Eric
06/4953

Trucker
06/4970

Wühler
06/4971

Flügel
06/4972

Die Scheibenwelt
06/5123

Die Teppichvölker
06/5124

Wilhelm Heyne Verlag
München

Bernhard Schlink, né en 1944 et auteur du roman mondialement connu *Le liseur*, a exercé la profession de juge et est l'auteur de plusieurs romans policiers couronnés de grands prix. Il a créé en 1985, avec Walter Popp, le personnage du détective privé Gerhard Selb que l'on retrouve dans *Un hiver à Mannheim* et *La fin de Selb*.

PREMIÈRE PARTIE

1

Georg rentrait chez lui. À Aix-en-Provence, il quitta l'autoroute pour prendre la route nationale. De Marseille à Aix, il n'y pas de péage, mais d'Aix à Pertuis oui. De quoi se payer un paquet de cigarettes.

Georg en alluma une. Son voyage à Marseille n'avait servi à rien. Le patron du cabinet de traductions qui lui donnait parfois du travail n'avait rien pour lui.

— Je vous ai déjà dit que je vous appellerai quand j'aurai quelque chose à vous proposer. En ce moment, on n'a rien.

M. Maurin avait le regard soucieux, il disait sans doute la vérité. Il était propriétaire de l'affaire, mais il dépendait des commandes de Mermoz S.A., les Industries aéronautiques toulonnaises. Quand un projet européen de construction d'hélicoptère de combat — dont Mermoz S.A. assurait la part française — était compromis, Maurin se retrouvait sans rien à faire. À moins que, une fois encore, Maurin n'ait tenté de négocier des tarifs plus élevés, et que, par mesure répressive, on ne lui ait pas donné de travail. Ou que Mermoz ait fini par mettre sa menace à exécution et engagé ses propres traducteurs.

Sur la route montante qui conduisait vers l'arrière-pays aixois, le moteur se mit à tousser et la voiture à caler fréquemment. Georg était en sueur. Oh non, pas ça, pas ça. Il avait acheté cette vieille Peugeot trois semaines auparavant, lorsque ses parents étaient venus de Heidelberg pour le voir et qu'ils lui avaient donné de l'argent.

— Si tu en as vraiment besoin pour ton travail…

Son père lui avait dit ça en glissant deux mille marks dans la boîte posée sur le buffet, où Georg rangeait son pécule.

— Tu sais bien que maman et moi, nous ne refusons jamais de t'aider. Mais depuis que je suis à la retraite et que ta sœur a un enfant…

Et Georg avait dû subir l'éternel discours… Ne lui était-il pas possible de trouver un autre travail, plus proche de chez lui, plus satisfaisant, quelles raisons l'avaient poussé à quitter son cabinet d'avocats à Karlsruhe, pourquoi ne pas rentrer en Allemagne maintenant que son histoire avec Hanne était terminée, voulait-il laisser tomber ses vieux parents, n'y avait-il pas autre chose dans la vie que de penser seulement à soi-même, etc.

— Tu veux que ta maman meure dans la solitude ?

Georg sentit la honte l'envahir quand il se rendit compte que, au fond, tout ce que son père lui disait le laissait indifférent, et que le plus important, pour lui, c'était les deux mille marks qu'il avait reçus.

Le réservoir d'essence était presque plein et Georg avait récemment remis de l'huile et changé le filtre. Logiquement, il ne devait pas y avoir de problème. Tout en continuant sa route, Georg écoutait son moteur comme une mère guette le souffle de son enfant fiévreux. La voiture ne toussait plus. Mais une espèce de martèlement ? Un petit frottement, un grincement ? Pendant trois semaines, Georg avait été content de conduire sans craindre la moindre panne. Et maintenant c'était parti. Georg s'arrêta à Pertuis, fit des courses au marché et but une bière dans un bar. On était au début du mois de mars, il n'y avait pas encore de touristes. Le stand de produits locaux, herbes de Provence, miel, savon, essence de lavande, qui, en été, était constamment assailli par des Allemands et des Américains, était déjà démonté. D'autres marchands avaient rangé leurs produits dans des cageots. Les nuages étaient lourds et il faisait chaud. Le vent se leva, secouant les toiles des stands. Ça sentait la pluie.

Georg s'appuya contre l'embrasure de la porte, à l'entrée du bar, son verre à la main. Il portait un jean, une veste en cuir brun râpé sur un pull bleu, et une casquette de couleur sombre. Il paraissait détendu, de loin on aurait pu le prendre pour un jeune paysan qui venait de faire son commerce au marché et prenait l'apéro. De près, son visage avouait des rides profondes, sur le front et autour de la bouche, un sillon marquait son menton, et il avait les yeux fatigués. Georg enleva sa casquette et se passa la main sur la tête. Ses cheveux s'étaient éclaircis. Ces dernières années, il avait pris un coup de vieux. Autrefois, il portait une barbe et on lui attribuait un âge variant entre vingt-cinq et quarante ans. Maintenant il en faisait nettement trente-huit et même davantage.

Les premières gouttes se mirent à tomber. Georg se réfugia à l'intérieur du bar où il aperçut Maurice, Yves, Nadine, Gérard et Catherine. Eux aussi se débrouillaient tant bien que mal, en faisant des petits boulots, en vivant aux crochets de leur femme ou de leur copine, de leur copain ou de leur mari, selon les cas. Gérard et Catherine étaient les mieux lotis, il tenait un petit restaurant à Cucugnan, et elle était libraire à Aix. Lorsque la pluie se mit à tomber vraiment et que chacun paya sa tournée de pastis, Georg se sentit apaisé. Il finirait bien par y arriver, et eux aussi. Deux ans s'étaient écoulés depuis qu'il avait quitté Karlsruhe, et il ne s'était jamais laissé aller. Il avait digéré sa séparation d'avec Hanne. Quand il s'engagea sur la route grimpante qui délimite la vallée de la Durance au nord, le soleil se mit à percer. Du sommet, on pouvait voir la vaste dépression où viennent mourir les derniers contreforts du sud du Luberon, les vignobles, les vergers et les cultures maraîchères, un étang, des fermes isolées, des bourgades, pas plus grandes qu'un village, mais pourvues d'un château ou d'une grande église ou encore de fortifications en ruine. Un monde miniature, comme ceux dont on rêve dans l'enfance, et qu'on s'amuse à reproduire avec ses jeux de construction. Georg aimait ce paysage, en automne et en hiver, quand tout est brun et que la fumée s'élève des cheminées et recouvre les champs. Et maintenant, il se réjouissait de le contempler dans sa verdeur printanière et dans une lumière d'été. Le soleil se réfléchissait sur l'eau de l'étang et sur les serres. Il arriva à Ansouis, petite ville fortifiée solidement accrochée à un sommet. Après avoir franchi une allée de cyprès et un pont de pierre élevé, on arrivait au château. Georg passa sous le pont, tourna une première fois à droite, continua à rouler sur quelques mètres, puis tourna de nouveau à droite, s'engageant sur un chemin caillouteux envahi par la végétation. Sa maison se trouvait en plein milieu des champs, juste avant Cucugnan.

2

Georg et Hanne s'y étaient installés deux ans auparavant. Quitter Karlsruhe n'avait pas été une mince affaire : différends avec son collègue de travail dans le cabinet d'avocats, pleurs et reproches de l'ex-ami de Hanne, querelles avec la famille, angoisse de devoir couper définitivement les ponts avec eux. Ce qui, à l'origine, se voulait un geste de libération par rapport à sa terre natale et à ses contraintes professionnelles, devint vite une attitude de fuite en avant. À Paris, où ils avaient voulu s'établir dans un premier temps, ils n'avaient pas trouvé d'emploi, avaient habité dans des piaules répugnantes, et leur relation avait commencé à se dégrader. Cucugnan avait représenté un nouveau départ. Georg adorait cette petite ville, qu'il avait découverte pendant un séjour de vacances, et il espérait trouver un boulot à Aix ou Avignon. Les premières semaines furent à nouveau très pénibles. Mais Georg obtint rapidement un emploi intérimaire de projectionniste en Avignon et ils trouvèrent la maison.

Elle leur plut, et ils apprécièrent particulièrement

le fait qu'elle soit isolée, sur un versant sud, entourée de cerisiers et de pruniers, de champs de tomates et de melons. Que la façade et le jardin soient exposés au soleil du matin au soir, et que sous le balcon qui couvrait toute la largeur du premier étage, on puisse trouver l'ombre et la fraîcheur. Qu'il y ait deux vastes chambres en bas et trois en haut. Que la maison comporte un appentis où Hanne pourrait installer son atelier. Elle dessinait et peignait.

Ils allèrent récupérer leurs meubles et le chevalet de Hanne à Karlsruhe. Georg créa un jardin aromatique, Hanne aménagea son atelier. Lorsque la présence de Georg ne fut plus nécessaire au cinéma où il travaillait, Hanne trouva un boulot provisoire dans une imprimerie. Puis, ensemble, ils firent la moisson. L'hiver qui suivit, Georg reçut les premiers travaux de traduction de Maurin. Quand l'argent vint à manquer, Hanne décida d'aller passer deux mois à Karlsruhe, chez ses parents. Ceux-ci étaient riches et voulaient bien aider leur fille, mais pas à Paris, pas à Cucugnan, et pas avec Georg. Les deux mois prévus en devinrent quatre, et Hanne ne revint qu'à Noël, et pour la dernière fois, afin de récupérer ses affaires personnelles. Le camion où elle entassa l'armoire, la table, le lit et les fauteuils, ainsi que quatorze cartons de déménagement et son chevalet, était conduit par son nouvel ami. Georg hérita des deux chats.

À vingt-cinq ans, Georg avait épousé Steffi, sa camarade de classe de Heidelberg, il en avait divorcé à trente, et, durant toutes ces dernières années, il avait vécu plus ou moins longtemps avec des femmes, au gré des rencontres. À trente-cinq ans, il avait fait la connaissance de Hanne et s'était dit que cette fois-ci, c'était la bonne.

Il adorait s'enivrer de discours théoriques. Mariage entre camarades de classe, amours d'adolescence, collaboration entre avocats, fumeurs et non-fumeurs, actifs et méditatifs, intelligence artificielle et intelligence innée, adaptabilité au réel, renoncement à ces réalités, vraie vie. Mais l'exaltait surtout la question des relations. Leur processus, la réciprocité des sentiments, leur développement, progressif ou non. Leur évolution, relative ou non aux circonstances de leur éclosion, leurs éventuels changements radicaux. Leurs critères de qualité, relatifs à leur durée ou, au contraire, à leur épanouissement, total mais éphémère. Sur la nécessité incontournable de découvrir l'âme sœur, sur son incontestable existence dans le monde, ou, au contraire, sur la nécessité de faire un effort vers l'autre impliquant un changement de vie radical, une mobilité. Affinités profondes, gémellité ou complémentarité ?

Hanne excellait sur le plan théorique. Elle était toute différente de lui, ni intellectuelle ni bavarde, mais spontanée, directe, amante merveilleuse tout autant que partenaire active et autonome pour mettre en œuvre des projets communs. Elle m'aide, pensait-il, à faire tout ce que j'ai toujours voulu faire sans en avoir jamais eu le courage.

Seul au monde avec deux chats, le projet d'un livre dont il devait en principe écrire la fable et que Hanne devait illustrer et qui en était resté aux premières lignes, égaré dans cette maison trop grande pour lui, croulant sous les charges, Georg ne se complaisait plus dans les théories. Hanne le quitta en février — les voisins n'avaient pas souvenir d'un hiver aussi froid —, et souvent Georg se demandait où il allait trouver l'argent pour payer le mazout. Parfois il aurait aimé discuter avec elle à propos de l'échec de leur relation. Mais elle ne répondait pas à ses lettres, et on lui avait coupé le téléphone.

Il réussit à passer l'hiver et l'année suivante. Il aurait peut-être pu survivre avec les traductions de Maurin. Mais ces travaux venaient, quand ils venaient, de façon irrégulière. Alors, il écrivit des lettres à tout le monde, postula pour n'importe quel type de traductions, des traductions littéraires, techniques, proposa à des avocats français ses connaissances en droit allemand et à des journaux allemands des articles sur la Provence. Aucune réaction. Il était d'autre part incapable d'utiliser le temps libre dont il disposait de ce fait. Il avait certes la tête pleine de sujets de reportages, de projets de récits et de romans policiers. Mais ce qui dominait son esprit, c'était l'angoisse : quand Maurin allait-il le rappeler ? Et, lorsque le téléphone était coupé, une fois encore, il s'interrogeait : quand dois-je l'appeler ? Il avait parlé d'après-demain. Mais si, demain, il recevait des travaux et n'arrivait pas à me joindre ? Est-ce qu'il les garderait pour moi ou est-ce qu'il les donnerait à quelqu'un d'autre ? Il vaut peut-être mieux que j'attende demain ?

Comme tous les hommes malheureux, il devenait insupportable. Comme si le monde lui était redevable de quelque chose et qu'il lui fallait le lui faire sentir. Parfois il entrait plus ou moins en conflit avec ce monde. Lorsqu'il venait de poster trois lettres à des employeurs potentiels, trois lettres selon lui irrésistibles, lorsqu'il avait terminé un travail et avait de l'argent en poche, qu'il se retrouvait le soir chez Gérard, au Bon Vieux Temps, lorsqu'il rencontrait des amis qui s'en sortaient mal comme lui mais gardaient l'espoir, lorsqu'il soignait son jardin aromatique, que le feu brûlait dans la cheminée et que la maison sentait la lavande qu'il venait de couper et de suspendre au-dessus de l'âtre, qu'il avait de la visite d'Allemagne, une vraie visite, pas quelqu'un qui venait chez lui juste pour faire une halte avant de descendre en Espagne, quand il avait une idée de fable, qu'il rentrait et que la boîte aux lettres était pleine, alors là, il n'était pas aussi insupportable et malheureux. En automne, la chatte du voisin avait mis bas, et Georg avait adopté Dopy, un chaton noir à pattes blanches. Les deux autres s'appelaient Blanche-Neige et Sneezy. Blanche-Neige était aussi un mâle, tout blanc.

Ce jour-là, lorsque Georg rentra de Marseille et descendit de la voiture, les chats vinrent se frotter contre ses jambes. Ils attrapaient assez de souris dans les champs, mais ils les lui apportaient et préféraient la nourriture en boîte.

– Salut, les chats, me voilà de retour. Pas de travail aujourd'hui, rien du tout, et demain non plus. Vous vous en fichez ? Ça ne vous dérange pas ? Blanche-Neige, tu es grand, tu devrais comprendre que, sans travail, on ne mange pas. Toi, Dopy, c'est différent. Tu es petit, tu es idiot, et tu ne sais rien. – Georg le prit dans ses bras et alla vers la boîte aux lettres. – Regarde, Dopy, nous avons reçu une bonne grosse enveloppe qu'un bon gros éditeur nous a envoyée. Il ne nous reste plus qu'à espérer que, à l'intérieur, il y ait une bonne grosse nouvelle.

Il ouvrit la porte de la maison qui donnait directement dans la cuisine. Il y avait dans le frigo une demi-boîte de nourriture pour chats et une demi-bouteille de vin blanc. Georg donna à manger aux animaux et se versa à boire, alluma la chaîne, ouvrit la porte qui donnait sur la terrasse et emporta le verre et l'enveloppe pour s'asseoir dehors dans le fauteuil à bascule. Il continuait à parler avec les chats et avec lui-même, comme il en avait pris l'habitude au cours de l'année passée.

– L'enveloppe peut attendre. Elle ne va pas s'envoler. Vous avez déjà vu une enveloppe s'envoler ? Ça ne dérangera personne que je remette ça à plus tard. Si c'est une bonne nouvelle, le verre de vin servira à fêter l'événement, si c'est une mauvaise, il me consolera.

Georg avait lu un roman français qui lui avait plu et qui n'était pas traduit en allemand. Un roman qui pouvait faire un tabac et devenir un livre culte. Un roman qui correspondait au style de publications de cette maison d'édition. Georg avait envoyé le livre et un essai de traduction.

Cher monsieur Polger, nous vous remercions de votre envoi en date du… C'est avec un grand intérêt que… sommes reconnaissants d'avoir attiré notre attention… correspond effectivement à notre collection… négociations avec Flavigny… En ce qui concerne votre offre de traduction, nous devons malheureusement… Nous travaillons depuis de nombreuses années avec un traducteur qui… Vous prions de comprendre que… Ci-joint votre traduction que vous avez eu l'amabilité de nous…

Bande de porcs. Y me piquent mes idées. Y se sentent même pas obligés de me donner de l'argent, un autre boulot ou même de m'en promettre un pour l'avenir. Deux semaines, j'ai passé, à faire ce bout d'essai, deux semaines pour rien et encore rien. Bande de porcs.

Georg se leva et balança un coup de pied dans l'arrosoir.

3

Les dettes, c'est comme le temps, pensa Georg. Par exemple, je vais à Marseille, je pars sous un grand soleil et j'arrive sous une pluie battante, et sur le parcours, je vois quelques nuages à Pertuis. Puis, à Aix, ils s'amoncellent, et près de Cabriès les premières gouttes se mettent à tomber. Ou alors je suis assis ici sur ma terrasse, le soleil brille dans un ciel bleu et limpide, puis quelques nuages arrivent, et il y en a de plus en plus, et quelques gouttes commencent à tomber, et finalement il pleut à verse. Dans les deux cas, il se passe une heure, en voiture ou sur la terrasse. Et moi je me fiche complètement de quitter le beau temps pour aller vers la pluie, ou de rester ici à attendre l'arrivée du mauvais temps. Les nuages sont les mêmes partout, et dans un cas comme dans l'autre, je prends la sauce. Les parents et les amis ont beau me raisonner, me conseiller de ne plus faire de dettes... Vos gueules. C'est vrai, il m'arrive de choisir lucidement de m'endetter. Mais la plupart du temps, les dettes me tombent dessus et s'amoncellent pour former une masse de plus en plus haute, comme une montagne. Peu m'importe de savoir comment. Le résultat est le même.

Il quitta le restaurant de Gérard et rentra chez lui. Souvent, il avait fait noter l'addition sur son compte. Mais la plupart du temps, il savait les remercier. Quand il venait de terminer un travail et qu'il recevait son argent, il leur donnait plus qu'il ne devait. Ce que les gens peuvent être mesquins, se dit-il, énervé. Après la déception causée par la lettre de l'éditeur, Georg était allé au Bon Vieux Temps et Gérard lui avait servi des fettucine au saumon, du vin, du café et du calvados. En lui apportant l'addition, il n'avait pas refusé de la porter sur son compte, mais il avait fait la moue et avait lancé une remarque. Georg n'avait pu accepter ça : il avait posé sur la table tout l'argent qu'il avait sur lui. C'était l'argent prévu pour sa facture de téléphone.

Le matin suivant, il se mit à ranger l'atelier. Il avait commandé du bois qu'il voulait y entreposer et la livraison était annoncée pour l'après-midi. Il l'avait heureusement payée d'avance. Il ne se rappelait plus quelle idée idiote lui était passée par la tête quand il avait fait ça. Dans les forêts aux alentours de Cucugnan, il y en avait largement assez.

Georg n'aimait pas retourner dans l'atelier. Le souvenir de Hanne y était particulièrement présent et douloureux. Près de la fenêtre, la grande table de travail qu'ils avaient construite ensemble et sur laquelle ils avaient fait l'amour pour l'inaugurer et vérifier sa solidité. Les esquisses de la dernière grande toile accrochées au mur. La blouse de travail qu'elle avait oubliée. Mais comme la chaudière à mazout et les cartons de livres y étaient également, il ne pouvait entièrement éviter d'y entrer. Il l'avait abandonné à la poussière et à l'oubli.

Il voulait que ça change. Il ne réussit pas à aller très loin dans l'accomplissement de sa décision. En fin de compte, il se contenta d'empiler soigneusement les cartons de livres, fit de la place pour le bois et jeta la blouse de Hanne aux ordures. Mais à quoi cet atelier pourrait-il lui servir ?

Une voiture arriva, ce n'était ni la livraison attendue ni le courrier. C'était Herbert, un autre Allemand qui habitait à Pertuis. Il avait voulu se mettre à la peinture, mais des circonstances de plus en plus lourdes à gérer s'y opposaient. Ils burent une bouteille de vin et parlèrent de choses et d'autres. Et justement de ses ennuis les plus récents.

— Au fait, dit Herbert au moment de partir, ça serait bien si tu pouvais me dépanner de cinq cents francs. Il y a cette galerie à Aix et…

— Cinq cents francs ? Désolé, mais je ne peux pas.

Georg montra ses mains vides en levant les épaules.

Herbert, vexé, répondit :

— Je pensais que nous étions amis.

— Même si tu étais mon frère, je ne pourrais rien te filer, je n'ai rien.

— Je suis sûr que tu peux payer ton loyer et ton vin, alors sois honnête et dis plutôt que tu ne veux rien me prêter.

Le camion de bois arriva. Un camion tout rayé et cabossé, les portières arrachées, le toit ouvert. Un homme et une femme en descendirent, tous deux âgés, lui n'avait qu'un bras.

— Où monsieur veut-il qu'on entrepose son bois ? Du bon bois, bien sec, qui sent bon. On l'a ramassé là-bas, dit l'homme en montrant du doigt le versant du Luberon.

— Sale menteur ! s'exclama Herbert.

Là-dessus, il monta dans sa voiture et démarra.

Georg ne voulait pas laisser les vieux travailler pour lui. Mais il ne put empêcher la femme d'apporter le bois au bord de la plate-forme du camion ni l'homme de le porter dans l'atelier. Il dut se contenter de décharger le camion et de passer le fardeau au vieil homme.

À midi, il se rendit à Cucugnan. La petite ville s'étend sur deux sommets voisins, l'un couronné par une église, l'autre par un château fort en ruine. Un vieux rempart entoure encore la moitié du bourg, des maisons y prennent appui ou le soutiennent. Quand Georg s'engageait en voiture sur le chemin cahoteux, et surtout quand il faisait sa promenade d'une demi-heure à travers champs et redécouvrait Cucugnan, ocre dans le soleil ou grise sous les nuages, toujours cossue, sécurisante, paisible, il retrouvait toujours les sensations qu'il avait éprouvées des années auparavant lors de sa première visite.

Devant la porte de la ville, l'étang, vaste, rectangulaire entouré d'un mur et de vieux platanes. La partie la plus étroite donne sur la place du Marché, et, à côté, le bar de l'Étang qui installe sa terrasse du printemps à l'automne. En été, on y trouve la fraîcheur ; en automne, on peut profiter des derniers rayons de soleil et s'asseoir dehors jusqu'au moment où les platanes commencent à perdre leurs feuilles. Comme la ville, cette place respire la paix. Au bar, on servait des sandwiches et de la bière pression, et c'était le lieu de rencontre de toutes les relations de Georg.

Ce jour-là, même après avoir bu trois bières, il continuait à se sentir mal à l'aise. Il ressentait toujours de la rancune envers Gérard et Herbert. Et avant tout, il déplorait la misère du monde. Il rentra à la maison et, la tête lourde, se coucha pour faire une sieste. Est-ce que je vais devenir comme Herbert ? Ou suis-je déjà comme lui ?

Il fut réveillé à quatre heures par la sonnerie du téléphone.

— Bulnakof Traductions. Monsieur Polger à l'appareil ?

— Oui.

— Monsieur Polger, il y a quelques semaines nous avons ouvert un cabinet de traductions à Cadenet et, Dieu soit loué, nous avons reçu plus de travail que prévu. Nous sommes à la recherche de collaborateurs et on nous a donné votre nom. Vous êtes intéressé ?

Quand Georg avait décroché le téléphone, il était encore tout ensommeillé, maintenant il était bien réveillé, mais sa voix était encore mal assurée :

— Vous voulez dire que… je dois travailler pour… si je suis intéressé ? Oui, je crois bien.

— Nous sommes rue d'Amazone, tout de suite derrière la place au tambour, vous verrez la plaque à l'entrée. Passez nous voir un de ces jours.

4

Georg s'y serait bien précipité sur-le-champ. Mais il se l'interdit ce jour-là, et le mercredi et le jeudi qui suivirent. Il décida qu'il s'y rendrait le vendredi matin à dix heures. Jean, chemise bleue et veste en cuir, sa serviette sous le bras, contenant les documents relatifs à son travail avec Maurin, déterminé à se montrer intéressé par le travail, sans donner l'impression d'être dans la nécessité. Voilà comment il avait préparé la mise en scène de cette entrevue.

Tout marcha comme prévu. Georg téléphona le vendredi matin, prit rendez-vous pour dix heures, se gara sur la place du Petit Tambour, monta la rue d'Amazone et, à dix heures cinq, il appuya sur la sonnette installée sous la plaque en cuivre portant l'inscription « Bulnakof Traductions S.A.R.L. »

La porte du deuxième étage était ouverte, ça sentait la peinture fraîche, et dans l'antichambre, qui venait d'être rénovée, une jeune femme tapait à la machine. Cheveux bruns tombant sur les épaules, yeux bruns, et, lorsqu'elle leva les yeux, un regard sympathique et un léger sourire.

— Monsieur Polger ? Asseyez-vous donc quelques instants, M. Bulnakof va vous recevoir tout de suite, dit-elle avec un léger accent que Georg ne réussit pas à identifier.

À peine avait-il pris place sur l'un des sièges juste sorti d'usine, que l'autre porte s'ouvrit et qu'il vit débouler cent kilos de bonhomie et d'affairisme : Bulnakof, rougeaud, affublé d'une veste trop petite et d'une cravate aux couleurs criardes.

— Oh comme c'est bien que vous ayez trouvé le chemin jusqu'à nous, mon jeune ami. Je peux vous appeler « mon jeune ami » ? Nous avons du mal à venir à bout de tant de travail, et je vois que vous aussi vous avez votre lot, et que le travail doit vous tourmenter, mais non, je suis sûr que vous ne vous tourmentez pas, vous devez travailler rapidement et sans difficulté, vous êtes jeune. Et moi aussi, je l'ai été, n'est-ce pas ?

Il serrait la main de Georg entre les siennes, la secouant chaleureusement, et il l'entraîna ainsi dans son bureau.

— Monsieur Bulnakof…

— Permettez que je ferme la porte et que je vous dise quelques mots en guise d'introduction… Oh puis non, allons de suite *in medias res* : des traductions techniques, des manuels de traitement de texte, de la comptabilité, le courrier des clients et des mandataires, etc., des petits programmes faciles à manier et agréables, et des gros livres. Vous comprenez ? Vous avez de l'expérience dans le domaine technique, informatique, vous passez de l'anglais au français et du français à l'anglais, vous travaillez vite ? Travailler vite, c'est l'alpha et l'oméga chez nous, et si votre dictaphone et les nôtres ne sont pas compatibles, nous vous en donnerons un des nôtres, et Mlle Kramski tapera à la machine… Vous, vous relisez le travail et voilà – cito, cito, n'était-ce pas une expression de votre grand Frédéric ? Vous êtes donc allemand, mais peut-être n'était-ce pas votre Frédéric le Grand, mais notre Pierre, peu importe… Vous ne dites rien, quelque chose ne va pas ?

Bulnakof lâcha la main de Georg et referma la porte. Dans la pièce, flottait aussi une odeur de peinture fraîche, et le bureau, le fauteuil, les chaises sentaient le neuf ; deux étagères étaient fixées au mur, surchargées de piles de dossiers, au-dessus desquelles étaient punaisés des plans d'architecte. Bulnakof, debout devant son bureau, couvait Georg d'un regard bienveillant et soucieux, et il réitéra sa question :

– Quelque chose ne va pas, mon jeune ami ? Vous hésitez à cause du salaire ? Ah, c'est un sujet épineux, j'en sais quelque chose, et je ne peux pas payer plus de trente-cinq centimes le mot. Je sais, on ne fait pas fortune avec ça, on ne devient pas Crésus, mais au moins, on ne reste pas Diogène… Loin de moi de penser que vous l'êtes, c'est juste une façon de parler.

Trente-cinq centimes le mot, c'est ce que payait Maurin au bout de six mois d'embauche. En plus, il ferait l'économie des trajets à Marseille et il n'aurait pas besoin de taper lui-même à la machine.

– Monsieur, vous m'avez offert un accueil des

plus chaleureux, et je me réjouis de l'intérêt que vous portez à mon travail. Je veux bien me rendre disponible, mais malheureusement je ne peux pas accepter trente-cinq centimes. Vous pouvez y réfléchir et me téléphoner à l'occasion, mais pour le moment, vos conceptions d'une éventuelle collaboration et les miennes ne semblent pas s'harmoniser.

Réponse pour le moins alambiquée, mais Georg était content de lui et fier de ne pas s'être vendu à si bas prix. Que le diable l'emporte si cela ne donnait rien !

Bulnakof éclata de rire :

— Alors, on connaît sa valeur ? On exige son prix ? Cela me plaît, mon jeune ami, cela me plaît. Alors, disons quarante-cinq centimes et je vous offre ma main, donnez-moi la vôtre, et l'affaire est conclue. Topez là.

Georg reçut une liasse de feuilles, les épreuves d'un manuel.

— La première moitié pour lundi prochain et le reste pour mercredi, d'accord ? Ah, il y a autre chose, une conférence IBM à Lyon jeudi et vendredi prochains, et si vous vous y rendez avec Mlle Kramski, si vous ouvrez bien vos oreilles et si vous tenez bien votre plume en main, si vous écoutez et que vous prenez des notes, n'est-ce pas, et que vous pouvez nous raconter ce qui s'y est dit, je vous paye mille francs par jour plus les frais, et là il n'y a pas de marchandage possible, ça va ? Maintenant, veuillez m'excuser.

Dans l'entrée, Georg s'entretint du trajet avec

Mlle Kramski. Il ne l'avait pas remarquée en entrant, ou bien sa bonne humeur l'y disposait seulement maintenant : c'était une belle femme. Elle portait un chemisier blanc avec des broderies ton sur ton, un passepoil blanc bordant son décolleté ; elle avait remonté une de ses manches et déboutonné le poignet de l'autre. Elle ne portait pas de soutien-gorge, ses petits seins étaient fermes et ses bras bronzés étaient parsemés d'un léger duvet doré. Le décolleté de son chemisier était rond, seyant, et portait deux petits boutons défaits de manière provocante ; quand elle riait, ses yeux aussi riaient et elle poussait de petits gloussements de jeune fille. Quand elle se mit à réfléchir à l'organisation du voyage — *partir en train ou en voiture, date du départ… le mieux serait sans doute le mercredi soir, une fois qu'elle aurait fini de taper la traduction du manuel et que les corrections seraient achevées* —, une petite fossette dansait audessus de son sourcil droit, à la naissance du nez. Georg fit quelques plaisanteries, un rayon de soleil apparut entre les deux tours de l'église, et Mlle Kramski secoua la tête en riant et ses cheveux voltigèrent et scintillèrent dans la lumière.

5

Durant les jours qui suivirent, Georg travailla plus qu'il ne l'avait jamais fait. Ni pour préparer ses examens, ni au cours de sa carrière d'avocat. Ce n'était pas à cause de l'importance du manuel, ni des difficultés que présentait la traduction en français du langage informatique anglais, et ce n'était pas non plus à cause de sa mission prochaine ou de l'urgence de percevoir son salaire. Mais il débordait d'énergie et voulait donner la preuve de sa valeur vis-à-vis de lui-même, de Bulnakof et du monde entier. Le samedi soir, il dîna chez Gérard, quitta le restaurant tout de suite après le café sans prendre de calvados. Le dimanche matin, il fit une courte promenade, pensant qu'il valait mieux pour lui ne pas rester assis pour réfléchir à la traduction de l'option HELP ; le reste du temps, il resta dans sa chambre ou sur la terrasse, oubliant même de fumer. Le lundi matin, il avait traduit et dicté les deux tiers du manuel, et il partit pour Cadenet en sifflotant, en chantant, et en tapotant le rythme sur le volant. Il ne trouva ni M. Bulnakof ni Mlle Kramski, donna la cassette à un jeune homme qui ouvrit à peine la bouche, prit à peine le temps de le remercier, et fila pour s'atteler à la suite de son travail. Dans la nuit du mardi, c'était terminé et le mercredi matin, il prit son petit-déjeuner sur le balcon, avec du pain frais, des œufs, du lard, des oranges pressées et du café, le soleil lui brûlant le dos. Il écouta le chant des cigales et des oiseaux, respira les parfums de lavande et contempla le paysage verdoyant qui s'étendait vers Ansouis, et le château imposant dont la masse perçait la brume due à la chaleur. Pour la conférence, il emmena son costume, et à dix heures, il était à Cadenet.

Le visage de M. Bulnakof, rougeaud, aux traits épais, rayonnait de joie.

– Très bien, votre traduction, mon jeune ami, très bien. J'ai tout revu, vous n'avez plus besoin de vous occuper des corrections. Venez boire un café avec moi, Mlle Kramski va arriver, et vous pourrez partir.

– Et pour le dernier tiers ?

– La collègue de Mlle Kramski s'en occupera, et moi je ferai les corrections. Faites en sorte d'être à Lyon dès ce soir, il y a une réception organisée par le maire, vous ne devez pas la manquer.

M. Bulnakof interrogea Georg sur ses origines, son parcours et ses compétences, et sur les raisons qui l'avaient poussé à quitter Karlsruhe pour Cadenet.

– Eh oui, c'est ça, la jeunesse ! Moi non plus je ne voulais plus rester dans mon bureau à Paris et je l'ai transféré ici, je peux vous comprendre.

— Vous venez de Russie ?

— Je suis né là-bas, j'ai grandi à Paris, mais on a toujours parlé russe à la maison. Lorsque le marché russe s'ouvrira un jour à nos produits, ordinateurs et programmes y compris, j'aimerais bien être encore là pour le voir. À propos, voici deux enveloppes, l'une pour votre travail et l'autre pour vos frais, une avance. Et tiens, la voilà qui vient !

Elle portait un ensemble léger avec des rayures bleu pâle et rouges et de grandes fleurs bleues, une ceinture bleu clair et un foulard bleu foncé. Ses cheveux étaient lâchés, coiffés avec une raie à gauche, et son regard avait toujours cette expression engageante. Réjouie du comportement paternel de M. Bulnakof qui les envoyait en mission, Georg et elle, elle mit sa main devant la bouche pour cacher son fou rire. Georg remarqua qu'elle avait les jambes un peu trop courtes, ce qui n'était pas sans charme car elle avait quelque chose de terrien, de solidement ancré dans la réalité. Il était amoureux mais n'en avait pas encore conscience.

Ils prirent sa 2 CV verte. Il faisait chaud dans la voiture qui était garée au soleil jusqu'au moment où ils s'engagèrent sur les routes de campagne, vitres et toit ouverts. Ça faisait de l'air ; après Lourmarin, Georg s'arrêta, sortit un foulard de son sac de voyage et le noua autour de son cou. La radio diffusait un pot-pourri assez dément, allant de Vivaldi à Wagner, sur un rythme de swing et de pop avec des enchaînements qui étaient de purs chefs-d'œuvre du kitsch le plus sirupeux. Ils lancèrent des paris pour deviner le thème suivant, et au bout du compte, elle se retrouva à lui devoir trois petits blancs et lui, cinq. Ils atteignirent enfin le sommet de la colline juste avant Bonnieux, dont les versants luisaient dans le soleil de midi, ils s'engagèrent sur des routes étroites à travers les vignes et rejoignirent la nationale. Ils parlèrent de musique, de cinéma, de la ville où ils habitaient, de leurs maisons, et, pendant leur pique-nique, il lui parla de Heidelberg, de Karlsruhe et de sa vie d'avocat avec Hanne. Il s'étonnait lui-même de sa franchise : il était étrangement confiant et joyeux. Lorsqu'ils reprirent la route, ils se tutoyaient et elle eut le fou rire en entendant la prononciation si dure et agressive de son prénom en allemand.

— Je ne veux pas t'appeler Françoise. Ça dépend comment tu le prononces, ça peut résonner comme une explosion ou comme un souffle, dit-il, et… et… je n'ai pas non plus envie de t'appeller *Franziska* en allemand.

— Et alors, comment tu m'appelleras ?

— Œil-Brun. Tu as les yeux les plus bruns que j'aie jamais vus et je t'appellerai comme ça.

Elle fixa la route devant elle :

— C'est un petit surnom ?

— Une petit nom pour quelqu'un qu'on aime bien. Elle le regarda d'un air grave. Ses cheveux tombaient sur son visage cachant en partie son regard.

— J'aime bien rouler avec toi.

Il s'engagea sur l'autoroute, s'arrêta au péage pour prendre un ticket et rejoignit le flot des voitures.

— Tu me racontes une histoire ?

Il lui raconta l'histoire de la gardeuse d'oies, disant les vers en allemand puis en français, il les connaissait par cœur. Quand la fausse fiancée prononçait son verdict envers l'autre — qu'elle soit enfermée toute nue dans un tonneau rempli de clous tiré par deux chevaux dans les rues de la ville jusqu'à ce que mort s'ensuive —, Françoise laissa échapper un gémissement. Elle avait deviné que le vieux roi dirait : « La trompeuse, c'est toi. Tu viens de prononcer ta propre condamnation et tu seras traitée en conséquence. »

Ensuite, jusqu'à Montélimar, elle lui raconta un conte polonais dans lequel un paysan se moquait du diable, puis ils se turent en écoutant les quatuors à flûtes de Mozart. Lorsque Georg s'aperçut que Françoise s'était endormie, il baissa la musique, tout réjoui des vibrations de la voiture, du vent dans son visage, de Françoise à ses côtés, de son léger ronflement et du petit déglutissement de satisfaction qui s'échappait de sa gorge quand sa tête tombait, qu'elle la redressait et la remettait en place confortablement.

À Lyon, tous les hôtels étaient complets. Ils durent faire dix kilomètres dans la montagne et ne trouvèrent qu'une chambre double. Françoise avait des douleurs dans la nuque et Georg lui fit un massage. Il fallut se changer, se rendre en ville, manger et parler, aborder l'une ou l'autre des personnalités présentes à la réception : ils se trouvèrent séparés, mais à travers la vaste salle de la mairie, ils se lançaient des regards furtifs. Sur le chemin du retour, des nappes de brouillard apparurent, et Georg dut conduire très lentement, en se repérant aux yeux brillants des chats qu'il croisait sur la route.

— C'est bien que tu sois près de moi.

Puis ils se retrouvèrent allongés côte à côte dans le lit. Françoise lui parla d'une amie qui était partie en Amérique à cause d'un chagrin d'amour et qui était immédiatement tombée amoureuse d'un Libanais. Lorsqu'elle se pencha vers la table de chevet pour éteindre la lampe, il posa son bras autour de sa taille. Dans l'obscurité, elle vint se lover contre lui, il la caressa, puis ils s'embrassèrent avidement. Quand ils eurent fait l'amour, elle se mit à pleurer doucement.

— Mon petit Œil-Brun, ça ne va pas ?

Elle secoua la tête et il embrassa les larmes de son visage.

6

Ils ne rentrèrent à Cadenet que le lundi matin. Le congrès s'était terminé le vendredi, ils roulèrent jusqu'à Saint-Lattier, mangèrent au Lièvre amoureux et dormirent longtemps le lendemain, cherchèrent Les Hospitaliers au Poët-Laval dans le guide Michelin – encore un établissement à une toque – et ils y prirent une chambre. Ils passèrent la dernière nuit à la belle étoile près de Roussillon, ils n'avaient pas envie de repartir après le pique-nique et le vent du soir était tiède, le ciel étoilé, et dans la fraîcheur du matin ils dormirent enlacés sous les couvertures que Françoise avait dans sa voiture. De là ils n'avaient plus que deux heures pour rentrer à Cadenet ; le soleil brillait, l'air était clair et la route déserte. Dans les petits bourgs qu'ils traversèrent, les magasins remontaient leur rideau de fer, les bars et les boulangeries avaient déjà ouvert leur porte, et les gens rentraient chez eux avec leur pain sous le bras. Georg conduisait, Françoise avait posé sa main sur sa cuisse. Il se tut longtemps avant de lui demander :

– Tu viens habiter chez moi ?

Il goûtait la joie de lui poser cette question, et d'attendre une réponse dont il était sûr qu'elle serait positive. Il savait qu'elle allait dire oui, qu'entre eux tout marchait bien. D'une façon générale, la vie recommençait.

Le congrès avait été un succès : il avait travaillé de façon détendue et compétente, il avait posé les bonnes questions, trouvé des réponses spirituelles, et il avait saisi toutes les occasions de donner sa carte de visite, ainsi que celle de Bulnakof. Un avocat de Montélimar, spécialiste de leasing informatique, voulait rester en contact avec lui pour des traductions de l'allemand au français. Le représentant de Xerox avait été étonné lorsque Georg s'était mis à lui parler de sa traduction de TEXECT. « Mais ça a déjà été traduit il y a un an ! » Peu importait, ce n'était pas son problème, dans la poche de sa veste, Georg pouvait sentir l'enveloppe de Bulnakof, contenant six mille francs.

Et Françoise était à ses côtés. La deuxième nuit, de jeudi à vendredi, il avait vaincu ses réticences et sa retenue. Que ce soit pour une nuit ou pour quelques jours, s'était-il dit, ça m'est égal, je prends, en faisant bien gaffe de ne pas tomber amoureux et de ne pas me perdre. La nuit, il s'était réveillé, s'était assis sur les toilettes, les coudes sur les genoux et la tête entre les mains, méditant, nostalgique. Puis Françoise était venue le rejoindre, s'était mise près de lui, il avait appuyé la tête contre sa hanche nue, elle lui avait caressé les cheveux et l'avait appelé « Georg » et non « Georges » comme d'habitude. Le son de sa voix était rocailleux, mais elle le rendit confiant et heureux. Il lui avait raconté que ses parents, sa sœur et ses camarades de lycée et de l'université l'avaient toujours appelé Georg, puis, lorsqu'il avait fait son stage en France, dans un cabinet d'avocats, on l'avait rebaptisé Georges. Il lui avait beaucoup parlé de son enfance, de ses années de lycée et d'études, de son mariage avec Steffi et de sa relation avec Hanne. Elle n'avait pas arrêté de lui poser des questions.

Comme elle ne parlait pas beaucoup d'elle-même, il pensa qu'elle n'était pas du genre bavard. Mais elle ne se taisait pas pour autant. Elle lui décrivit en détail les circonstances de son déménagement de Paris à Cadenet, comment elle avait trouvé l'appartement et l'avait installé, comment elle s'était habituée à sa nouvelle vie, quelles étaient ses occupations favorites du week-end et enfin comment elle avait réussi à se créer un nouveau réseau de relations. Quand il le lui demanda, elle décrivit également le bureau de Bulnakof à Paris, son infarctus il y a un an, et la décision qu'il avait prise de travailler ailleurs, et de manière moins intensive. Il lui avait demandé de le suivre et lui avait fait une offre qu'elle ne pouvait pas refuser.

— Tu sais, on ne quitte pas Paris pour Cadenet sur un coup de tête !

Quand elle parlait, son débit était la plupart du temps rapide, elle était vive et amusante, et Georg riait beaucoup.

Tu te moques de moi, disait-elle en faisant la moue et en lui passant le bras autour du cou pour l'embrasser.

Ils étaient arrivés de bonne heure à Poët-Laval, et, dès qu'ils eurent déposés leur sac dans la chambre, ils se précipitèrent l'un sur l'autre pour finir au lit. D'un mouvement leste, il enleva son pull, sa chemise, son T-shirt, et d'un autre, il se débarrassa de son pantalon, de son slip et de ses chaussettes. Ils s'aimèrent, s'endormirent, se réveillèrent, et les caresses et les baisers suscitèrent à nouveau leur désir. Elle s'agenouilla sur lui, fit quelques mouvements lents du bassin qu'elle suspendait quand l'excitation était trop forte. Le jour commençait à tomber, son visage et son corps avaient des reflets mats, et il ne pouvait se rassasier de la contempler, alors que ses yeux cherchaient constamment à se fermer sous l'effet de l'amour et du plaisir. Bien qu'elle soit là, près de lui, il avait la sensation de la chercher.

— Si je suis enceinte de toi, tu assisteras à l'accouchement, n'est-ce pas ?

Elle le regardait avec gravité. Il acquiesça, les larmes aux yeux, incapable de prononcer un mot. Avant d'arriver à Bonnieux, il lui demanda si elle accepterait de venir s'installer chez lui. Elle regarda devant elle en silence. Puis elle retira sa main de sa cuisse et enfouit son visage entre ses deux mains. Il s'arrêta au sommet, au centre du village, et, dans les lueurs de l'aube, s'étendait la gorge qui traverse le Luberon. Il attendit, n'osant lui demander d'enlever ses mains de son visage pour y lire une vérité douloureuse. Puis elle parla, dans ses mains, et il reconnut à peine sa voix : monotone, craintive, coupable, la voix d'une petite fille.

– Je ne peux pas m'installer chez toi, Georg. Ne me demande rien, ne me presse pas, je ne peux pas. J'aimerais bien, je suis si bien avec toi, tout est bien avec toi, mais je ne peux pas, pas encore. Permets-moi de venir te voir chez toi, souvent, et toi tu peux venir chez moi. Mais maintenant il faut que tu me déposes devant chez moi, je dois me préparer très vite pour aller au bureau, je te rappellerai.

– Tu ne viens pas avec moi chez Bulnakof ? Et ta voiture ?

Georg mourait d'envie de l'interroger davantage.

– Non, dit-elle en ôtant les mains de son visage et en essuyant ses larmes. Tu me déposes et tu gares la voiture près du bureau, j'irai à pied. Maintenant, tu y vas ?

– Mais enfin, Françoise, je ne comprends rien. Après ces jours passés en…

Elle se jeta à son cou en le serrant dans ses bras.

– C'était merveilleux, et je veux encore passer des journées comme ça, et je veux que tu sois heureux.

Elle l'embrassa.

– Vas-y maintenant, s'il te plaît !

Il se mit en route et la déposa ; juste après l'entrée de Cadenet, elle avait loué un ancien logement de gardien dans une villa. Il voulut porter ses bagages à l'intérieur, mais elle refusa, le pressant de repartir. Dans le rétroviseur, il la vit rester devant la grille en fer entre les piliers de pierre surmontés de boules sculptées, flanqués de vieux buis épais. Elle fit un geste de la main pour le saluer, un gracieux battement des doigts.

7

Bulnakof avait l'air solennel.

— Entrez, mon jeune ami, prenez place.

Il se laissa tomber lourdement dans son fauteuil et fit signe à Georg de s'asseoir en face de lui, sur une chaise. Sur la table était étalé un journal ouvert.

— Vous me ferez le compte rendu du congrès IBM dans les jours qui viennent, ça ne presse pas. Lisez ceci.

Bulnakof prit une page du journal et la tendit à Georg.

— Là, je l'ai entouré.

La nouvelle était brève. « Cette nuit, sur la route de Pertuis, Bernard M., directeur d'un bureau de traductions à Marseille, a trouvé la mort dans un mystérieux accident de voiture. La police demande aux éventuels témoins de se présenter. »

— Vous avez travaillé pour lui ?

Bulnakof interrompit Georg qui ne pouvait s'arrêter de relire le fait divers.

— Oui, pendant deux ans.

— Sa mort est une grande perte pour toute notre corporation. Vous pensez peut-être qu'entre traducteurs il règne une guerre impitoyable. Mais le marché n'est pas si petit que ça, et, Dieu soit loué, le respect humain et l'estime professionnelle existent, même entre concurrents. Je ne connaissais pas Maurin depuis longtemps, mais j'ai apprécié le collègue compétent et honnête qu'il était. C'est le premier point. L'autre, mon jeune ami, ce sont les conséquences que sa mort entraîne pour vous. Vous êtes efficace, vous êtes jeune, vous arriverez à quelque chose dans la vie, mais je sais que la disparition de Maurin vous prive d'un employeur dont vous dépendiez ces derniers temps. Bon, moi je suis là, et vous saurez vous débrouiller par ailleurs. Mais permettez-moi de vous donner un conseil paternel.

Bulnakof sourit, le regard tendre, fronça les sourcils d'un air sympathique et leva les mains en signe de bénédiction. Il attendit un moment. Puis, faisant monter la tension, il se leva, contourna le bureau, toujours sans dire un mot et les mains levées. Georg aussi se leva, fixant Bulnakof d'un air interrogateur, intérieurement amusé. Cela devait se passer comme ça lorsqu'on venait demander la main d'une fille à son père. Bulnakof posa les mains sur les épaules de Georg.

– Oui ?

– Non, je ne vois pas quel conseil vous pourriez me donner.

– Voyez-vous, dit Bulnakof d'un air soucieux, je le savais, je le craignais. Que les jeunes gens d'aujourd'hui aient tant de mal à…

– À quoi ?

— C'est justement ça, la question ! Bulnakof rayonnait à nouveau de joie et de bonhomie. Et maintenant ? Que faire ? Zeus a posé la question, Lénine a posé la question, et il n'y a qu'une seule réponse : prenez votre vie en main. Saisissez l'occasion qui se présente à vous, ne laissez pas passer la chance que vous offre la mort de Maurin. La mort des uns est une bénédiction pour les autres, c'est terrible, mais c'est également magnifique, la roue de la fortune, n'est-ce pas ? Parlez avec la veuve de Maurin, parlez avec vos collègues, reprenez la direction du bureau.

Évidemment. La veuve de Maurin serait contente s'il reprenait les affaires et continuait le travail en lui payant une rente, Chris, Isabelle et Monique n'étaient pas de taille à diriger l'affaire, lui-même ne l'était pas il y a deux semaines, mais ils continueraient à travailler avec lui sous ses ordres.

— Merci beaucoup, monsieur. Vous m'avez effectivement donné un conseil judicieux. Je devrais me mettre immédiatement…

— Immédiatement, en effet immédiatement.

Bulnakof le poussa vers la porte en lui tapotant amicalement les épaules. Il n'y avait personne à l'accueil. Avant que Georg ne refermât la porte, Bulnakof lui lança qu'il devait rappeler dans deux jours, qu'il y aurait encore du travail pour lui. Georg descendit la ruelle et resta sur la place. Il s'était bien garé sous le Petit Tambour, pensait-il, mais il chercha en vain. Il retrouva sa voiture à côté du chantier, s'installa, en ressortit et alla au bar du coin. Il prit du café et du vin au comptoir, les emporta sur une table, resta debout, tout en regardant par la vitre sale. Georg était fatigué de tout ce qui l'attendait, avant même d'avoir commencé, avant même d'avoir une idée précise de tout cela. Il but son café, le vin, en commanda encore. Puis arriva Nadine, une femme peintre qui, pour vivre, vendait les poteries, les bols, les tasses et les assiettes qu'elle confectionnait, ainsi que des croquettes aux fruits. Trente-six ans, des études interrompues, un divorce, un fils de dix ans : Georg et elle avaient couché ensemble un certain temps, simplement comme ça, avaient arrêté, simplement comme ça, et se rencontraient dans un souvenir d'intimité.

– Maurin est mort, il a eu un accident. Je suis en train de me demander si je ne dois pas reprendre l'affaire.

– Oh oui, c'est super.

– Il y aurait beaucoup de boulot, je ne sais pas si je le veux vraiment. D'un autre côté... – Georg commanda un troisième verre de vin et prit place à côté de Nadine.

– Tu le ferais toi ?

– Quoi ? Reprendre le cabinet de Maurin ? Je pensais qu'en fait tu voulais écrire, tu ne m'avais pas parlé d'une histoire d'amour entre un petit garçon et son ours en peluche ?

– Oui, c'est ce que j'aimerais faire.

– Tu ne disais pas aussi que tu voulais traduire un auteur américain et le faire publier, et les policiers de Solignac que personne ne connaît encore en Allemagne ? Mais c'est sûr, on ne fait pas toujours ce qu'on veut, ainsi va la vie.

Elle laissa échapper un petit rire amer, non dénué de charme, dégagea ses cheveux de son visage en faisant tomber les cendres de sa gauloise. Les effluves de son parfum arrivèrent à Georg :

– Toujours Opium ?

– Ouais. Tu sais, de toute la bande je suis la plus ancienne dans le coin, les uns sont repartis, je n'ai pas de nouvelles d'eux, les autres ont des hauts et des bas, ils ont un boulot à la ville ou dans le département, ou bien ils ont monté leur affaire, ou alors ils sont complètement cassés comme Jacques qui se drogue, qui fait des petits cambriolages et qui finira par se faire prendre. Moi j'aime être entre les deux, je pensais que toi aussi tu tiendrais le coup.

– Mais toi, tu peins. Ne me raconte pas que tu veux être exposée, achetée, célèbre.

– Si ! C'est ce que je veux. Mais je veux garder ma liberté, même si ce n'est pas grand-chose. Tu as raison, parfois je rêve d'expositions et d'autres choses, mais au fond, j'aimerais arriver à ne plus rêver.

En rentrant chez lui, légèrement ivre, Georg se sentit fier de sa vie, fier de ne pas être au plus bas, fier de ne pas s'être compromis pour y arriver. Oui, Nadine avait raison. Mais quand dans sa maison il vit les chambres en désordre et la vaisselle sale, quand il voulut appeler Françoise et que le téléphone était une fois de plus coupé parce qu'il n'avait pas payé la facture, il se dit :

– Non, j'en ai assez. J'en ai assez de ce chaos,

j'en ai assez que rien ne marche, de ne pas avoir d'argent, d'avoir envie d'écrire et de ne pas le faire, je refuse que toute ma vie dépende de l'abandon d'un cabinet d'avocats qui périclitait à Karlsruhe et ne repose que sur le courage de mener une existence lamentable à Cucugnan. Je vais reprendre le bureau de Maurin.

Une fois cette décision prise, la fatigue l'envahit à nouveau, ainsi que la peur du surmenage. Georg s'allongea sur le lit, s'endormit, fit des cauchemars dans lesquels apparaissaient des bureaux, des commandes non honorées, des factures impayées, un Bulnakof tonitruant, une Françoise réticente au regard apeuré, le cadavre de Maurin. Il se réveilla à quatre heures toujours saisi de peur. Il prit une douche, mit une chemise blanche et une cravate noire avec son vieux costume gris. À cinq heures et demie, il était à Marseille et sonnait à l'appartement de Maurin.

8

— Tu te souviens du trajet de Roussillon à Cadenet lundi dernier ? Là je savais que le monde était à mes pieds. Puis je l'ai oublié, de toute façon, j'ai un tempérament craintif, et le fait que tu ne veuilles pas t'installer chez moi m'a rendu encore moins sûr de moi. Alors que, tu avais raison, je n'étais pas encore celui que je veux être et que tu peux aimer.

Georg était assis en compagnie de Françoise et tous deux prenaient l'apéritif. La maison était rangée, la table mise, dans le four de la cuisinière rôtissait une oie sauvage, des bûches brûlaient dans la cheminée, et le lit venait d'être fait.

— À nous ?

Elle trinqua avec lui. Sa robe rouge boutonnée de haut en bas, cette barrette de jeune fille sage dans les cheveux, son parfum.

— Tu es très séduisante, tu sais ?

Elle rit et lui tendit sa main par-dessus la table pour qu'il l'embrasse.

— C'est une vieille robe et je n'ai pas eu le temps de me laver les cheveux. Tu me racontes ce qui s'est passé cette semaine ? J'ai attendu que tu m'appelles, que tu passes me voir ou que tu viennes me chercher au bureau. Au lieu de ça, le chef me fait part de tes salutations, me transmet ton invitation et me dit mystérieusement que samedi, je te ne reconnaîtrai plus. Ce n'était pas bien de ta part — elle fit à nouveau la moue —, même si ton message était charmant et ton invitation gentille. Pourquoi d'ailleurs ne devrais-je pas te reconnaître ? Tu n'as même pas changé de jean depuis la semaine dernière.

Georg se leva :

— Vous permettez que je me présente, mademoiselle ? Georg Polger, chef, président, directeur du cabinet Maurin à Marseille, du bureau de traductions le plus célèbre, le plus performant entre Avignon et Cannes, Grenoble et la Corse.

Il fit une courbette.

— Quoi ? Comment ?

Georg raconta. Il décrivit Mme Maurin avec ses cheveux trop blonds, son maquillage trop épais, sa jupe trop serrée et son deuil trop bruyant. Seuls étaient authentiques son regard dur et son sens aigu des affaires. C'était bien qu'il vienne, elle avait déjà des offres, mais naturellement les anciens collaborateurs de son mari avaient priorité. Elle avait annoncé un prix d'un montant absurde. Georg était resté poli et objectif, avait réuni le soir même Chris, Isabelle et Monique, pour s'assurer de leur désir de continuer à travailler avec lui, avait passé la nuit à Marseille et obtenait le mardi matin un rendez-vous chez Mermoz à Toulon.

— C'était le plus dur. Jeune manager, un trois-pièces bleu foncé, des lunettes à monture dorée, glacial comme une truffe de chien. Heureusement il prévoyait tout un tas de traductions pour les semaines à venir, comptait sur le bureau de Maurin et n'était pas au courant de la mort de Maurin. Et heureusement il connaissait les détails de l'hélicoptère qu'ils étaient en train de bricoler. Je lui ai balancé des termes techniques de traductions que j'avais faites l'année dernière, jusqu'à ce qu'il comprenne que, pour ce boulot, il lui fallait un professionnel et, que ce professionnel, c'était moi. J'ai accepté les mêmes conditions que Maurin et, naturellement, il a été question de mise à l'essai, mais pour eux, la seule chose qui compte, c'est que le travail soit remis dans les délais et qu'il soit sûr. Et il le sera.

— Et Mme Maurin ?

— Tu te souviens de Maxime, l'avocat de Montélimar dont nous avons fait la connaissance à Lyon lors du congrès ? Je l'ai appelé pour m'informer de ce qu'impliquait la reprise d'une pareille affaire avec versement d'une rente, et quand je suis revenu chez Mme Maurin et que j'ai abattu mon atout, à savoir que je travaillais déjà chez Mermoz, elle est devenue raisonnable. Elle touchera douze pour cent du chiffre d'affaires, pendant cinq ans, et avec moi elle a lu la correspondance de son mari et nous avons rédigé l'annonce de décès et de succession du bureau pour les partenaires commerciaux. L'enterrement a eu lieu jeudi, j'étais à ses côtés, Maxime est venu vendredi et nous a aidés à établir le contrat. Entre-temps, sont arrivées les premières commandes de Mermoz, et ce matin je suis enfin de retour à Cucugnan.

– Toi, à côté de Mme Maurin pendant l'enterrement ! Vous vous mariez quand ?

– Hé hé, ne dis pas de bêtises.

Georg regarda Françoise avec curiosité. Était-elle jalouse ? Se moquait-elle de lui ?

– Merde ! L'oie !

Il courut à la cuisine et versa du jus sur la volaille en train de rôtir.

Françoise était assise à la table et jouait avec les couverts.

– Tu vas déménager à Marseille ? Je… j'ai… Ah, viens voir ici, mon petit froussard adoré.

Elle l'attira sur ses genoux, lui enlaça la taille et posa sa tête contre sa poitrine. Puis elle leva les yeux vers lui :

– J'ai réfléchi à nous deux.

La petite fossette au-dessus du nez réapparut.

– Tu réfléchis tout le temps.

– Non, ne te moque pas de moi maintenant. Je suis sérieuse. Tu m'as demandé si je voulais m'installer chez toi, je pensais que ça allait trop vite, j'ai besoin de temps. Mais ensuite, quand je ne t'ai pas vu pendant toute la semaine, que je n'ai pas pu te toucher, te sentir, alors j'ai pensé… Tu pourrais m'aider, tu sais bien ce que je veux, et tu restes assis sur mes genoux comme un soldat de plomb muet.

Georg resta assis, comme un soldat de plomb muet, en la regardant d'un air béat.

— Si tu continues à vivre ici et si tu as un gobelet pour ma brosse à dents, si tu fais de la place dans ton armoire et que tu me réserves une table et une étagère, eh bien, je garderais mon appartement, et j'aimerais bien rester auprès de toi longtemps. Ça te va ?

9

Pendant les mois qui suivirent, Georg fut plus heureux qu'il ne l'avait jamais été.

À la fin du mois de mars, Françoise vint s'installer chez lui. Le printemps laissa la place à un été luxuriant : l'année précédente, le jardin n'avait pas été aussi beau, les jours aussi clairs et les nuits aussi douces. Lorsqu'en juin arriva la chaleur et que la terre se dessécha, Georg ne vit plus qu'un paysage aux reflets éteints à la place d'une nature désertique. Et il vit Françoise embellir sous ses yeux : elle prenait des couleurs et sa peau devenait lisse et douce. Elle prit quelques kilos, ses formes s'arrondirent et sa féminité s'épanouit. Il était comblé.

Parfois il se sentait fatigué à cause de son travail et des trajets entre Marseille et Cucugnan. Mais il tenait le coup : il se retrouvait au bureau le matin à neuf heures quatre jours par semaine, répartissait les traductions entre Chris, Isabelle et Monique, corrigeait leur travail, traduisait lui-même, ne manquait aucun rendez-vous, conservait de bonnes relations avec les anciens commanditaires et se préoccupait d'en trouver de nouveaux, installait un nouvel ordinateur pour le traitement de texte. En avril, un monsieur de la Sécurité vint l'interroger sur ses origines, ses activités et ses relations en Allemagne, son mode de vie et ses opinions politiques, et lui fit signer un accord pour entreprendre une enquête à son sujet auprès de l'Office fédéral de la protection de la Constitution ; en mai, Mermoz lui envoyait la confirmation que les vérifications étaient terminées, et lui annonçait qu'il était désormais autorisé à recevoir certains documents secrets dont il serait l'unique traducteur. Le travail commença alors véritablement ; les week-ends qui n'étaient pas consacrés à la traduction de plans d'architectes, de leurs légendes, de diagrammes de montage et de budget de production, se firent rares. Il réussit aussi à surmonter cette difficulté.

Enfant, il n'avait jamais eu de train électrique. De son père il avait reçu une grosse locomotive en métal, difficile à manier, dont il fallait remonter le mécanisme, avec deux wagons et seulement quelques rails, ce qui lui permettait tout juste de construire un petit circuit en forme de cercle. Plein d'envie, Georg rêvait devant la vitrine de Knoblauch, le plus grand magasin de jouets de Heidelberg, au moment de Noël quand une foule de trains électriques parcouraient de grands circuits complexes, sans le moindre incident, sans jamais dérailler, avec des passages à niveau fonctionnant réellement et des signaux qui s'allumaient. L'un des employés du magasin dirigeait le circuit, on le voyait à travers la vitrine installé sur un podium, derrière le pupitre de commande.

En ce moment, Georg retrouvait ces sensations. En fait, tout lui semblait au-dessus de ses forces ; de même que son circuit d'enfant était trop petit, ses capacités lui semblaient maintenant insuffisantes, et de ce fait, tout pouvait d'un moment à l'autre se briser et dérailler. Mais il réussit à tout diriger avec la plus grande concentration. Comme s'il dirigeait des trains, il réussit à enclencher et à décrocher des commandes, à les faire rouler en même temps, à les mettre sur une voie de garage ; à les arrêter ou les accélérer. Georg contrôlait tout, gardait les choses bien en main, utilisant son pouvoir de concentration sans se priver du plaisir de le faire.

La plupart du temps, Françoise était là lorsqu'il rentrait. Dès qu'elle entendait la voiture, elle sortait de la maison, allait à sa rencontre, et se jetait à son cou. Quelquefois, en parcourant les quelques mètres qui les conduisaient à la porte, elle lui enlevait sa veste et sa cravate qui étaient devenues maintenant usuelles, puis elle le conduisait par la main jusqu'à la chambre à coucher. Georg faisait le pudique et se laissait séduire. D'autres soirs, elle l'accueillait dans un déluge de paroles, lui parlait de son travail, de Bulnakof, de Claude, qui passait de temps en temps avec sa fourgonnette Citroën prendre du pain rassis pour ses oies et lui offrir des choux, des melons et des tomates. Quand elle n'avait pas déjà préparé le repas, ils le faisaient ensemble. Le matin, Georg se levait toujours le premier, faisait la vaisselle de la veille, préparait le thé et l'apportait au lit à Françoise. Il aimait la réveiller, se glisser encore une fois sous les draps, sentir la chaleur de son corps, goûter l'intimité de son souffle et de son haleine ensommeillés. Le matin, la voix claire et enfantine de Françoise était enrouée par la cigarette : Georg trouvait cela excitant, mais elle n'aimait pas coucher avec lui le matin.

Les chambres changaient d'aspect. Françoise aménagea pour elle celle qui se situait au premier étage, au bout du couloir. Puis elle fit des housses pour les fauteuils abîmés du salon et, pour la chambre à coucher, un rideau destiné à masquer le chaos de vestes, pantalons, chemises et linge de maison entassés dans une niche aménagée dans le mur. Dans la cuisine, elle installa une poubelle pour remplacer les sacs en plastique et, dans la salle de bains, une petite armoire pour ranger les objets de toilette éparpillés. À Aix, Françoise acheta des nappes pour la table.

— Où as-tu appris tout ça ?

— Quoi, tout ça ?

— Eh ben... la cuisine et la couture et... Georg se tenait dans la salle à manger, un Pernod à la main, désignant d'un grand geste l'ensemble de la maison — ... toute cette magie ?

Quand il avait senti mourir sa relation avec Hanne, il avait eu souvent envie de déménager, mais maintenant il aimait l'endroit où il vivait.

— Savoir de femme, dit Françoise avec son rire de coquette.

— Non, je parle sérieusement : c'est ta mère qui t'a appris tout ça ?

— Quel curieux ! Je sais le faire, c'est tout.

Un soir de juin, Georg rentra de Marseille seulement vers minuit. Il s'arrêta sur la colline d'où l'on apercevait la maison. La porte du jardin était ouverte, on voyait de la lumière derrière les fenêtres de la cuisine, de la salle à manger, du salon et la véranda aussi était éclairée. On entendait de la musique dans la maison, Françoise aimait mettre la chaîne à fond.

Georg resta assis dans la voiture et regardait. La nuit était chaude, et, au fond de son cœur, il se réjouissait de rentrer chez lui. Je vais faire repartir la voiture, et, bientôt, Françoise ouvrira la porte, sortira de la maison et nous nous serrerons dans les bras. Et ensuite il y aura du Campari avec du jus de pamplemousse et nous dînerons, et nous parlerons et nous nous embrasserons. Georg se souvint que ces derniers jours Françoise avait été irritable et fragile et qu'il lui fallait être particulièrement gentil et prévenant. Cela aussi le remplissait de joie.

Lorsqu'ils se retrouvèrent dans leur lit, il lui demanda si elle voudrait bien l'épouser. Elle se raidit et resta muette.

— Hé, Œil-Brun, qu'est-ce qu'il y a ?

Elle se détacha de ses bras, alluma la lumière et s'assit dans le lit. Elle le regarda d'un air désespéré et froid.

— Pourquoi tu ne peux pas laisser les choses comme elles sont ? Pourquoi il faut toujours que tu me pousses ? Que tu m'acculés ?

Mais qu'est-ce que… Je t'aime, je n'ai encore jamais aimé ainsi, et tout est si bien avec toi, jamais encore…

— Alors ne changeons rien… Oh excuse-moi, mon trésor, je sais que tu ne penses pas à mal, je ne veux pas que tu sois triste, je veux tellement que tu sois heureux.

Elle se blottit contre lui, le couvrit de baisers. Il voulut d'abord se refuser, la repousser, continuer à parler. Mais lorsqu'il la tint dans ses bras et vit son visage fermé, il renonça. Il la laissa lui embrasser les tétons et les mordre et faire tout ce qui l'excitait. Il atteignit l'orgasme, elle le tint serré contre elle, et ensuite, dans l'engourdissement du sommeil, sa demande en mariage lui parut irréelle.

10

Sa réaction envers lui quand il avait parlé de mariage n'était que le premier signe d'une longue série qui allait suivre. Georg les découvrit tous, peu à peu. Et il se rendit compte que, jusque-là, il s'était refusé à les voir. Par exemple, ses brusques départs. Georg rentrait de Marseille le vendredi soir, Françoise l'attendait toute joyeuse du week-end, ils allaient manger au Bon Vieux Temps, passaient la soirée à bavarder avec Gérard et Catherine, et le matin à traîner. Ensuite, Georg devait s'atteler à ses traductions, les terminait dans la nuit de samedi ou l'après-midi du dimanche, et ils déjeunaient, se promenaient à travers les vignes, les champs de tomates ou de melons, ou dans la forêt du Luberon, revenaient et buvaient du thé ou du champagne au lit. C'était le rythme du week-end. Et il allait presque de soi que Françoise partait vers quatre ou cinq heures.

– Je dois m'en aller.

– Qu'est-ce que tu dois faire ? demanda Georg, la première fois que cela arriva.

Il se sentit complètement décontenancé quand

il la vit se lever pour aller remettre sa petite culotte. Il chercha à la retenir, à la ramener vers lui. Et lorsqu'elle se déroba, il voulut également se lever et s'habiller. Elle s'assit, en jupe et chemisier, sur le bord du lit.

– Tu n'as pas besoin de te lever, mon trésor, reste et continue à dormir. Elle le recouvrit avec le drap et l'embrassa. – J'ai tout simplement besoin d'un peu de temps à moi, je vais rentrer chez moi, m'occuper de mon ménage, appeler maman et papa, et demain soir, quand tu reviendras de Marseille, je serai de nouveau là à t'attendre.

Peut-être que Georg aurait pu se résigner si Françoise en était restée là : elle avait besoin de garder son dimanche soir pour se retrouver. Mais, tantôt elle revendiquait ce désir-là, tantôt elle invoquait un travail important qu'elle devait déposer ou effectuer au bureau de Bulnakof, un appel urgent qu'elle devait recevoir chez elle. Ça arrivait rarement dans la semaine. Mais le dimanche, elle se levait brusquement après le dîner ou après la sieste et elle partait.

À chaque fois Georg essayait de la retenir, la pressait de questions, se moquait gentiment d'elle ou tentait de jouer de son autorité. Et, à chaque fois, il se heurtait à une vive résistance. Qu'elle le repousse tendrement, avec agacement ou désespoir, elle finissait toujours par s'en aller. Les premières fois, Georg resta effectivement au lit. Mais comme, le plus souvent, elle partait à la tombée du soir, il supportait mal de se retrouver seul dans le lit à respirer son odeur. Alors il s'habillait lui aussi, l'accompagnait en bas et restait à la porte du jardin jusqu'au moment où la voiture disparaissait.

Un vendredi soir, il était allé chercher Françoise au bureau de Bulnakof, et le dimanche suivant, elle lui demanda de la ramener chez elle en voiture. Il profita de la situation, la rassura et promit :

— Oui, oui, tout de suite, tout de suite.

Puis ils firent l'amour encore une fois. Elle voulait s'en aller rapidement, mais il la séduisit, et elle trouva ça tellement agréable qu'elle ne trouva pas le courage de partir. Elle finit par le supplier de lui faire l'amour, pas pour s'en débarrasser et partir, mais parce qu'elle en mourait d'envie. Et lorsqu'elle atteignit l'orgasme, elle cria de bonheur. Sur le chemin du retour, elle se blottit contre lui, lui dit mille mots tendres, tout en lui demandant de rouler plus vite.

— Oh mon Dieu, je vais arriver trop tard, mais qu'est-ce qui m'a pris d'avoir encore envie de toi ?

Il n'arrivait que très rarement qu'il la raccompagne jusqu'à son appartement. Deux pièces communicantes de plain-pied, une salle de bains, une cuisine et une grande chambre qui donnait sur une terrasse. L'appartement était sans âme. Elle est si peu chez elle, pensa Georg. Il fit quelques photos d'elle, bien qu'elle détestât qu'on la photographie : Françoise sur la terrasse en train d'étendre la lessive, devant le frigo, ou sur le divan, sous un dessin d'architecte représentant le fronton d'une église.

— Ça représente quelle église ?

Elle répondit en hésitant :

— C'est la cathédrale de Varsovie où mes parents se sont mariés.

Il ne savait pas grand-chose sur ses parents, elle lui en avait vaguement parlé.

— Quand ont-ils quitté la Pologne ?

— Je ne t'ai jamais dit qu'ils ne vivaient plus à Varsovie.

— Mais vous vous téléphonez de temps en temps, dit Georg, troublé.

La machine à laver s'arrêta, Françoise alla la vider. Georg la suivit.

— Pourquoi es-tu si mystérieuse à propos de tes parents ?

— Pourquoi veux-tu savoir tant de choses sur ma famille ? Tu m'as, ça ne te suffit pas ?

En juillet, Georg organisa une fête. C'était un de ses vieux rêves : inviter tout le monde, tous ceux qu'il connaissait et qu'il pourrait convier — ses parents, ses oncles et ses tantes, ses frères, ses relations de travail, ses anciens copains d'Allemagne et les nouveaux, les Provençaux. Il rêvait que cette fête commence dans l'après-midi, qu'on joue, qu'on danse et que tout se termine tard dans la nuit par un feu d'artifice. Sa famille ne pouvait pas venir et seuls quelques amis allemands se déplacèrent, mais la fête fut joyeuse, et les derniers invités ne partirent qu'au lever du jour. Georg avait tout d'abord voulu faire une surprise à Françoise, puis il pensa qu'elle aussi aimerait inviter ses amis. Françoise rédigea également quelques invitations, l'aida dans les préparatifs, mais lorsque, le matin de la fête, elle se rendit à Marseille pour aller chercher des huîtres fraîches, elle lui passa un coup de fil pour lui annoncer qu'elle devait s'envoler pour Paris pour des raisons professionnelles et qu'elle ne pourrait pas venir. Aucun de ses invités ne se présenta à la fête.

Le lendemain, dans le courant de l'après-midi, Georg s'était installé sur la terrasse avec de vieux amis de Heidelberg pour boire du champagne. Ils venaient de faire une longue promenade. Pendant ce temps, les femmes de ménage du bureau étaient venues pour nettoyer toute trace de la fête. Les amis devaient rentrer chez eux, mais on discutait et on repoussait sans cesse le moment du départ. S'arracher à la douce intimité de ces amitiés fidèles semblait aussi difficile que de quitter la chaleur d'un lit au petit matin. Soudain, la 2 CV verte franchit le sommet de la colline. Georg se leva d'un bond, se précipita vers la porte du jardin et ouvrit la portière de la voiture. Françoise en descendit, vit les amis, les salua, mal à l'aise, se rendit à la cuisine pour ranger dans le frigo les courses qu'elles avait faites et s'y attarda un moment. Puis elle les rejoignit, mais elle semblait lointaine. Gerd l'interrogea sur son séjour parisien et elle éluda la réponse. Walter lui demanda quelle date était prévue pour son mariage avec Georg, et elle rougit. Jan dit que Georg lui avait confié qu'elle venait de Pologne, que lui-même arrivait de Varsovie, qu'il y avait fait ceci et cela, et elle ne répondit rien. Gerd fit encore quelques délicates remarques à propos de l'épreuve difficile que doit représenter, pour la nouvelle petite amie d'un ami, le fait de rencontrer ses anciens amis, et elle n'y prêta aucune attention. Une demi-heure plus tard, les amis de Heidelberg s'en allèrent, et Georg se tenait avec Françoise sur le chemin en train de faire des signes d'adieu, quand elle lui lança :

— Qu'est-ce que tu leur as raconté sur moi ?

— Mais qu'est-ce que tu as, Œil-Brun, qu'est-ce qui se passe ?

Impossible de la raisonner, elle se mit à l'injurier, et sa voix de petite fille devint soudain geignarde et grincheuse, prononçant des phrases qui commençaient toutes par « sérieusement », « il faut que je te dise », « si tu n'arrêtes pas », etc. Il ne savait pas comment réagir, et restait là, devant elle, le visage tout rouge. Le soir, elle lui demanda pardon, cuisina les brocolis qu'elle avait achetés et se blottit dans ses bras.

— Tout à l'heure, j'ai eu le sentiment que vous aviez parlé de moi, que tes amis s'étaient déjà fait une idée de ma personne et qu'ils étaient conditionnés, je suis désolée, j'ai gâché votre après-midi.

Georg comprit : Paris l'avait épuisée. Quand ils se retrouvèrent au lit, elle lui dit :

— Si on allait passer un week-end chez tes amis de Heidelberg, j'aimerais les connaître mieux, ils ont l'air sympa.

Georg s'endormit heureux.

11

C'était la fin du mois de juillet. Georg se réveilla en pleine nuit dans sa chambre obscure, et, ensommeillé, se retourna sur le ventre, cherchant à poser sa jambe sur le corps de Françoise. Sa place était vide.

Il guetta le bruit de la chasse d'eau et ses pas dans l'escalier. Combien de temps s'était-il passé ? S'était-il rendormi entre-temps ? Il n'entendait toujours rien. Où était Françoise ? Avait-elle eu un malaise ?

Il se leva, enfila sa robe de chambre et se rendit dans le couloir. Un rai de lumière filtrait par la porte de son bureau. Il ouvrit : « Françoise ! »

Il lui fallut quelques secondes pour comprendre la situation. Françoise était assise au bureau et tourna la tête vers lui. On dirait une petite voleuse, pensa-t-il. Soudain, il la vit autrement, un nez crochu, un regard effrayé, des lèvres entrouvertes et figées comme si elle respirait par la bouche. Sur la table, étaient étalés les plans que Georg était en train de traduire, encadrés de livres, éclairés par la lampe de bureau. Françoise était nue, la couverture dont elle s'était enveloppée avait glissé.

— Bon Dieu, mais qu'est-ce que tu fais ?

Question idiote. Que pouvait-elle bien faire, avec un appareil photo, assise devant ces plans ? Elle posa l'appareil sur la table et se couvrit la poitrine avec ses mains. Muette, elle le fixait toujours d'un regard apeuré. La fossette au-dessus de son sourcil droit venait de réapparaître.

Il se mit à rire. Pour détendre l'atmosphère, comme il avait l'habitude de le faire avec Hanne et Steffi en se réfugiant dans un rire imbécile. La situation était tellement absurde : c'était impossible à concevoir. C'était impossible que ça lui arrive, à lui. Il se sentit tout à coup fatigué, la tête vide, et les muscles du visage douloureusement tétanisés par le rire.

— Viens au lit avec moi.

— Je n'ai pas terminé, dit Françoise en jetant un regard sur les plans et en se saisissant de l'appareil photo.

— Qui es-tu ?

La situation était toujours absurde, les seins nus de Françoise paraissaient obscènes et sa voix reprenait ses intonations aiguës de petite fille. Georg lui arracha l'appareil des mains et le jeta contre le mur, saisit le plateau de la table, le soulevant des tréteaux. La lampe du bureau tomba à terre et s'éteignit. Georg avait envie de secouer Françoise, de la battre. Mais sa colère s'éteignit en même temps que la lumière. Il ne voyait rien, fit un pas, trébucha, renversa un meuble de bureau, tomba, se fit mal à la jambe. Puis il entendit Françoise pleurer. Il tâtonna dans sa direction et voulut la prendre dans ses bras. Elle lui donna des coups de poing et des coups de pied, et se mit à gémir, en se débattant toujours plus fort, jusqu'à tomber de sa chaise en heurtant une étagère.

Puis ce fut le silence. Georg se releva et alluma le plafonnier. Elle était couchée sur le sol, recroquevillée au pied de l'étagère, immobile.

— Françoise !

Il se pencha sur elle, lui passa la main dans les cheveux cherchant une éventuelle trace de blessure, ne trouva rien, la souleva et la porta jusqu'au lit. Il alla chercher une cuvette d'eau et un gant, et quand il revint, elle le regarda avec un petit sourire. Il s'assit au pied du lit.

Encore et toujours cette voix de petite fille, maintenant suppliante, pitoyable.

— Je suis désolée, je ne voulais pas te faire de mal, je ne voulais pas faire ça, ça n'a rien à voir avec toi, je t'aime tant, il ne faut pas m'en vouloir, je n'y peux rien, ils m'ont forcée, ils m'ont…

— C'est qui, « ils » ?

— Promets-moi de ne pas faire de bêtises. On s'en fiche tous les deux des hélicoptères…

— Bon Dieu, j'aimerais savoir ce qui se passe.

— J'ai peur, Georg. — Elle se redressa et se blottit contre lui. — Tiens-moi, oh, tiens-moi tout contre toi.

Finalement, elle se mit à parler. Et peu à peu, il comprit que l'histoire qu'elle racontait était totalement liée à la leur, à celle du vrai Georg et de la vraie Françoise, que ça faisait partie de leur vie, comme la maison, la voiture, le bureau à Marseille, les travaux et les projets, l'amour de Françoise, se réveiller le matin et dormir la nuit.

Elle supposait qu'il avait déjà été espionné avant même que Bulnakof et elle n'aient été envoyés à Pertuis.

— Tu veux savoir de qui je parle ? Peut-être s'agit-il des services secrets polonais, sur les ordres du KGB, ne me demande pas, je n'en sais rien. Ils ont arrêté mon frère et mon père dès la proclamation de l'état d'urgence, et depuis je travaille pour eux. Mon père a été libéré depuis, mais ils m'ont dit qu'ils l'arrêteraient à nouveau si je ne continuais pas à… Et puis, il y a mon frère…

Elle cacha son visage entre ses mains et pleura.

— Ils disent que sa vie est entre mes mains, que sa condamnation à mort est signée, et quant au recours en grâce… Il a participé à la résistance et lancé un cocktail Molotov quand la milice est venue évacuer la place devant l'université, c'est le seul, je crois, qui ait été lancé en Pologne pendant ces événements, et le conducteur de la voiture et son passager sont morts brûlés. Il a… Il est… J'aime beaucoup mon frère, Georg, depuis que maman est morte, nous comptions beaucoup l'un pour l'autre jusqu'à ce que…

Elle éclata en sanglots.

— Jusqu'à ce que je te rencontre.

— Et comme ça, pour sortir ton frère de prison, tu fais tout pour m'y envoyer ?

— Mais tout va bien, tu es heureux et moi aussi, on s'en fiche des hélicoptères, bientôt les gens pour qui je travaille auront ce qu'ils veulent, ils gracieront mon frère et ils nous laisseront en paix, et alors... Tu m'as demandé si je voulais rester avec toi, j'aimerais tant, je ne peux pas vivre sans toi, je veux toujours être avec toi, j'ai juste... Tu ne comprends pas pourquoi je n'ai pas pu te dire tout simplement oui à l'époque ? Oh s'il te plaît, s'il te plaît...

Et à nouveau, cette voix d'enfant et cette expression coupable, comme une petite fille prise en faute et pleine d'espoir d'être pardonnée — puisque au bout du compte, tout était arrangé — agacée de ne pas avoir encore été récompensée.

— Et pourquoi te laisseraient-ils en paix après avoir reçu les documents ?

— Ils me l'ont promis, ils m'avaient aussi promis de libérer mon père, et ils l'ont fait.

— Tu n'aurais certainement pas travaillé pour eux s'ils ne l'avaient pas fait. Et maintenant, ils vont commuer la condamnation à mort de ton frère en prison à perpétuité, et tu continueras à travailler pour eux pour qu'ils réduisent sa peine à quinze ans et, comme ça, ils vont te faire du chantage d'année en année. Qu'est-ce que tu peux faire ?

Elle ne dit rien, continuant à le regarder en faisant la moue. Il analysait la situation :

— Évidemment ils doivent t'offrir quelque chose pour que tu ne les lâches pas. Disons trois ans de prison contre une année de travail, ils te tiennent encore cinq ans. Et comme tu es efficace, que tu parles couramment français, que tu es habituée à rencontrer des gens différents, et à te trouver confrontée à des langues étrangères, ils ne te lâcheront pas. Depuis combien de temps étais-tu en France quand ils t'ont recrutée ou engagée de force ?

– Ça ressemble à un interrogatoire. Ce n'est pas comme ça que je veux parler avec toi.

Il s'était glissé à l'extrême bord du lit, assis, les mains sur le ventre, le regard concentré, objectif.

– Et ils me tiennent aussi, et quand ils en auront fini avec l'hélicoptère de combat, il y aura l'avion de reconnaissance indétectable ou le nouveau système de guidage ou le nouveau missile et que sais-je encore. De plus... Quand j'aurai travaillé aussi longtemps pour eux, ils me tiendront, même sans toi. C'est ça que tu veux ? Tu veux continuer à vivre comme ça ?

– Mais on ne vit pas si mal que ça. On a une maison, assez d'argent, et personne n'a besoin de savoir que tu es au courant. Pourquoi ne pas continuer comme ça ? Tu n'es pas heureux ?

Sans un mot, il regarda par la fenêtre, il faisait nuit, il était épuisé. Ce qu'elle disait était vrai et ne l'était pas. Que lui importaient les hélicoptères de combat, les avions de reconnaissance, les chasseurs, les bombardiers et toutes ces tactiques autour du réarmement, de l'armement préventif ou défensif. Tant qu'il avait de l'argent et du temps pour écrire, il se fichait de ce qu'il traduisait et pour qui il le faisait, que ce soit pour IBM, pour Mermoz, et pourquoi pas pour les Polonais et les Russes. Ça ne représentait pas plus de travail – là-dessus, il éclata d'un rire amer. Mais c'en était fini de sa liberté. Il le sentait avec une lucidité douloureuse. Il n'était plus au pupitre de commande et dirigeait fictivement la circulation de trains que d'autres conduisaient, arrêtaient, redémarraient, accéléraient et arrêtaient à nouveau.

– Georg ?

Il haussa tristement les épaules. La liberté dont il avait joui jusque-là n'était-elle qu'une illusion ? Il se souvint tout à coup de ses départs brusques du dimanche.

– Pourquoi devais-tu livrer les films le dimanche justement ?

– Quoi ?

Il ne répéta pas la question. Quelque chose clochait. Ça lui trottait dans la tête, ce n'était pas une question claire, mais peut-être tout simplement une espèce d'incapacité à se convaincre que toute cette histoire lui soit arrivée, et que sa vie puisse malgré tout rester la même et continuer. Elle soupira et posa sa tête sur le ventre de Georg, lui caressant le dos de la main gauche tandis que la main droite glissait doucement sous la robe de chambre, entre ses cuisses, et saisissait son sexe. Étonné et comme lointain, il sentit son excitation monter.

– Tu es… tu étais la maîtresse de Bulnakof ?

Elle retira ses mains et se redressa :

– Tu es méchant, rancunier, mesquin… Depuis que je te connais, je n'ai touché aucun autre homme, et en ce qui concerne notre passé, aucun de nous ne doit des comptes à l'autre… Quand Bulnakof voulait coucher avec moi, tu te doutes bien que je n'avais pas vraiment le choix.

— Pourquoi tu ne l'aurais pas eu à l'époque et tu l'aurais maintenant ?

— Maintenant non plus je ne l'ai pas, si tu tiens à le savoir, cria-t-elle, mais nous ne couchons pas vraiment ensemble, je le laisse venir sur moi, ensuite il se relève, boutonne son pantalon et remet sa chemise à l'intérieur. Tu veux que je te montre ? Allez, couche-toi, tu es moi et moi je suis lui, allez…

Elle essaya de l'attirer sur le lit, s'agrippa à lui, le frappa. Puis elle se mit à pleurer, poussant de petits cris qui sortaient du fond de son âme et s'enroula sur elle-même en position de fœtus. Georg était assis là, la main gauche posée sur l'épaule de Françoise. Finalement, il s'allongea près d'elle. Ils firent l'amour. Dehors, c'était l'aurore et on entendait les premiers gazouillis des oiseaux.

12

Elle sortit du lit quand le jour fut levé. Lui, il resta couché, l'écoutant vaquer à ses occupations, la toilette, le bruit de la vaisselle dans la cuisine, le murmure de la douche. Françoise ouvrit les volets du salon qui se rabattirent avec fracas contre le mur extérieur de la maison, et il attendit le bruit du moteur de la voiture. Mais elle avait certainement pris sa tasse de café pour aller s'installer dans le fauteuil à bascule. Au bout d'un moment, le portail d'entrée grinça, la 2 CV démarra en toussotant et le gravier crissa. Il suivit le bruit de la voiture qui s'éloignait, imprégné du parfum de la peau de Françoise et plein de son amour, épuisé par le combat qu'ils avaient mené l'un contre l'autre durant la nuit. Quelques heures plus tard, il se réveilla à nouveau. Le soleil brillait dans la pièce. Il ne se sentait pas la force de se lever, il était incapable de bouger et de se retourner dans le lit. Puis il se leva tout de même, sans savoir pourquoi, et pourquoi plutôt à ce moment-là. Il se leva. Se lava, s'habilla, prépara le café, le but, nourrit les chats. Il fit tout cela avec une étrange légèreté. Il chercha et trouva de l'argent dans le tiroir, mit sa veste, prit les clés, ferma la maison, s'assit dans la voiture et démarra. Il économisait ses gestes. Il enregistra très exactement le chemin, puis la route, les trous dans la chaussée, les voitures qui prenaient des virages, celles qui le croisaient, il roula vite, mais prudemment et avec détachement. Il lui semblait qu'il ne conduisait pas, mais qu'il se voyait conduire, qu'il pourrait à tout instant foncer dans un arbre ou dans le tracteur qui roulait devant lui, sans en retirer la moindre blessure, sans même que sa voiture ne soit endommagée. Il se gara sous les platanes près de l'étang et alla à la pharmacie. Là aussi, il se regarda marcher, il se sentait léger et ses mouvements lui semblaient faciles. Comme si son corps allait tout seul, comme si tout était vide à l'intérieur, et qu'il fût traversé par l'air et la lumière.

À la pharmacie, il dut faire la queue pendant quelques minutes. Il avait dit bonjour, sans ce sourire réjoui et amical qu'il avait coutume d'afficher, et pendant qu'il attendait, son visage ne trahissait aucune impatience, ni la moindre attention envers les conversations que menait Mme Revol avec les clients. Il avait la sensation que son visage était une page blanche.

— Une boîte de Dovestan, s'il vous plaît.

— Vous devriez plutôt boire une bière avant de vous coucher ou un verre de vin rouge, le Dovestan, c'est dangereux, j'ai appris qu'en Allemagne et en Italie, on ne le délivrait plus sans ordonnance.

Il n'avait pas envie de réagir. Mme Revol ne fit pas de difficulté pour aller le chercher, tout en le regardant avec une expression soucieuse et maternelle, espérant une réaction. Il se força à afficher un sourire jovial.

— C'est justement pour ça que je vis en France, dit-il en riant. Non, sérieusement, les nuits de pleine lune, je n'arrive vraiment pas à dormir, et il ne vaut mieux pas que je pense à tout le vin rouge que je devrais boire et à mon foie.

Elle lui donna le médicament, et au même moment il sut qu'il n'en prendrait pas. Le suicide ? Non, ce n'était pas son genre. Ils verraient bien, les Russes, les Polonais, et Bulnakof, et Françoise. N'avait-il pas toutes les cartes en main ? N'était-ce pas lui qui décidait de livrer les documents ou de ne pas le faire, d'aller à la police ou de ne pas y aller, de faire attendre Bulnakof et de le faire payer ? Au Bar de l'Étang, il but un verre de blanc, puis un autre. À la maison, il jeta un coup d'œil à son bureau. La table était à nouveau sur ses pieds, les plans posés dessus, et l'appareil photo avait disparu. Françoise avait donc fini ses photos ce matin. Georg appela son bureau à Marseille ; la secrétaire l'avait attendu, mais elle avait pu se débrouiller sans lui, avait repoussé un rendez-vous et consolé tous ceux qui avaient appelé. Puis il composa le numéro de Bulnakof.

— Allô ?

— Polger. Je voudrais vous parler. J'aimerais passer à quatre heures.

— Passez, mon jeune ami, passez. Pourquoi êtes-vous si bref, si je puis me permettre, pourquoi si mystérieux ?

Françoise ne lui avait donc rien dit. Allait-elle le faire ou n'en avait-elle pas l'intention ?

— Nous en parlerons plus tard. À tout à l'heure, monsieur.

Georg raccrocha. Garder la maîtrise de la situation, profiter de la surprise, troubler l'adversaire : Bulnakof allait suer sang et eau.

D'ailleurs, il avait de grosses taches sombres sous les aisselles quand Georg arriva à quatre heures.

Les portes étaient ouvertes, le bureau de Françoise était vide. Bulnakof trônait derrière sa table, sa veste accrochée au dossier de son fauteuil, les premiers boutons de sa chemise et de son pantalon étaient ouverts.

« Et ensuite, pensa alors Georg, à tous les coups il va se lever, boutonner son pantalon et mettre sa chemise à l'intérieur. »

— Approchez, mon jeune ami. J'essaye d'avoir un peu d'air, mais l'air ne veut pas venir et la chaleur ne veut pas partir.

Il se leva lourdement de son fauteuil, boutonna son pantalon et mit sa chemise à l'intérieur. Georg était jaloux, blessé, en colère. Il ne tendit pas la main à Bulnakof.

— Votre petit jeu est terminé, monsieur.

Georg s'assit sur la table à côté du bureau. Il dominait Bulnakof qui était retourné dans son fauteuil.

— Je ne joue pas.

— Peu importe ce que vous faites, moi, je me retire. Vous pouvez le supposer, soit je me décide à aller voir la police, soit je n'y vais pas. Si je n'y vais pas, alors il faut que le frère de Franziska soit gracié et qu'il puisse sortir de son pays. Je vous donne trois jours.

Bulnakof lança un regard amical à Georg. Sa bouche se fendit en un sourire, son visage rayonnait. Songeur, il tirait le bout de son nez avec son pouce et son index.

— Est-ce bien le même jeune homme qui était là dans mon bureau, il y a à peine quelques mois ? Non, ce n'est plus le même. Vous êtes devenu un homme, mon jeune ami, vous me plaisez. Apparemment, ce que vous appelez mon petit jeu vous a fait beaucoup de bien. Et maintenant, voilà que vous voulez arrêter.

Il secoua la tête, gonfla les joues, expira l'air en serrant les lèvres et poursuivit :

— Ce n'est pas possible, mon jeune ami, notre train est en marche, il roule vite, impossible de descendre. Sauter en marche, c'est possible, mais vous allez vous casser le cou. En revanche, un train qui roule vite arrive vite à sa destination. Ayez un peu de patience.

— Pourquoi devrais-je en avoir ?

— Que voudriez-vous dire à la police ?

La conversation ne se déroulait pas comme Georg l'avait prévu. Il avait le sentiment de se laisser dominer.

— C'est mon problème. Peut-être pensez-vous que je n'ai pas de preuves. Peut-être que j'en ai, peut-être que je n'ai que mon histoire à raconter, et seulement quelques indices. Mais si la police sait dans quelle direction elle doit chercher, elle découvrira le reste. J'ai appris à apprécier le zèle des services secrets polonais, apprenez à connaître celui des services français.

— Vos phrases sont joliment tournées. Peut-être laisserons-nous la police trouver l'un ou l'autre des films, avec vos empreintes sur les boîtes. Et certainement nous lui ferons parvenir des renseignements sur le propriétaire d'une certaine Peugeot jaune qui a poussé la Mercedes de Maurin dans le ravin, et sur le garage de Grenoble qui a réparé les dégâts de la Peugeot.

Bulnakof avait toujours ce ton amical, légèrement tendu. Il poursuivit :

— Ne faites pas votre malheur et celui de Françoise. Encore quelques semaines, et cette affaire sera terminée, nous nous séparerons comme de bons amis, ou de bons ennemis, en tout cas nous nous séparerons. Pour le frère, ça s'arrangera. D'ailleurs c'est une vraie tête brûlée. Et puis si Françoise et vous, vous voulez vous marier, pourquoi pas, vous avez l'âge idéal.

Georg était comme assommé. Des pas résonnèrent dehors, il se retourna, Françoise était sur le seuil de la porte.

— C'est vrai, Françoise, que mes empreintes sont sur les films ?

Le regard de Françoise allait de Georg à Bulnakof et elle finit par l'arrêter sur Georg.

— Je n'ai pas eu le choix. Tu fais tellement de photos, j'ai pris les boîtes.

Elle se mordillait les lèvres.

— Nous étions à Lyon lorsque Maurin… lorsqu'il a été assassiné. Les gens de la conférence et l'hôtelier se souviendront bien de moi.

— Dis-lui, Françoise.

Françoise baissa la tête.

— La nuit où Maurin… enfin, cette nuit-là, nous n'étions plus à Lyon. Nous n'étions pas non plus à l'hôtel. Nous avons dormi à la belle étoile à Roussillon.

— Mais, toi, tu peux témoigner que…

Georg ne termina pas sa phrase. Il commençait à comprendre. Bulnakof avait froncé les sourcils, mais son regard n'était pas irrité, plutôt compatissant. Le visage de Françoise était fermé. Il ajouta :

— Tu ne parles pas sérieusement, Œil-Brun, tu ne peux pas vouloir ça !

Il dit ces mots plus pour lui-même que pour elle. Puis il se leva brusquement, la saisit et la secoua.

— Dis que ce n'est pas vrai, dis-le, dis-le !

Comme si ses cris et ses secousses pouvaient faire tomber la carapace qui enveloppait Françoise, cette Françoise qu'il avait tenue dans ses bras, qui s'était ouverte à lui et lui à elle, la vraie Françoise.

— Pourquoi fallait-il quc tu casscs tout, pourquoi tu as fait ça ?

Elle ne se défendait pas, ne se plaignait pas de sa voix d'enfant fluette et aiguë, elle restait lointaine. Ce n'est que lorsqu'il la relâcha qu'elle aussi se mit à crier :

– Ce n'est pas ça, Georg, pas ça ! Je ne t'ai rien promis, je ne t'ai rien laissé entendre, j'étais moi-même, et toi tu étais toi, c'est ton affaire si tu n'as pas voulu m'écouter et si tu n'as rien voulu entendre, si tu t'es fait des idées, et maintenant tu vois qu'il n'en est rien, tu n'en as pas le droit, oh, je vois bien, tu as tout cassé pour te venger parce que tu ne peux pas m'avoir et que ça te rend malheureux, tu veux courir à la police et me rendre malheureuse moi aussi et me détruire, mais ne crois pas, Georg, ne crois pas que c'est pour ça que je te soutiendrai et que je témoignerai en ta faveur, si tu vas à la police, tu me perdras.

Elle tremblait.

– Je ne voulais rien entendre, moi ? demanda Georg en s'efforçant de paraître conciliant, avec une expression de béatitude imbécile sur le visage.

– Mais va à la police, allez, vas-y, casse tout ce qui était entre nous. Mais quel lâche tu fais ! Au lieu de finir correctement ce que tu as commencé, il faut que tu le détruises. Je t'en prie, vas-y, mais ne crois pas que…

Voix sifflante, mots acerbes, et répliques farcesques truffées de faux raisonnements. Dans sa voix, Georg perçut de la haine, et sentit la situation lui échapper, comme quelqu'un qui viendrait de voir sa montre de valeur tomber dans l'eau profonde et qui, avant même qu'elle ne soit engloutie et disparaisse, se rendrait compte de la perte irrémédiable : il pourrait encore la rattraper, d'un geste agile de la main ou même en plongeant, mais il reste paralysé par la douleur de la perte.

Georg haussa les épaules. Avec un sentiment de vide, il passa devant Françoise et se dirigea vers la sortie.

— Attendez, mon jeune ami, attendez ! cria Bulnakof.

Mais Georg ne se retourna pas.

13

Il passa devant le monument du Petit Tambour et entra dans le bar du coin, Le Tambour d'Arcole. C'était la première fois qu'il lisait l'enseigne, et il chercha en vain à se rappeler quel rôle héroïque le tambour avait bien pu jouer lors de la bataille d'Arcole, et grimaça à cette seule évocation du concept d'héroïsme ; puis il commanda du café et du vin. Aujourd'hui, les vitres étaient propres, et la place s'étendait, claire sous un ciel bleu de fin d'après-midi.

Après tout, est-ce que c'était si grave que ça ? Ça n'avait servi à rien de menacer d'appeler la police et de tenter de sauver le frère de Franziska. Mais qu'elle aille au diable, toute cette famille Kramski ! Les traductions qu'il avait effectuées jusqu'à présent étaient tombées entre les mains des services secrets polonais ou russes. Mais les petits jeux avec les soldats, les canons et les chars avec les avions et hélicoptères continueraient d'une façon ou d'une autre. Georg imagina des généraux debout dans un bac à sable, l'un faisait « brrrr » avec un hélicoptère dans la main et l'autre faisait

« bzzz » avec un avion. Avaient-ils vraiment tué Maurin pour que lui, Georg, puisse accéder aux plans de Mermoz ? C'était vrai, Françoise et lui étaient allés à Lyon avec la Citroën, il avait laissé la Peugeot à Cadenet, et au retour il ne l'avait pas retrouvée là où il l'avait laissée selon son souvenir. La peur l'envahit. Mais sérieusement : vont-ils risquer de tout faire capoter en téléphonant à la police ?

Et Françoise ? Georg sentait que leur histoire était finie, mais il ne l'en aimait pas moins, et elle ne lui était pas moins proche qu'hier, et en réfléchissant, il prit conscience qu'à peine vingt-quatre heures plus tôt, son univers était encore sain et intact. Il avait l'impression d'être assis dans un lit d'hôpital et de découvrir sa jambe amputée devenue invisible sous les draps. Dans ce cas-là, l'œil voit, le cerveau enregistre, et pourtant l'espoir de se redresser et de s'en aller n'est pas perdu, et on ressent même des démangeaisons dans les doigts de pied.

Georg regarda à travers la vitre. Françoise déboucha de la ruelle et arriva sur la place. Elle se dirigea vers sa voiture, s'arrêta à mi-chemin, fit encore quelques pas et s'immobilisa à nouveau. Elle avait vu la voiture de Georg. Elle se tourna lentement vers le bar où il était assis. Elle leva la tête et le chercha des yeux, éblouie par le soleil. Puis elle se dirigea vers lui ; il vit sa démarche chaloupée, ses jambes courtes, et son pas rapide résonna dans sa tête, bien qu'en principe, vu la distance, il eût été impossible de l'entendre. Elle portait un pardessus noir et avait noué son pull-over coloré sur les épaules.

Souvent, quand il l'avait ainsi vue arriver au loin, seule avec elle-même, s'arrêtant devant une vitrine ou un musicien de rue, continuant à flâner, puis, accélérant le pas à sa vue, agitant la main droite pour le saluer en souriant, oui, souvent le cœur de Georg avait tressauté dans sa poitrine. « Pourquoi m'as-tu trahi, pensa-t-il, pourquoi… »

— Je dois m'en aller. À ce soir ?

Elle ne resta qu'un instant sur le seuil du bar et déjà elle repartait. Sa voix avait son ton habituel. Georg la suivit du regard et finit son verre. Sur le chemin du retour, il fit les courses, pour lui et pour elle, comme d'habitude. Lorsqu'elle arriva, il faisait revenir des paupiettes, le feu brûlait dans la cheminée et la chaîne diffusait un disque. Il s'était observé avec étonnement en faisant les courses, la cuisine et le rangement. Cela n'arrive pas vraiment, je rêve. Et pourtant, tout lui avait paru léger. Ni elle ni lui n'évoquèrent les événements de la nuit dernière et l'après-midi avec Bulnakof. Leurs rapports étaient pleins de prudence. Hésitant et étonné, il ressentit le charme de leur première rencontre. Plus tard, au lit, après qu'ils eurent fait l'amour, il alluma encore une fois la lumière, se redressa et la regarda en demandant :

— Qu'est-ce qu'on va faire, tous les deux ?

Son regard était calme : la petite fossette au-dessus du sourcil droit était là, et Georg ne savait pas si c'était sous l'effet de la réflexion ou d'une tension désespérée et muette. Elle se saisit du petit ours en tricot qui était posé sur le radio-réveil à côté du lit de Georg, le posa sur sa poitrine et joua avec ses pattes.

— J'aimerais que tu sois heureux, dit-elle, vraiment heureux.

Rien de ce qu'il avait envie de dire ne l'atteindrait. Il ne pouvait que la chasser mais il n'en avait pas la force.

Le lendemain matin, il se rendit à Marseille, transmit au coursier de Mermoz les plans traduits et en reçut d'autres. Il se demanda s'il vaudrait mieux faire les traductions à la maison ou au bureau. Il se décida finalement à aller à la photocopieuse, bien que les mesures de sécurité le lui interdisent, enferma les originaux et emporta les copies. À dix heures du soir, il entendit la Citroën, replia les copies, en fit un petit paquet, attendit que Françoise soit entrée dans la maison, grimpa sur la rambarde du balcon de son bureau, posa le petit paquet dans la gouttière, et lorsqu'elle pénétra dans le bureau, il était en train d'écrire une lettre. Il en fut de même le lendemain et le surlendemain.

Puis, lors du petit-déjeuner, en passant près de lui, tout occupée à préparer le café, les croissants et les œufs, elle demanda :

— Tu n'as rien de chez Mermoz en ce moment ?

— Oh, ça va.

Elle remua son café, dans lequel elle n'avait mis ni lait ni sucre.

— Ne fais pas de bêtises !

Sa voix était douce.

À Marseille, il fut content quand il eut recopié la copie sur l'original et qu'il l'eut remise à Mermoz. Puis il passa un certain temps sur les copies et les nouveaux plans pour essayer de comprendre de quoi il s'agissait. Il était question de suspensions, il s'en était rendu compte en traduisant. Mais suspendre quoi, et où ? Il enferma à nouveau les originaux et emporta les copies dans sa serviette. Sur le chemin du retour, il chanta à tue-tête et se sentit vainqueur. Il avait déchiré le filet dans lequel Bulnakof l'avait pris, et le monde continuait à tourner. Il roula vite, serein et rêveur. Près d'Ansouis, il croisa Gérard, ils s'arrêtèrent sur la route et se parlèrent par la fenêtre ouverte.

— Je vais chercher du saumon frais à Pertuis, vous ne voulez pas venir manger ce soir ?

14

Georg prit un virage, s'engagea sur le chemin de terre et chercha du regard les moutons qui, le matin même, broutaient de chaque côté des talus. Ils étaient partis. Il passa la seconde et accéléra. Il avait depuis longtemps renoncé à faire attention aux amortisseurs et au pot d'échappement. Le soleil, le mistral, le goût fort des gauloises, la douleur dans les tempes après son quatrième pastis, les secousses sur les chemins caillouteux et délavés : tout lui était agréable. À l'entrée du prochain virage, il vit monter un nuage de poussière. Il se demanda comment, avant même qu'il n'ait engagé la voiture dans le tournant, la poussière pouvait s'élever du sol ? Apparut alors une Limousine noire, une Citroën, qui s'approchait à toute vitesse, dérapa dans le virage, et roula tout droit sur Georg. Derrière elle, la poussière formait un mur entre les talus. Georg se rangea sur la droite du chemin, mais la Citroën continua à lui foncer dessus. Georg appuya sur le klaxon, n'entendit rien, cria et agita la main. L'autre voiture ne réagit pas, ses vitres étaient teintées, et Georg ne voyait pas le conducteur. Il freina et se mit à l'extrême bord du chemin, sentit les roues droites rouler sur le talus. Les essuie-glaces balayaient le pare-brise en crissant ; Georg les avait actionnés en klaxonnant et tenta désespérément de les arrêter, comme si ça devait faire changer la situation. Puis il cessa d'agir, se contentant d'enregistrer les images : la voiture qui s'approchait, le ciel et les nuages se reflétant sur ses vitres, le va-et-vient des essuie-glaces, la roue rouillée d'un vélo dans le fossé. Il y eut un choc bref quand la Citroën passa. Elle l'avait évité au dernier moment et les deux voitures ne firent que heurter leurs rétroviseurs extérieurs ; celui de Georg fut arraché. Il entendit le vrombissement sourd de l'autre moteur, le gravier projeté sur la carrosserie, et un bruit sec. Comme un coup de fusil. Lorsque tout fut terminé, Georg se retrouva assis, les mains tremblantes, dans la voiture dont le moteur avait calé en freinant, une douleur vive dans le haut du bras gauche, il vit du sang sur sa chemise, il pensa qu'on lui avait tiré dessus. Mais ce n'était qu'un éclat du rétroviseur qui l'avait blessé. Rien de grave. Il démarra et poursuivit sa route. Ses gestes étaient mécaniques, et il ne réagit au choc qu'un peu plus tard. Lorsqu'il s'arrêta, quelques minutes après, devant la maison, il tremblait de tous ses membres.

Il se força à descendre de la voiture, prit le courrier dans la boîte aux lettres, ouvrit le portail, alla sur la terrasse, s'assit dans le fauteuil à bascule, appuya sa tête contre le dossier et ferma les yeux. Il avait besoin d'une cigarette, mais il n'avait pas la force d'en prendre une et de l'allumer. Au bout d'un quart d'heure, il se sentit mieux et trouva la force de se lever pour aller chercher une bière dans le frigo et l'emporter sur la terrasse pour se rasseoir dans le fauteuil. Elle était fraîche et bonne, la cigarette lui fit du bien, et les tremblements firent place à quelques frissons. Georg se bascula dans le fauteuil et prit le courrier, une lettre de ses parents et une du cabinet d'avocats. Dans une grosse enveloppe, il trouva un livre de poche américain : une petite maison d'édition lui en demandait la traduction. Cela faisait longtemps qu'il avait proposé ses services et qu'il avait renoncé à espérer un travail. Ce livre, c'était de la merde, mais Georg était content.

Ce n'est qu'après ça, lorsqu'il se retrouva sur la terrasse et se mit à penser au travail et aux heures qui allaient suivre, qu'il se rendit compte que les chats n'étaient pas venus le saluer. Il alla dans la cuisine, fit du bruit avec les boîtes de conserve et les assiettes qui leur étaient réservées, puis les remplit et les posa à l'endroit habituel.

— Blanche-Neige, Dopy, Sneezy !

Il alla jusqu'au portail. Les prunes étaient mûres, la lavande fleurissait et sentait bon, les oiseaux gazouillaient et les cigales chantaient. Un vent doux soufflait. Georg leva les yeux pour examiner le ciel : il ne pleuvrait plus aujourd'hui, il faudrait penser à arroser le jardin aromatique avec le tuyau. Puis il irait prendre l'apéritif au Bar de l'Étang et manger des tagliatelles au saumon au Bon Vieux Temps.

Les chats gisaient dans l'ombre devant la porte du garage. Recroquevillés comme s'ils dormaient, mais la gueule et les yeux ouverts. Des traces de sang encore humides scintillaient et, par endroits, le sable était rouge. Le coup était entré derrière la tête, des petits trous bien propres. Existait-il un si petit calibre ? Avaient-ils été tués avec des balles utilisées pour le tir sportif ? Il se pencha vers eux et les caressa. Leurs corps étaient encore chauds.

Le téléphone sonna. Georg se releva lentement, se dirigea vers l'appareil et décrocha :

– Allô ?

C'était Bulnakof, la voix grave.

– Vous avez trouvé ?

– Oui.

Georg aurait aimé l'insulter et le menacer, mais il fut incapable de prononcer un mot.

– Monsieur Polger, je vous ai déjà dit qu'on ne jouait pas avec moi. Ces derniers jours j'ai eu de la patience, j'ai attendu et espéré que vous redeviendriez raisonnable. Vous avez apparemment mal compris. Le vieux Bulnakof va s'habituer, vous vous êtes dit, il me laissera tranquille et il ira son chemin. Non, monsieur Polger. Le vieux Bulnakof n'ira son chemin que lorsqu'il aura obtenu ce qu'il voulait.

Georg était planté là, le téléphone à la main. Il avait entendu ce que Bulnakof avait dit. Lui-même savait que ces derniers jours il avait vécu dans un monde illusoire. Mais de le savoir ne l'avançait pas plus. On est couché, on a froid, mais dehors il fait encore plus froid : que reste-t-il à faire sinon de se contenter d'une fine couverture pour s'envelopper, bouger le moins possible et conserver le peu de chaleur dont on dispose ? À quoi ça sert de se répéter que le froid est trop grand et la couverture trop fine ? De se dire qu'on va mourir de froid et qu'il vaut mieux que ça aille vite ? Pourquoi mourir de froid ? se demanda-t-il. Tout ce qu'on me réclame, c'est de faire ce que j'aurais fait de toute façon. J'ai juste besoin de continuer mon travail et de permettre de temps en temps à Françoise de… Je n'ai pas besoin d'être actif, il s'agit simplement de faire preuve de passivité. Juste laisser faire. Il y a dans le monde une quantité de choses qui ne sont pas acceptables et que je laisse faire. Que les Russes connaissent l'hélicoptère que conçoivent ou construisent les Européens, ce n'est certainement pas la pire des horreurs de la planète. Peut-être même est-ce un bien, ça favorise la dissuasion, ça profite à la paix. La question n'est pas de faire ou de ne pas faire, mais de répondre à la demande. Dans ma vie, je n'ai pas réussi grand-chose, mais en tout cas je n'ai jamais fait ce que je ne voulais pas faire. Évidemment j'aurais toujours préféré que ça se passe autrement, mais ce que j'ai fini par faire, dans certaines circonstances, relevait uniquement de ma décision. Peu importe l'orgueil ou la révolte, le désir de liberté ou l'égoïsme.

Georg n'avait pas encore compris que les chats étaient morts. Il le savait. Mais bizarrement, ça restait abstrait. Lorsqu'il creusa le trou et y déposa les chats, il se mit à pleurer. Et lorsqu'il s'assit ensuite sur le pas de la porte, et regarda le soir tomber, il lui sembla que Dopy allait surgir du coin de la maison.

15

Françoise le savait déjà.

– J'étais là quand ils sont revenus tous les deux. Bulnakof m'a tout de suite fait sortir, mais j'ai tout entendu. Mon pauvre trésor !

– Tu ne les aimais pas.

– Ce n'est pas vrai. Je ne les aimais pas comme toi, mais je les aimais quand même.

Elle était adossée à la porte et lui caressait les cheveux.

– Gérard a du saumon frais, mais je n'ai pas envie de manger. Tu as faim ?

Elle se blottit contre lui et passa son bras autour de lui :

– Viens au lit.

Il ne put lui faire l'amour. Ils étaient couchés et Françoise se contenta d'abord de le serrer dans ses bras, répétant sans arrêt : « Mon trésor, mon trésor. » Puis elle l'embrassa, voulut le caresser et l'exciter. Mais pour la première fois ce contact lui était désagréable. Elle se détacha de lui, se mit sur le ventre, fourrant l'oreiller sous sa tête et levant les yeux vers lui :

— Il y a encore du champagne au frigo. Ça te dit ?

— Qu'est-ce que tu veux fêter ?

— Je ne veux rien fêter. Mais ça nous fera peut-être du bien. Parce que c'est fini... Je suis tout simplement contente que ce soit fini.

— Qu'est-ce qui est fini ?

Toutes ces histoires. Entre eux et toi. J'ai eu peur si souvent.

Georg se redressa.

Ils arrêtent ? Ils partent ? Qu'est-ce que tu en sais ?

— Eux ? Ils n'arrêtent pas, mais toi... Je pensais que maintenant tu... Tu ne veux donc pas... — Elle aussi se redressa, décontenancée. — Tu ne comprends toujours pas ? Ils vont t'achever. Ils vont t'achever au point de... Ils ont tué un homme à cause de ces fichus plans, et maintenant il ne s'agit plus des trois chats mais de toi.

Il la regarda droit dans les yeux et dit lentement, d'un ton désespéré et déterminé :

— Je ne peux pas leur donner les plans.

Alors elle se mit à hurler :

— Tu es fou ? Tu en as assez de vivre ? Tu te fiches de vivre ou de mourir ? La vie, c'est ça et ça et ça...

Elle prit les mains de Georg et les posa sur ses cuisses, ses hanches, ses seins et son ventre. Elle pleurait :

— Je pensais que tu aimais ça. Je pensais que tu m'aimais.

— Tu le sais bien.

Comme ces mots sonnaient faux, se dit-il, et elle le regardait déçue, les larmes aux yeux. Comme si la beauté venait de se briser en mille morceaux. Elle n'évoqua plus le fait qu'il devrait donner les plans à Bulnakof. Elle alla chercher le champagne, et après le troisième verre, ils s'embrassèrent et firent l'amour. Le lendemain matin, elle se leva très tôt, et quand il se réveilla à sept heures, elle avait disparu avec sa voiture.

Il n'y pensa plus. Il travailla aux traductions et à la fin de l'après-midi, il fonça à Cucugnan pour faire les courses. Après avoir bu une bière au Bar de l'Étang et discuté un peu avec Gérard, comme Gérard allait à la coopérative vinicole de Lourmarin et que Georg aussi avait besoin de vin, il fit un détour pour l'accompagner. Il rentra à la maison à la tombée du jour. En sortant de la voiture et en prenant la clé pour se diriger vers la maison, il remarqua que la porte était ouverte. Elle avait été fracturée. À l'intérieur, les armoires avaient été vidées, les étagères également, les tiroirs renversés et les fauteuils et les canapés éventrés. Le sol de la cuisine était couvert de vaisselle, intacte ou cassée, de boîtes de conserve, de flocons d'avoine, de spaghettis, de biscuits, de grains de café, de sachets de thé, de tomates et d'œufs — ils avaient purement et simplement tout saccagé. Georg traversa la maison, avec précaution d'abord pour ne pas marcher sur les livres, les disques, les vases, les cendriers, les vêtements, les papiers, puis il n'y prêta plus attention, ça n'avait plus d'importance. Il lui arrivait soit de retourner un objet avec la pointe du pied soit de le dégager de son chemin : tiens, pensa-t-il, c'est le téléobjectif que je cherchais depuis si longtemps, il est encore intact. Et voilà le cendrier Guinness que je regrettais d'avoir perdu, je croyais qu'un ami me l'avait piqué.

Les plans se trouvaient dans la gouttière. Dans le chaos, Georg chercha les dictionnaires, une règle et un stylo, fit de la place sur le sol au pied du bureau, y posa une chaise et se mit au travail. La traduction devait être achevée pour le lendemain. Françoise n'aurait qu'à l'aider à ranger. Il était surpris que la fouille de sa maison et tout le désordre l'atteignent aussi peu.

Françoise ne vint pas. Vers minuit, Georg se rendit à Cadenet. Les fenêtres de son appartement n'étaient pas allumées, la 2 CV n'était pas garée devant la maison. Elle doit être rentrée chez nous, se dit-il. Mais lorsqu'il revint, sa voiture n'était toujours pas là.

La nuit était claire, et même quand il eut éteint la lumière et se fut couché sur le matelas éventré recouvert de draps frais, Georg put contempler le désordre. Le paysage familier qu'il avait l'habitude de voir de son lit avait changé. Ils avaient renversé la petite armoire contre le mur de gauche et enlevé le tableau à droite. Le lit flottait au milieu d'un océan de pantalons, de chemises, de vestes, de pulls, et de chaussettes, répandus sur le sol. Quelque chose scintillait. Georg dut se lever pour vérifier. C'était la boucle d'une ceinture. Il ne réussit pas à dormir. Pour tenter d'ignorer ce chaos, il ferma les yeux, mais en vain. Il ferma aussi les yeux pour tenter d'oublier ce qui était arrivé avec Bulnakof et ce qui l'attendait encore, et il n'y parvint pas non plus. Pourtant, il n'y avait rien à voir. Ou peut-être y avait-il quelque chose à voir, mais rien à faire. Se décider à affronter le désordre aurait consisté à se remonter les manches et à tout ranger. Mais que faire pour affronter la situation causée par Bulnakof ? Sortir son colt et tuer le type ? Georg s'enfouit sous les couvertures. « Je ne peux que tirer la couverture sur ma tête et espérer qu'un jour ou l'autre ils arrêteront et ficheront le camp. Ma vie — à quoi ça leur servirait de la supprimer ? À quoi bon me tuer ? »

Il se leva encore une fois et alluma. Il descendit là où il avait trouvé le téléobjectif, chercha et trouva l'appareil photo, intact lui aussi, et une pellicule neuve. « Leur désordre est cohérent, pensa-t-il, je n'ai qu'à chercher devant les armoires et les commodes correspondant à la place des objets. » Georg plaça le film dans l'appareil et régla son réveil pour six heures. S'il ne pouvait pas assassiner les types, il pouvait au moins les photographier. Pour le cas où finalement il se trouverait confronté à la police ou bien s'il voulait raconter les faits à quelqu'un en s'appuyant sur des documents. Mais, au fond de lui-même, Georg savait bien qu'il s'agissait moins de photographier que de se venger par un ersatz de meurtre.

Le lendemain matin, à huit heures et demie, il était à Cadenet, aux aguets. Il ne pouvait surveiller simultanément l'entrée du bureau située dans la ruelle et le parking près du tambour, aussi se décida-t-il pour le parking. « Si j'arrive à les photographier dans leur voiture, en intégrant dans le cadre la plaque d'immatriculation, alors la police pourra en faire quelque chose. »

Il était à Cadenet depuis sept heures, il avait garé sa voiture loin de l'église et cherché une planque sur la place du tambour. Angles de rues, entrées d'immeubles, murs saillants, tous les endroits d'où il pouvait bien voir étaient également exposés à la vue. Il finit par aller dans une maison en face du parking et sonna au premier étage. La famille était en train de déjeuner. Ah bon, il était journaliste. Ah bon, vraiment, il voulait photographier la place dans la lumière du matin ? Un article sur Cadenet dans *Paris Match* ? Mais il ne prendrait pas leur maison en photo ? Il promit, on lui servit un café et il se plaça à la fenêtre en jouant avec ses objectifs ou en faisant semblant. Ce matin, il n'avait toujours pas vu la voiture de Françoise garée devant chez elle.

À huit heures, il la vit entrer sur le parking, et deux hommes en descendirent ; Georg avait déjà vu leur visage dans le bureau de Bulnakof. Il sentit la panique monter en lui. Avaient-ils fait du mal à Françoise ? D'abord les chats, puis le saccage, oh, mon Dieu, pas Françoise maintenant, pas Françoise. Les deux hommes se tenaient encore près de la voiture quand Bulnakof arriva. Il éteignit le moteur de sa Lancia, resta assis à l'intérieur et les deux hommes s'approchèrent. Georg prit photo sur photo : Bulnakof, le coude à la portière et le visage tourné vers l'extérieur, Bulnakof avec les deux autres à côté de sa voiture, puis à côté de la voiture de Françoise, puis seul sur le parking suivant des yeux la 2 CV avec laquelle les deux hommes étaient repartis. Si les photos étaient bonnes, on pourrait reconnaître les visages, les plaques d'immatriculation, etc.

Georg se rendit à Marseille et interrogea son répondeur. Pas de nouvelles de Françoise. Le soir, pas de Françoise, même pas un mot sur la porte. Georg avait fermé de l'intérieur la porte fracturée de la cuisine et utilisait celle du salon pour aller et venir. Or, Françoise n'en avait pas la clé : s'était-elle sentie exclue et agacée ? Elle aurait quand même laissé un mot. Il avait appelé plusieurs fois au bureau de Bulnakof mais elle n'avait jamais décroché. Sa voiture n'était toujours pas garée devant chez elle, elle n'avait pas ouvert quand il avait sonné et les rideaux des fenêtres avaient été tirés.

Il n'y eut aucun changement dans les jours qui suivirent. Aucune trace de Françoise. Georg n'eut plus de nouvelles de Bulnakof ni de ses hommes. Ils laissèrent sa maison tranquille, ne saccageant ni le jardin ni la voiture, ne lui faisant aucun mal. Un matin, Georg se rendit une nouvelle fois à Cadenet avec son appareil photo. Cette fois-ci, il se posta carrément en haut de la ruelle qui conduisait au bureau de Bulnakof et photographia à leur arrivée, d'abord Bulnakof lui-même, puis les deux autres, et enfin une jeune femme blonde qu'il n'avait encore jamais vue. Pas de Françoise. Pas de Françoise non plus chez lui, ni chez elle, ni au bout du fil quand il appelait au bureau.

Dans les jours qui suivirent, Georg se sentit tellement terrassé, à force d'attendre et de s'angoisser, qu'il commença à envisager, en se tourmentant l'esprit, d'appeler Bulnakof et de capituler. « J'accepte tout, je vous livre tout ce que vous voulez, je vous procure ce que vous voulez, je suis prêt à voler, à copier, à photographier autant que vous voulez. Mais rendez-moi Françoise ! »

16

Un matin, il entra dans son bureau à Marseille et ouvrit le coffre-fort où il avait rangé les originaux des plans. Il voulait y reporter les traductions qu'il avait faites.

Ses cigarettes avaient disparu. Son paquet de gauloises. Il se souvenait cependant très bien de l'avoir posé deux jours avant sur la pile de documents originaux, avant de refermer le coffre. C'était une de ses manies. En bon fumeur, il n'y avait rien de pire pour lui que de manquer. Parfois il restait au bureau très tard dans la nuit et ne pouvait plus trouver un bar ouvert pour en acheter.

Mais en l'occurrence, le problème n'était pas là. Il avait un paquet sur lui et il retrouva l'autre hors du coffre sur une étagère. Quelqu'un avait donc ouvert le coffre-fort.

La secrétaire ? Ou bien Chris ? Monique ? Isabelle ? Georg ne voyait pas pourquoi ils auraient fait ça. Ils se connaissaient depuis longtemps ; quant aux autres, engagés par Maurin avant lui et à de meilleures conditions, ils étaient venus en Provence pour améliorer leur qualité de vie et ils y étaient parvenus en travaillant dans ce cabinet de traductions ; ils étaient ravis de continuer sous la direction de Georg. Ils ne lui enviaient pas son poste et s'amusaient parfois à le mettre en boîte avec la bienveillance de vieux employés constatant le stress et le surmenage du nouveau. Pour quelle raison lui en voudraient-ils ?

À moins qu'ils n'aient été achetés par Bulnakof ou soumis à un chantage. Tout le monde peut être corrompu, pensa Georg, il suffit d'y mettre le prix ; cela étant, le plus étonnant, ce n'est pas que tant de gens se laissent corrompre ni jusqu'où ils sont capables d'aller dans la corruption, mais c'est le prix dérisoire auquel certains d'entre eux acceptent de se vendre. En fait il faudrait évaluer le prix en fonction des conséquences morales : si le salaire reçu est suffisamment élevé, l'enjeu est tellement fort qu'il n'est plus question de morale. Ce qui est immoral, c'est de se vendre à bas prix. Georg n'éprouvait pas de rancune en songeant que ses collaborateurs aient pu se laisser corrompre par Bulnakof en échange de beaucoup d'argent. Mais il se sentit contrarié d'avoir à acheter une nouvelle serrure et d'être contraint à l'avenir à davantage de méfiance. Il se rassura en se disant que Françoise et lui ne tomberaient pas dans ce panneau. Restait cependant la question de savoir où était Françoise et ce qu'elle faisait. Était-elle à Marseille ?

Georg regarda par la fenêtre. Une arrière-cour, du linge étendu, une maison à la façade fraîchement repeinte, d'autres aux couleurs délavées ; sur les toits, de hautes cheminées en maçonnerie, des cris d'enfants qui jouent. Au-delà des toits, il vit des immeubles et le clocher d'une église. Françoise était-elle quelque part dans cette grande ville, attendant un homme, ou se préparant à passer la nuit avec lui ? Tu débloques, se dit Georg. Tu fantasmes.

En fait, c'était très simple. En fouillant sa maison, ils avaient pris les empreintes des clés de son bureau. Il les laissait toujours dans sa serviette quand il transportait des traductions entre Marseille et chez lui. Évidemment il ne les prenait pas quand il allait faire les courses à Cucugnan.

Bulnakof, tu ne perds rien pour attendre, pensa-t-il. Tu ne t'en tireras pas à si bon compte. Georg téléphona à un serrurier pour commander de nouvelles serrures pour le bureau et le coffre-fort. Il lui dit que c'était urgent, et le soir même, le travail était fait. Entre midi et deux, il était aller se balader en ville et avait trouvé par hasard dans un magasin une carte postale représentant quelqu'un qui tirait la langue. Quand il quitta son bureau le soir pour aller dîner, il la punaisa sur la porte.

Il passa la nuit à Marseille. La société Mermoz était en retard sur ses envois et voulait lui faire parvenir les nouveaux plans le lendemain par coursier. Il s'agissait d'une commande importante, la dernière de la série en cours. Vu l'absence de Françoise, Georg se réjouissait à l'idée d'avoir ce travail à faire, il y passerait son week-end. Il n'espérait plus son retour. Il ne croyait plus qu'elle fût en danger ou que quelque chose lui fût arrivé. Cela n'avait plus aucun sens vu que Bulnakof avait obtenu si facilement les plans. Non, Françoise l'avait simplement laissé tomber. Il était fini pour Bulnakof et donc aussi pour Françoise.

Georg dormit sur le canapé du bureau. Le soir, il avait beaucoup bu et n'avait pas entendu si les hommes de Bulnakof étaient venus ou non. Mais, le lendemain matin, la carte postale avait disparu. Cela étant, n'importe qui aurait pu la prendre.

Le coursier de la société Mermoz arriva dans la soirée. Il apporta deux gros rouleaux de plans et une épaisse liasse d'instructions de montage. Il faisait déjà nuit quand Georg eut fini de tout photocopier. Pour rentrer chez lui, Georg connaissait bien la route, il l'avait si souvent empruntée, de jour comme de nuit, avec ou sans embouteillage, par beau temps, sous la pluie et même une fois sous la neige. Il ne faisait donc plus attention au paysage. Mais cette nuit-là, il remarqua une voiture qui le suivait. Sur le dernier tronçon de l'autoroute qui conduit d'Aix-en-Provence au Pertuis, il aperçut ses phares, et, arrivé au Pertuis, il essaya de la semer. À un feu rouge il réussit à lui échapper en traversant le carrefour devant un camion et en s'engouffrant dans les petites rues étroites. Ses poursuivants l'attendaient à la sortie de la ville, et quand il s'engagea sur la route de Cucugnan, ils le suivirent. Maintenant il en était sûr : c'est à lui qu'ils en voulaient.

Dans la montée, il dut pousser à fond le moteur de sa vieille Peugeot pour en tirer le maximum. Le résultat ne fut pas brillant, et l'autre voiture put le suivre sans problème. Georg doubla plusieurs véhicules, mais on le suivait toujours.

Après Ansouis, la route était déserte. Georg roulait toujours à fond. Il ne voulait pas rentrer chez lui, il voulait aller à Cucugnan, au Bon Vieux Temps, s'arrêter devant l'entrée, klaxonner pour attirer les gens du restaurant et du bar situé juste en face fréquenté par des joueurs de billard et de cartes. Il n'avait pas vraiment peur, il devait se concentrer sur la route. Il pensait évidemment aux hommes de Bulnakof, aux plans posés sur le siège arrière, et à l'agacement qu'avait dû provoquer la carte postale punaisée sur la porte. Mais à quoi bon le poursuivre sur cette route qu'il avait déjà parcourue des milliers de fois, dans un endroit où tout le monde le connaissait. « Je me trompe peut-être, c'est peut-être seulement une bande de frimeurs qui veulent se marrer. »

Ce n'était pas une bande de frimeurs. Juste avant d'arriver à l'entrée du chemin de terre qui conduisait à sa maison, Georg vit l'autre voiture le doubler pour se mettre au même niveau que lui. Il ne put rester sur la route, l'autre voiture serrait à droite, le forçant à braquer. Georg dut freiner, la Peugeot grimpa sur le talus et échoua dans le fossé. Le front de Georg heurta le volant.

Dans un élan rapide, ils ouvrirent la portière et l'arrachèrent de la voiture. Il était complètement sonné, son arcade sourcilière saignait. Il portait la main à son front pour toucher sa blessure quand ils le frappèrent au ventre. Une pluie de coups, il était incapable de se défendre, il ne savait même plus d'où ça venait, combien d'hommes le frappaient, où et comment il devait se protéger. Chaque coup augmentait la souffrance et la terreur.

Puis il s'écroula et perdit connaissance. Plus tard, son voisin le retrouva le regard fixe, tourné vers le siège arrière, figé dans cette fatale constatation : les documents de Mermoz avaient disparu. Sa perte de connaissance n'avait pas duré longtemps : quand il avait regardé sa montre, à Ansouis, il était dix heures moins le quart. Maintenant, elle indiquait dix heures. Le voisin insistait pour appeler la police et l'ambulance :

– Regardez-vous, mais regardez-vous ! ne cessait-il de crier.

En se voyant dans le rétroviseur, Georg découvrit son visage couvert de sang. Il avait mal partout et tenait à peine debout.

Vous n'avez rien de cassé, dit le médecin qui venait de lui recoudre l'arcade sourcilière, il n'y a pas de lésions internes. Vous pouvez rentrer chez vous. Reposez-vous un peu dans les prochains jours.

17

Des points de suture et des hématomes, ça fait toujours beaucoup souffrir le deuxième jour. Puis, au bout du troisième jour, on commence à moins souffrir. Le quatrième jour, on ne ressent plus qu'un torticolis qui disparaît lentement. La nuit où la police l'avait interrogé et ramené à la maison, Georg avait pris un bain chaud, passé une bonne partie du week-end au lit ou dans un hamac, et le dimanche, il avait pu prendre sa voiture et aller manger au Bon Vieux Temps. « Ça aurait pu être pire, se disait-il, ça va aller mieux, ça va bientôt s'arranger. » Les douleurs diminuaient, mais le sentiment de désespoir augmentait. Il n'y avait jamais vraiment réfléchi, mais maintenant il remarquait que c'était ce qu'il avait ressenti : son corps, malade ou en bonne santé, était sa maison, et comme une maison, il était l'expression de sa liberté d'être. Sans lui, la liberté devenait un concept abstrait. « Qu'il existe, que j'habite en lui, que je sois le seul à en disposer, c'est ce qui détermine mon sentiment d'être vivant. Comme la solidité de la terre sous nos pieds. » Quand il était enfant, pendant un séjour de vacances en Italie, Georg avait vécu un tremblement de terre et, à travers cette expérience, il s'était dit que le sol sur lequel nous marchons et nous reposons en toute confiance n'était pas si stable et qu'il pouvait tanguer comme le pont d'un navire. À cette idée, il s'était senti terrorisé. Et maintenant, après coup, plus terrible que la douleur, la peur l'assaillait de s'être senti aussi vulnérable quand ces hommes l'avaient arraché de sa voiture, l'avaient battu, et qu'il avait compris que son corps, comme sa maison, pouvait être victime d'un saccage.

Quand il réussit plus facilement à se mouvoir, qu'il put de nouveau marcher, fléchir les genoux et s'étirer, s'éveillèrent en lui des sentiments de haine et de colère. « Ils m'ont enlevé Françoise, ils m'ont roué de coups, ils ont tué mes chats, ils ont violé l'entrée ma maison, de mon bureau. Ils m'ont manipulé et ont obtenu de moi par la force tout ce qu'ils désiraient. Si je suis capable d'accepter tout ça, ça veut dire que je ne vaux pas un caillou, que je ne vaux pas plus qu'un tuyau d'arrosage ou un mégot de cigarette. Même si c'est mon dernier geste, je vais filer une raclée à Bulnakof ou bien je le pulvérise lui, sa bagnole et même tous ces sales porcs qui m'ont eu. »

Il délira sur toutes les tortures qu'il allait leur faire subir. Ça n'avait rien d'original, mais il s'inspira des justiciers et des héros qu'il avait vus au cinéma. Quand il eut épuisé sa mémoire à ce propos et qu'il se décida à raisonner, il se rendit compte qu'il possédait très peu d'éléments. Qui travaillait pour Bulnakof ? Où habitait-il ? À quoi occupait-il ses journées ?

Le lundi matin, pour se rendre à Marseille, il passa par Cadenet. Ce qui l'obligeait à faire un détour mais lui permettait de passer devant l'immeuble de Françoise. De déception en déception, il sentait en lui tout espoir s'épuiser, mais il n'avait pu s'empêcher jusqu'ici de guetter son retour. Il se jura de ne plus jamais y retourner.

La voiture de Françoise était là. Garée comme d'habitude, dans la rue étroite, sur le côté opposé à l'entrée de son immeuble, à cheval sur le talus, les roues de gauche sur le bitume, et celles de droite contre la haie. Georg s'arrêta près de l'entrée, grimpa les escaliers à toutes jambes, et sonna à la porte. Quand elle était chez elle, elle laissait toujours la porte ouverte. Mais, aujourd'hui, la porte était fermée, et quand Georg, étonné, se recula pour voir les fenêtres, il constata que les rideaux étaient toujours tirés. Il frappa à la porte, attendit, frappa de nouveau.

Le klaxon d'un camion retentit sur la route, le chauffeur ayant dû ralentir pour dépasser la voiture de Georg qui bloquait la moitié de la route. Il entendit quelqu'un crier d'une fenêtre de la villa, et il leva la tête.

— Vous cherchez quelqu'un ?

— Mme Kramski. J'ai vu sa voiture dehors.

— Mlle Kramski ? Il y a une semaine qu'elle a déménagé. La voiture est là, ah, très bien ! C'est ma voiture, elle me l'avait louée jusqu'à aujourd'hui.

— Mais vous venez de dire qu'elle a déménagé depuis une semaine…

— Attendez, je descends.

Georg attendit devant l'entrée de la villa. Un vieil homme en robe de chambre sortit.

— Bonjour. Vous êtes un ami de mademoiselle, n'est-ce pas, je vous ai déjà vu. Je lui avais loué l'appartement et la voiture, elle a gardé la voiture plus longtemps, elle voulait se promener quelques jours dans la région, je pense.

— Vous avez sa nouvelle adresse ?

— Non.

— Vous faites suivre son courrier ?

— Son courrier ? Mademoiselle n'en reçoit jamais.

— Écoutez, c'est vraiment important. On ne loue pas une voiture sans avoir une adresse.

— Calmez-vous. Cette demoiselle a habité assez longtemps chez moi, je sais que je peux lui faire confiance. Et d'ailleurs, c'est vous-même qui l'avez dit, la voiture est garée devant la villa. Au revoir.

Georg se dirigea lentement vers l'escalier, descendit les marches et resta devant le portail. Il n'était pas indécis, mais il voulait tout simplement prendre le temps de respirer un bon coup. Cette nouvelle déception ne compromettait en rien ses illusions déjà perdues, mais elle le toucha au cœur. Il sentit renaître sa colère. Il irait au bureau et démasquerait Bulnakof.

Il se gara sur la place et monta la rue d'Amazone. À l'entrée de l'immeuble, la plaque de cuivre avait été enlevée. Georg s'en assura : c'était la bonne adresse, seule la plaque manquait. Un homme qui arrivait à ce moment-là, vêtu d'une combinaison blanche de peintre, lui dit : « C'est ouvert », et il entra.

Georg le suivit jusqu'au deuxième étage. La porte était entrebâillée, là également il n'y avait plus de plaque, et les peintres étaient en plein travail.

— Que se passe-t-il ? demanda Georg à l'homme en blanc.

— Eh ben, vous voyez. On repeint.

C'était un jeune homme au visage jovial et arrogant. Il avait sifflоté en montant les escaliers.

— Et l'ancien locataire ?

— M. Bulnakof ? C'est lui qui m'a demandé de repeindre, dit-il en riant. Et c'est lui qui paye.

— Vous connaissez le propriétaire ?

— Ah, vous vous intéressez à l'appartement. M. Placard habite au rez-de-chaussée.

Georg devinait déjà ce que M. Placard allait lui dire. M. Bulnakof n'avait pas laissé de nouvelle adresse, on ne lui en connaissait aucune autre. Le samedi après-midi, il avait déménagé le bureau avec ses employés.

— Il m'a offert les meubles, je les ai rangés à la cave, hier, avec mon fils. Pourquoi, ça vous intéresse ?

— Quoi ? Les meubles ?

Georg fit non de la tête et partit. « C'est un cauchemar », se dit-il, j'ai vécu un cauchemar.

18

Et sa vie devint vraiment un cauchemar.

Ce changement, Georg le constata d'abord dans son travail. La dernière commande de la société Mermoz, qui lui avait valu d'être agressé, n'était pas seulement la dernière d'une série en cours, mais la dernière tout court. Il n'y en eut plus d'autre. Georg appela chez Mermoz, demanda ce qui se passait, mais on refusa de lui répondre. Quand il insista, on lui fit clairement savoir qu'on n'accordait plus aucune importance aux travaux que fournissait son cabinet. Quant aux autres commanditaires, ils ne lui livrèrent plus rien. En l'espace de quatre semaines, c'en était fini. Il y avait bien encore quelques affaires en cours, mais c'était largement insuffisant pour assurer le loyer et le salaire de la secrétaire.

Puis vinrent les ennuis avec la police. Après l'agression, elle avait semblé satisfaite de sa déclaration : il ne connaissait rien, ni l'identité de ses agresseurs, ni les mobiles de l'acte. Les deux fonctionnaires qui s'étaient occupés de son affaire avaient été compatissants. Des semaines après, deux autres policiers débarquèrent. Quelles étaient les circonstances exactes de l'agression ? Quelle route avait-il prise ? Qu'y avait-il dans la voiture ? Quelles raisons voyait-il qui puissent justifier cette agression ? Si vous aviez l'intention de racketter une voiture, choisiriez-vous une vieille Peugeot ? Pourquoi avez-vous quitté Karlsruhe pour vous installer à Cucugnan ? Quelles ont été et quelles sont vos ressources ? Non, l'affaire n'était pas classée. Et, régulièrement, l'un ou plusieurs d'entre eux revenaient pour lui poser les mêmes questions.

Le policier de Cucugnan, lui aussi, gardait un œil sur Georg. C'était le seul policier du coin, tout le monde le connaissait et il connaissait tout le monde. Quand il intervenait pour demander l'enlèvement d'une voiture qu'un conducteur ivre avait abandonnée au milieu de la rue, quand il s'occupait de l'extinction d'un incendie, ou qu'il fracturait une porte pour favoriser l'action d'un huissier, personne ne lui en voulait. Pourrait-on en vouloir à un dentiste quand il se voit obligé de faire souffrir son patient pour soigner sa dent ? Comme tous les dentistes, ce policier se résignait à faire mal quand c'était nécessaire.

Quand il vit que le policier ne répondait plus à son salut, Georg n'y attacha tout d'abord aucune importance. « Il ne m'a pas reconnu, pensa Georg, il était perdu dans ses pensées, il m'a pris pour un de ces touristes qui s'arrêtent maintenant à Cucugnan. »

Un jour, vers midi, il s'était assis à une table sur la terrasse du Bar de l'Étang en compagnie de

Gérard et Nadine, et le patron était venu les rejoindre. Les autres tables aussi étaient occupées, le marché venait juste de se terminer. Georg avait garé sa voiture à l'endroit habituel, là où tout le monde se garait : entre les vieux platanes près de l'étang.

— C'est votre voiture ?

Le policier était planté devant Georg désignant du doigt la Peugeot jaune.

— Oui, mais…

Georg voulait ajouter qu'il savait bien quc c'était interdit, mais qu'en général, c'était toléré.

— La voiture ne peut pas rester là.

Georg était plus étonné qu'écœuré.

— Pourquoi ? Tout le monde se gare là.

— Je vous dis que votre voiture ne peut pas rester là !

Le policier avait élevé la voix et tout autour les gens écoutaient et regardaient la scène. Georg jeta un coup d'œil sur les visages curieux mais indifférents. Le patron se leva de la table et alla derrière le bar. Nadine jouait avec son sac.

Georg se maîtrisa.

— Dites-moi, s'il vous plaît, pourquoi je ne peux pas laisser ma voiture là ?

— Je vous le redis pour la troisième fois. Enlevez votre voiture.

Georg regarda encore tout autour de lui. Il connaissait la plupart des gens, avait à l'occasion parlé à beaucoup d'entre eux, joué au billard ou au baby-foot avec eux, leur avait payé un Pernod. Au bout de deux ans de séjour — d'autant plus que maintenant, en été, le bourg était envahi de touristes qui promenaient sur lui un regard d'étrangers –, il se sentait vraiment citoyen de Cucugnan. Mais apparemment il n'en était rien. Sur les visages des badauds, il put lire non seulement de la curiosité et de l'indifférence, mais de l'hostilité. Il se leva. Il se dirigea vers sa voiture. Il sentait tous les regards fixés sur lui, dans son dos. Il ne chercha pas à se garer ailleurs, et il rentra chez lui.

À partir de ce moment-là, tout le monde changea d'attitude à son égard. Chez le boulanger, chez le boucher, à l'épicerie, à la poste, au bar, dans la rue. N'était-ce qu'un effet de son imagination ? Ces regards fuyants qui le dispensaient de toute courtoisie et s'en dispensaient eux-mêmes, le malaise de la boulangère quand il allait chercher le pain, cet air hautain avec lequel le patron le servait : il n'aurait pu le prouver devant aucun tribunal, mais il le sentait. Et quand le directeur de sa banque le convoqua dans son bureau, il fut encore moins étonné. Pendant des mois, son compte avait eu des hauts et des bas, maintenant l'argent ne rentrait plus, et tout crédit était rapidement épuisé : il était évident que la banque devait surveiller ça. Quant à son propriétaire, il avait toujours été psychopathe : c'est certainement ce qui expliquait qu'il faisait chaque soir le tour de la maison dans sa vieille Simca. Un beau jour, Georg reçut des appels de sa femme avec qui il avait toujours entretenu de bonnes relations. Elle était désolée, mais sa fille revenait de Marseille et voulait emménager dans la maison de Georg. Il faudrait songer à une résiliation prématurée du bail de location qui avait été signé pour quatre ans.

Georg n'avait rien à opposer à tout ça. Il n'avait plus aucune énergie, plus aucun courage, plus de foi en rien. « Je ne suis plus qu'une plaie ouverte », se disait-il.

Plus rien ne pouvait endormir son esprit obsédé par le souvenir de Françoise, plus rien qui puisse réprimer le désir qu'il avait d'elle.

Il la maudissait en rêve : « Je t'ai donné mon amour, tu l'as pris, mais tu ne pensais qu'au plaisir. Pendant des nuits, tu as joui comme moi et avec moi, tu t'es donnée à moi sans retenue et pleine de désir, comme je l'ai fait pour toi. Mais, pour moi, le plaisir donné et reçu était comme un sceau de notre amour, pour toi il s'agissait juste d'éveiller et de satisfaire ton désir et le mien, sans souci du lendemain. Si j'ai pu me tromper ainsi, si tu as pu me tromper ainsi, si un tel don de soi ne scelle pas l'amour, à quoi puis-je encore croire ? Comment puis-je encore aimer ? » Georg accumulait reproche sur reproche. Mais même les accusations les plus absurdes ne la faisaient pas revenir. Quand l'autre nous quitte, nous l'accusons pour qu'il se justifie, demande pardon et soit en quelque sorte toujours là. En ce sens, nous prenons nos accusations au sérieux, mais, au fond, nous sommes prêts à n'importe quel geste d'amnistie. Georg le savait.

Il essaya d'être raisonnable. La douleur d'une séparation n'est qu'une douleur fantôme, se dit-il. Comment pourrais-je encore souffrir de ce qui n'est plus ? Mais, à la moindre occasion, il devait convenir que cette « douleur fantôme » n'était pas simplement un fantôme, mais existait, comme une douleur extrêmement réelle. Il était au restaurant, avait bien mangé, fumait une cigarette en buvant un calvados, et il la voyait apparaître, il la voyait en face de lui, il la voyait soupirer d'un air satisfait, s'adosser et se passer la main sur le ventre. Ce geste l'avait toujours choqué, et cette image lui faisait encore plus mal. Ou alors il découvrait un cheveu brun dans le lavabo et une avalanche de souvenirs surgissait dans son âme bien que les cheveux dans le lavabo l'aient toujours énervé et que celui-ci ne soit pas l'un des siens.

Il tenta le cynisme, pensant que c'était une solution intelligente, ou tout au moins élégante. Une relation ne peut pas finir avec une simple séparation. Il faut la continuer et l'intégrer à son histoire, ou l'oublier. L'oubli est la décharge de la vie. À la décharge, les souvenirs, et toi, Françoise.

Tout cela n'arrangeait rien au fait qu'elle lui manquait. Quand il se réveillait, quand il prenait son petit-déjeuner, quand il travaillait dans le jardin et qu'il sentait derrière lui la maison vide, quand il se promenait sur des chemins qu'il avait empruntés avec elle, enfin, tout le monde connaît ça. Il n'avait plus rien à faire. Il vivait avec ce qui lui restait de l'argent qu'il avait gagné en quantité ces derniers mois. Comment cela allait continuer, il n'en savait rien. Il ne pouvait pas non plus y réfléchir. Souvent, il passait l'après-midi dans son fauteuil à bascule, le regard perdu dans les arbres.

19

En septembre, Georg reçut la visite de son vieil ami de Heidelberg. La soirée se prolongea fort tard ; à minuit ils se retrouvèrent encore à allumer un feu dans la cheminée et à ouvrir une bouteille.

— Tu veux entendre une histoire folle ?

Et Georg lui raconta toute l'histoire.

— Je n'ai vu Françoise que très peu de temps à ta fête. Tu as des photos d'elle ?

— J'en ai fait plein, mais ou bien elle les a prises ou elles ont disparu lors du saccage de la maison. Une seule a été épargnée.

Georg se leva et la chercha. Françoise sur le canapé de son appartement, lisant, les yeux baissés.

— Oui, je m'en souviens encore. Comment ça se fait qu'il y ait ce poster au mur ?

— C'est l'église de Varsovie où ses parents se sont mariés.

Au bout d'un certain temps, son ami le pria de lui montrer encore une fois la photo. Georg la lui donna et expliqua :

— Elle est ratée. Elle n'aimait pas se laisser photographier, c'est pourquoi je l'ai souvent prise quand elle ne regardait pas. Certaines photos sont quand même…

– Ce n'est pas Varsovie. Je connais cette église. Attends, je vais retrouver son nom. Elle est à New York.

Georg le regarda d'un air incrédule :

– Pourquoi Françoise avait-elle une photo de New York ?

– Aucune idée. Je sais seulement que c'est New York, une cathédrale en cours de construction. St. John, voilà. Un truc gigantesque, je crois qu'après Saint-Pierre, c'est la plus grande église de la chrétienté.

– New York…

Georg secouait la tête.

Les jours suivants, il en reparla souvent.

– Tu es tout à fait sûr que l'église sur la photo est bien à New York ?

– Je peux te dire qu'évidemment il n'est pas impossible que la même église soit à Varsovie. À Wiesbaden, il y a une église construite selon les plans de Schinkel. Le maître d'œuvre a acheté les plans à Berlin et une église bâtie sur le même plan se trouve certainement à Berlin ou aux environs. Mais je ne peux pas m'imaginer ça : les Américains auraient plutôt construit une église sur le modèle de Chartres, et l'idée que des Polonais puissent construire des églises sur le modèle américain, tu vois toi-même.

Le dernier soir, Georg demanda à son ami s'il ne pouvait appeler ses amis à New York pour voir s'ils pourraient le loger.

— Je vais essayer.

— Tu le fais s'il te plaît ?

— Maintenant ?

— Je suis allé à l'agence de voyage cet après-midi. Je m'envole de Bruxelles dans une semaine.

— Combien de temps vas-tu rester ?

— Jusqu'à ce que je l'aie retrouvée.

— C'est une ville assez grande, dit l'ami en fronçant les sourcils.

— Je le sais. Je sais aussi que Françoise peut être n'importe où. Mais pourquoi m'a-t-elle menti à propos de cette photo ?

— Nous ne savons pas d'où vient la photo. Peut-être ne savait-elle pas elle-même ce qu'elle représentait.

Georg le regarda irrité :

— Tu as bien vu dans quel état je suis. Que veux-tu que je fasse ici ? Je préfère prendre l'argent qui me reste et… Je ne sais pas comment je vais la chercher, mais on verra bien.

Et lorsque son ami fut reparti, Georg fit le vide dans la maison. Il vendit ce qu'il pouvait vendre, et ce dont personne ne voulut, ou ce qui n'entrait pas dans la voiture, il le jeta. Une semaine plus tard, il remit les clés de la maison vide.

DEUXIÈME PARTIE

1

Georg partit en fin d'après-midi et roula toute la nuit. À Beaune, il manqua l'embranchement vers Paris et continua jusqu'au bout de l'autoroute qui finissait à Dijon. Puis il prit la nationale en passant par Troyes et Reims. L'attention qu'il devait porter aux virages le tenait éveillé. Il traversait à toute vitesse des villes et des villages obscurs aux rues faiblement éclairées par des lampadaires jaunes qui crachaient une lumière terne. Il ralentissait aux passages pour piétons, et parfois, même sur un carrefour désert, il devait attendre que le feu passe au vert. Personne dans les rues, presque pas de voitures. À Reims, il trouva une station-service ouverte, l'indicateur de la jauge clignotait depuis un certain temps. Il passa devant la cathédrale. La façade lui rappela la photo dans la chambre de Françoise.

Après un contrôle laborieux à la frontière où les douaniers français l'interrogèrent avec acharnement sur sa provenance et sa destination, il rejoignit l'autoroute à Mons. À huit heures et demie, il était chez ses amis à Bruxelles. La maison était animée : Félix devait se rendre au travail, Gisela devait prendre le train pour le Luxembourg – elle était interprète au Parlement européen – et l'aîné des deux fils allait au jardin d'enfants. On salua Georg avec surprise, chaleureusement, et on l'oublia aussi vite dans la frénésie du petit-déjeuner, du départ et de l'arrivée de la baby-sitter. Oui, naturellement il pouvait laisser sa voiture. Gisela le serra rapidement dans ses bras.

– Bonne chance en Amérique. Tout va bien, j'espère ?

Elle devinait quelque chose sur son visage.

Puis elle s'en alla.

La baby-sitter conduisit Georg à l'aéroport. Dans l'avion, au début du vol, il eut peur. Il avait pensé que, derrière lui, il abandonnait simplement Cucugnan où il n'avait plus rien à défendre. Maintenant, il lui semblait qu'il abandonnait toute sa vie.

C'était un charter avec des sièges étroits, sans boissons, ni repas, ni projection de films ; Georg aurait de toute façon économisé la location d'un casque d'écoute, mais il s'était réjoui à l'avance du divertissement que lui auraient procuré les images. Il regarda par le hublot les nuages au-dessus de l'Atlantique, s'endormit et se réveilla plusieurs heures plus tard. Il avait mal au dos, à la nuque et aux jambes. Le soleil se couchait derrière des nuages rouges, spectacle d'une beauté figée. Lorsque l'avion atterrit, il faisait nuit.

Entre la douane, la recherche d'un bus pour New York, et le parcours qui suivit, deux heures s'écoulèrent. Puis il prit un taxi jaune. À onze heures, la circulation était encore dense, le conducteur jurait en espagnol, roulait trop vite, freinait trop souvent. Puis le taxi s'engagea sur une route toute droite, à gauche s'élevaient de hauts immeubles, à droite des arbres aux silhouettes sombres. Georg ressentait une excitation enfantine et il frissonnait d'impatience. Ça devait être Central Park, Central Park West. Le taxi prit un virage et s'arrêta. Il était arrivé. À l'entrée du bâtiment, un dais en toile verte était tendu au-dessus du trottoir.

Georg ouvrit la porte et entra pour se trouver dans un hall entouré de cloisons vitrées. Un homme, plongé dans la lecture, était assis à une table derrière une porte en verre. Georg frappa une fois, deux fois, puis l'homme lui indiqua du doigt le tableau des sonnettes en bronze : à gauche, la liste des noms par ordre alphabétique avec les numéros d'appartements correspondants, à droite les appartements classés par ordre croissant de numéros. Au milieu, l'interphone. Georg décrocha. Il entendit un bourdonnement, comme s'il téléphonait outre-Atlantique.

– Allô ?

Georg donna son nom et se présenta comme un invité de Mr et Mrs Epp.

L'homme assis le fit entrer, lui donna les clés de l'appartement et lui indiqua le chemin. L'ascenseur avait deux portes : Georg entra par l'une et, arrivé au sixième étage, il resta planté devant cette porte qui ne s'ouvrait pas, jusqu'à ce qu'il s'aperçoive qu'une autre s'était ouverte derrière lui. Il était fatigué. Sur le massif du Luberon, le soleil se levait.

L'appartement était à côté de l'ascenseur. Georg avait du mal à ouvrir les trois serrures, et après avoir lutté, il découvrit qu'il fallait tourner les clés dans l'autre sens. La porte était lourde et se referma derrière lui dans un bruit sourd. Au bout du long couloir, Georg trouva la chambre d'amis et tout de suite à côté de la porte d'entrée, dans le bureau de Mr Epp, les annuaires, pages blanches et pages jaunes. Françoise Kramski ? Non, évidemment, elle n'y était pas. Il chercha l'adresse de l'église.

Dans les pages blanches, ne figuraient ni *St. John*, ni *Church of St. John*. La liste des églises remplissait plus d'une colonne, de la *Church of All Nations* jusqu'à la *Church of The Truth*, mais l'ordre était arbitraire. Dans les pages jaunes, entre *Christmas Trees* et *Cigarettes*, Georg tomba sur *Churches* : toute la liste des lieux de culte. Un édifice qui devait être le plus grand de la chrétienté après Saint-Pierre, ne devait pas, selon Georg, appartenir à une petite communauté. Il se concentra sur les églises épiscopales, luthériennes et catholiques. De minuscules lettres dansaient devant ses yeux fatigués, se confondaient, puis se disposaient en lignes et s'organisaient en colonnes serrées.

CATHEDRAL CHURCH OF ST. JOHN THE DIVINE. Le nom était imprimé en majuscules et en gras caractères. Amsterdam Avenue et 112e Rue. Un plan de la ville était affiché dans le bureau. Georg repéra les lieux, le parking de la cathédrale, la cathédrale et l'immeuble de la famille Epp. Il n'était pas très loin. Il eut la sensation d'avoir atteint son but.

2

Il se réveilla sur le canapé du bureau, tout habillé, recroquevillé et engourdi. Il prit le couloir et entra dans le salon. Le soleil pénétrait à flots par les grandes fenêtres. Georg regarda au-dehors. En contrebas, il observa le trafic des voitures. Central Park, et, au-delà, les gratte-ciel de Manhattan se dressaient sur un fond de ciel bleu et limpide. Georg ouvrit une fenêtre et écouta les bruits de la circulation, le grondement souterrain du métro, les enfants éparpillés sur le terrain de jeu longeant le parc.

Une fois dehors, il s'imprégna de l'atmosphère de la ville. Il suivit Amsterdam Avenue vers le nord. Les buildings, d'abord élevés et bien entretenus, n'avaient ensuite plus que quatre à six étages et étaient d'apparence plutôt miteuse. Des échelles de secours, noires et lourdes, étaient accrochées aux façades. On se serait cru en Espagne. Les rues devenaient plus animées et plus bruyantes. Les passants étaient maintenant en majorité des Noirs et des Latins ; les clochards, les mendiants, les adolescents avec des ghetto blasters* se faisaient de plus en plus nombreux. Georg pressa le pas, son regard balayait le paysage, des immeubles, des gens, des voitures, les feux de circulation, les bouches d'incendie, les boîtes aux lettres, et les réverbérations du soleil projetées par un miroir qu'une bande d'enfants agitait.

La première chose qu'il vit en arrivant au carrefour, ce fut la cathédrale. La rue transversale était bordée de quelques immeubles bas de style gothique au-delà desquels s'élevait le grand édifice, gris et massif. Georg traversa la rue et sortit de sa poche la photo représentant la chambre de Cadenet, avec, sur le mur, le poster et Françoise assise sur le lit plongée dans la lecture. Il fit la comparaison : les seules différences étaient que les tours situées de part et d'autre du portail n'atteignaient que la hauteur de la nef, et que la coupole était en ciment clair. Un escalier courant sur toute la largeur de l'édifice conduisait d'Amsterdam Avenue aux cinq portails d'accès.

À l'intérieur, c'était lugubre et mystérieux, les vitraux de couleur et les quelques lustres ne diffusaient qu'une faible lumière, et le haut des piliers se perdait dans la pénombre de la voûte. Georg traversa la nef centrale avec l'attitude humble que ses parents lui avaient imposée dans son enfance, quand ils visitaient des lieux sacrés. Quand il parvint dans le chœur, la lumière était plus intense.

* Ghetto blaster : grosse radio portable, communément appelée « boudin ». *(N.d.T.)*

Sur sa gauche, il vit une allée qui conduisait à la boutique d'objets religieux. Georg flâna entre les vitrines et les tables, son regard se promena sur les livres et les cartes postales, les savons et les confitures, les pull-overs, les sacs et la vaisselle. Il s'arrêta sur un grand poster fixé au mur près de la caisse. Il le reconnut. Françoise avait simplement découpé le bas de l'affiche avec la légende : *The Cathedral of Saint John the Divine. Morningside Heights in the City of New York. Cram and Fetuson, Hoyle, Doran and Berry, Architects, Boston.* Il s'agissait du plan de la façade ouest dessiné par un architecte. Georg relut plusieurs fois le texte, comme s'il pouvait lui livrer un secret.

Avant de sortir, il s'assit. Était-il plus avancé maintenant ? Avait-il une quelconque preuve que Françoise résidât à New York ou y ait résidé dans le passé ? Il pouvait très bien s'agir d'un cadeau, elle avait aussi bien pu le trouver dans un marché aux puces ou chez un antiquaire. Bien sûr, elle avait supprimé la légende, mais comment savoir si c'était dans l'intention de cacher quelque chose ou, tout simplement, parce qu'elle n'aimait pas ce texte. Dans l'hypothèse où elle aurait passé une partie de sa vie à New York et qu'elle en soit partie, pourquoi ne pas aller aussi bien la chercher à Paris, à Sydney ou à San Francisco ? Et même si elle vivait encore à New York, c'était comme chercher une aiguille dans une botte de foin.

Ses yeux s'habituaient à la pénombre. Il entendait au loin des voix s'élevant d'un groupe de visiteurs mené par un guide à travers la cathédrale. Le vernis des chaises était éraflé, la paille arrachée. En cet endroit, étant donné la densité de la lumière, on apercevait nettement le sommet des piliers et la voûte. Aucun mystère. Un éclairage sordide, de la poussière dans tous les coins, une sensation de vide absolu, une acoustique déplorable. Mais aucun mystère.

Georg se leva et retourna à la boutique. Il mit sous les yeux de la caissière un agrandissement de la photo de Françoise.

— Connaissez-vous cette personne ?

La jeune fille lui répondit, avec un regard méfiant :

— Qu'est-ce que vous voulez ? Qui êtes-vous ?

Georg avait imaginé une histoire romantique. Françoise faisant un voyage en Europe, leur rencontre en France, leur amour et leur bonheur et une dispute d'amoureux, ses réactions à lui d'orgueil et de colère, et puis, plus de nouvelles d'elle. Il avait commencé par regarder la jeune fille droit dans les yeux, puis il avait baissé la tête pour évoquer cette dispute idiote, son orgueil idiot, sa colère idiote, il avait honte, Puis il leva à nouveau son regard d'un air sincère et déterminé :

— Je veux lui demander de m'épouser.

La jeune fille, qui tenait cet emploi depuis peu de temps, le conduisit à la personne qui dirigeait la boutique depuis dix ans. Non, cette dame ne se souvenait pas d'avoir jamais vu Françoise. Ça signifiait simplement que Françoise n'avait pas été employée ici pendant ces dix dernières années. Et si elle avait acheté ce poster à la boutique ? Qui pourrait le savoir ? La directrice n'était pas toujours présente, quant à ses employés, ils changeaient souvent.

3

Souvent Georg n'arrivait pas à savoir si ses auditeurs étaient convaincus par la véracité de ses histoires ou simplement par l'importance et le caractère innocent de sa quête. En plus de la version romantique, il y en avait une autre, plus classique, où il disait être un jeune avocat et Françoise une parente de sa cliente française, qu'il ne possédait ni son adresse ni son nom de famille ; il affirmait qu'elle était un témoin important dans un procès, que l'enjeu du procès était énorme pour sa cliente, et pour lui, jeune avocat. Ce que les auditeurs appréciaient dans les deux versions de l'histoire, c'était le rôle que jouait la photo de la cathédrale, de leur cathédrale, comme élément déterminant et comme indice. Ils regardaient attentivement la photo, réfléchissaient, exprimaient leurs regrets de ne pouvoir aider, et donnaient parfois une idée de piste nouvelle.

Georg parla aux curés, actuels et anciens, aux membres de la paroisse qui étaient ou avaient été actifs au sein du catéchisme, avec la directrice du groupe de femmes et le directeur de la troupe de théâtre. Aucun d'entre eux ne reconnut le visage sur la photo. Parfois Georg avait l'impression que plus il montrait cette photo, plus elle lui devenait étrangère. Ce visage lui avait-il vraiment souri un jour ? Georg s'expliqua ce sentiment par le fait que Françoise baissait les yeux sur la photo. Mais cela aurait peut-être été pire si son regard avait été visible. Peut-être que leur charme aussi s'évanouirait à force d'en exhiber la représentation photographique. Il est courant que les souvenirs s'émoussent imperceptiblement. Il semblait à Georg qu'en regardant désespérément cette photo, le passé, lentement, s'effaçait.

Au bout de deux semaines, il avait rencontré plus de vingt personnes et connaissait l'Upper Westside où la plupart d'entre eux habitaient, ainsi que le métro et les bus de New York qui le conduisaient vers les autres. Il connaissait l'entrée baroque, ornée d'angelots et flanquée de colonnes du consulat polonais et la façade blanche et froide du consulat russe. Il passa de nombreuses journées devant, assis sur le muret en face du sympathique palais de la Pologne ou sur les marches de la synagogue qui faisait farouchement face aux Russes. Il ne savait pas si les agents secrets à l'étranger avaient des contacts avec leur consulat, mais le consulat ayant pour fonction d'établir des liens entre les ressortissants étrangers et les autochtones, Georg cherchait un point de contact, une sorte de centre de gravité qui puisse attirer dans son champ Françoise ou même Bulnakof. Il finit par entrer dans les deux consulats et demanda l'adresse de Françoise Kramski qui avait travaillé ici ou dont on s'était occupé, il ne savait plus exactement. On le renvoya avec un refus désolé, on ne donnait pas ce genre de renseignements. Il raconta son histoire, mais elle n'intéressa personne. Il montra la photo, mais le regard des fonctionnaires ne trahit aucune réaction.

La ville était comme une forêt. Il pensait : elle n'est pas sur une île, c'est une île. Elle n'est pas intégrée à un paysage, c'est un paysage. Un paysage avec sa végétation de pierres que les hommes ne peuvent maîtriser, mais qu'ils doivent tailler pour y aménager leurs habitations qui pourraient d'ailleurs un jour ou l'autre se retrouver de nouveau envahies par la végétation. Parfois il tombait sur des blocs d'immeubles démolis, des terrains en ruine, des façades avec des portes et des fenêtres vides ou murées, comme dévastés par la guerre, mais vu que ce n'était pas le cas, plutôt victimes d'une catastrophe naturelle – un tremblement de terre par exemple. Et de nouveaux buildings poussaient dans le ciel comme des cristaux en développement.

La nuit, il rêvait de choses absurdes. Il passa de nombreux jours à ne parler à personne.

L'argent s'évaporait. Plus que mille dollars, il ne tiendrait plus longtemps à New York. Il devait quitter l'appartement des Epp ; ils lui firent savoir gentiment mais clairement qu'ils voulaient à nouveau être seuls. Il n'avait pas avancé d'un pouce. Devait-il renoncer ?

Il était assis à la *Pâtisserie Hongroise*, en face de la cathédrale. Ici on pouvait rester le temps qu'on voulait, il y avait des gâteaux maison et du café à volonté.

La salle était enfumée, les photos au mur haïssables, les miroirs ternis, sur les murs la peinture s'écaillait, ainsi que sur le pilier central où se trouvait une commode avec une cafetière pleine toujours à la disposition des clients. Le refuge idéal pour ceux qui n'ont pas encore réussi et ceux qui ont perdu l'espoir. Georg venait là pour se reposer et réfléchir, parfois il échangeait quelques mots avec un voisin de table, empruntait le journal, donnait du feu ou acceptait qu'on lui offre une cigarette.

À la table voisine, la conversation tournait autour des problèmes de logement, quelqu'un cherchait un colocataire. Georg se montra intéressé. Larry demandait quatre cents dollars, il enseignait l'allemand à Columbia University et acceptait volontiers quelqu'un qui venait d'Allemagne. En quelques minutes tout fut réglé. Il emménagea le jour même.

Sa chambre au douzième étage était une pièce en angle possédant deux fenêtres et une double exposition. Par la première fenêtre, on apercevait au premier plan un clocher, puis des arrière-cours, des échelles d'incendie et les toits de Broadway, et plus loin, vers le nord, dans la journée, le trafic des voitures et les silhouettes des immeubles enveloppées dans la brume ; la nuit, les lumières de la ville attiraient magnétiquement le regard de Georg. Quand il dormait, il percevait dans son sommeil, émanant de Broadway, des hurlements de sirènes, fébriles et alarmants, naissant et mourant dans un râle de désespoir. Par l'autre fenêtre, Georg pouvait voir un parking, des petits immeubles, les arbres de Riverside Park et l'Hudson. Le large fleuve s'écoulait avec nonchalance ; dans la lumière du soleil, il brillait comme de l'acier, par mauvais temps, la rive opposée se fondait dans la brume. Des péniches descendaient et remontaient son cours. À l'ouest, le soleil se couchait derrière le profil des toits sombrant entre les châteaux d'eau posés sur des pilotis métalliques. De ce côté-là, la fenêtre était plus large et rien n'arrêtait le regard ; Georg avait la sensation qu'il pourrait se lancer dans le vide, les bras ouverts, et s'envoler au-dessus du parking, des immeubles, des arbres et de l'Hudson pour se poser sur l'autre rive et se désaltérer dans l'eau du fleuve comme un grand oiseau. Renoncer, lui ? Lui qui se sentait capable de voler ?

Figuraient encore sur sa liste les noms de l'ancien directeur de la troupe de théâtre, de l'ancienne directrice du groupe de femmes et de l'actuelle directrice de la crèche. Georg les appela et prit rendez-vous. Calvin Cope, l'ancien directeur de la troupe de théâtre, aujourd'hui metteur en scène reconnu, était avare de son temps. Était-ce une question de vie ou de mort ? Une question d'amour ? C'est pour ça qu'il avait traversé l'Atlantique pour venir en Amérique ? Bien. Alors, il pourrait le rencontrer à l'heure du déjeuner dans un restaurant de la 52e Rue.

4

Vu l'adresse, le restaurant devait être plutôt du genre chic, et Georg emprunta à Larry une veste et une cravate. Au rez-de-chaussée, se trouvaient le vestiaire et le bar. Le maître d'hôtel conduisit Georg au premier étage, près de la fenêtre, où une table était réservée au nom de Mr Cope.

Georg commanda un verre de vin blanc et contempla la rue. Les voitures passaient, des taxis jaunes, et, parfois, une limousine noire aux vitres fumées, avec une antenne de télévision sur le coffre. La pluie se mit à tomber. Sur le trottoir, surgit immédiatement un vendeur de parapluies. Devant les grandes vitrines d'un magasin de chaussures, où étaient exposés quelques rares spécimens en équilibre sur des cubes, un jeune homme aux cheveux d'un roux ardent s'était abrité et relevait son col.

Le serveur s'avança vers la table, précédant un homme âgé et une jeune femme, puis il les aida à s'installer.

– Monsieur Cope ?

Georg se leva et salua le vieil homme.

— Regarde, Lucy, voilà l'Européen bizarre qui a traversé l'océan pour suivre la bien-aimée américaine qu'il a perdue.

Ils prirent place. Georg était fasciné par Lucy. Elle était belle, une vraie beauté américaine. Un visage plat aux pommettes saillantes, un menton volontaire, un regard profond et une bouche enfantine, des lèvres charnues ; mince, mais une forte carrure et une poitrine imposante. Georg avait remarqué ces femmes sur les affiches publicitaires, et puis dans la rue. Il s'était souvent demandé ce qui caractérisait ce type de femmes et les différenciait des Européennes. Il regardait Lucy et n'y comprenait toujours rien.

Cope l'observait d'un air amusé.

— Oui, elle est très jeune et très belle, et ce sera une actrice formidable.

— Je suis le Printemps et Calvin est l'Automne, s'exclama Lucy en riant.

Et le temps que Georg trouvât le courage de répondre qu'il serait heureux, un beau jour, de jouer le rôle de l'automne, il était déjà trop tard. Pourtant, ça correspondait vraiment à la vérité, pas seulement à cause de Lucy, mais parce que Cope paraissait heureux de son âge et de sa vie. Il avait les cheveux tout gris et, en lisant la carte, il regardait par-dessus ses demi-lunes avec le sérieux d'un homme d'État.

— Laissez-moi commander, je viens ici depuis des années. Et si nous parlions, n'est-ce pas, qu'en pensez-vous ?

Georg n'avait pas encore dit un mot.

— Je vous suis très reconnaissant de m'accorder un peu de temps. Je ne sais même pas comment elle s'appelle. Elle voulait que je l'appelle Françoise parce que c'est un prénom français et qu'elle aime la France, et je sais qu'elle faisait partie d'une troupe de théâtre près de la cathédrale avec un professeur fantastique, elle m'en a beaucoup parlé, et puis, à part ça, j'ai une mauvaise photo, c'est tout.

Georg sortit la photo de sa poche et la tendit à Cope qui la soumit à Lucy tout en regardant Georg d'un air songeur.

— N'y a-t-il pas un poème allemand comme ça ? Quelqu'un cherche une femme dont il ne sait que le nom et traverse la mer pour elle ? Ou alors, c'est le contraire, c'est elle qui le cherche ? Ma mère est suisse et elle me récitait des poèmes quand j'étais petit.

— Vous parlez allemand ?

— J'ai complètement oublié. Mais votre histoire touchante m'a rappelé ce poème. Vous voyez de quoi je parle ?

— « Arpentant les rivages de la Palestine, jour après jour, la Sarrasine… »

— Oui, c'est ça. Je m'en souviens maintenant. Vous le connaissez en entier ?

— Non, mais la Sarrasine arrive à Londres, cherche Gilbert dans la grande ville et le trouve. Il avait été fait prisonnier pendant la croisade et elle l'a libéré. À la fin il est dit : « Avec la foi, l'amour… » Nous l'avons appris à l'école.

— Buvons à leur santé.

Cope leva son verre, et ils trinquèrent.

— Et maintenant montre-moi la photo.

Lucy lui donna la photo et se tourna vers Georg.

— Qu'est-ce que c'est, ce poème ? Je ne vous ai pas compris.

Georg lui raconta l'histoire et certains épisodes de la vie de Conrad Ferdinand Meyer et de ses grands-parents qui avaient vécu au bord du lac de Zurich.

Cope l'interrompit :

— Oui, je me souviens bien du visage. La fille faisait partie de mon groupe, mais avec la meilleure volonté du monde je n'arriverai pas à me rappeler son nom. — Il continua à regarder la photo. — Je ne sais pas non plus qui pourrait vous le dire. Je n'ai jamais eu de fichier. Je retiens bien les visages et pouvais facilement me rappeler qui avait payé ou non, et dans le groupe, j'avais la coutume de rebaptiser mes élèves.

— Des noms qui leur correspondaient. Il le fait encore, et la plupart des comédiens aiment ça et prennent comme pseudonyme le nom que Calvin leur donne.

— Et, toi, tu n'aimes pas ça, je le sais, et l'automne ne conteste pas le nom du printemps.

Il la regarda en riant. Georg ne réussit pas à savoir si cette bonne humeur était feinte.

Le rosbif arriva, fut découpé et servi.

— Mister Cope, vous vous souvenez encore d'un autre membre de votre troupe ?

— C'est ce que je me suis déjà demandé. Non, désolé. Ça date de cinq ou six ans, et soyez déjà content qu'avec cette mauvaise photo, c'est vous qui l'avez prise ?, ma mémoire soit encore capable de reconnaître quelqu'un. Ça ne sert à rien, vous devez faire comme la Sarrasine. Vous avez traversé la mer avec la foi, traversez maintenant New York avec la foi.

Ça sentait le mépris. La bonne humeur était donc bien feinte et Cope était agacé, sans aucun doute. Georg jeta un coup d'œil par la fenêtre. Il ne pleuvait plus, l'homme aux cheveux roux se tenait toujours à la même place. Tous trois mangèrent en silence.

— Vous travaillez sur une nouvelle pièce ?

Georg essayait d'entretenir la conversation.

— Pourquoi tenez-vous à le savoir ? Qu'est-ce que vous y comprenez ? Qu'est-ce que vous faites, vous ? Putain de merde, je suis entouré d'ignares, d'abord Goldberg, ensuite Sheldon et maintenant un amoureux complètement cinglé qui débarque d'Europe.

Il avait élevé la voix.

Le serveur, plus amusé qu'irrité, semblait habitué à de telles scènes. Lucy posa ses couverts, sortit une barrette de son sac, la coinça entre ses dents, saisit des deux mains ses longs cheveux bruns, et les attacha.

— On y va, c'est insupportable ici. Garçon, vous mettez ça sur mon compte.

Cope se leva brusquement et se précipita vers l'escalier. Lucy sourit à Georg :

— C'était très agréable de faire votre connaissance. Laissez-moi vos coordonnées, je vous enverrai une invitation pour la première. Vous savez, il ne pense pas vraiment ce qu'il dit.

Georg se retrouva seul à table. Le serveur prit la bouteille dans le seau à glace et le resservit. Georg mangea la viande et les légumes, vida la bouteille, et à la fin, le serveur lui apporta un café italien sans lui demander son avis. Georg commanda un brandy. C'était la fête : Françoise avait donc vraiment vécu à New York.

5

Georg n'avait jamais été pris en filature. Était-ce par hasard que le jeune homme aux cheveux roux qu'il avait aperçu par la fenêtre du restaurant se promenait maintenant autour de la patinoire du Rockefeller Center ? Georg s'arrêta devant des magasins, observant l'image de la rue dans les vitrines et se retournant parfois discrètement. Il avait vu ça au cinéma. Il entra dans une librairie, se faufila entre les rayons et feuilleta des livres en curieux. Ça ne marchait pas, il n'aurait pu surveiller la rue qu'en se plaçant à côté de la caisse. Puis il s'en alla et se retrouva sous la pluie qui s'était remise à tomber. Les sommets des gratte-ciel étaient gris clair, des projecteurs dardaient leurs faisceaux, trouant l'épaisseur des nuages. Les gouttes de pluie se collaient aux verres de ses lunettes. Georg leva les yeux et il lui sembla qu'il volait dans un ciel étoilé et infini, comme une caméra qui paraît flotter dans l'espace pour le générique de certains films. La circulation était dense, les taxis jaunes se pressaient et les gens se hâtaient. Lorsque Georg fut bousculé par un passant qui venait dans l'autre sens et qui faillit le faire tomber, il se retourna machinalement. Il ne vit plus celui qui l'avait heurté. Mais son regard croisa furtivement celui du jeune homme aux cheveux roux. Il marchait à cinq mètres derrière lui, et ses cheveux roux lui collaient à la tête.

Le lendemain, en fin d'après-midi, il vit à nouveau le rouquin. Il avait feuilleté d'anciens annuaires à la recherche d'un vrai Kramski, d'un ami, d'un parent ou d'un ancien collègue dont Françoise aurait pu emprunter le nom. Il n'avait rien trouvé. À cinq heures, il quitta la Public Library et se dirigea vers le Nord. Comment continuer sa recherche ? Les groupes de théâtre de la cathédrale changeaient certes chaque année, mais certains participants pouvaient y rester plusieurs années. Il pouvait demander au groupe actuel le nom d'un ancien membre, qui, lui-même, aurait pu… Dans Madison Avenue, la vanité des vitrines sauta aux yeux de Georg : fleurs, tableaux, montres, bijoux, jouets, vieux meubles, tapis précieux. Les femmes, élégantes dans leurs vêtements et leur démarche, le dévisagèrent, comme on soulève un objet du bout des doigts pour l'évaluer et le reposer ensuite.

À l'arrêt de bus, les panneaux indiquaient que l'un d'entre eux passait non loin de l'appartement de Georg. Georg s'arrêta et se retourna pour voir si ce bus arrivait. Il vit à nouveau le rouquin. Il était de l'autre côté de la rue, le dos tourné, face à une vitrine. Le bus arriva et le rouquin ne fit rien pour y monter également. Aussi longtemps que Georg put l'observer par la vitre arrière, il continua à fixer la vitrine.

Les gens montaient et descendaient du bus, dehors on faisait les courses, on repeignait une bouche d'incendie, on réparait le rideau de fer d'un magasin, on déchargeait une voiture et deux personnes s'enlaçaient à côté d'un taxi qui attendait. Georg regardait tout ça sans le voir. Eux en haut, nous en bas. Il s'était convaincu que, d'un côté il y avait les amateurs, les balourds et les ratés, catégorie dont il faisait partie. Et de l'autre côté, les professionnels, le monde des affaires et de la politique, du crime organisé et des services secrets, le monde de la réussite en parfait état de marche. Bien que, comme tout lecteur de journaux, il ait vu suffisamment de politiciens et d'hommes d'affaires trébucher sur leurs mensonges et leurs pitoyables erreurs. C'est justement parce que le travail du rouquin lui paraissait être celui d'un amateur qu'il faisait peur à Georg.

Le bus suivit Madison Avenue et tourna à gauche. Georg avait du mal à se repérer. Lorsque le bus s'arrêta, Georg reconnut à sa gauche l'extrémité nord de Central Park, lugubre, et, à droite, une rangée d'immeubles jadis beaux et maintenant désolés, inhabités et murés. Des enfants noirs jouaient à la lueur d'un vieux lampadaire. Une petite fille d'une dizaine d'années était en train de faire un vrai numéro, posant comme une star, puis boitant comme une vieille, et elle se mit à gronder comme une mère un petit garçon qui se tenait près d'elle ; puis elle fit sa sortie en mimant un macho qui roule des mécaniques. Enfin elle se calma et se fit toute petite. Georg ne verrait jamais la suite du numéro. Le bus démarra.

6

En ouvrant la porte de chez lui, Georg entendit de la musique, des voix et des rires. Deux enfants jouaient dans le couloir, quelques invités étaient assis dans le salon, la plupart d'entre eux se pressaient dans la cuisine. Larry avait fait une conférence sur Kafka qui avait plu au public, et faisait une fête avec des amis et les collègues du German Department.

Georg prit un verre et traversa l'appartement. Dans la cuisine, on parlait boulot, en anglais et en allemand. Une femme brune, portant des mi-bas verts, belle et fière, était adossée contre la porte.

— How are you ? dit-il.

Elle ne répondit pas, ne le remarqua même pas et se tourna vers un jeune homme en chemise turquoise.

— Haven't we met before ?

Puis un vieux monsieur sympathique avec une veste violette et un foulard parme. Et un Noir en costume blanc qui demanda à Georg :

— What are you doing in the city ?

Georg parla d'un livre qu'il était en train d'écrire, et le Noir se présenta : il était journaliste au *New York Times*, pour l'instant il était en bas de l'échelle, mais un jour il ferait un gros coup.

Dans le salon, quelqu'un racontait sa vie à un groupe de gens :

— Finalement nos avocats se sont mis d'accord. Elle aura le droit de garde et moi je pourrai le voir tous les dimanches.

Ils éclatèrent de rire.

— Qu'est-ce que vous trouvez drôle ? murmura Georg à l'oreille de sa voisine.

— Après chaque audience, j'ai les épaules coincées et elles mettent des heures à se détendre.

Tous rirent à nouveau, sauf celui qui parlait, un homme petit, mince, d'âge indéterminé, avec une chevelure bouclée et des doigts nerveux.

— C'est Max, répondit la voisine, comme si on pouvait considérer ça comme une réponse.

— Et ?

Elle l'attira sur le côté :

— Le chien… Max et son amie se sont séparés et disputés à propos de leur chien. Au fait, je suis Helen. Et toi ?

Elle leva vers lui un regard interrogateur. Elle était petite, portait une jupe droite très serrée et un pull-over épais, tricoté à la main ; en dessous, un chemisier dont le col était relevé. Son regard était plein de réserve. Georg ne savait pas s'il exprimait de la retenue ou de la timidité. Elle avait des cheveux châtain clair, mi-longs, un sourcil plus haut que l'autre, et sa bouche, fermée, lui donnait une expression concentrée. Un menton volontaire.

– Je suis Georg, le colocataire de Harry. Tu fais partie du German Department ?

Elle enseignait l'allemand, faisait une thèse sur les contes de tradition germanique, avait passé beaucoup de temps en Allemagne au lycée et à l'université. Elle parlait couramment l'allemand, il ne lui arrivait que rarement de chercher ses mots, par souci d'exactitude

C'est toi, le fou de la cathédralc ? Larry t'appelle le chercheur de la cathédrale.

– Chercheur ? Il n'y a pas grand-chose à chercher. Je suis là pour… Où est ton verre ? Je vais me chercher du vin, tu en veux aussi ?

Elle l'attendit et il revint avec les verres et la bouteille. Elle parla de son doctorat et de sa chatte Effi. Elle lui demanda si le mot allemand *Alraune* était aussi mystérieux que le mot *mandrake* en anglais. Elle fit allusion à un conte dans lequel un personnage, déracinant une mandragore, perçoit une plainte surgissant de la terre et se retrouve face à un magicien. Georg fit des hypothèses sur les mandragores, les runes et les murmures. Il raconta sa vie en France, son point de vue sur les Français, et ses réactions par rapport à New York. Il put faire partager à Helen sa peur des contes. Elle parlait d'une façon intelligente et spirituelle et écoutait avec chaleur.

Georg avait le cœur serré. Il y avait si longtemps qu'il n'avait pas eu une conversation aussi longue, surtout avec une femme. Avec Françoise, il ne parlait pas beaucoup, mais volontiers. Jusqu'à cette fameuse nuit où il l'avait trouvée dans son bureau avec l'appareil photo. Puis il avait commencé à se méfier de ses mots, avait essayé de mesurer les siens, et leurs conversations étaient devenues fausses. Il avait progressivement perdu confiance et avait du mal à parler simplement, avec Bulnakof, Françoise, avec ses collègues, à Marseille, et avec ses amis de Cucugnan. Georg se souvenait du soir où il était allé au Bon Vieux Temps pour manger des spaghettis au saumon et où Gérard l'avait accueilli, à dix heures du soir, de manière particulièrement chaleureuse. N'était-ce pas excessif ? Une fausse amabilité ? Un signe de méfiance ? Avant même d'entrer dans les lieux, Georg avait tourné les talons, et, depuis, il évitait Gérard.

Georg avait besoin de confiance. Mais pouvait-il se fier à Helen ? N'était-ce pas elle qui avait entamé la conversation ? Que Helen et lui se soient rencontrés chez Larry et que Larry et lui aient fait connaissance au café, étaient-ce des hasards ou des coups prémédités ? Bulnakof n'était-il pas derrière Larry et Helen derrière lui, comme le rouquin ? Georg ne pouvait plus écouter Helen, mais il gardait son regard fixé sur elle pour prouver son intérêt. Que pouvait-il dire de lui sans vraiment avouer quoi que ce soit de lui-même ? Il jouait, riant, acquiesçant, posant des questions, heureux toutefois de pouvoir laisser son regard s'évader d'un air songeur en fixant le sol. Ça n'était pas facile.

Il prit congé pour un instant. Lorsqu'il revint des toilettes, Helen était partie. Georg se rendit dans sa chambre, et regarda par la fenêtre. Une boule d'angoisse l'étouffait. Est-ce que je pourrais aimer encore ? Comment pourrais-je apprendre à avoir des relations normales avec les autres ? Je suis en train de devenir fou, vraiment fou. Il pleura, et cela le soulagea, sans chasser son angoisse.

Quelqu'un entra dans la chambre. Larry avait posé les manteaux des invités sur le lit de Georg. D'autres invités vinrent chercher leurs affaires. La fête était terminée. Avant de partir, Helen lui demanda s'il voulait faire la connaissance d'Effi. Effi, qui était Effi ? Ah oui, Effi, la chatte. Georg rit et prit rendez-vous avec Helen.

7

Georg était dans son lit et regardait par la fenêtre. Le jour se levait, le ciel sans nuages était encore sombre, mais, dans les fenêtres des gratte-ciel, aux étages les plus élevés, sur la rive opposée de l'Hudson, les lueurs rouges du soleil couchant se reflétaient. Les vitres étaient rouges : Georg avait déjà vu ça, au lever et au coucher du soleil. Cette ville n'est pas seulement une forêt, pensa-t-il, mais aussi une montagne… Les Alpes…

Il avait rêvé de Cucugnan, des chats et de Françoise. Ils avaient fait leurs bagages et les avaient chargés dans la voiture, mais ils ne se souvenaient plus de leur destination. Ou bien ils voulaient s'enfuir, n'importe où… Ce rêve lui laissait une impression de peur. C'est ça, ma vie, maintenant ? Tout m'échappe, je ne ressens que de la peur et je réagis toujours avec maladresse. Il me faut agir maintenant, et non plus réagir. Durant ces dernières semaines, Georg avait souvent ruminé cette idée. En fait, il s'emmêlait dans cette problématique. Si réagir impliquait une dépendance aux autres, agir, c'était quoi ? Un comportement libre de tout conditionnement, ça n'existe pas. Est-il possible de se libérer de toute dépendance – qu'il s'agisse d'une relation d'amitié, conflictuelle voire manipulatrice, alors que cette dépendance nous poursuit même dans les actes les plus anodins, quand on tient par exemple compte du temps, de l'état des routes et du trafic ? Non, ça n'existait pas. Alors, la différence entre agir et réagir ne pouvait résider que dans le comportement qu'on décidait d'avoir, en réaction à d'autres. Dans ce cas, on les prenait en compte, comme tout un chacun. Ou alors, il fallait les interpréter à travers le prisme de sa propre vie. Mais était-ce vraiment le problème ?

Les personnes entreprenantes ont fait quelques changements dans le monde, mais ce qui importe, c'est de l'interpréter différemment. Georg rit en croisant les mains sur sa nuque. Selon le commun des mortels, il était évident qu'il était victime d'une filature. Pourquoi ne pas l'interpréter autrement, comme une piste qu'il pouvait utiliser, comme une chance dont il fallait profiter ?

Il s'abandonna à ses rêveries. Cinquante mètres derrière lui, il y a le rouquin. Il est dans Riverside Park, c'est la nuit. Georg arrive devant un gros arbre, il réagit – non – il agit, instantanément. Il lui suffit d'un rapide coup d'œil en arrière pour voir le rouquin qui marche d'un pas nonchalant. Georg se précipite derrière le large tronc, ne perçoit plus, tout d'abord, que le battement de son propre cœur, puis les pas de l'autre, de plus en plus proches. Soudain le silence. Continue, pense Georg, continue. Dans la rue au-dessus, le vrombissement d'un bus. Puis Georg entend à nouveau les pas, ils hésitent et se lancent à la fin dans une course. Un jeu d'enfant. Georg fait un croche-pied au coureur, le rouquin s'étale de tout son long, Georg lui donne un coup de pied dans le ventre. Il frappe l'homme à terre en pensant à la mort des chats, à son agression, à la douleur causée par le départ de Françoise. Le premier coup de poing lui casse le nez. Puis de sa bouche en sang surgissent des mots, en mauvais anglais. Ils avaient appris son voyage à New York et craint que…

Quoi ? Georg ne savait pas ce que son imagination devait faire dire au rouquin. Et c'est bien pour cette raison qu'il s'acharnerait sur lui à coups de pied. Mais si ce n'était pas un jeu d'enfant ? Georg s'imagine alors qu'il fait un croche-pied et que le rouquin s'étale de tout son long. Mais il fait une culbute et se rétablit sur ses jambes avant même que Georg n'ait retrouvé l'équilibre. Dans sa main brille un couteau.

Georg prit son courage à deux mains et poursuivit son rêve. Où se procurer une fausse barbe et de quoi teinter ses cheveux et son visage ? Un chapeau et des lunettes noires ? Comment faire pour se transformer en quelques minutes dans des toilettes ? Dans les pages jaunes, figureraient les magasins de location de costumes et les costumiers de théâtre. Mais si le rouquin le voyait entrer dans ce genre de magasin, qu'en penserait-il ? Georg songea à utiliser du cirage noir pour se teindre les cheveux, du cirage brun pour se maquiller le visage, et à se confectionner une barbe faite avec les poils de son sexe et de sa poitrine. Il jeta un coup d'œil sous la couverture : pas génial.

Quand il entendit Larry quitter l'appartement, il se leva. Il ouvrit les armoires et trouva un chapeau noir et un manteau clair, extrêmement fin, qui, une fois plié, était gros comme le poing. Complètement boutonné, il ne laissait apparaître que le nœud de cravate. Une douzaine de cravates étaient d'ailleurs suspendues à la porte de l'armoire. Georg remit tout à sa place.

L'après-midi, il promena ses regards sur Broadway. Le temps avait changé, l'air était chaud et humide sous un ciel bas et gris. Les passants pressés avaient laissé manteaux et vestes à la maison, ne gardant que leur chemise, seuls les clochards étaient emmitouflés, certains tenaient à la main un gobelet en plastique pour faire la manche en tendant leur main gantée. Lorsque l'orage éclata, Georg s'abrita sous l'auvent d'un magasin de fruits et légumes et observa le flot de bus, de camions, de voitures de toutes les couleurs et de taxis jaunes. À côté de lui, des melons, des ananas, des pommes et des pêches étaient empilés sur des tables. Ça sentait bon.

La pluie s'arrêta et Georg se remit en route. À plusieurs reprises il entra dans un drugstore, mais après avoir acheté du maquillage marron dans le premier, il ne trouva plus rien dans les autres. Pas de fausse barbe, pas de teinture pour cheveux facile à utiliser. En quittant les magasins, son regard erra à la recherche du rouquin, en vain. Puis il vit, entre la 78e et la 79e Rue, Paperhouse, dans une vitrine, des cartes de vœux pour toutes occasions, dans l'autre des masques de Mickey Mouse, King Kong, Dracula et Frankenstein. Tout de suite à droite après l'entrée se trouvaient les barbes, les rouflaquettes, les moustaches, en fibres synthétiques noires et brillantes, emballées dans du carton et un film plastique transparent. Vite, Georg prit une grande barbe, tomba sur un rayon avec des sprays pour cheveux de toutes les couleurs, prit la bombe avec la capsule noire, prit trois cartes au hasard sur le présentoir et paya à la caisse avant que quelqu'un ne s'arrêtât devant la vitrine. Georg mit la barbe et la bombe dans la poche de sa veste et s'immobilisa sur le pas de la porte avec ses trois cartes à la main et les regarda : *Be My Valentine*. Trois fois.

Chez l'opticien, il se dépêcha également, planqua la paire de lunettes noires dans ses poches. À partir de ce moment-là, il ne quitta plus son appartement sans sac plastique. Il y mettait le chapeau, le manteau et une cravate, le fond de teint marron et le spray noir, la barbe et un petit miroir. Mais ou bien personne ne le filait ou bien il ne le repérait pas. Il se rendit à Brooklyn chez la directrice de la crèche qui lui fournit aussi peu d'éléments sur Françoise que l'ancienne directrice du cercle de femmes dans le Queens. Il resta à nouveau longtemps devant le consulat polonais puis russe, mais à chaque fois qu'il se mit en route, il ne remarqua personne qui s'attachât à le suivre. La plupart du temps il marchait sans but dans les rues pour parfois jeter un coup d'œil discret sur un éventuel fileur. Parfois il se perdait. Ce n'était pas grave, il finissait toujours par tomber sur une station de métro. Le temps restait lourd et orageux. Maintenant Georg ressentait la ville comme un organisme vivant, un dragon ou une gigantesque baleine que des naufragés abordent en la prenant pour une île, comme dans les vieux romans d'aventures. La baleine suait et crachait parfois des jets d'eau.

Un soir, Georg sortit avec Helen. Il s'était préparé, avait réfléchi à cc qu'il pourrait lui confier, selon le rituel des premières rencontres. Qu'il avait été avocat en Allemagne et traducteur et écrivain en France, c'était suffisant. Et que faisait-il à New York ? Il lui parla de ses recherches pour l'écriture d'un roman et finalement aussi de Françoise qu'il avait rencontrée à Cucugnan et recherchait à New York. Une histoire bancale, il l'avouait lui-même. Helen sembla ensuite plus familière avec le serveur qu'avec lui, qu'elle se contentait de regarder d'un air amical mais circonspect. Ils mangèrent chez Pertutti, un restaurant italien de Broadway, où Helen venait souvent déjeuner en sortant de Columbia University, et situé près de leurs appartements respectifs. Un restaurant qui rappela à Georg ses années d'études, ses déjeuners et dîners avec les amis. Georg avait du mal à parler. Pas seulement par peur de trop dire. Il avait désappris à parler. Des livres ou des films, de la politique, de leur relation avec soi, des choses lues ou vues qui se reflétaient dans le vécu, le vécu élargi à des concepts généraux, l'appréhension des relations et de l'évolution des autres, leur caractère référentiel : il avait maîtrisé et aimé ce jeu intellectuel. Mais maintenant ça ne marchait plus. Il n'avait plus parlé ainsi depuis qu'il avait quitté Karlsruhe pour Cucugnan, et depuis qu'il avait repris le bureau de Marseille il n'avait quasiment plus lu un livre ou vu un film. Avec Françoise, les seules préoccupations étaient quotidiennes. Quand des amis venaient d'Allemagne, on parlait de ce qu'on venait de faire et du passé. Georg se sentait bête face à Helen qui passait de ses étudiants à l'analyse des générations modernes d'étudiants, des contes sur lesquels elle faisait sa thèse de doctorat aux formes brèves de la littérature allemande, des déchirements de la nation allemande du dix-neuvième siècle au nationalisme, à l'antisémitisme et l'anti-américanisme, pour terminer par ses expériences à Trèves comme étudiante.

– À Trèves, tu étais à la maison natale de Marx ? Elle hocha la tête :

– Et toi ?

– Non.

– Pourquoi tu parles de Marx ?

À voir le long silence qui suivit, souriant et satisfait, il était facile de conclure qu'elle se sentait fière. Elle prit son verre et but.

– J'ai récemment pensé à une phrase de lui, sur la distinction entre changer et interpréter le monde.

Il essaya d'expliquer pourquoi il était important de ne pas analyser le comportement des autres selon des schémas, mais d'en déterminer soi-même la signification.

— C'est… ce que font les fous, non ? Ils ne s'occupent pas de ce que pensent les autres, mais ils s'écoutent et interprètent, comme ils le peuvent, n'est-ce pas ?

— Comme ils le peuvent, ou comme ils le doivent ? Admettons qu'ils aient le choix, ils vivent aussi devant l'alternative d'être libres de leurs actes, ou d'en rester à des « réactions ». De plus, le fait d'être libre de ses actes n'implique pas nécessairement le succès et le bonheur. Et je pense aussi à une chose : si ceux auxquels on se réfère nous dominent et nous déterminent dans nos choix, qu'en fait nous soyons condamnés à réagir, alors il vaut mieux, sans doute, être fou.

Elle ne le comprenait pas. Lui-même ne se comprenait pas, d'ailleurs.

— Tu parles de tout ça, dans ton livre ?

Il la regarda bien en face.

— Tu te moques de moi ? Ça fait deux heures que nous sommes ensemble, je ne peux même pas te dire l'ombre d'une chose sensée sur la pédagogie, les livres, la politique, et tu penses que je devrais écrire sur des sujets philosophiques ? Pour moi, c'est surtout un problème de langue. Bon, là-dessus, je suis désolé de t'avoir invitée. J'ai gâché ta soirée. Je ne savais pas que j'étais si — il ne trouvait pas le mot juste —, que j'étais devenu si asocial.

L'addition était déjà sur la table et il sortit son argent de sa poche. Elle le regardait en silence, à nouveau méfiante. Ils se levèrent et il l'accompagna en passant par Broadway, puis ils tournèrent à gauche vers le Riverside Drive. C'était là qu'elle habitait.

— Tu veux monter boire un verre ?

Ils n'avaient pas parlé pendant tout le chemin. Dans l'ascenseur, elle lui demanda son signe zodiacal et il fit de même : tous deux étaient du signe du Cancer. Dans l'appartement, elle le questionna à propos de Françoise :

— Tu l'aimes ?

— Je ne sais pas.

— Pourquoi tu évites la question ?

— Pourquoi tu me la poses ? Pourquoi tu me demandes si j'aime Françoise ?

— Je voudrais en savoir plus sur toi, et il faut bien que je commence par un bout.

— Moi non plus, je ne sais pas grand-chose sur toi.

— C'est vrai.

Il la regarda. Maintenant encore, elle avait ce regard chargé de doute. Peut-être que ça ne lui était pas adressé, pensa-t-il, mais bon, c'était toujours là. Quelle volonté dans ce visage ! Et pourtant, malgré ses cheveux tirés, qui lui donnaient aujourd'hui un air sévère, elle semblait amicale. Elle était jolie, et sauvage.

Elle sourit.

— Tu aimerais qu'on se revoie ?

— Volontiers.

Il était assis à côté d'elle sur le canapé, lui caressait la main en suivant le parcours de ses veines.

— Seulement, je n'ai pas beaucoup d'argent. Ça te va une promenade dans Central Park avec des frites et du Coca, sur un banc ?

Elle acquiesça.

— Bon, ben, maintenant, je vais y aller, à bientôt.

— Reste.

Il resta. Souvent, pendant la nuit, il se réveilla et la regarda dormir sur le dos dans sa chemise de nuit entièrement boutonnée, les bras le long du corps, son chat couché entre ses pieds. La chaleur de ce lit partagé, le souvenir de leurs étreintes étaient beaux. Comme s'il s'était retrouvé chez lui. Mais, le problème, c'était que, toutes les fois qu'il était rentré chez lui, il s'était demandé si c'était encore sa place.

8

Le lendemain, deux fois de suite, Georg crut voir le même homme à moitié chauve, avec une chemise gris clair, un pantalon beige et des chaussures noires, sans en avoir la certitude. Le jour suivant, Georg était dans Sixth Avenue et attendait un bus. Il était quatre heures, la rue était encombrée de voitures, mais comme si elles cherchaient leur souffle avant le rush qui allait suivre. Lorsque les feux passaient au rouge, on pouvait presque entendre un silence avant que les voitures ne surgissent des rues adjacentes.

Georg était fatigué et ne levait la tête que rarement pour voir si son bus arrivait. Il n'aurait jamais eu l'idée de regarder de l'autre côté de la rue si le camion qui y était garé n'avait pas accroché un taxi jaune en démarrant. Et il n'aurait pas remarqué le rouquin qui s'était caché derrière le camion et qui reprit son chemin lentement.

Georg jeta encore un coup d'œil en bas de la rue : pas de bus. Il saisit le sac plastique qu'il avait coincé entre ses jambes et poursuivit son chemin. Pas trop vite, pour permettre au rouquin de le suivre, mais d'un pas décidé comme on le fait quand on a assez d'attendre et qu'on se décide à aller à pied. Sixth Avenue, 42e Rue, Vanderbilt Street. Sur le chemin, il ne se retourna pas : si le rouquin ne le suivait pas, tant pis. Avant d'arriver à Grand Central, il fit tomber une pièce, se baissa pour la ramasser. Des passants le heurtèrent et le bousculèrent. Vingt et un, vingt-deux, il comptait entre ses dents. Vingt-neuf. Cela devait suffire pour que le rouquin ait tourné dans la rue et l'ait vu. Il se releva et entra dans la gare.

« Ah ah, pensa-t-il, maintenant, je suis un obsédé des cathédrales. » De hautes voûtes plates en plein cintre, devant une gigantesque photographie grande et colorée comme un vitrail, des ballons gonflés à l'hélium juste avant le départ. Conçues comme pour un palais, et dignes d'un lieu sacré, deux larges volées de marches s'élevaient de la rue pour aboutir dans le hall. Au centre, une petite rotonde pour les renseignements, une sorte de grand ostensoir en pierre et en vitres bleu sombre surmonté d'une coupole en cuivre avec quatre horloges qui donnaient l'heure aux quatre points cardinaux. Georg descendit l'escalier et chercha des points de repère. À droite, les guichets de vente des billets avec les tableaux d'affichage des trains. Il était quatre heures vingt, à quatre heures quarante partait le train pour Stamford. Georg acheta un billet pour Withe Palins. Maintenant il pouvait traîner. Il flâna à travers le hall et contempla les couloirs qui menaient vers les quais. Il lut les lettres qui dansaient, les cours des actions et des devises affichés électroniquement ainsi que les prix du coton, du café et du sucre. Il se dirigea vers la nef latérale, un petit hall avec un kiosque à journaux et un autre pour les confiseries, de lourds bancs en bois et des panneaux « Ladies » et « Men ». Des cinq caissons du toit pendaient cinq grands candélabres.

Georg s'assit sur un banc et sortit le journal de son sac. M'a-t-il suivi ? M'observe-t-il ? Il n'avait pas vu le rouquin en flânant dans la gare, mais n'avait pas non plus cherché à le voir. M'aurait-il vu me diriger vers ce banc, attend-il que l'heure de mon train arrive et que je revienne dans le grand hall ?

Georg se leva et se dirigea vers les toilettes pour hommes. Un couloir, une porte, une grande salle blanche. Sur un côté, des hommes debout de dos devant des urinoirs, et en face, une longue rangée de portes blanches. Un type en blouse blanche nettoyait les lavabos. Il fredonnait une mélodie et l'eau coulait.

Vite maintenant. Fermer la porte et la serrure, tout sortir du sac, tout étaler par terre. Où puis-je mettre le miroir, peut-être sur la chasse d'eau en le coinçant avec mon porte-monnaie ? Il s'accroupit devant le miroir, protège son cou et son visage avec un mouchoir, se vaporise les cheveux en noir, les ébouriffe et vaporise à nouveau. Enlever les traces de teinture, mettre le fond de teint, coller sa barbe, nouer sa cravate. Il ressemblait à un avocat marron dans un mauvais film. Il avait du mal à se reconnaître. Quand il se releva pour mettre son manteau et son chapeau, ses yeux tombèrent sur ses baskets en cuir gris clair et gris foncé. Il les aspergea du reste de son spray pour cheveux.

Personne ne l'observa quand il sortit des toilettes. Il se dirigea vers le hall en essayant de marcher différemment, de faire des pas plus petits et de balancer son corps. Maintenant, pensa-t-il, maintenant !

Le rouquin était là, jetant des coups d'œil tout autour de lui, sous une affiche représentant Snoopy en train de vanter les mérites de « Metropolitan Life ». Georg acheta le *New York Times* au kiosque à journaux, l'ouvrit et le feuilleta. Lorsqu'il vit que le rouquin s'apprêtait à partir, Georg plia le journal et le suivit à travers le grand hall ; il le vit observer les passants du haut de l'escalier. Il gênait le passage, c'était l'heure de pointe et un flot de gens dévalaient les marches.

Ensuite le rouquin abandonna. Il se laissa entraîner au bas des escaliers, se fraya un chemin du grand au petit hall, regarda autour de lui encore une fois puis se fondit dans la foule qui surgissait des toilettes pour dames et des couloirs de métro. Georg lui aussi se laissa entraîner, puis, après avoir descendu un étage, entra dans le métro en passant le tourniquet et se retrouva sur le quai. Le rouquin se tenait un peu plus loin, Georg se fraya un chemin vers lui et, lorsque le métro arriva, il monta dans le même wagon. *Downtown Lexington Avenue Express*. Donc pas en direction du consulat russe ou polonais.

Ils descendirent à Union Square. Il fallut monter les escaliers, traverser le petit parc avec son gazon pitoyable et ses bancs à la peinture abîmée depuis des siècles, et ressortir à l'opposé dans un Broadway maintenant misérable. Le rouquin pressa le pas. Après avoir dépassé deux pâtés de maisons, il entra dans un immeuble.

Georg s'arrêta. L'immeuble était vieux, sale, en brique avec des fenêtres étroites coincées entre des piliers. S'élevant au-dessus du rez-de-chaussée où des barreaux protégeaient des vitrines, Georg dénombra neuf étages et un dixième moins haut ; aux quatre angles de l'immeuble, des moulures de style roman avaient été appliquées. Par-dessus l'étroite entrée, il lut : MacIntyre Building 874. L'immeuble dominait tous les autres du quartier, il avait connu des temps meilleurs mais conservait une dignité dans sa misère.

La porte était fermée. Impossible de jeter un coup d'œil dans le hall d'entrée, sur l'ascenseur, ni de voir le déroulement des chiffres indiquant à quel étage le rouquin s'était arrêté. À côté d'une des sonnettes, Georg put déchiffrer « Anderson », à côté d'une autre, une plaque récente, en bronze, gravée, indiquait « Townsend Enterprises ». Ailleurs, les noms étaient effacés ou n'avaient jamais été inscrits.

Et maintenant ? Il était cinq heures et quart, la circulation sur la chaussée et les trottoirs était dense. Georg traversa la rue et s'arrêta devant la vitrine d'un magasin de sport, le regard fixé sur l'entrée du MacIntyre Building. À six heures moins le quart, le rouquin en sortit, une serviette sous le bras, en compagnie d'un jeune homme en jean et chemise bleue ouverte. Juste avant six heures, un essaim de jeunes femmes quitta l'immeuble, Georg supposa qu'il s'agissait de secrétaires, et vers sept heures, plusieurs messieurs en costume sombre sortirent. La nuit commençait à tomber et des lumières s'allumèrent au cinquième et au sixième étage.

Georg était fatigué. Il transpirait dans son manteau, sa barbe le grattait et son dos lui faisait mal. Avec la fatigue vint également le cafard. À chaque fois que la porte s'ouvrait, il espérait voir Françoise. Ou même Bulnakof. À chaque jour suffit sa peine. Mais, naturellement, on sait bien que ce n'est pas le jour qui souffre. Nous apprenons de nos parents et de nos professeurs que Dieu nous récompense du poids de nos peines. Que lorsque nous travaillons, que nous nous donnons du mal pour faire quelque chose, nous pouvons espérer le succès en retour. Ce que l'on ne nous apprend pas, c'est à attendre. Georg pensait à tout cela. Si au moins il pouvait espérer le succès. Mais il était là, sans même savoir s'il avait fait le moindre pas vers Françoise.

9

Le lendemain, Georg arriva à sept heures au MacIntyre Building. Il avait abandonné le spray pour les cheveux, le fond de teint, le chapeau et le manteau pour se contenter de la moustache et des lunettes de soleil. Il descendit le trottoir d'en face. Chez McDonald's, assis à une table près de la fenêtre, il pouvait surveiller l'entrée de l'immeuble. Le restaurant du coin où l'on servait le petit-déjeuner, des hamburgers et des poulets était aussi une position stratégique intéressante. Mais comme Georg voulait repérer la sonnette que le rouquin allait actionner, il préféra rester juste devant l'immeuble d'en face. Après avoir été dévisagé par tous ceux qui passaient le seuil de cet immeuble, il eut affaire au concierge. Que faisait-il là ? Son amie travaillait au McIntyre, elle revenait aujourd'hui de voyage et devait se rendre directement à son travail, il ne savait pas à quelle heure, il voulait l'attendre. Chez qui travaillait-elle ? C'était justement ce qu'il ne savait pas, sinon il ne resterait pas là mais lui laisserait un message. Il savait seulement qu'elle travaillait là parce qu'il était venu plusieurs fois la chercher. Pour l'instant elle n'était pas encore arrivée.

– Pourquoi n'allez-vous pas vous renseigner là-bas ?

C'était si évident et lumineux que Georg se trouva à bout d'arguments. Il traversa la rue. Le concierge le suivit des yeux. Georg appuya sur le bouton du bas. Il ne savait pas ce qu'il allait dire ou demander, ne savait pas non plus pourquoi sous les yeux du concierge il ne se contentait pas de s'en aller ou de faire semblant de sonner. L'interphone resta muet. Georg appuya sur le bouton suivant. C'est alors que le rouquin arriva dans la rue. Il marchait vite en balançant ses bras, Georg tourna les talons et partit. Il rassembla tout son courage pour marcher calmement. Il aurait aimé courir, son cœur battait fort. Au bout de vingt mètres, il regarda en arrière, et ne vit ni rouquin ni concierge.

Ce soir-là, Helen l'emmena à un match de baseball, les New York Yankees contre les Cleveland Indians. De l'extérieur déjà, le stade lui parut immense. Mais quand ils eurent pris les escalators, les rampes et les escaliers pour rejoindre leurs places, il sembla à Georg qu'ils étaient assis au sommet d'un gigantesque cratère dont un versant était effondré. La tribune supérieure descendait en pente raide, en dessous, comme sous un balcon, une autre tribune s'étendait en pente douce jusqu'aux limites du terrain. C'est là que se trouvaient *pitcher, catcher, batter* et tous ceux que Helen lui énumérait, tout petits, comme des jouets. Là où le bord du terrain, en forme d'arc de cercle, n'était plus bordé par des tribunes mais par une rangée de panneaux et d'écrans publicitaires, Georg vit les immeubles du Bronx noyés dans le ciel du soleil couchant.

Helen lui expliquait les choses très clairement, et Georg put suivre la partie. Le pitcher lance au catcher, et le batter, seul contre tous, doit essayer de toucher la balle avec sa batte, de l'envoyer loin et de courir jusqu'à un certain endroit avant que la balle ne soit lancée et rattrapée au même endroit. Le match s'arrêtait sans cesse, les joueurs étaient remplacés et changeaient de poste, les balles étaient lancées et attrapées dans une atmosphère joyeuse et détendue, comme s'il s'agissait d'une séance d'entraînement ou de loisir. Le public encourageait, maudissait, applaudissait et criait, mais ne se déchaînait pas, ne cassait rien et il n'y avait aucune violence. On vendait des hot-dogs, des cacahuètes et de la bière. On dirait un pique-nique, pensa Georg ; il avait passé son bras autour de l'épaule de Helen, et il tenait dans l'autre main son gobelet en carton ; il se sentait bien.

– Ça te plaît ?

Elle le regardait en riant.

Parfois la balle montait tout droit et très haut en l'air dans la lumière des projecteurs, dessinant un cercle blanc sur le ciel sombre. Une mouette traversa le stade dans la lumière. Sur l'écran on présentait les joueurs et on projetait certaines séquences de jeu, au ralenti. Entre-temps, les caméras filmaient le public.

— Où c'est, ça ? demanda Georg à Helen.

— Quoi ?

— Là, sur l'écran, où se trouvent les gens ?

Il avait vu Françoise, son visage, son visage. Maintenant la caméra montrait une famille, un gros bonhomme avec la casquette des New York Yankees, en train de rire. Deux filles noires, qui découvrirent la caméra, lui firent des signes. Tout cela en l'espace de quelques secondes.

— Ce sont les gens dans le stade.

Elle ne comprenait pas.

— Mais où dans le stade ? Là en bas, en haut ? Où sont les caméras ?

Il se leva et descendit les escaliers en courant. Elle devait être assise en bas, la caméra avait montré des rangées de personnes assises presque au niveau du sol. Georg trébucha, faillit tomber, se rattrapa, continua à courir. Un couloir transversal, une rambarde, des vigiles avec des casquettes rouges, des chemises et des pantalons bleus qui se tenaient devant les escaliers : ici se trouvaient les meilleures places. Georg sauta par-dessus la rambarde, enjamba trois rangées de sièges vides, courut sur la droite en direction de l'escalier suivant et descendit encore plus bas. Il avait contourné le vigile, mais faisait maintenant plus attention. À nouveau, des escaliers raides, à nouveau Georg se mit à courir et à gagner la balustrade suivante. En contrebas, les rangées de sièges étaient occupées, il chercha une issue vers les autres escaliers, à droite et à gauche, aperçut le vigile. Donc il fallait passer par-dessus la balustrade, enjamber un siège vide, traverser la rangée, passer par-dessus le dossier d'un autre siège vide, et ainsi de suite, pour parvenir à descendre un nouvel escalier. Il se retrouva en bas de la tribune supérieure. Et les joueurs étaient encore loin en dessous de lui. Françoise portait du rouge, non ? Un chemisier ? Son regard erra dans les rangées, vit partout du rouge, ne put distinguer les hommes des femmes, des vestes, des pulls et des chemisiers.

— Françoise !

Il criait et les spectateurs autour de lui, ayant remarqué sa présence, prirent plaisir à le voir s'agiter et hurler et ils reprirent en chœur : « Françoise ! » et puis encore plus fort : « Françoise ! »

Lorsque les vigiles débarquèrent, il les accompagna sans faire de difficultés. Il n'avait pas vu une seule tête se lever à son appel. Les vigiles furent gentils, il lui demandèrent son ticket et le reconduisirent à sa place à la tribune supérieure. Helen l'y attendait.

— Je suis désolé, mais je dois descendre tout en bas.

— C'est le dernier *inning*. S'il n'y a pas de miracle, les Indians vont perdre dans deux minutes.

Il ne l'écoutait même pas.

— Je suis vraiment désolé, je dois y aller.

Il se dirigea vers le couloir qui conduisait vers l'intérieur de la tribune aux rampes et aux escaliers. Elle resta à ses côtés.

— Il s'agit d'elle ? Tu l'as vue, tu l'as appelée ? Tu l'aimes tant ?

— Est-ce que tu sais comment je peux faire pour descendre jusqu'en bas ?

Il marchait de plus en plus vite. Toujours plus bas.

— C'est fini, le match est terminé. Écoute donc !

Il s'immobilisa. Des applaudissements résonnèrent dans le stade et parmi les spectateurs, on scandait : « Yanks, Yanks. » En quelques secondes, les gens avaient envahi les couloirs, les rampes et les escaliers.

— Mais je dois...

— Il y a quarante mille personnes dans le stade.

— Quarante mille dans un stade, c'est toujours mieux que des millions à New York, s'obstina-t-il, incapable pourtant de résister au flux de la foule pour argumenter avec Helen.

Ils furent entraînés vers le bas et recrachés dans la rue. En se dirigeant vers le métro et, ensuite, en parcourant les couloirs, dans le métro, Georg regardait tout autour de lui.

— Qu'aurais-tu fait si... Je veux dire... Si tu la retrouves, qu'est-ce que tu fais ?

Ils étaient maintenant devant l'immeuble de Helen et elle jouait avec les boutons de la chemise de Georg.

Il était incapable de donner une réponse. Il avait déjà tout imaginé : sa brusque colère, son départ hautain, puis une réconciliation houleuse et pleine de réserve.

— Tu veux à nouveau vivre avec elle ?

— Je...

Il s'interrompit.

— Quand il faut se battre comme ça pour quelqu'un, c'est mauvais signe. D'abord tu crois que la posséder c'est le paradis sur terre. Mais après... Comment elle va te rendre ce que tu as souffert pour elle ? Et pourquoi devrait-elle te le rendre ? Elle te l'a demandé ?

Son regard exprimait simplement la tristesse.

— Tu peux m'appeler quand tu veux.

Elle l'embrassa sur la joue et partit.

Georg s'acheta une bière et s'assit sur un banc du Riverside Park. Il ne savait pas comment poursuivre son projet. Demain, se dit-il, demain je déciderai. Ou ça se décidera tout seul. Demain, peut-être, ce sera le temps des bonnes décisions. Peut-être sommes-nous incapables de prendre les bonnes décisions, mais peut-être qu'elles coulent de source.

10

Le lendemain matin, Georg consacra beaucoup de soin à sa métamorphose avec son fond de teint marron, le spray noir, la moustache, les lunettes noires, la veste et la cravate. La veille, le rouquin était apparu à huit heures et quart. À huit heures, Georg attendait près du magasin de sport, il vit arriver le rouquin et se trouva en même temps que lui devant la porte de l'immeuble. Il avait l'air gentil, un visage d'adolescent, couvert de cicatrices d'acné, mais des yeux bleus, des joues musclées, habituées à mâcher du chewing-gum et une bouche rieuse. Avec son pardessus gris et sa serviette en cuir, il pouvait faire honneur à n'importe quelle banque ou à un cabinet d'avocats. Il jeta un regard indifférent à Georg, peut-être un peu curieux, et appuya sur le quatrième bouton. Georg appuya sur le huitième.

— Va faire chaud et humide.

— Ouais.

Le mécanisme de la porte émit un bourdonnement et la porte s'ouvrit. Le sol du couloir et de l'escalier était couvert de papier gris, les panneaux de bois et les rambardes étaient poncés et les murs commençaient à être repeints.

La porte de l'ascenseur était barrée par deux poutres en croix.

— Ils travaillent encore pour réparer l'ascenseur. Vous avez un bout de chemin à faire.

— J'aurai de la compagnie pendant la moitié du chemin.

Dans l'escalier, le papier glissait sous les pas. Au troisième étage, une nouvelle moquette gris foncé venait d'être posée, les murs étaient gris clair et les boiseries bordeaux. Ça sentait encore la peinture fraîche. Au quatrième étage, le rouquin lui souhaita une bonne journée et poussa une lourde porte métallique qui ne portait aucune inscription. Georg continua à monter. Au cinquième étage, il vit une porte en verre opaque teintée en marron portant en lettres dorées : Townsend Enterprises. Au sixième et au septième, encore une porte en métal sans inscription. Au huitième, la porte était entrebâillée. Georg l'ouvrit.

L'étage était vide. Ici également une nouvelle couche de peinture, du papier au sol, des escabeaux de peintre et des tables de tapissier. De la fenêtre d'angle, Georg vit l'Union Square derrière les toits goudronnés avec des cuves d'eau en bois, et plus loin les deux tours du World Trade Center. Le rouquin devait savoir que le huitième étage était vide. Que s'était-il dit ?

Georg descendit l'escalier et sonna chez Townsend Enterprises. La porte s'ouvrit en grand avec un léger déclic et Georg découvrit une grande pièce, une carte du monde de format carré mesurant un mètre de côté, et une incrustation en bronze et en or. Georg entra, la porte se referma derrière lui, et il vit arriver d'un des deux couloirs de gauche une jeune femme en chemisier rose et en tailleur gris, avec des cheveux noirs négligemment relevés et des lunettes roses à la monture affreuse.

— Je peux vous aider ?

— Je suis monté au huitième étage pour le cabinet Webster, Katz et Weingarten. Vous savez où ils ont déménagé ?

— Nous-mêmes ne sommes là que depuis huit semaines, je ne connais pas les anciens locataires. Je veux bien vérifier dans l'annuaire.

— Ne vous donnez pas cette peine.

En se retournant, il la vit appuyer sur un bouton et la porte s'ouvrit. Et dans le couloir de droite, il vit un escalier en colimaçon qui descendait un étage plus bas.

De la première cabine de téléphone, il appela Mr Epp.

— Vous savez si et comment on peut savoir ce que c'est que la société Townsend Enterprises, 874 Broadway ?

— Vous pouvez faire un crédit report.

— Et où ?

— Je veux bien le faire. Rappelez-moi dans quelques heures.

Deux heures plus tard, Georg apprit que Townsend Enterprises importait des bois et métaux précieux, qu'elle avait déposé son bilan, il y a six semaines et qu'elle avait été rachetée.

— Par qui ?

— Le report ne dit rien là-dessus.

— S'il y a un vendeur, il doit y avoir un acheteur.

— Évidemment. Mais l'acheteur n'apparaît pas dans le marché de crédits avec Townsend Enterprises.

— Ce qui veut dire ?

— Ce qui veut dire qu'il n'a pas pris un crédit pour racheter l'entreprise. Si, par exemple, vous achetez un appartement dans Central Park South et payez cash, il n'y a pas de crédit. C'est un mauvais exemple, car avec un demi-million cash vous vous rendez suspect. Et ce n'est pas non plus vrai que l'acheteur n'ait pas pris de crédit, en tout cas ce n'est pas possible. S'il a par ailleurs suffisamment de trésorerie pour garantir son emprunt, alors le prêteur se fiche de savoir s'il achète Townsend ou s'il prend l'avion pour la Jamaïque.

— Et comment je trouve l'acheteur ?

— S'il veut que vous ou quelqu'un comme vous ne le trouviez pas, il n'y a rien à faire.

— Qui est le vendeur ?

— Ça, vous pouvez essayer de trouver. Townsend Enterprises a appartenu à un Mr Townsend qui avait une adresse dans le Queens. Peut-être est-elle encore bonne. Vous la voulez ?

Georg prit l'adresse, se rendit dans le Queens et n'en retira aucun nouvel élément, après avoir rendu visite à Townsend. Non, il ne dirait rien. Non, il ne laisserait pas entrer Georg et n'écouterait pas de quoi il s'agissait. Oui, il se fichait de savoir si c'était important. Non, il n'accordait pas non plus d'interview, même payée. Il n'avait même pas enlevé la chaîne de la porte.

De retour chez lui, Georg téléphona en Allemagne. Cela lui coûta plus d'argent qu'il n'en avait encore. Mais en fin de compte, ses parents, et deux de ses amis lui promirent sept mille marks, par télex, s'il le fallait. Puis il appela Helen.

– On peut se voir ce soir ? J'ai un problème sur lequel je n'avance pas et j'aimerais t'en parler.

Cette démarche n'était pas facile pour lui.

– Évidemment, dit-elle en hésitant.

11

Ils se retrouvèrent à nouveau chez Pertutti et durent attendre qu'une table se libère.

— Qu'est-ce que tu as fait toute la journée ?

— J'ai écrit.

— Quoi ?

— Ma thèse de doctorat.

— Où en es-tu en ce moment ?

— Eh bien, les frères Grimm ont fait plusieurs versions de leurs contes et… oh laisse tomber. Tu ne t'y intéresses pas, et moi non plus en ce moment. Si tu n'as pas envie de me dire de quoi tu veux me parler, alors ne dis rien. Tu sais si bien te taire.

Ils se turent jusqu'à ce qu'ils soient assis, aient commandé le vin et qu'on le leur eût servi.

— Il s'agit de la fille de France dont je t'ai parlé.

— Celle que tu cherches ? Je dois t'aider dans tes recherches ?

Il tournait son verre de vin entre ses paumes.

— C'est donc ça. Tu ne trouves pas que… Tu couches avec moi, en fait, tu aimerais être avec elle, et maintenant je dois même t'aider à la trouver. Tu ne trouves pas que quelque chose cloche là-dedans ?

— Helen, je suis désolé de t'avoir fait du mal. Je ne voulais pas. J'ai trouvé la nuit passée avec toi très belle, et je n'ai pas pensé à Françoise quand nous avons fait l'amour. Tu m'as demandé si je l'aimais encore, je ne le sais vraiment pas. Mais je dois la retrouver. Je dois savoir ce qui s'est passé entre nous, si je me le suis seulement imaginé. Je n'ai confiance en rien ni personne, et surtout plus en moi-même ni dans mes sentiments. Je… C'est comme si tout était bloqué, tout freinait, tout grinçait.

— Qu'est-ce que tu t'es imaginé ?

— Que ça allait bien entre nous. Mieux que ça n'a jamais été avec aucune autre femme.

Helen le regarda d'un air triste.

— Je ne peux pas te raconter toute cette histoire compliquée. Je pense que tu comprendras si je te raconte ce que je peux te raconter. Si tu ne veux pas — il jeta un coup d'œil sur les spaghettis que la serveuse venait d'apporter —, si tu ne veux pas, nous mangerons tout simplement nos spaghettis.

Il les saupoudra de fromage.

— Tu m'as dit hier soir que je devais savoir ce que je voulais. Eh bien, je ne veux pas seulement retrouver Françoise, je veux aussi mettre de l'ordre dans ma vie. Je veux enfin avoir des relations normales avec les gens, leur parler de moi, les écouter, demander conseil si je ne m'en sors pas, et même leur demander de l'aide. Tu ne l'as pas pris au sérieux, récemment, mais c'était vrai : je suis devenu asocial. Je crois que si je continue comme ça, je vais devenir fou.

Il rit.

— Que les gens m'accueillent à nouveau les bras ouverts, je sais qu'il ne faut pas que je m'y attende et je sais que je ne devrai ni reculer ni m'apitoyer sur mon sort si ce n'est pas le cas.

Il enroula les spaghettis autour de sa fourchette.

— Et quelle est cette demande que tu as tellement envie de faire, si tu peux la faire ?

— Oh, là, encore une subtilité de langage !

— Un problème de logique. Et ce n'est pas une trouvaille subtile, c'est du savoir, je maîtrise. Et maintenant, accouche.

Il repoussa son assiette pleine.

— Je ne sais même pas son nom. En France, elle s'appelait Françoise Kramski, mais je suis sûr que ce n'est pas son vrai nom. Toutes les origines, françaises et polonaises, qui ont produit son nom peuvent être réelles ou simplement un élément de la fiction. Elle a joué le rôle d'une Polonaise obligée à travailler pour les services secrets polonais ou russes parce que ses parents et son frère étaient en danger en Pologne. Peut-être c'est vrai, peut-être pas. En tout cas, elle a vécu à New York, et je crois qu'elle y vit encore, depuis hier je le crois d'autant plus.

— Comment tu sais qu'elle a vécu ici ?

Georg lui parla du poster dans la chambre de Cadenet, de ses recherches autour de la cathédrale, de sa conversation avec Calvin Cope.

— Et hier soir, tu étais là.

— Cela veut dire que c'est tout ce que tu savais quand tu es venu à New York… que tu ne savais rien de plus que cette histoire de poster dans sa chambre ?

— Françoise avait découpé la légende et m'avait raconté que c'était l'église où ses parents s'étaient mariés à Varsovie. Peu importe, je sais maintenant qu'elle a fait partie d'une troupe de théâtre près de la cathédrale il y a quelques années. Et que à l'époque, elle n'était ni russe ni polonaise. Elle ne parle donc pas seulement le français, mais aussi l'américain, et les deux couramment, de toute évidence.

— Et polonais.

— Ça, je ne sais pas, je ne connais pas la langue.

— Elle ne pouvait pas le savoir. Elle devait s'attendre à ce que tu parles polonais. Allez, continue.

— J'ai presque terminé. Beaucoup d'indices laissent à penser que son patron de l'époque possède un bureau à Chelsea, et rien ne dément l'hypothèse qu'il soit également son commanditaire actuel.

— Tu as l'adresse ?

— Oui.

— Tu y es allé ?

— Plusieurs fois, mais je ne l'ai vue ni entrer ni sortir.

— Tu veux donc dire que… qu'ici à Manhattan… tu veux dire que les services secrets polonais ou russes ont une filiale ici à Manhattan ? Et que tu en connais l'adresse. 16e Rue, septième étage, sonnez trois fois, KGB ?

– C'est pas si simple, évidemment. Mais à Cucugnan, on m'a menacé, suivi, frappé, et ici on m'a filé. Tout ce que je peux comprendre, c'est qu'il s'agit des mêmes services secrets, polonais ou russes. Et le type qui me suit commence le matin son travail à Chelsea et y retourne le soir après la filature.

– Tes spaghettis vont refroidir.

Il poussa l'assiette vers lui et mangea.

– Ils sont déjà froids.

Elle avait fini de manger.

– Et maintenant tu voudrais que je te dise comment tu peux continuer à chercher Françoise ? Parce que je vis à New York et que je pourrais avoir des idées. Bon, d'accord. Mais que ça te convienne ou non, je te dirai aussi ce que je pense des histoires d'espionnage que tu m'as racontées. Premièrement, si tu crois que la fille est aux griffes des services secrets du bloc de Varsovie et que tu dois la libérer, alors arrête d'y penser. Si elle est entre des griffes quelconques, alors la CIA peut l'en délivrer mieux que toi, et si elle ne va pas à la CIA, c'est qu'elle ne veut pas ou ne peut pas être libérée. Deuxièmement, toi aussi tu devrais aller à la CIA. Je ne sais pas quels liens tu avais ou veux avoir avec le KGB. Tu aurais dû voir ton visage quand tu m'as raconté qu'ils t'avaient battu. C'est toi maintenant qui veux les battre ? Les faire chanter pour qu'ils te rendent la fille ? Encaisser des dommages et intérêts pour les coups reçus ? Les services secrets ne valent probablement pas l'argent qu'on dépense pour eux, mais s'ils n'étaient pas capables de venir à bout de quelqu'un comme toi, personne n'investirait un dollar pour eux. Cela dit, aller à la CIA, ou laisser tomber et ne rien faire, ce ne serait pas bête. Je ne sais pas exactement ce que c'est, mais j'aime Chelsea, et cela ne me laisse pas indifférente quand j'entends parler d'un bureau du KGB à Chelsea. Il y a la blanchisserie, le magasin de sport, il y a les chemisiers chic et les beaux portfolios, il y a un restaurant qui vient d'ouvrir et il y a, oui, il y a le KGB qui vient d'emménager. Ça ne me plaît pas du tout. Et toi tu t'en fiches ?

– Bon sang, Helen, ils m'ont achevé, mon amour et mon savoir, ils les ont manipulés, ils ont détruit ma vie à Cucugnan, ils m'ont battu. Ils ont simulé un accident pour supprimer Maurin. Et ils ont tué mes chats.

– Ils ont fait quoi ?

Georg raconta, puis il poursuivit.

– Peut-être que, comme ça, ils veulent menacer le monde libre. Ils ne vont pas provoquer des accidents, mais manipuler des gens, c'est ça que je veux dire. Dans ce cas, ma… ma vengeance, comme tu l'appelles, a quelque chose à voir avec la lutte mondiale entre le bien et le mal. Mais ça ne me touche pas, et qu'ils soient à Chelsea, à Cadenet ou à Moscou, je m'en fiche, je m'en fiche complètement. Je ne veux pas qu'ils s'en tirent avec ce qu'ils m'ont fait. Oui, je veux obtenir de l'argent, même si ça ne rend pas la vie à mes chats et à Maurin que je ne pouvais pas supporter mais qui n'était pas un mauvais type et qui ne m'avait rien fait. Je veux de l'argent parce qu'ils ont rendu ma vie misérable et que je ne veux pas continuer à mener une vie misérable. Et parce que ce sera une défaite pour eux.

Elle haussa les épaules.

– Je ne te comprends pas. Mais, bon, je t'ai promis de te répondre. Tu as une photo de Françoise ? Moi à ta place, j'irais dans les librairies étrangères, les françaises, les polonaises ou les russes, je ne sais pas où elles se trouvent, mais elles existent. J'irais aussi dans les bibliothèques correspondantes. J'irais dans les restaurants près du bureau. Et surtout, elle était dans une troupe de théâtre près de la cathédrale et elle a certainement habité par là, et si elle sait si bien parler français et polonais, elle a étudié, probablement ici, à Columbia. J'irais demander au French et au Russian Departments.

– Tu as des collègues là-bas ?

– Si tu peux me donner une photo, je peux demander à quelqu'un.

Elle l'empocha en secouant la tête.

– Et quand tu auras ton argent et peut-être même la fille, tu vas la dénoncer ?

– Les dénoncer, ça signifie tout simplement qu'ils seront expulsés. Il y en avait un, Bulnakof, celui qui dirigeait tout à Cadenet, lui, j'aurais pu l'assommer ou le tuer. C'est ce que je pensais. Mais je ne le pourrais pas, et si je le pouvais, je ne m'aimerais plus.

– Les chats, je pense aux chats. Ils étaient comme Effi ?

Elle fronça les sourcils, serra les lèvres, et son visage s'emplit de tristesse et de dégoût.

— L'un était blanc, l'autre tigré, le troisième noir avec des pattes blanches. Un an d'écart à chaque fois, et le petit Dopy dansait sur le nez de Sneezy comme Sneezy sur celui de Blanche-Neige l'année d'avant…

— Blanche-Neige… Ce que je ne saisis pas, c'est que… Tu as dit qu'ils ont détruit ton existence à Cucugnan, mais pourquoi ont-ils fait ça, et comment ont-ils pu ?

— Je ne sais pas. Ils devaient avoir des contacts avec les services secrets français.

— Les services secrets polonais ou russes avec les Français ? Ça n'a pas de sens.

— Je n'en sais pas plus. En tout cas, je n'ai plus trouvé de travail et j'ai eu des ennuis un peu partout, avec la commune, la police et la banque… et mon propriétaire.

— Mais quel intérêt pour eux ?

— Ça aussi je me le suis souvent demandé. Peut-être voulaient-ils que je sois exclu ou pas crédible. Je ne pouvais plus raconter mon histoire à quiconque.

Et tu t'imagines que, par les services secrets français, ils ont appris ton voyage à New York ?

— Je pense que ça a dû se passer comme ça. En tout cas, la douane française m'a interrogé longuement quand je suis allé à Bruxelles prendre l'avion pour New York, et elle a pu le dire aux services français qui l'ont transmis aux polonais ou aux russes.

— Ça ne me plaît pas.

Georg sentait que Helen pensait toujours qu'il devait aller à la CIA. Avait-elle raison ? Elle n'avait pas évoqué la menace de la sécurité nationale américaine ou européenne. Peu importe où les services secrets ont leurs bureaux, ils les ont, et les difficultés qu'ils rencontrent en cas de dénonciation, si le personnel est expulsé et que les filiales doivent déménager, cela peut être négligeable dans l'enjeu de la sécurité nationale. Mais les arguments de Helen, avec son amour pour Chelsea, ça, Georg le prenait au sérieux. C'était quelque chose. D'un autre côté, il trouvait amusant d'imaginer qu'une ville était le reflet du monde entier, et que la CIA et le KGB soient installés partout, dans les bureaux, les églises, chez les pauvres et les riches, les Noirs et les Blancs. C'est ce qu'il aimait dans New York : elle contenait le monde entier, plus que les villes moyennes allemandes. Il tenta de l'expliquer à Helen. Elle ne se laissa pas convaincre.

12

Georg alla dans les librairies et les bibliothèques étrangères se renseigner sur Françoise. Il montra sa photo dans les restaurants et les magasins à proximité du MacIntyre Building et là où on servait des lunchs. Rien. Chaque soir, il appelait Helen et elle se répandait en excuses de plus en plus alambiquées car elle avait promis d'appeler, mais elle n'avait encore pu joindre personne.

Il se fichait d'être suivi. Le dernier jour de ses recherches aux alentours du MacIntyre Building, il entra dans un café et, en faisant la queue au restaurant pour attendre une table libre, il vit le rouquin en train de prendre un lunch. Le restaurant était animé, les serveurs couraient avec leur plateau, et le chef attribuait d'une voix forte les tables qui se libéraient. Le rouquin mangeait un hamburger et buvait un Coca tout en lisant le journal. Un habitué de la pause de midi.

Georg quitta la queue, se faufila entre les tables et s'assit à côté du rouquin. Celui-ci leva les yeux, un instant étonné, puis à nouveau calme.

— Bon appétit. Pas la peine de se présenter. Vous

me connaissez mieux que je ne vous connais, mais j'en sais suffisamment sur vous pour vous prier de transmettre une nouvelle. Dans votre… votre organisation, il y a un monsieur à qui j'aimerais parler. Il a encore récemment travaillé en France, il y travaille peut-être encore, je ne sais pas. Il s'appelait Bulnakof, petit, gros, dans les soixante ans. Vous le connaissez ?

Le rouquin se tut, se gardant de répondre.

— C'est précisément à lui que j'aimerais parler. Je pense que vous ne connaissez pas son emploi du temps, il n'a qu'à m'appeler, nous conviendrons alors d'un rendez-vous. Dites-lui que c'est important. Et dites-lui aussi que ce ne serait pas une bonne idée de me faire assassiner. J'ai noté tout ce que je sais et je l'ai envoyé, et si je ne donne pas de mes nouvelles, tout ira à Mermoz, à la police et à la presse.

— Je peux prendre votre commande ?

Le serveur s'était avancé vers la table.

— Apportez-moi un Coca.

— Light ?

— Classic.

Georg continua :

— Avez-vous déjà pensé à teindre vos cheveux ?

Il se sentait aussi fort que les trois mousquetaires réunis. L'autre passa la main sur ses cheveux roux. Non, il n'avait en fait pas l'air sympa. Les yeux étaient trop petits et le nez trop large. Georg n'attendit pas son Coca. Il se leva.

Ce n'est qu'une fois dehors que la peur le submergea. J'étais fou, ou quoi ? se demanda-t-il.

Comment revenir en arrière ? A-t-il compris en me regardant que je n'avais rien écrit ni envoyé ? Il jeta des coups d'œil autour de lui, vit arriver un taxi jaune libre, fit un signe de la main et monta. Pour rentrer chez lui. Le trajet dura une demi-heure et l'esprit de Georg était assailli par une foule de pensées. Il se mit à suer, il regarda les rues, la circulation et les passants avec une grande attention. La calèche qui tournait dans Central Park, Colomb sur la haute colonne, l'Opéra, les cinémas, les restaurants trop chers pour lui dont il avait noté l'adresse en vue de jours meilleurs, les bancs sur le terre-plein central de Broadway où il voulait passer un après-midi, le petit parc de la 106e Rue dont l'herbe, les arbres et les bancs étaient devenus gris sous l'effet de la pollution, les échelles de secours sur les façades des immeubles.

Les genoux tremblants, il attendit l'ascenseur. Helen ne s'était pas sentie bien récemment et elle avait dit : « J'ai les jambes comme des spaghettis… », il avait demandé : « Al dente ? » et elle avait ri. Cette scène idiote lui apparaissait maintenant comme la quintessence d'une vie normale et joyeuse. Dans sa chambre, il se coucha sur le lit. Il s'endormit et rêva de Françoise, de Bulnakof et du rouquin, il était poursuivi et courait, courait, courait. Puis il se retrouvait assis sur un rocher de Central Park. Les nuages étaient bas et noirs, mais le soleil avait réussi une percée et faisait étinceler les couleurs. Le silence était total. Georg jouait avec l'herbe et tirait sur une touffe. Mais lorsqu'elle sortit de terre avec une longue racine, on entendit une plainte qui se fit plus forte et se répercuta à travers le parc comme une symphonie de lamentations. Georg se réveilla couvert de sueur. Une voiture de police venait de passer en bas, il entendit la sirène se perdre au loin. Il se leva et prit une douche. La peur avait disparu. Si ça ne tenait qu'à lui, tout pouvait commencer.

13

L'appel de Townsend Enterprises arriva le lendemain matin à dix heures.

— Georg, téléphone ! — cria Larry de la cuisine où se trouvait le téléphone et où il prenait le petit-déjeuner, puis il dit tout bas : — C'est une femme, mais c'est pas Helen.

La veille au soir ils étaient allés dîner tous les trois. Georg avait beaucoup parlé, plaisanté, flirté, et Helen et Larry lui avaient jeté des regards étonnés. Qu'en était-il du colocataire silencieux et de l'amant tourmenté ? Lorsque Georg raccompagna Helen chez elle, ils passèrent devant un mendiant près du Foodmarket. Helen mit une pièce dans son gobelet et raconta que les premières semaines à New York elle avait été tellement révoltée et émue par la grande pauvreté qu'elle donnait systématiquement aux mendiants, jusqu'à ce que l'un d'entre eux lui ait demandé, un jour :

— Hé, pourquoi vous jetez une pièce dans mon café ?

Georg eut un fou rire, et plus tard, il eut le sentiment que Helen lui aurait volontiers demandé de monter, mais qu'elle avait tout simplement trouvé étrange son humeur joyeuse et légère. Elle ne savait toujours rien sur Françoise.

– Mister Polger ? Townsend Enterprises. Mister Benton serait heureux si vous pouviez passer le voir cet après-midi. Vous avez notre adresse ?

– Dites à Mister Benton que je serai là à quatre heures.

Georg raccrocha, et ne répondit pas au regard curieux de Larry. Le café était prêt, Georg emporta une tasse dans sa chambre et prit du papier et un stylo.

« Cher Jürgen, tu vas être étonné de recevoir une lettre de New York. Tu seras encore plus surpris par ma prière de n'ouvrir l'enveloppe ci-jointe que si, dans quatre semaines, tu n'as plus de nouvelles de moi. Ça va te paraître romantique, ou dans le genre gendarmes et voleurs, bouteille à la mer, lettre codée et chasse au trésor, tu vas trouver ça idiot, je sais. Peut-être que ça te fera penser aux jeux auxquels nous jouions dans notre enfance. Mais peut-être aussi que ça ne te paraîtra pas puéril, je ne sais pas à quoi tu as dû t'habituer en tant que juge du tribunal de première instance à Mosbach. Peu importe, je te suis très reconnaissant, j'espère te donner de mes nouvelles bientôt et te salue ainsi qu'Anne et les enfants… » Puis Georg écrivit tout ce qu'il avait vécu, savait, devinait et craignait, mit la liasse de feuilles dans une enveloppe, puis dans une autre, avec la lettre, et alla à la poste. Il ignorait si on le suivait. Mais il imagina la scène : il allait à la boîte, postait la lettre, repartait et puis il y avait un craquement, des flammes jaillissaient de la boîte, et les lettres s'envolaient dans le ciel de Broadway. Non, ils ne feraient pas sauter la poste.

À quatre heures, Georg se trouva devant le Maclntyre Building. La porte était ouverte, les peintres travaillaient dans la cage d'escalier. La même beauté aux cheveux bruns et aux lunettes affreuses le fit entrer et l'introduisit dans une petite salle de conférence sans fenêtre :

— Mister Benton sera là dans quelques minutes.

La pièce était lugubre. Une lumière blafarde tombait du faux plafond et des appliques murales. Une table lourde en bois foncé, six chaises en cuir sombre, un écran noir vide incrusté dans le mur. Le climatiseur ronronnait. Georg chercha un interrupteur pour augmenter la lumière. Mais il n'y en avait pas, pas de poignée à la porte, non plus. Un léger craquement, suivi d'un grincement, annonça que l'écran s'animait, une petite image au centre s'agrandit pour remplir tout l'écran. Beaucoup de noir et des lumières rouges et furtives. Ce n'est qu'après un certain temps que Georg reconnut qu'il s'agissait d'un film pris dans une voiture, les phares jaunes et les feux arrière rouges vibrant dans les cahots de la route. Parfois la calandre, les essuie-glaces, le bord du pare-brise ou le volant apparaissaient à l'image. La voiture roulait vite, les phares jaunes venant en sens inverse défilaient. Elle suivait un autre véhicule en serrant à droite, puis elle se déplaça sur sa gauche pour doubler. Le dépassement se fit par à-coups et brutalement, les deux feux arrière provoquèrent des étincelles sur l'écran. Le film était muet. La circulation se fit plus fluide. Lorsqu'ils ne croisèrent plus aucun véhicule, que les lumières des phares en sens inverse n'apparurent plus sur l'écran, que l'on ne perçut plus que les feux arrière de la voiture de devant, la deuxième voiture doubla pour se mettre à hauteur de la précédente. La caméra cadra alors l'intérieur de la voiture dépassée, et se concentra sur le profil du conducteur qui avait les mains sur le volant. L'image sauta à plusieurs reprises, montrant le toit de la voiture ou des jambes revêtues de pantalons, comme si un choc avait fait bouger les mains du cameraman. Un court instant, Georg ne put rien reconnaître.

Puis deux voitures apparurent dans le cadre. Elles s'arrêtèrent, l'une ayant poussé l'autre dans le talus. Dans la lumière des phares, deux hommes frappaient un troisième. Des mouvements mécaniques. Le troisième s'écroula, les deux autres lui donnèrent des coups de pied. La caméra s'approcha de la tête ensanglantée de l'homme allongé par terre, inerte, le visage tourné sur le côté ; puis, le bout d'une chaussure entra dans le cadre, retournant la tête du gisant. Un léger craquement et l'image s'évanouit. Georg eut froid dans le dos. Ils avaient filmé son agression au retour de Marseille.

— Mon jeune ami !

La porte s'ouvrit, la lumière s'alluma, Bulnakof fit une entrée fracassante et joviale. Toujours aussi gros, mais au lieu de la chemise au col ouvert, des manches retroussées et des taches de sueur, il portait un costume trois-pièces. Un léger parfum d'eau de toilette. Son accent anglais était aussi rugueux que son accent français.

— Il a fallu que Janis vous fasse entrer dans cette cabine ! Venez donc dans mon bureau.

Georg suivit Bulnakof, passa devant la carte du monde, prit l'escalier en colimaçon pour descendre à l'étage inférieur, passer une double porte et entrer dans une pièce vide décorée de grandes affiches représentant des arbres. Bulnakof ne cessait de parler.

— C'est autre chose que le bureau de Cadenet, n'est-ce pas ? Mais en fait j'aurais souhaité avoir une moquette verte. Ils ont un peu exagéré avec cette couleur de bois, enfin je trouve, et sans le vert des feuilles, n'est-ce pas, pas de marron, n'est-ce pas ? Qu'est-ce que j'ai dû me battre pour avoir ces images d'arbres. Ah, dans le Sud, l'aspect improvisé avait aussi son charme ! C'était d'ailleurs le bon temps. Mais ça veut dire quoi, le Sud ? Vous savez que New York est situé sur la même latitude que Rome ? Vous avez déjà pu apprécier notre chaleur humide. Et voilà, il va tout simplement à New York, dans le Nouveau Monde ! Vous ne m'en voudrez pas si je vous dis que vous m'avez surpris, que je ne vous en croyais pas capable. Mais maintenant vous êtes là et je vous dis : bienvenue dans la city et bienvenue dans mon bureau.

Il ferma la porte. Ils étaient dans une pièce d'angle, deux rangées de fenêtres, un mur nu, l'autre avec la photo de deux chaises longues sous un parasol au bord de mer, et, dans le coin entre les fenêtres, le grand bureau avec en face les chaises. Ils s'assirent. De l'épate, pensa Georg, et mal fait en plus. La cabine, la porte sans poignée et le film, ça c'était fort. Mais ils auraient dû agir tout de suite. Après ce long chemin et la fanfaronnade de Bulnakof, la peur avait disparu.

— Je vous regarde et je peux affirmer : vous êtes devenu un autre. Ce n'est plus le même jeune homme timide qui…

— Bon ça suffit. Vous imaginez ce que je veux. Je n'aime plus la Provence, et la Provence ne m'aime plus. Recommencer une nouvelle vie, autre part, ça coûte de l'argent. C'est cet argent que je veux.

Bulnakof soupira :

— L'argent… Si à Cadenet vous aviez été d'accord avec une solution financière, nous aurions pu nous épargner un tas de soucis. Et vous surtout. Mais soucis mis à part, l'histoire est terminée, le mot fin est écrit, c'est point final et le budget est clos. Je n'ai plus aucun argent disponible pour cette affaire.

Il tendit vers Georg ses mains vides.

— Terminée ? L'histoire est un feuilleton. Elle a déjà continué pour moi, de manière tout à fait passionnante, les décors ont changé, à la place d'un trou perdu en province une ville d'importance internationale, à la place d'un bureau miteux cet office élégant, de traductions, nous sommes passés au commerce des bois et des métaux précieux, de Bulnakof à Benton, et pourtant les intérêts et les personnes sont restés les mêmes. Et la suite peut encore devenir plus passionnante quand les journalistes curieux, les policiers et les gens de la CIA vont faire leur apparition.

— Nous n'allons pas remettre ça. À Cadenet déjà, nous avons expliqué que personne d'autre que vous n'aurait moins intérêt à ce que la police s'en mêle.

Bulnakof secoua la tête de l'air compatissant et agacé que l'on réserve aux enfants turbulents.

— Je viens vous voir parce que deux millions me seront plus utiles que la police, la CIA ou les journalistes. Mais dans le cas contraire, je veux bien assumer les quelques soucis que je vais peut-être avoir avec la police.

Georg avait accentué les mots « quelques » et « peut-être ».

— Deux millions de dollars ? Vous êtes fou ?

— Bon, alors trois. N'oubliez pas que je suis très susceptible, j'ai aimé la vie que je menais à Cucugnan, mes chats et mon intégrité corporelle. Cela me coûte déjà beaucoup de renoncer au grand déballage.

Bulnakof se mit à rire.

— Comment imaginez-vous ça ? Vous allez tout droit à la CIA, vous demandez l'agent de service et vous racontez votre histoire ? Avec un air secret vous voulez dévoiler que derrière Townsend Enterprises…

— … se cachent les services secrets polonais ou russes.

— Et celui qui ne le croit pas paye sa tournée. Vous êtes un sacré...

Bulnakof continuait à rire, son gros ventre sautillait et ses mains frappaient ses cuisses. Georg attendit.

— Si cela vous intéresse...

Bulnakof se calma.

— D'abord j'irai voir la presse. Je leur montrerai mes copies et mes photos et ils me diront quand je dois rendre visite à la police ou à la CIA. Ils auront bien une idée du bon moment. Par ailleurs... Comme j'ai pu le constater, vous avez pas mal de documents visuels, mais peut-être que ce petit souvenir du bon vieux temps passé en Provence vous fera plaisir.

Georg sortit la photo représentant Bulnakof assis au volant de sa Lancia, le bras posé sur le bord de la vitre ouverte, un rayon de soleil éclairant son visage et la plaque d'immatriculation. Il la tendit par-dessus la table.

— C'est une bonne photo. Et c'est bien ce que vous avez dit, le bon vieux temps en Provence. Vous avez vraiment changé de manière étonnante. C'est déplorable que nous n'ayons pas travaillé alors dans l'état d'esprit dans lequel vous êtes maintenant. Mais je ne peux m'empêcher de vous faire un petit reproche. En ce qui concerne l'argent...

Il hocha la tête.

— Même si nous oublions votre plaisanterie à propos de ces trois millions, je ne vois pas... D'un autre côté...

Il appuya la tête sur la main droite en se grattant le sourcil gauche du bout de son majeur. Puis il se redressa.

— Donnez-moi quelques jours. Il faut que j'y réfléchisse, que je passe un ou deux coups de fil. Nous pouvons toujours vous joindre au numéro de votre ami ?

En sortant, Georg évoqua Françoise.

— Elle va bien ?

— Mais oui. Elle s'est un peu retirée et mène une vie casanière. Parfois un match de base-ball. — Il sourit. — Peut-être la rencontrerez-vous là-bas. J'ai appris que vous êtes devenu un fan des Yanks.

14

Les jours qui suivirent furent comme des vacances. Georg les passa à traîner dans Riverside Park. La chaleur était étouffante au cœur de la ville, ici soufflait la brise venant de la rivière. Georg devenait patient, même avec les pigeons. Comme partout, ils salissaient les bancs et dodelinaient bêtement de la tête. Les moineaux sautillaient sur le sol poussiéreux. Les écureuils traversaient les chemins en bondissant. Chaque jour à la même heure, les mêmes clochards étaient assis sur les mêmes bancs. Les joggeurs joggaient. Les mêmes gens promenaient les mêmes chiens. Les uns ramassaient les crottes avec des sacs plastique, les autres ne s'en préoccupaient pas, se contentant de jeter un coup d'œil en arrière avec mauvaise conscience. Les mêmes gamines, vêtues de T-shirts de marque, terrorisaient les mêmes bonnes d'enfants. Georg était content de la conversation qu'il avait eue avec Bulnakof. Il n'avait pas espéré recevoir l'argent immédiatement. Il ne leur restait plus qu'à se démener avant de comprendre qu'ils n'avaient pas le choix.

Un après-midi, un orage éclata, et Georg resta assis sur le banc. Le vent agitait les arbres du parc. Dans la lueur des éclairs, les gouttes de pluie tombaient comme des perles. Parmi les immeubles de la rue, l'un d'entre eux avait un toit en pente. L'eau descendait en cascade, elle débordait de la gouttière et jaillissait. Georg fut trempé jusqu'aux os et se sentit de bonne humeur.

Parfois il emportait un livre, un journal ou une revue. Depuis longtemps, il ne se préoccupait plus des affaires du monde. Est-ce que le monde s'occupait de lui ? Il ne voulait plus avoir une vision aussi étroite, maintenant que le monde prenait à ses yeux un aspect aussi accueillant. Maintenant qu'il sentait qu'il pourrait bientôt investir.

Dans *Newsweek*, il trouva un article qui l'intéressa particulièrement. Il parlait d'un nouvel hélicoptère de combat conçu par un consortium de constructeurs aéronautiques européens en collaboration avec la Gilman Aircraft Company. C'était un geste politique : à la fin des années quatre-vingt-dix, le même type d'hélicoptère serait utilisé par toutes les forces armées de l'Alliance Atlantique. Il s'agissait de briser la supériorité qualitative et quantitative des Russes. Selon cet article, à l'avenir, les hélicoptères de combat seraient l'arme de guerre la plus efficace. L'uniformisation du matériel était donc plus importante dans ce domaine. C'est pour cette raison que les ministres de la Défense de l'Alliance Atlantique s'étaient mis d'accord, lors du sommet d'Ottawa, pour prendre cette décision. La percée technologique avait déjà fait ses preuves : le journaliste parlait de stabilisateurs latéraux, de rotors de type ABC et d'enduction RAM.

Tiens donc, pensa Georg. Évidemment que les Russes sont à la poursuite des plans de Mermoz comme le diable poursuit les pauvres âmes. Chez lui, il sortit les copies qu'il avait faites pendant les dernières semaines chez Mermoz. Il avait traduit des mots comme vis, boulons, manchons, tourillons, pivots, brides, écrous, agrafes, chapeaux, articulations, longerons, plaques, amortisseurs, régulateurs, filtres, fentes, axes, rotors et ainsi de suite, sans s'intéresser à leur signification. Il tentait maintenant de comprendre.

Dans la librairie au coin de la rue, il trouva un livre sur les hélicoptères de combat et vérifia le sens des stabilisateurs latéraux, des rotors ABC et du RAM. Les stabilisateurs latéraux servaient à soutenir le rotor et à transporter les missiles ; il put faire le lien entre les suspensions évoquées dans un plan et les stabilisateurs latéraux. Sur ces plans, il reconnut aussi les rotors fixes superposés qui dans la conception ABC assuraient des deux côtés une propulsion puissante et permettaient d'atteindre la vitesse de cinq cents kilomètres à l'heure, vitesse exceptionnelle pour des hélicoptères. Il crut finalement avoir déchiffré la dernière série de plans. Il n'avait pas de plan concernant le RAM pour absorber les radars, mais il lui semblait qu'il s'agissait là davantage d'un problème de matériaux et de prix que de problèmes de réalisation technique. Le livre ne disait pas grand-chose du Hokum, l'hélicoptère de combat le plus moderne des Russes. Mais s'il était vrai qu'il n'atteignait que trois cent cinquante kilomètres à l'heure et que, en plus, il fonctionnait avec un rotor arrière, les Russes étaient en droit de craindre les projets occidentaux.

Le dimanche, il alla chercher Helen pour un brunch. L'argent d'Allemagne était arrivé ; Georg avait payé le loyer et mis une liasse de billets de cent dollars dans sa ceinture, un gros paquet de vingt dollars dans sa poche ; il se sentait riche. Helen avait eu à souffrir de sa mauvaise humeur, elle allait maintenant apprécier ses bons côtés. Lorsqu'il arriva, elle était en train de téléphoner.

– Non Max, d'abord les deux épaules… Tu prends les épaules dans les deux mains et tu plies en deux jusqu'à ce que les deux épaules se touchent. Là tu prends les deux épaules dans une main. Tu les as ? Tu as… pas les manches, Max… Je sais bien quc lcs manches commencent aux épaules, et si tu veux dire le début des manches… Tu as les deux épaules dans une main, aux emmanchures ? Bon, maintenant, de l'autre main tu appliques le côté où sont cousus les boutons sur l'autre côté… sur le côté avec la boutonnière… Ça ne va pas ? Parce que tu tiens les deux épaules dans une main ? Tu lâches vite, ensuite tu appliques le côté avec les boutons sur le côté avec la boutonnière… tu dois voir encore la doublure. Quoi ? La veste est tombée par terre ? Tu l'as lâchée ? Il ne faut évidemment pas lâcher comme ça, juste un peu pour poser un côté sur l'autre… Ça ne va pas ?

Elle se leva, coinça l'écouteur entre son oreille et son épaule et prit sa veste posée sur le dossier de la chaise.

– Regarde Max, j'ai travaillé dans une boutique de vêtements et je sais comment on fait. Là j'ai une veste dans la main et…

Elle joignit le geste à la parole.

Je viens d'apprendre quelque chose, pensa Georg.

– Tu vois ?… Non, mais c'était juste une expression, Max, évidemment tu ne peux rien voir, je voulais dire… Je tiens moi-même une veste à la main, et c'est tout simple, si la main qui tient les deux épaules… Non Max, je ne passe pas chez toi pour faire tes bagages et plier tes vestes. Non. Juste une veste ? Et pourquoi tu ne la mets pas ? Il fait trop chaud en Italie ? Écoute Max, il faut que j'y aille maintenant. Tu peux me rappeler ce soir… Pourquoi tu n'essayes pas plusieurs fois ? Ou alors tu n'emportes pas de veste, si tu…

Pendant tout ce temps, Helen avait parlé avec le plus grand sérieux. Maintenant elle jetait à Georg un regard impatient et désespéré.

– Je dois vraiment y aller. Oui, je raccroche. Oui Max, maintenant.

Elle raccrocha et regarda Georg.

– C'était Max.

– J'ai entendu.

– Il voulait savoir comment plier une veste pour la mettre dans sa valise.

— Comment fait-on ? Je prends donc les deux épaules dans…

— Arrête de te foutre de moi. On y va ?

À Broadway, il héla un taxi. Helen le regarda surprise. Alors qu'ils attendaient dans le jardin d'hiver de Julia's, un restaurant chic de la 79e Rue, après avoir commandé des Eggs Benedict et qu'on leur eut servi des Bloody Mary, elle dit :

— Ce n'est pas ainsi que je m'imaginais des Coca et des French Fries dans le parc.

— Moi non plus.

— Nous mangeons aux frais du KGB ?

Elle parlait sur un ton acerbe.

— Nous dépensons de l'argent honnêtement emprunté. J'en ai reçu d'Allemagne.

— Tu as réfléchi encore une fois ? Tu vas à la CIA ou au FBI ?

Elle n'avait qu'à continuer ainsi.

— Si tu veux une réponse honnête, alors non. L'interrogatoire est terminé ?

— Moi, ton histoire m'a… Si tu ne veux pas m'écouter, tu aurais dû ne rien me raconter. Maintenant c'est trop tard. Moi, l'histoire m'a préoccupée, et plus elle me préoccupe et moins je te comprends. À moins que tu ne sois cynique.

— Quoi ?

— Cynique. Je veux dire… pour moi, cela signifie avoir du mépris pour les valeurs de notre monde, pour la communauté, l'ordre, la responsabilité. Cela ne signifie pas justice et ordre avant tout. Mais, ça, vous ne le comprenez pas, vous les Allemands. Quand j'étais élève, j'ai participé à un échange à Krefeld, et j'ai vu comment vous copiiez l'un sur l'autre. Avec la meilleure conscience, comme si c'était honorable et respectable…

Helen hochait la tête.

Mais justement, le fait de copier renforce la solidarité entre élèves.

— Contre l'ordre qui vient d'en haut. Pour vous, l'ordre vient toujours d'en haut, et ou bien vous l'adorez ou bien vous essayez de l'entuber comme de méchants petits enfants.

— De l'entuber !

Il rit.

— Tu as peut-être raison, mais ça n'est pas cynique, même en regard de ta définition. Il n'y a aucun mépris là-dedans.

— Tu ris, mais ce n'est pas drôle. Le mépris vient après, quand les enfants sont grands. Ou le mépris, ou l'adoration.

Les Eggs Benedict arrivèrent enfin. Des œufs pochés sur du jambon fumé et des toasts, avec une sauce hollandaise et des frites. Helen n'abandonnait pas :

— Tu vois ce que je veux dire ?

— Il faut que je réfléchisse un peu.

Georg appréciait chaque bouchée. Avec le plaisir, la lucidité augmenta. Il ne savait pas si Helen avait raison ou pas. Mais la solidarité, l'ordre et la responsabilité, il s'en fichait effectivement. Il ne se considérait pas comme immoral. Frapper les faibles, exploiter les pauvres, berner les idiots, cela ne se faisait pas. Ça n'avait rien à voir pourtant avec la solidarité, l'ordre et la responsabilité ;

ça avait un lien avec l'instinct et il n'y a de valeurs que dans la mesure où l'on peut soi-même percevoir les conséquences de ses actions. Il y a certaines choses qui ne se font tout simplement pas. Parce que, après, on ne peut plus se regarder dans la glace. Quand on a de l'acné, non plus, et pourtant, les problèmes de peau n'ont rien à voir avec la morale. Ne serais-je pas plutôt amoral ? Puis-je en parler à Helen ?

— Ce que tu dis, ça signifie que nous ne sommes toujours pas venus à bout des règles arbitraires qu'on nous a imposées. Ce n'est pas faux. Tout comme ce que tu m'as récemment dit à propos des contes du dix-neuvième siècle, et, d'ailleurs, je voulais encore te demander…

— Tu ne vas pas noyer le poisson si facilement. Mais bon, j'arrête. Qu'est-ce qu'on fait après le brunch ? J'aurais encore droit à un Bloody Mary ?

Après avoir quitté le Julia's, ils se rendirent à pied au Metropolitan Museum en traversant Central Park. Le musée avait maintenant unc annexe, on pouvait monter sur le toit du nouveau bâtiment. Ils se retrouvèrent au-dessus des arbres du parc. Comme sur un pont que l'on aurait aménagé dans l'océan vert des cimes ondulantes, entouré de montagnes d'immeubles.

15

À plusieurs reprises, Georg s'était étonné de la rapidité d'exécution des travaux publics à New York en comparaison avec la France et l'Allemagne. Un samedi matin, il fut réveillé par le bruit des perceuses électriques qui éventraient le trottoir sur toute la longueur de la 115e Rue. Le soir même, le nouveau revêtement était terminé, du ciment gris clair divisé en grands carrés par des sillons et, au pied des arbres, la terre était recouverte de briques rouge foncé. Plus bas, vers Broadway, Georg vit émerger un immeuble de quarante à cinquante étages ; la première fois qu'il passa devant, seules les grues pointaient dans le ciel, et maintenant le squelette s'était transformé en un corps massif.

Mais chez Townsend Enterprises, cela n'avançait pas. Le lundi matin, Georg fut réveillé par un appel et on lui demanda de venir à dix heures. Lorsqu'il monta l'escalier, les peintres étaient toujours à leur travail. Georg attendit devant la carte du monde, fut accueilli par Bulnakof avec une certaine réserve et introduit non dans la pièce d'angle mais dans un bureau avec deux tables et une armoire métalliques, et une quantité impressionnante de chaises également en métal. Tiroirs ouverts, feuilles jaunes par terre, l'eau de la fontaine d'eau potable était d'un brun saumâtre, et il y avait de la poussière partout. Bulnakof s'adossa à la fenêtre. Georg resta au centre de la pièce.

— Monsieur Polger, je me réjouis de pouvoir vous faire une offre. Vous recevrez trente mille dollars et la garantie que les soucis qui ont gâché votre vie à Cucugnan prendront fin. Vous recevrez d'autre part un billet New York-Marseille ou New York-Bruxelles, au choix. Ainsi l'affaire est définitivement close. De même que votre séjour dans le Nouveau Monde. Ce soir, à Kennedy-Airport, vous prenez le vol TWA 126 ou le vol Air France 212, il y a des réservations à votre nom sur les deux vols. Et puis j'ai encore besoin d'une signature.

La main de Bulnakof sortit de la poche intérieure gauche de sa veste une épaisse liasse de dollars, la posa sur la table, sortit de la poche extérieure droite une feuille pliée et écrite, et la tendit à Georg.

Il semble parfois que le monde entier retient sa respiration. Que toutes les roues s'immobilisent, que les avions, les balles de tennis et les hirondelles restent suspendus en l'air, que les mouvements des humains se figent. Que la terre hésite, ne sachant si elle doit continuer à tourner, changer de sens, ou modifier son axe. Le silence est absolu ; la circulation se tait, on n'entend plus le bruit des machines, ni les vagues qui éclatent sur le rivage, ni le murmure du vent dans le feuillage. Pendant ces instants, tout semble possible. C'est là qu'on peut percevoir que le mouvement du monde est composé d'une infinité de petits fragments d'immobilité et qu'on peut penser que ces fragments s'agencent différemment pour décider du cours des choses.

C'est pourquoi ces instants sont souvent ceux où une décision est à prendre. La bien-aimée est encore sur les marches du wagon et on peut encore lui dire : « Reste ! » avant que le contrôleur ne siffle, que les portes ne se ferment et que le train ne parte. Ou bien on se tient soi-même à la porte du train et on attend qu'elle dise : « Reste ! » Dans ces instants-là, le monde peut retenir son souffle. Il le peut aussi quelquefois, sans qu'une décision importante ne soit imminente, simplement quand on est au café devant une tasse de chocolat et qu'on regarde les passants à l'extérieur, quand on s'arrête soudain de repasser ou que l'on referme son stylo. Pourquoi pas ? Il est vrai que le cours du monde pourrait changer et que nous décidons de notre vie.

Vrai et faux. Georg vit le geste figé de la main tendue, vit le papier, n'entendit plus la circulation dans la rue et les pas dans le couloir. Trente mille dollars, soixante mille marks, cent quatre-vingt mille francs, c'était plus qu'il ne lui fallait pour vivre un an à Cucugnan. N'avait-il pas toujours recherché du temps et de la tranquillité pour écrire ? N'en avait-il pas assez de combattre Bulnakof et de chercher Françoise ? Mais quand l'idée traversa son esprit, il sut qu'il n'y avait en fait plus à réfléchir, qu'il fallait décider.

— Monsieur Bulnakof, ça ne marchera pas comme ça.

Bulnakof se dirigea vers la porte et appela dans le couloir :

— Venez !

Deux hommes entrèrent, vêtus de costumes gris, avec le visage et la stature de policiers.

— Accompagnez M. Polger à l'aéroport et veillez à ce qu'il quitte le pays pour Marseille ou Bruxelles, comme il a été décidé. Il n'a qu'à faire suivre ses bagages.

Bulnakof empocha la liasse de dollars et quitta la pièce.

Comme Georg hésitait, les deux types se rapprochèrent. L'un saisit le bras de Georg. Viens, disait son visage, ou je te casse le bras. Georg préféra obéir. Ils le suivirent. Dans l'entrée, se tenait la belle ténébreuse et elle appuya sur le bouton pour ouvrir la porte.

Dans la cage d'escalier, l'un marchait à côté de Georg et l'autre lui emboîtait le pas. Georg donnait le rythme. Merde, pensa-t-il, merde. Sur le palier du troisième étage, il remarqua la cage d'ascenseur qui, là aussi, était obstruée par des lattes de bois. En descendant vers le deuxième étage, il entendit les peintres qui travaillaient plus bas. Il pourrait tout de même tenter quelque chose.

Avant d'atteindre le palier du deuxième, Georg s'arrêta et se pencha sur ses chaussures. Le type derrière lui s'immobilisa également, l'autre descendit encore quelques pas jusqu'au palier puis se retourna pour attendre. Il avait marché à la droite de Georg, du côté du mur, et se tenait maintenant devant la cage de l'ascenseur, béante, barrée par des lattes de bois. Georg défit les lacets de sa chaussure et refit le nœud. Il se releva et descendit une marche. Celui d'en bas se retourna, attendant que Georg lui emboîte le pas. Georg prit son élan et donna une poussée dans le dos du type avec ses épaules et ses bras. Il entendit le bois craquer, puis un cri d'étonnement puis un hurlement d'horreur. Il ne se retourna pas, mais partit en courant, le premier escalier, le virage, le deuxième, glissa sur le papier qui protégeait le sol des taches de peinture, se rattrapa et vit les visages effarés des peintres qui travaillaient à l'étage en dessous. Ils étaient beaucoup trop surpris pour le retenir quand il passa devant eux en courant. Dans son dos, il entendait l'autre dévaler les escaliers d'un pas lourd. Le passage était étroit ; à droite, vers le mur, se trouvaient les peintres, à gauche contre la rampe, les pots de peinture, Georg tapa dedans, sauta par-dessus le pot qui se renversait, trois marches d'un coup. Puis le dernier virage et les dernières marches. Il était presque en bas quand il entendit un vacarme. Cette fois-ci il se retourna brièvement. Son poursuivant avait dérapé sur la peinture, tombait à plat dos dans les escaliers ; sa tête heurta les marches et se fracassa contre le mur au tournant. Georg descendit les dernières marches, se précipita à travers le couloir, passa la porte et se retrouva dans la rue.

Il continua à courir, évitant les passants, se faufilant entre les voitures pour traverser la rue, en jetant de temps en temps un coup d'œil en arrière, puis il tourna dans la première rue adjacente. Personne ne le suivit. Il arrêta un taxi et se fit conduire à la maison. Larry n'était pas là.

Georg était dans sa chambre devant la glace. Il était étonné de voir son visage qui pourtant n'avait pas changé. Est-ce que j'ai tué le type ? Il remarqua que tout son corps était trempé de sueur et prit une douche. Lorsqu'il se retrouva dans la cuisine, une serviette autour de la taille, et se versa un café, on sonna à la porte. Sur la pointe des pieds, Georg traversa le couloir et regarda à travers le judas. Deux hommes, du même genre que ceux qui devaient l'accompagner à l'aéroport. Ils sonnèrent encore une fois, échangèrent à voix basse quelques mots que Georg ne comprit pas, puis l'un des deux s'adossa au mur d'en face et l'autre disparut de la vue de Georg. Georg attendit. Celui qui était adossé au mur changeait parfois de position. Dire que je pourrais être en route vers l'aéroport avec trente mille dollars en poche, pensa Georg. Ou n'avaient-ils cherché qu'à lui faire quitter l'immeuble sans difficulté pour le mettre dans une voiture et le tuer en cours de route ? Que lui voulaient ces deux nouveaux salauds ? Devait-il attendre Larry et sortir de l'appartement avec lui ? Sortir pour aller où ? En tout cas, il devait attendre Larry et lui demander le nom du journaliste du *New York Times*. Pourquoi ne l'ai-je pas fait plus tôt ?

Georg s'habilla et rassembla dans une serviette ce qu'il voulait montrer au journaliste. Les copies des plans de Mermoz, les photos qu'il avait faites de Bulnakof et de ses gens à Pertuis, la coupure de journal, le livre sur les hélicoptères, la photo de Françoise. Puis il entendit des voix assez fortes dans la cage d'escalier. Par le judas, il vit Larry, un sac du Food Market dans une main, les clés dans l'autre, avec un des deux salauds qui parlait et parlait. Larry hocha la tête, haussa les épaules, se tourna vers la porte et mit la clé dans la serrure. Son visage était tout entier contenu dans le judas, énorme et tout proche, la bouche et le nez enflé, les yeux, les cheveux et le menton déformés de manière grotesque.

Avant qu'il n'ouvrît la porte de l'appartement, Georg avait atteint la fenêtre de la cuisine, repoussé la grille et atterri sur l'échelle d'incendie. Il remit la grille devant la fenêtre et, en quelques enjambées, il se retrouva devant la cuisine de l'étage en dessous. L'échelle vibrait et grinçait, les murs de l'étroite cour renvoyaient l'écho. Georg se plaça sous la corniche contre le mur et le bruit se fit plus faible. Puis il guetta les bruits venant d'en haut. Rien. Il regarda en bas : des poubelles, des sacs d'ordures, un chat.

Il attendit vingt minutes. Aurais-je dû rester en haut et intervenir au cas où les salauds molesteraient Larry ? Mais peut-être est-ce que ça s'est bien passé justement parce que je n'étais pas là. L'un des deux pousse Larry dans l'appartement, me voit, se précipite sur moi, Larry veut intervenir, le type sort un revolver, etc. Georg imaginait la scène. Il réfléchit à la tournure qu'allaient prendre les événements. Il ne pouvait plus revenir chez Larry. Aller chez Helen ? Il y aurait vraisemblablement aussi deux types, et, de plus, il ne voulait pas la mettre en danger. Dans sa main, il tenait toujours la serviette pour le journaliste. Il faut que je le trouve, se dit-il. Ensuite, la CIA ou le FBI et lui prendront les choses en main. Et qu'est-ce qu'ils feront ? Que se passera-t-il si Bulnakof et ses gens disparaissent à nouveau, effacent leurs traces, et si mes documents ne suffisent pas ? Alors je peux au moins faire tranquillement mes bagages et prendre l'avion pour rentrer chez moi. Chez moi ?

Enfin, on verrait plus tard. Il lui fallait pour le moment passer la journée et peut-être aussi la nuit. Il savait que Larry devait aller à Long Island rendre visite à une *literary critic*, et y passer la nuit. Mary… Mary… Une belle femme, d'après Larry, la critique littéraire. Larry avait aussi donné son nom de famille, mais Georg ne s'en souvenait plus, il ne pourrait donc pas joindre Larry chez elle. Il regarda sa montre : il n'était même pas encore midi. Il descendit prudemment l'escalier de secours en évitant de faire du bruit et d'effrayer les ménagères par la fenêtre de la cuisine. Au troisième étage, la grille et la fenêtre étaient ouvertes. La cuisine était vide, pas de casseroles sur la cuisinière, pas de vaisselle dans l'évier, pas de paquet de corn-flakes entamé ou de journal ouvert sur la table. Georg entra et passa d'une pièce à l'autre. Les stores étaient baissés, les lamelles laissaient filtrer des rais de lumière sur les murs fraîchement repeints et les parquets poncés. L'appartement attendait un nouveau locataire.

Georg mit doucement la chaîne de sécurité. Il ne voulait pas être surpris quand le concierge, le propriétaire ou le nouveau locataire entrerait. Et il s'allongea par terre, dans le couloir.

16

Lorsqu'il se réveilla, il faisait sombre. Il avait mal partout à cause du sol dur, il se leva pour faire un tour dans l'appartement et regarda dehors. Il observa les fenêtres illuminées, les lampadaires étaient allumés, tout était calme dans la 115e Rue et sur Broadway on voyait filer les lumières de la circulation. Il avait faim.

Il n'était pas encore complètement réveillé. Il grimpa sur l'échelle d'incendie et descendit dans la cour, entra dans la cave, se faufila par la buanderie et le séchoir, et aboutit à une porte située sous l'entrée, d'où un escalier montait sur le trottoir. Ce n'est qu'après l'avoir doucement refermée qu'il pensa qu'il ne pouvait plus revenir en arrière et qu'il aurait tout de même dû tenter de monter à l'appartement de Larry. Et même avec le ventre vide dans un appartement vide, il aurait passé une meilleure nuit que… où, d'ailleurs ? Il n'avait aucune idée de l'endroit où il allait dormir.

Il attendit longtemps pour voir si une entrée de garage, un auvent ou même une voiture garée en face ne cachaient pas une silhouette suspecte. Il ne remarqua personne et partit, non vers Broadway mais en direction du Riverside Drive, et une fois dans l'ombre du parc, il alla jusqu'au bout. Il tourna dans la 72e Rue, traversa Westend Avenue et Broadway et, dans Columbus Avenue, il entra dans un restaurant italien. C'était cher, mais le service était rapide et les pâtes étaient bonnes, et Georg, qui s'était lavé et coiffé aux toilettes et admiré dans la glace, apprécia le repas. Il avait survécu. Et même, il avait gagné, se dit-il, après avoir vidé la bouteille de Cabernet Sauvignon. Il ricana en pensant aux deux salauds, au craquement du bois, au cri dans la cage d'ascenseur et à la chute par-dessus le pot de peinture et dans l'escalier. J'y suis arrivé, triompha-t-il, moi ! Dommage que je n'aie pas pu m'arrêter pour regarder. De quoi ils avaient l'air, ces deux-là ?

Il passa la nuit sur un banc dans le parc, la serviette pour le journaliste sous la tête. Sur les autres bancs, des gens étaient allongés, et Georg ne s'en distinguait pas de manière choquante, avec ses chaussures de sport, son jean, son polo et sa vieille veste bleue. Il se réveillait parfois, entendait des chiens aboyer, des ivrognes faire du bruit ou une sirène de police hurler, se tournait et se rendormait. Dans la fraîcheur de l'aube, Georg se recroquevilla complètement. À six heures, il entra dans le café le plus proche où on servait des petits-déjeuners. Dans sa tête, il se voyait déjà en train de raconter son histoire au journaliste, étalant les plans et les photos, s'expliquant. À côté de lui, se trouvait un *New York Times*. Son voisin de table l'avait laissé là. Georg lut des articles sur l'Afghanistan et le Nicaragua, sur un candidat plein d'espoir pour la candidature à la présidence et sur le déficit de la balance commerciale. Et cette information qui figurait dans les pages locales : « En tentant d'arrêter et d'expulser un étranger indésirable en situation irrégulière, deux policiers ont été blessés hier. L'un est actuellement hospitalisé au FDR-Hospital, l'autre a pu quitter l'hôpital après avoir reçu des soins. L'étranger, un Allemand du nom de Georg Polger, est en fuite. Pour toute information susceptible de... »

Dans un premier temps, Georg fut incapable de penser quoi que ce soit. Puis, de manière obsédante, il fut assailli par cette pensée : cela n'a pas de sens, absolument aucun sens. Les Russes avaient certainement des gens à eux chez les Français, mais pas chez les Américains. Ou peut-être aussi chez les Américains, mais pas de telle façon qu'ils puissent envoyer des agents contre lui.

Georg repassa encore une fois l'histoire dans sa tête, dans les moindres détails. Comme il se l'était racontée hier pour se préparer à la rencontre avec le journaliste. Un consortium européen, des Anglais, des Allemands, des Italiens et des Français conçoivent ensemble un nouvel hélicoptère de combat. Jusque-là tout est clair ? Tout est clair jusque-là. Ce faisant, ils réussissent une percée technologique ; il ne s'agit pas simplement d'un hélicoptère plus rapide avec un équipement plus fort et un poids utile plus important, mais d'une machine de combat qui relègue les autres systèmes d'armement aux oubliettes. C'est pour cela qu'il est prévu de l'adopter non seulement dans les armées des quatre pays concernés, mais dans tous les États de l'OTAN, y compris les États-Unis. Ça aussi c'est clair. Il est également clair que les Russes s'y intéressent et qu'ils mettent leurs agents sur le coup. Ils ont contacté Georg sous la couverture d'un bureau de traductions. Ils l'ont placé à la tête du bureau de traductions dépendant de et travaillant pour Mermoz et, par son intermédiaire, ils se sont procuré les documents.

La suite de l'histoire n'était plus tout aussi simple. Georg se souvint de la question de Helen : pourquoi les Russes ou les Polonais avaient-ils détruit sa vie à Cucugnan et comment y étaient-ils parvenus ? Helen en était restée à l'interprétation suivante, comme Georg d'ailleurs : ils avaient voulu le retirer du circuit en le faisant passer pour un traître. Mais pourquoi s'étaient-ils souciés de ne pas laisser de traces derrière eux au lieu de rejoindre l'autre côté du rideau de fer suffisamment solide pour dissuader enquêteurs et poursuivants ? Bon, Georg comprenait que, pour les Russes, il était plus important de savoir ce que les autres faisaient quand les autres ne soupçonnaient pas les Russes de le savoir. Restait à savoir comment les Russes avaient livré des indices aux Français pour lui faire perdre toute crédibilité et pour transformer sa vie à Cucugnan en une existence misérable. Il y avait probablement des milliers d'hypothèses. Clair ? Quelque chose dérangeait Georg, il n'était plus entièrement satisfait de la suite de l'histoire, mais il n'arrivait pas à savoir ce qui le dérangeait et comment il pourrait la raconter autrement.

Et maintenant, venons-en à New York et à Townsend Enterprises. Que Georg soit parti du poster de la chambre de Françoise pour débarquer à New York, qu'il l'ait cherchée ici, que ça ait rendu les autres nerveux et entraîné sa filature, qu'il ait ensuite lui-même filé le rouquin et découvert Townsend Enterprises, c'était une chose. Aucun doute, ça s'était passé comme ça. Mais il y avait autre chose, et, ça, c'était moins clair : pourquoi le KGB ferait-il travailler ses agents de New York en Provence ? On pouvait l'admettre pour Bulnakof ; Georg songea à Habib que les Américains envoyaient dans le monde entier pour accomplir des missions délicates, et à Wischnewski, l'agent allemand. Mais Françoise, cela n'avait pas de sens. Encore une fois : le KGB possède une antenne à New York, pourquoi plutôt à New York qu'à Washington ? Après tout, peut-être qu'il en a une aussi à Washington, et à Dallas et à San Francisco. Le bureau a pris la couverture d'une entreprise qui fait du commerce de bois et de métaux précieux. Pourquoi ces matières justement ? Allez, marque enfin un point, se dit Georg. Du bois, des métaux, des fleurs, des livres, qu'est-ce que cela signifie ? Comme le chef est un agent particulièrement expérimenté, on lui confie une mission particulièrement importante en France. Comme sa collaboratrice est sa maîtresse, il l'emmène avec lui. Un agent féminin du KGB peut-il avoir une relation avec un autre agent du KGB ? Georg soupira. Le KGB laissait-il ses gens baiser entre eux ou non ? En tout cas, il pouvait difficilement faire intervenir des agents de la CIA ou du FBI ou de la police de New York dans son affaire.

Georg commanda encore un café. Peu importe comment ces agents s'étaient mis sur le coup, ils étaient maintenant à sa poursuite. Ne voulaient-ils toujours que l'expulser ? Ou le traîner devant un tribunal ? Ou l'expulser en faisant en sorte qu'il soit jugé par un tribunal allemand ? Je peux aller voir un avocat, ou mieux, un journaliste et un avocat. Le journal était toujours étalé devant lui. La photo de la page de titre montrait le porte-avions Tennessee lors de son arrivée dans le golfe de Mexico, avec deux hélicoptères qui le survolaient. Le regard de Georg s'arrêta sur les deux hélicoptères, se perdit sur la page et revint dessus.

Deux hélicoptères, pensa Georg, pas un seul. C'était écrit dans l'article de *Newsweek*, il l'avait lu : un consortium européen et Gilman, la firme américaine dont le siège était en Californie, étaient en concurrence pour la conception d'un nouvel hélicoptère de combat destiné aux forces armées du traité de l'Atlantique. Tous deux offraient, selon l'article, les mêmes avantages. Hélicoptère avec stabilisateurs latéraux, rotors ABC et enduction RAM. Tous deux avaient réussi la même performance technologique. Georg ne se souvenait plus s'il s'agissait à ce propos des stabilisateurs, des rotors ou de l'enduction, mais il se souvenait très bien d'une chose : il était question de la même performance, des mêmes caractéristiques, des mêmes capacités. Les Russes n'avaient rien à voir là-dedans, seuls Gilman et Mermoz étaient concernés. Est-ce que cette idée de double couverture – services secrets russes et bureau de traductions – venait de Bulnakof ?

En se remémorant encore une fois l'histoire, Georg fit le point sur l'ensemble des questions, celles qui étaient importantes et celles qui l'étaient moins. La personne de Bulnakof importait peu, ce qui importait, c'était de savoir pour qui il travaillait. Pour la CIA ? Georg pensait que tous les services secrets étaient capables de n'importe quels coups bas, mais il ne pouvait s'imaginer que la CIA ou toute autre institution d'État pratiquât elle-même l'espionnage industriel d'une entreprise européenne au profit d'une entreprise américaine. Qu'elle protège et couvre une industrie d'armement américaine contre des actions d'espionnage, on pouvait le croire et ça suffisait à expliquer la présence des deux agents dans le MacIntyre Building. Ça suffisait aussi pour expliquer le comportement des Français : Bulnakof avait prié la CIA de faire jouer ses relations auprès des services secrets français qui avaient révélé des informations à la police, à la commune, à la banque et à son propriétaire.

Mais pour qui travaillait Bulnakof si ce n'était pour la CIA ? Et Townsend Enterprises ? Pour le service secret privé de Gilman, réservé aux missions délicates, aux sales affaires ? Ou alors, Bulnakof-Benton, comme Georg commençait à l'appeler dans ses pensées, était le chef d'une firme indépendante,

Townsend Enterprises, un spécialiste des coups tordus, de l'espionnage criminel, qu'il suffisait de rémunérer et que Gilman avait acheté pour l'opération Mermoz ? Certainement avaient-ils utilisé des titres plus élégants : Mermoz Study, Mermoz Investigations, European Helicopter Project. Et maintenant, même sans posséder les réponses concernant ces questions, l'histoire fonctionnait. Concernant Françoise qui était de New York, avait travaillé pour Townsend Enterprises à New York — puis à Cadenet — et était rentrée à New York : travaillait-elle encore pour Townsend Enterprises ? Était-elle encore la maîtresse de Bulnakof-Benton ?

Georg avait maintenant en tête une histoire parfaitement cohérente, mais que faire ? Il ignorait si un journaliste s'y intéresserait, si les journaux l'imprimeraient et si les lecteurs l'apprécieraient. Et même si c'était le cas, il n'avait que peu de preuves et ne voyait pas comment s'en procurer d'autres. Même un avocat ne pourrait pas l'aider. En supposant qu'il consente à le faire et n'appelle pas tout de suite la police. On me recherche, merde, on me recherche comme un criminel. Renoncer ou poursuivre : c'était l'alternative qui avait jusqu'à présent conditionné ses pensées. Et maintenant il ne savait même plus ce que ça signifiait. Poursuivre, mais quoi, qui et comment ? Renoncer, ça voulait dire quoi ? Aller à la police, au consulat allemand, disparaître dans la ville, ou partir dans l'Ouest américain ?

Georg paya sa note. Il pourrait toujours compléter son histoire. Dans la bibliothèque de Columbia University, il trouverait bien des livres spécialisés sur les hélicoptères, les techniques d'armement et l'industrie de défense, qui lui permettraient de déduire si Gilman n'avait présenté son projet d'hélicoptère qu'après l'opération Mermoz. Et si Townsend Enterprises n'était qu'une filiale de Gilman ou une firme indépendante appartenant à Benton. Georg voulait le savoir, même s'il ignorait à quoi ça l'avancerait.

Il appela Helen d'une cabine au coin de la rue.

– C'est moi, Georg.

– En plein milieu de la nuit ? Il est… Il est sept heures, qu'est-ce qui se passe bon Dieu ?

– Excuse-moi, il s'agit encore de l'histoire que je t'ai…

– J'ai déjà essayé de t'appeler hier soir. Ton amie – elle appuya le mot pour ne rien trahir de passionnel – a habité Prince Street il y a plus d'un an. La collègue du Russian Department l'avait eue comme étudiante dans son cours de conversation.

– Où ?

– Dans le cours de conversation, au 160 Prince Street, près de Seventh Avenue et Houston.

Georg inspira profondément.

– Merci Helen. J'espère que ça ne t'a pas…

– Non, pas de problème. Je lui ai montré la photo et elle m'a donné l'adresse. Et le nom : Fran Kramer.

– Fran Kramer… Un jour j'ai regardé dans l'annuaire. Mais entre les Kramers, Krameks,

Kramerows, etc., ça fait beaucoup. Je crois qu'il y en avait trois pages.

– Mhm.

– En tout cas, merci beaucoup. Tu m'en voudras si je te demande encore quelque chose ?

– Si je t'en veux, tu ne me demanderas rien ?

– Déjà que la CIA ou je ne sais qui, le FBI, la police, m'en veulent, je préférerais que toi tu ne m'en veuilles pas. Mais je serais également content si…

– Qu'est-ce que tu racontes ?

Georg raconta. Il s'était raconté l'histoire tant de fois, dans sa version juste et sa version fausse, qu'il n'avait pas besoin de beaucoup de temps.

– Et c'est ainsi que tu peux me trouver dans le *New York Times* d'aujourd'hui, page 14… « pour toute information utile à l'enquête, s'adresser à la police ».

– Qu'est-ce que tu vas faire ?

– Je ne sais pas. Je n'ai aucune idée de ce qu'on me prépare, si on me recherche activement, etc. Est-ce que tu peux appeler Townsend Enterprises en jouant la secrétaire d'IBM, de Nabisco ou de Mercedes-Benz pour obtenir un rendez-vous à propos d'un problème de sécurité interne à l'entreprise ? S'ils acceptent, on peut penser qu'il s'agit plutôt d'une firme indépendante qu'un département de Gilman.

– Tu n'as pas d'autre souci ?

– Si. Mais à la différence des autres, celui-là peut se résoudre. Ça m'intéresse, c'est tout, Helen, j'aimerais savoir ce qui s'est passé et ce qui se passe. Et d'autre part, ça me rassurerait un peu si je n'avais pas affaire à une de vos plus grandes entreprises d'armement mais à Benton, le cow-boy fou.

— Mais n'est-ce pas déjà certain que Gilman… Je veux dire, est-ce que des agents travailleraient aux ordres du cow-boy fou ?

— Peut-être que oui, peut-être que non. Tu veux bien appeler ? Va dans une cabine publique, et en cinq, oh même pas, en deux minutes, c'est réglé.

— Bon d'accord. Je vais le faire ce matin. Tu peux me rappeler ce soir à la maison, cet après-midi, je suis à l'université. Fais attention à toi.

17

Au moment où Georg arriva dans la 79e Rue à l'entrée de la station de métro, et qu'il s'apprêtait à descendre l'escalier avec la foule des gens pressés, il prit conscience de l'absurdité de son action. Ce qu'il avait de plus que les autres, c'était du temps. Il prit l'Amsterdam Avenue en direction de Columbia University. En marchant lentement, car il pensait que la bibliothèque n'ouvrirait pas avant huit heures. Il s'aperçut alors qu'il avait déjà remonté une fois l'Amsterdam Avenue, lors de son premier jour à New York, pour se rendre de l'appartement des Epp à la cathédrale. C'était il y a deux mois. À cette époque, personne ne lui en voulait, il savait où dormir, pouvait à tout moment décider de retourner en Allemagne. Plus rien de tout ça maintenant. Et pourtant il se sentait léger. Les premières semaines à New York, il avait eu la sensation de marcher à tâtons dans l'obscurité. Et comme il possédait des blessures inguérissables, il était arrivé dans cette ville déjà très vulnérable, et tout geste manqué l'avait fait souffrir et l'avait épuisé, augmentant la méfiance et la crainte qu'il avait à son départ de Cucugnan. Bulnakof-Benton avait raison, il était devenu un autre.

La cathédrale se dressait, grise et massive, dans le soleil du crépuscule. Solide. La fontaine proche crachait de l'eau, à la Pâtisserie Hongroise on installait la terrasse, et, en plein milieu d'Amsterdam Avenue, des ouvriers posaient des canalisations. Comme d'habitude. Et parce que tout cela paraissait ordinaire, Georg devint prudent. Il avait voulu arriver sur le campus de la Columbia University par l'arrière, en passant par Amsterdam Avenue. Il ne savait pas comment ils pourraient supposer qu'il allait se rendre à cet endroit. Soudain, il décida de prendre le chemin direct et tourna dans la 114e Rue. Pas pour s'éviter trois minutes de parcours en plus. Mais parce que ça lui semblait évident.

Ils avaient dû l'attendre à la limite de Broadway pour surveiller la station de bus et la sortie du métro. Dieu seul sait pourquoi. Peut-être s'étaient-ils placés au coin de la 115e Rue avec vue sur l'entrée de son appartement et s'étaient-ils tout simplement dégourdi les jambes. Georg vit le rouquin et se retourna, mais le rouquin l'avait aperçu et s'était mis à courir en compagnie de l'autre type. Georg redescendit la 114e Rue pour reprendre l'Amsterdam Avenue. Les deux autres couraient vite et gagnaient du terrain, il jeta un coup d'œil rapide en arrière et prit peur. Il ne soutiendrait pas longtemps ce rythme. S'il arrivait dans la cathédrale avant les autres, si elle était déjà ouverte, si les autres ne connaissaient pas la petite entrée latérale et si elle aussi était ouverte, alors il aurait une chance de s'en sortir. Sinon… Mais il n'avait pas le temps d'y penser. Il traversa la rue, les voitures klaxonnèrent et freinèrent, son cœur battait et ses jambes ne couraient pas assez vite à son gré, elles ne parvenaient pas à accomplir de grandes enjambées comme il l'aurait souhaité.

Avant que les autres n'eussent traversé la rue, il était au pied des marches. Plus larges que la façade de la cathédrale, elles menaient vers les portes, les portes toujours fermées, et vers une autre, protégée par un auvent en bois et délimitée par une rampe en bois, et qui était heureusement ouverte. Georg monta à toute vitesse, deux marches à la fois, les jambes à bout de force. Il poussa la porte, elle resta fermée. Il poussa plus fort, la secoua, et la porte bougea, et lorsqu'il la tira, elle s'ouvrit lourdement. Encore un coup d'œil en arrière, les autres avaient traversé la rue et étaient arrivés au pied des marches. Tenteraient-ils d'entrer ?

Georg courut dans la nef latérale de la cathédrale. Il ne cessait de jeter des coups d'œil en arrière, contrôlant le bruit de ses pas pour ne pas risquer d'être repéré par les autres, s'ils entraient. Puis les piliers lui masquèrent la porte, et il marcha lentement. Il faisait chaud à l'intérieur de la cathédrale, l'air sentait le renfermé et l'atmosphère était oppressante. Georg ne croisa personne et n'entendit pas un bruit. Dans la nef centrale, un grand poisson pendait du plafond : composé de tuyaux lumineux de toutes les couleurs, il frétillait dans le courant d'air. Loin derrière lui, Georg entendit une porte se refermer.

Il se trouvait à la porte latérale avant que les autres ne l'aient vu. Elle n'était pas fermée, il l'entrebâilla, se faufila et la referma tout doucement. Il se mit à courir de nouveau, traversa la cour, le jardin, Amsterdam Avenue, prit la 110e Rue, descendit les rues de Broadway et s'engouffra dans le métro.

En sortant de la cathédrale, il n'avait remarqué ni le rouquin ni son acolyte. Il ne les vit pas non plus lorsqu'il se retourna encore une fois. Mais sur le quai, il garda les yeux fixés sur l'escalier jusqu'à ce que le métro entre dans la station, et une fois dans le wagon, il resta en éveil jusqu'au départ.

Il s'assit, appuyant sa tête contre la vitre et fermant les yeux. Il sentait une douleur dans sa poitrine et ses jambes lourdes et fatiguées. Les autres ne riaient pas. Ils voulaient l'attraper. Où allaient-ils encore le chercher ? Dans les hôtels ? Avaient-ils des photos de lui ? Sa photo était-elle parvenue à la police et sur les ordinateurs de chaque commissariat ?

Le métro roulait et s'arrêtait, roulait et s'arrêtait. Des gens entraient et sortaient. Georg aurait aimé rester assis là une éternité, s'endormir et se réveiller ailleurs, dans un autre temps.

TROISIÈME PARTIE

1

Georg dévala les étages. La cage d'escalier sentait la pisse. Dans Houston Street, les camions, en passant, soulevaient les morceaux de papier et les pages de journaux qui s'envolaient dans un tourbillon comme des oiseaux fatigués. Au loin, Georg distingua des jardins suspendus, et des échelles d'incendie peintes en vert sur des façades en brique rouge.

Vers la droite, s'étiraient des rues tranquilles et propres. Derrière une église consacrée à saint Antoine de Padoue — dont le style roman lui rappelait le gymnase de son lycée de Heidelberg — il s'engagea dans Thompson Street. À nouveau, des immeubles de quatre à cinq étages, bien entretenus, avec des magasins de meubles, des galeries d'art et des antiquaires au rez-de-chaussée. Au bout de la rue, au-dessus des toits, se dressaient les tours du World Trade Center toutes proches. Au carrefour suivant, Georg se trouva dans Prince Street.

En regardant attentivement, il put lire au-dessus de l'entrée d'un immeuble au coin de la rue, une plaque dorée indiquant : 160 Prince. En face, le café Borgia était en train d'ouvrir, Georg s'assit près de la fenêtre et commanda une orange pressée. Il étudia l'immeuble avec une précision maniaque, comme s'il avait à le dessiner ensuite de mémoire. Des briques rouges, de hautes fenêtres, un fronton enrichi d'ornements dont les pierres grises, s'épanouissant en couronne, se terminaient, à la hauteur de l'étage supérieur, par de petites frises à l'antique. Au rez-de-chaussée, l'entrée principale était encadrée par la Boulangerie du Vésuve et un bar dont l'une des fenêtres rougeoyait sous les néons d'une publicité pour la Miller Beer. Audessus, s'élevaient cinq étages. Entre le premier et le deuxième, une corniche de pierre grise soulignait toute la largeur du bâtiment. Des échelles de secours noires. Devant l'entrée, une bouche d'incendie.

Le café était vide. La radio diffusait *Evergreens*. Le camion de livraison de la Boulangerie du Vésuve remonta la rue. Une voiture de la poste s'arrêta puis redémarra.

Avant même que Georg n'ait reconnu le visage de Françoise, il reconnut sa démarche, ce balancement chaloupé des hanches, entraînant les mouvements de sa jupe, les petits pas rapides de ses jambes courtes. Elle poussait une voiture d'enfant, lui donnant parfois un peu d'élan, la laissant rouler puis la rattrapant. Elle riait. Non, ce n'était pas un caddie. C'était une poussette d'où dépassaient deux petites mains.

Devant l'entrée de l'immeuble, elle prit l'enfant dans les bras avec précaution. Lorsque Georg avait quinze ans, il avait eu son premier chagrin d'amour ; un après-midi, au collège, alors qu'il se tenait en haut de l'escalier, il l'avait vue, elle, appuyée à la rampe dans le hall du rez-de-chaussée, tenant entre les mains un chaton et le couvrant de caresses. Ce n'était qu'un petit chat qui venait de naître chez le gardien du collège, mais le cœur de Georg avait été transpercé d'une jalousie intense, violente, que plus jamais il n'avait éprouvée. En voyant Françoise tenir le petit dans ses bras et l'envelopper dans une couverture, durant l'espace d'un éclair, il sentit la jalousie lui tordre les boyaux et envahir sa poitrine.

En tenant l'enfant d'un seul bras, Françoise replia la poussette à l'aide de son bras libre et du bout de son pied, et elle entra dans l'immeuble. La colère montait en Georg, un désir froid et vif de tout casser, de faire du mal, de détruire. Il paya et traversa la rue. *Fran Kramer, cinquième étage, Appartement B*. La porte de l'immeuble était ouverte. Il prit l'escalier. Des vélos, des poussettes, des cartons de déménagement, des sacs-poubelles étaient déposés sur les paliers. À côté de la porte 5 B, la poussette repliée était rangée contre le mur. Georg sonna.

– J'arrive !

Georg l'entendit pousser une chaise, faire quelques pas vers la porte, mettre la chaîne de sécurité et ouvrir le loquet. L'enfant criait. La porte s'entrebâilla, Georg vit la chaîne, et, derrière, le visage de Françoise, ce visage d'enfant familier et haï, ce visage bouleversé. D'un coup de pied, Georg brisa la chaîne et ouvrit la porte. Françoise recula vers le mur, les mains croisées sur la poitrine. Il remarqua tout d'abord les taches sur son chemisier et ses cheveux gras ; il l'avait toujours vue élégante et soignée.

— Toi ?

— Oui, moi.

Il entra dans le petit couloir et ferma la porte.

— Mais comment… qu'est-ce que… Que fais-tu là ? Elle le regardait complètement effrayée.

— Ici, dans ton appartement ?

— Dans mon appartement, dans la ville… D'où tu viens ? Comment sais-tu ?

— Que tu habites ici ?

— En général. Je veux dire…

— Tu ne vas quand même pas me raconter que tu ne savais pas que j'étais ici en ville ? Tu ne vas quand même pas oser ? Mais vas-y, l'enfant crie.

Elle rasa les murs pour entrer dans la salle de séjour.

— Excuse-moi, je… J'étais en train de…

Elle alla vers l'enfant qui gigotait sur une couverture posée par terre et le prit. Elle ouvrit son chemisier et il vit ses seins gonflés. Elle s'assit sur le canapé et approcha de la bouche du bébé le bout de son sein. L'enfant ferma les yeux et se mit à téter. Françoise ne leva pas les yeux. Plus d'émotion, plus aucune crainte. Elle avançait légèrement la lèvre inférieure, il connaissait cela. Elle savait qu'ainsi elle avait l'air coquette et boudeuse, et ses yeux le suppliaient de ne pas lui en vouloir tout en sachant que c'était impossible. Sa colère monta à nouveau.

— Je vais rester un bout de temps ici, Françoise, et si tu dis quelque chose à Bulnakof ou Benton, à la CIA ou à la police... Si tu dis quelque chose à quelqu'un, alors je tue l'enfant. De qui est-il ? Tu es mariée ?

Georg n'avait absolument pas pensé à cette éventualité, il regardait autour de lui dans la salle de séjour, par la porte ouverte dans la chambre à coucher pour y trouver les signes d'une présence masculine.

— Je l'étais.

— À Varsovie ?

Georg rit d'un air méprisant.

— Non, répondit-elle sérieusement, ici à New York. Nous venons juste de divorcer.

— Bulnakof ?

— Tu dis n'importe quoi. Benton est mon chef, pas mon mari.

— Et de qui est l'enfant ?

— Non... oui... À qui penses-tu ?

— Mon Dieu, Françoise, tu peux dire autre chose que oui ou non ?

— Et toi, tu peux arrêter cet interrogatoire répugnant et écœurant ? Tu débarques ici, tu casses la serrure et tu nous rends, Gill et moi, complètement folles. Je ne veux plus rien entendre.

À nouveau la petite fille se mit à gémir et à pleurnicher.

— Je vais te battre jusqu'à ce que tu me le dises, Françoise, je t'arracherai un mot après l'autre, s'il le faut. Ou je vais pendre l'enfant par les pieds, jusqu'à ce que je sache. De qui est l'enfant ?

— De toi. Tu la laisses tranquille maintenant ?

— Je ne veux pas entendre ce qui t'arrange, mais ce qui est vrai. De qui est l'enfant ?

— De mon ex. Tu es content maintenant ?

Georg se sentit envahi de désespoir. Il savait qu'il ne pourrait les torturer, ni elle ni l'enfant. Et il doutait qu'elle lui avouerait la vérité. Il n'entendrait que ce qu'elle voulait qu'il entende pour mettre fin à cette situation pénible. Elle était comme un enfant, vivant entre l'espoir d'une récompense et la crainte d'une punition imminente, et ne se préoccupait aucunement de la vérité.

— Ne me regarde pas comme ça !

— Comment je te regarde ?

— Tu m'examines… non, tu me juges.

Georg haussa les épaules.

— Je ne savais pas… je ne voulais pas que ça se passe comme ça. Ça a duré plus longtemps que je ne le pensais et j'étais bien avec toi. Tu te souviens encore de la musique que nous avons écoutée sur le chemin de Lyon ? C'était un pot-pourri.

Je sais.

Et il se souvenait du trajet, et de la nuit qui suivit, et des autres nuits, et du réveil à côté de Françoise et du retour le soir à Cucugnan. Ces souvenirs l'envahirent et l'emportèrent comme une vague.

— On en reparlera une autre fois. J'ai passé la nuit dernière sur un banc dans le parc, ce matin les hommes de Benton m'ont pourchassé et je suis crevé. Gill dort, tu vas la mettre au lit et pousser le lit dans la chambre à coucher, et moi je vais dormir dans ton lit. Je fermerai la porte de l'intérieur, les hommes de Benton peuvent facilement l'ouvrir, mais n'oublie pas, je serai plus près de l'enfant que celui qui tentera d'entrer.

— Mais si elle crie ?

— Je me réveillerai et je te laisserai entrer.

— Mais je ne comprends pas…

Elle le regardait d'un air désemparé, avec sa petite fossette au-dessus du sourcil droit.

— Tu n'as rien à comprendre pour le moment. Tu fais ce que tu as toujours fait, tu oublies que tu m'as vu aujourd'hui, tu oublies que je suis là, et tu fais en sorte que personne ne l'apprenne.

Elle resta assise. Georg prit le bébé, le posa dans le lit d'enfant et poussa le lit dans la chambre à coucher. Il ferma la porte à double tour, se déshabilla et s'allongea. Il sentait l'odeur de Françoise. Dans la pièce à côté, il l'entendait pleurer tout bas.

2

Il se réveilla à deux heures. Françoise frappait doucement à la porte. Il se leva et jeta un coup d'œil à Gill : elle suçait son pouce et dormait.

— Oui ? murmura-t-il.

— Tu m'ouvres ?

Il hésitait : était-ce un piège ? Si oui, si l'enfant à ses côtés et en son pouvoir le protégeait si peu, il n'avait de toute façon aucune chance. Il enfila son jean et ouvrit.

Elle avait l'ensemble qu'elle portait pendant leur voyage à Lyon, avec des rayures bleues et rouges et des grandes fleurs bleues. Elle s'était lavé les cheveux, maquillé les yeux et les lèvres et tenait un biberon à la main. Elle aussi murmurait :

— Gill va se réveiller dans une heure, je pense. Tu peux lui donner ça à boire ? Après tu la tiens droite et tu lui tapotes dans le dos jusqu'à ce qu'elle ait fait son rot. Et si elle est mouillée, tu lui mets des couches propres. Elles sont dans la salle de bains.

— Où vas-tu ?

— Je dois rendre des traductions que j'ai faites.

– Tu ne travailles plus pour Bulnakof ?

– Si, mais je suis en congé de maternité. Je gagne de l'argent à côté avec des traductions. New York est si cher, tu sais.

– Tu étais la semaine dernière au match des Yankees contre les Indians ?

– C'était un match lamentable. Tu l'as vu ? Je dois y aller. Merci pour le baby-sitting.

Elle lui fit un signe de la main sur le pas de la porte, ce geste gracieux de la main qui lui était familier. Il se recoucha mais ne put se rendormir, écoutant le suçotement satisfait et les grognements de Gill. Puis il prit une douche, prit un rasoir jetable rose pour femmes posé sur le rebord de la baignoire et se rasa. Sous le lavabo, il trouva de la lessive, fit tremper ses sous-vêtements, sa chemise et ses chaussettes, prit dans l'armoire un des pulls blancs de Françoise et l'enfila sur son jean. Lorsqu'il s'approcha du lit de Gill, elle avait ouvert les yeux. Elle le regardait en faisant la grimace, se mit à crier, le visage tout rouge. Il la souleva, ayant oublié où Françoise avait posé le biberon, et le chercha dans tout l'appartement. Gill n'arrêtait pas de crier.

Georg n'avait jamais voulu avoir d'enfants. Mais il n'avait jamais voulu ne pas en avoir. Ce sujet ne l'avait simplement jamais intéressé : lorsque Steffi et lui s'étaient mariés, il était évident pour tous les deux qu'ils en auraient un jour, et avec Hanne qui s'était fait ligaturer les trompes, les enfants étaient de toute évidence exclus. Il avait un filleul, le fils aîné de son camarade d'école et d'université, Jürgen, qui était devenu juge auprès du tribunal de première instance de Mosbach ; il s'était marié à l'âge de vingt-trois ans et avait eu cinq enfants depuis. Georg avait emmené son filleul au zoo de Francfort et à l'observatoire de Mannheim, de temps en temps, il lui avait raconté des histoires pour l'endormir et à l'occasion de son dixième anniversaire, il lui avait offert un grand couteau suisse avec deux lames, un tournevis, un décapsuleur et un ouvre-bouteilles, un tire-bouchon, des ciseaux, une lime, une scie, une loupe, des pinces, un cure-dent et un écailleur de poissons, qu'il aurait lui-même aimé posséder. Le garçon le trouvait trop lourd, et en outre, il ne pêchait pas.

Georg trouva le biberon. Gill le vida et se remit à crier. Qu'est-ce qu'elle veut encore, cette petite coquine ? pensa Georg. Il se souvenait des consignes : la tenir droite et lui tapoter légèrement le dos. Il le fit, elle rota et continua à crier.

— Qu'est-ce que tu veux encore ? Pourquoi tu me casses les oreilles ? Les hommes n'aiment pas les femmes qui crient, ils n'aiment pas non plus les femmes laides, et si tu continues à crier, ta bouche sera tordue et déformée, laide comme la nuit.

Georg se tut. Mais quand il ne parlait plus, elle se remettait à crier, et c'est pourquoi il parla sans arrêt tout en la berçant, et en se promenant dans l'appartement. Il n'arrivait pas à prononcer « doudouddou » ou « pstpstpst », bien qu'il sache qu'elle serait tout aussi contente avec ça qu'avec les contes, les westerns et les films policiers qu'il cherchait dans ses souvenirs.

Il la posa sur la commode de la salle de bains et enleva ses couches trempées. Pleines de pisse, mais aussi de merde. Georg lui lava les fesses et mit de la crème. Ce sexe nu le fascinait. À quoi avait bien pu penser le bon Dieu en créant les poils pubiens ? Il lui fit faire la bicyclette avec les pieds et bougea ses bras de gauche à droite et de haut en bas ; elle agrippait son pouce et s'y accrochait. Elle poussait de petits cris réjouis. En fait, la différence entre les petits enfants et les petits chats est minime, pensa-t-il. Les petits enfants donnent plus de travail, on investit pour ainsi dire en eux, et c'est pourquoi ils nous rapportent plus que les chats, c'est légitime. Il étudia le visage de Gill, cherchant l'expression de son intelligence. Elle avait de fins cheveux foncés, un grand front, un nez et un menton retroussés et pas de dents. Dans son regard bleu, Georg ne put rien déchiffrer. Lorsqu'il se pencha sur elle, il s'y refléta. Elle rit : signe d'intelligence ? Au bord des oreilles, il découvrit un épais duvet foncé. Elle tenait toujours ses pouces serrés.

— Mon petit otage ! Quand maman va rentrer, fini de draguer. Elle n'a pas besoin de savoir que je ne suis qu'un lion en peluche. D'accord ?

Gill s'était rendormie. Georg se coucha dans le lit, appela Jürgen en Allemagne et le pria de considérer la lettre qui n'était pas encore arrivée comme caduque. Il avait décidé de remplacer l'ancienne histoire par la nouvelle. Mais à quoi bon ?

– Qu'est-ce que tu fais à New York ?

Son ami se faisait du souci.

– Je te rappellerai. Embrasse les enfants.

Georg savait qu'il lui fallait maintenant réfléchir et prendre des décisions. Comment continuer ? Qu'allaient faire les autres ? Que voulait-il, que pouvait-il faire ? Mais le monde extérieur lui semblait loin. Georg avait déjà éprouvé ce sentiment lors de voyages en train : certes seule une vitre vous séparait des paysages, des villes, des voitures et des gens qui défilaient, mais cette séparation et la vitesse suffisaient à vous isoler. À cela s'ajoutait le fait que vous ne pouviez plus rien faire à l'endroit d'où vous étiez parti, et que, là où vous deviez arriver, vous ne pouviez encore rien faire. À l'arrivée, des décisions et des actions vous attendent. Mais dans l'isolement, vous êtes condamné à la passivité. Si, en plus, personne ne sait que vous êtes assis dans le train, si personne ne vous attend et si vous roulez vers une ville totalement étrangère, l'isolement prend de la valeur. Cela n'est pas comparable à un trajet en voiture : vous êtes actif, que ce soit comme conducteur ou comme passager, vous prenez part aux choses. Dans l'appartement de Françoise, Georg fit l'expérience de cet isolement. Certes, il ne tenait qu'à lui de sortir et de prendre part à la vie extérieure. Il savait que cela était imminent, qu'il devrait le faire et qu'il le ferait. Il ne se sentait pas non plus bloqué intérieurement. Le train n'était tout simplement pas encore arrivé, et il avait perdu les horaires.

Il était assis dans le fauteuil à bascule du salon

et regardait par la fenêtre. Une cour intérieure avec un arbre, des échelles de secours, des fils d'étendage et des poubelles. Il ne pouvait déterminer de quels appartements provenaient les bruits : coups de marteau, de casseroles, des notes de saxophone, des voix d'enfants, et des femmes qui se parlaient fort de part et d'autre de la cour. Françoise n'arrivait pas. Les ombres grimpaient sur les murs. Gill se réveilla à six heures, cette fois-ci sans crier. Lorsqu'elle se rendormit, il lava les affaires de l'enfant et les suspendit.

La nuit commençait à tomber. Au-dessus des immeubles voisins et derrière le World Trade Center, le soleil couchant était rouge.

Françoise portait un grand sac brun rempli de courses.

— Comment va Gill ?

— Elle dort.

— Encore ? D'habitude elle se réveille à six heures.

— C'est ce qu'elle a fait. Je lui ai fait du thé et je lui ai donné le biberon.

Françoise le considéra d'un air sceptique.

— Je suis désolée d'arriver si tard. J'étais encore chez Benton.

— Tu es donc vraiment… Et où sont-ils maintenant ? Combien de temps ai-je pour sortir les mains en l'air ?

Il se leva.

— Non, cria-t-elle, non, laisse-la, arrête. Je n'ai rien dit pour toi, dans le *New York Times*, il y a un entrefilet sur toi, attends, je vais te le montrer.

Elle leva la main gauche pour se défendre, se baissa, sortit le journal du sac, feuilleta :

— Je vais le trouver tout de suite, tiens, là.

— Je l'ai déjà lu.

Elle croyait vraiment qu'il pouvait faire du mal à Gill. Elle se releva.

— La semaine prochaine, mon congé est terminé, et de toute façon, je voulais passer et quand j'ai lu l'entrefilet…

— Tu as parlé à Benton ?

— Oui. Il est énervé. Il ne voulait pas que cela paraisse dans le journal. Les peintres de la cage d'escalier ont alerté l'ambulance et la police, ensuite les journalistes sont arrivés, ils ont écouté ce qui se racontait et ils ont interviewé les gens, et quelqu'un a donné ton nom, celui qui est tombé dans l'escalier, il n'était plus tout à fait fiable. Tant de bruit, a dit Joe, tant de bruit.

— Joe, c'est Benton ?

— Oui. Tu sais que l'autre, celui de la cage d'ascenseur, s'est cassé les deux jambes ?

— Comment veux-tu que je le sache ? Je n'avais pas le temps de m'arrêter et de vérifier.

— Pourquoi as-tu fait ça ? demanda-t-elle d'un air anxieux.

Il était devenu quelqu'un d'autre pour elle, quelqu'un qui donne des coups et qui s'en fiche, et dont il valait mieux se méfier.

— Qu'est-ce qu'il t'a raconté ? Bulnakof, Benton, Joe, bientôt je vais appeler ce salaud Sweetie et Honey.

— Il a dit que tu n'étais plus satisfait de ce que tu avais eu à Cucugnan, que tu voulais davantage et le faire chanter.

— Et avec quoi je voudrais le faire chanter ?

— Tu as trouvé qu'en Provence nous... il... que tu n'avais pas eu affaire aux Russes, et tu as menacé de le dire aux Russes qui ne l'apprécieront pas.

— Je serais allé chez Benton avec ce chantage lamentable ? Et qu'est-ce que j'aurais reçu à Cucugnan ? dit Georg gagné par la colère. Tu me prends vraiment pour un idiot ? Tu sais bien toi-même que c'est de la merde, alors à quoi bon ce petit jeu pitoyable. Mon Dieu, comme j'en ai assez, vraiment assez de tes mensonges, dit-il en la giflant.

Il serra les poings. Elle se protégea le visage du bras. Ils se faisaient face, les yeux dans les yeux, le regard effrayé de Françoise affrontant celui, furieux, de Georg. Il respira profondément :

— C'est terminé, je ne le ferai plus jamais. Benton vient parfois ici ? Tu couches encore avec lui ?

— C'est terminé. Et de toute façon, ceux qui viennent me voir m'appellent avant, à cause de l'enfant. Tu n'as pas à avoir peur. Et tu peux être sûr que je ne dirai rien à personne. Je ne veux pas perdre mon baby-sitter.

En un instant, son regard et sa voix se modifièrent, passant de l'expression de la crainte à une certaine gaieté. Elle accompagna ses derniers mots d'un clin d'œil.

— Oh mon Dieu, quel bordel !

Elle contemplait le sac de courses éventré. Le lait coulait.

— Tu m'aides à préparer le dîner ?

Lorsqu'ils se couchèrent, il resta inflexible. Il prit le lit de la chambre à coucher et Gill, tandis que Françoise alla dormir sur le canapé du séjour. Il ferma la porte à clé : il entendrait bien l'enfant, ou Françoise n'aurait qu'à frapper si Gill se réveillait et avait besoin d'elle. Il l'entendit effectivement avant Françoise et passa dans l'autre pièce pour la réveiller. Quand elle donna le sein à Gill, il s'était depuis longtemps rendormi. Elle retira sa chemise de nuit et se glissa sous les couvertures à côté de lui.

3

Dès le lendemain, la conjugalité s'était étrangement installée. Cela rappelait à Georg leur vie quotidienne, les derniers temps qu'ils avaient passés ensemble à Cucugnan.

– Qu'est-ce que tu avais dans la tête quand tu as disparu du jour au lendemain sans me dire un mot ?

Par le store, Georg vit le ciel matinal d'un bleu pâle. Françoise était allongée à côté de lui, épuisée et satisfaite, la tête reposant sur son bras replié.

– Joe m'a envoyée subitement à New York en me donnant l'ordre d'y rester.

– Mais qu'est-ce que tu as pensé, je veux dire, de moi, de nous ?

Elle faisait visiblement un effort pour réfléchir. Elle ne comprenait pas sa question, mais voulait surtout ne pas le décevoir et lui donner une réponse satisfaisante.

– Ne pense pas trop. Dis simplement comment tu as vécu ça.

– C'était mon boulot. Et j'étais déjà enceinte de Gill, et toi tu commençais à jouer à un jeu de fou. Je ne pouvais pas me permettre de perdre mon travail alors que j'attendais Gill, et je ne pouvais pas compter sur toi. Tu étais toujours, je ne sais pas comment dire, si… Tu veux toujours plus, du coup tu détruis tout. En Provence en tout cas, tu as tout détruit avec ton orgueil, tu as absolument voulu en découdre avec Joe. Dans la vie, il faut savoir se contenter de peu.

— Quelles bêtises !

— Tu vois, tu ne comprends pas.

— Tu reçois une pension pour Gill ?

— Non, je ne sais pas qui est le père.

— Benton ou ton ex… Ou elle est peut-être de moi ?

Elle se redressa sur ses coudes et le regarda de haut :

— Tu es gentil. Il m'arrivait de le souhaiter. Tu étais encore très présent en moi quand j'étais ici. Je me souviens que j'ai marché dans Madison Avenue et que devant moi marchait un homme qui portait la même eau de toilette que toi, et que j'étais folle de désir.

— Et plus tard, quand Benton est revenu à New York, il t'a raconté qu'en fin de compte il avait réussi à me retourner et à m'acheter ?

— Oui.

— Tu veux savoir comment ça s'est vraiment passé ?

— Pas maintenant. Gill va bientôt se réveiller.

Elle repoussa la couverture et embrassa sa poitrine.

Georg passa la plus grande partie de la journée seul avec Gill. Fran, comme il l'appelait maintenant, effectuait ses nouvelles traductions à New York University. Georg appela Helen, elle avait obtenu un rendez-vous avec Townsend Enterprises. Il joua avec Gill, la nourrit et lui donna le bain. Il feuilleta les livres de Fran et fouilla systématiquement les armoires, les cartons sous son lit et son bureau. Il apprit qu'elle avait trente ans, était originaire de Baltimore, avait fréquenté Williamstown College et Columbia University et avait été mariée six ans avec David Kramer. Dans un tiroir, il trouva une photo de lui : dans le hamac devant la maison de Cucugnan, Dopy sur le ventre. Lorsque Fran rentra à six heures, le repas était sur la table.

Les jours suivants s'écoulèrent de la même façon. Le matin et le soir, quand ils avaient fait l'amour et que Françoise ronronnait de satisfaction, Georg obtenait des réponses aux questions qu'il posait. Elle avait accroché sur son mur le poster de la cathédrale parce que, quand elle était étudiante, elle avait habité en face, qu'elle avait été heureuse et qu'elle voulait un souvenir de New York. Oui, Townsend Enterprises appartenait à Joe Benton. Il avait beaucoup voyagé, s'était d'abord fait prêtre orthodoxe, s'était engagé dans les Marines puis avait habité dans un ashram en Californie. Quand il était devenu détective privé, il avait d'abord travaillé à son compte, mais quand les missions devinrent plus délicates et ses clients plus célèbres, il dut prendre une couverture. Fran travaillait pour lui depuis six ans et la deuxième année il était devenu son amant. La mission pour Gilman était la plus importante qu'ils aient jamais eue, elle avait rapporté trente millions à Joe. Elle était désolée, dit-elle, que Maurin ait été tué. Mais Georg avait l'impression que cela lui était égal et qu'elle le rendait responsable de l'agression et de la mort de ses chats. Joe avait des contacts avec la police et les institutions fédérales.

— Une main lave l'autre, tu comprends ? Parfois il a besoin des instances officielles et parfois ils sont contents qu'un problème soit résolu de manière non officielle. La CIA ? Aucune idée s'il s'agit de la CIA ou d'une de ses agences.

La politique n'intéressait pas Fran. Et la dimension politique de son travail ne l'intéressait pas plus, à peine la dimension morale. Mais, se demandait Georg, suis-je différent ? J'ai dit à Helen que pour Bulnakof-Benton cela constituait une défaite que de me payer et que pour moi c'était cette défaite qui m'importait. Mais que voulais-je faire avec cet argent ? Punir, me venger et encaisser, je me suis imaginé des choses simples.

Il restait cependant la question de savoir ce qui intéressait effectivement Fran. Son job ? Elle avait un rapport de soumission à son travail, et son rapport de soumission à Benton en faisait partie.

— Tu l'as aimé ?

— Il n'était pas mauvais avec moi. Je lui dois beaucoup. Il voulait même payer pour Gill.

— Pourquoi ne le quittes-tu pas ?

Georg était impatient de connaître la réponse. La soumission de Fran lui rappelait le fatalisme avec lequel on accepte le temps qu'il fait, le soleil ou la pluie. Elle aurait ainsi accepté l'argent de Benton comme un cadeau du ciel. Mais non.

— Je ne peux pas faire ça alors que je ne sais pas s'il est le père.

Elle semblait étonnée, moralement étonnée. La théorie du fatalisme ne tenait donc pas. Et pourtant son job n'était qu'un job pour elle, comme le temps n'était que le temps, ça ne la touchait pas intérieurement. Gill ? La vie de Fran tournait autour de Gill. En même temps, Georg constata que Fran s'occupait de Gill d'une manière efficace : Gill était un problème pratique qui exigeait des solutions pratiques. Quand Fran donnait le sein, il s'agissait d'un processus technique, en l'occurrence pour assurer la nourriture de l'enfant. Georg se souvenait de tableaux dans les musées qui irradiaient plus de chaleur que la vue de Fran donnant le sein.

Et moi ? A-t-elle de l'intérêt pour moi ? M'aime-t-elle ? Georg avait souvent le sentiment que lui aussi n'était pour elle qu'un élément du monde qu'on ne pouvait changer, qu'il fallait accepter, dont il fallait se réjouir et dont il fallait éviter les coups. Sa présence lui procurait de jour en jour de plus en plus de plaisir, Georg le remarquait. Et pourquoi pas ? Il s'occupait de Gill, faisait le ménage et la cuisine pour Fran et couchait avec elle. Quand elle atteignait l'orgasme, quand elle poussait des cris et se cramponnait à lui, alors oui, pensait-il, maintenant je suis parvenu à toi, maintenant je t'ai bouleversée. Mais quand ensuite elle s'étirait, elle lui faisait penser à un chien qui vient de patauger joyeusement dans l'eau et se secoue en éclaboussant tout le monde. Il n'était jamais parvenu à elle, ne l'avait jamais bouleversée, il faisait seulement partie des joies de ce monde.

Parfois il avait envie de la saisir et de la secouer. Comme si à l'intérieur de la femme avec laquelle il vivait s'en cachait une autre, comme s'il pouvait briser la carapace triste ou joyeuse dont elle s'enveloppait, en fin de compte détachée et inaccessible. Déchirer le buisson de roses et réveiller celle qui était endormie s'il ne pouvait la réveiller par un baiser. Il avait déjà éprouvé ce sentiment à Cucugnan. Entre-temps, en fouinant dans les livres de Helen, il était tombé sur le conte « La Belle au bois dormant » et l'avait lu. Il savait que le prince qui embrassait la Belle était simplement venu au bon moment. Les cent ans s'étaient écoulés et le jour prévu pour son réveil était arrivé. Le baiser n'y était pour rien.

Un jour Georg la secoua. C'était un dimanche, et pour la première fois Françoise n'était pas allée à la bibliothèque pour traduire, ils avaient passé toute la journée ensemble. Ils avaient pris Gill au lit avec eux, puis après un bain à trois, s'étaient fait des Bloody Mary et des Eggs Benedict au petit-déjeuner, et lisaient l'épaisse édition du *New York Sunday Times*. Le téléphone sonna à deux heures. Françoise décrocha, se contenta de dire plusieurs fois « oui » et « bon » et, pour finir, « à tout de suite ». À trois heures, elle commença à dire que le dimanche passé ensemble était bien, mais qu'elle n'avait pas l'habitude de tant d'intimité, qu'elle avait besoin d'espace et de temps pour elle toute seule. Il approuva et continua à lire. Elle lui demanda si lui aussi sentait cela et s'il n'avait pas envie de sortir faire un tour.

— Avec ce temps ?

Il pleuvait à verse.

— Oh juste une petite pluie… Elle te protégera, personne ne te verra, personne ne te reconnaîtra. Tu es resté toute la semaine dans l'appartement.

— Peut-être tout à l'heure.

À trois heures et demie, elle alla droit au but.

— Dis ?

— Oui ?

— À quatre heures, il y a quelqu'un qui vient, je serais contente si tu pouvais me laisser seule avec lui un moment.

— Qui ? Pourquoi ?

— Parfois… il y a un homme qui vient parfois et nous…

— Vous couchez ensemble.

Elle hocha la tête.

— Il t'a appelée tout à l'heure ?

— Il est marié et souvent il sait juste avant s'il peut se libérer.

— Alors il appelle, il passe, vous baisez, il referme sa braguette et il repart.

Elle se tut.

— Tu l'aimes ?

— Non. C'est… c'est…

— Benton ?

Elle le regardait d'un air craintif. Comme il haïssait ce regard familier. Et cette petite voix aiguë avec laquelle elle finit par lui demander :

— Tu vas me faire du mal maintenant ? Ou à Gill ?

Ce vieux sentiment d'impuissance et d'épuisement était prêt à le submerger. « Non, pensa-t-il, je n'admets plus ça et je ne la battrai plus. »

— Fran, je ne veux pas de ça. Ce qui est entre nous, je ne sais pas exactement ce que c'est, mais ce sera cassé si tu couches maintenant avec Benton, et je ne veux pas que ça casse. Tu ne lui ouvres pas.

« Dois-je lui dire que je l'aime… » se dit-il.

Mais déjà elle parlait, enchaînant phrase après phrase en geignant et en raisonnant.

— Non, Georg, c'est impossible. Il sait que je suis là, et si je suis là, j'ouvre la porte. Il vient exprès du Queens, il fait tout ce trajet. C'est mon chef, et lundi je recommence le travail. Je ne veux pas que tu détruises ma vie. Ça t'irait bien, toi ! Et à quoi tu as pensé, toi ? Joe est devant la porte, il entend crier Gill et moi marcher dans l'appartement et je n'ouvre pas ? Tu y as réfléchi ? Non, ça ne va pas marcher comme ça. Tu débarques tout à coup dans ma vie et tu me poses des conditions. Je ne t'ai rien promis. Et que crois-tu que va faire Joe si je ne le laisse pas entrer ? Tu crois qu'il va hausser les épaules et descendre l'escalier, reprendre sa voiture et rentrer à la maison ? En plus, il pensera qu'il m'est arrivé quelque chose si je dis qu'il peut venir et qu'ensuite je n'ouvre pas. Il va appeler le concierge et les pompiers, et ce qui va se passer ensuite, je préfère ne pas le voir. Je…

Il la saisit, la secoua et lui cria en plein visage, tandis que sa bouche continuait à former des phrases muettes :

— Arrête, Fran, arrête maintenant !

Sa violence lui arracha une grimace.

— Tu vas écrire un mot en disant que tu dois aller à l'hôpital avec Gill et tu le mets sur la porte. Et s'il monte quand même, je vais bien en venir à bout, et peut-être que ce sera une bonne fin pour cette histoire de fous, cette histoire de merde dont j'ai ras le bol.

Gill s'était réveillée et criait, et Georg vit à nouveau la crainte dans le regard de Fran. Il continua froidement :

— Vas-y maintenant, sinon je vais vous faire du mal, à toi et à Gill.

Elle écrivit le mot, l'accrocha à la porte de l'immeuble, et Benton ne sonna pas. Ils finirent de lire le journal, firent ensemble la cuisine et se couchèrent tôt parce que Fran devait se lever tôt. Ils firent l'amour, et Georg, la voyant si passionnée, se dit que c'était certainement en raison du fait que lui était, en quelque sorte, absent.

Il songeait à Townsend Enterprises et à Gilman et aux Russes. Il voulait en finir avec cette histoire. C'était mal parti vu la place des joueurs et la répartition des cartes. Il fallait les battre et les redistribuer, et pourquoi ne pas convier un autre joueur à la table ? Si les Russes ne jouaient pas, il n'avait qu'à les inviter.

4

Si les trente millions de Gilman ne suffisaient pas à Joe Benton et s'il voulait encore trente millions des Russes, comment allait-il s'y prendre ? Établir un contact, présenter un échantillon, donner un prix, et pas en tant que chef de Townsend Enterprises mais peut-être en passant par un homme de paille. Comment réagiraient les Russes ? Ils étudieraient soigneusement l'échantillon, demanderaient à voir tous les documents, tenteraient de faire baisser le prix et chercheraient à découvrir à qui ils avaient affaire et si on ne cherchait pas à les berner. Et lui, Georg, quel piège leur tendrait-il ?

Le lundi soir, lorsque Fran rentra du travail, Georg avait un plan. Il avait toujours célébré le retour de Fran à la maison comme une femme au foyer américaine idéale, telle qu'il l'avait vue dans les films : Gill dans les bras, le repas sur la cuisinière, des cocktails dans le réfrigérateur et des bougies sur la table. C'était un jeu un peu cynique, mais plaisant.

Mais ce soir-là, Georg joua un autre jeu.

— Qu'est-ce que tu veux entendre en premier ? La bonne ou la mauvaise nouvelle ?

Fran remarqua que tout était différent de d'habitude et sourit d'un air perplexe.

— La bonne.

— Je vais partir quelques jours.

— Mais tu dois… Je veux dire, nous…

Il attendit mais elle n'acheva pas la phrase. Elle le regardait avec la petite fossette au-dessus du sourcil droit, ça tremblait. Il avait espéré qu'elle… il ne savait pas lui-même ce qu'il avait espéré.

— Et la mauvaise nouvelle ?

— Ou bien toi et Gill, vous m'accompagnez ou Gill vient avec moi.

— Où ça ? dit-elle, alarmée.

— À San Francisco, pour une semaine.

— Tu es fou ? J'ai repris mon travail aujourd'hui et je ne peux pas reprendre une semaine de congé.

— Alors je pars avec Gill.

Elle déposa son sac et mit les mains sur ses hanches.

— Tu es vraiment fou. Gill et toi… Qu'est-ce que ça veut dire ? Qu'est-ce que tu veux faire ?

— Je peux te le dire. Je prends Gill comme otage, si tu tiens à le savoir. Ainsi tu te tairas jusqu'à ce que je sois de retour et ensuite, je partirai définitivement. Ainsi tu n'iras pas courir chez Joe Benton et tu ne me trahiras pas.

— Je ne le ferai jamais, je ne l'ai jamais fait durant toute la semaine que tu as passée ici.

— Et ainsi tu ne diras pas à Benton que tu as fait des copies des documents de Mermoz et que tu mes les as donnés. Car c'est ça que tu vas faire demain ou après-demain.

— Oh non ! Je ne sais pas ce que tu as échafaudé, mais ça ne marchera pas. Même si je voulais, je ne peux pas, je ne sais pas où sont les plans, comment veux-tu que je les trouve et que je les copie ?

— Alors tu n'auras qu'à les photographier. Tu sais bien comment ça marche. Et tu ne vas pas me raconter que tu... Pendant des années, tu as été sa maîtresse, tu couches encore avec lui, tu sais qu'il a reçu trente millions de Gilman, ce qui peut difficilement figurer dans les comptes de Townsend, tu sais qu'il a fait assassiner Maurin et...

— Et tes chats, n'oublie pas tes trois chats !

Il la regarda, effaré. Elle avait à nouveau ce ton aigu de petite fille, mais en même temps sa voix était pleine de mépris et de haine, et elle fronçait les sourcils.

— Tu te prends pour qui ? Du haut de ta splendeur, là, tu crois que tu vaux mieux que lui et moi. Mais regarde un peu en bas, où nous sommes. La vie est comme ça, tous se battent pour avoir une part du gâteau, toi aussi, mais tu t'y prends mal, et ce n'est pas Joe qui a fixé les règles du combat.

Il continua tranquillement à parler :

— Tu ne vois pas l'essentiel. Après tout ce qu'il y a eu et ce qu'il y a entre Benton et toi, tout ce que tu sais sur lui, tu dois aussi savoir où il a mis les documents de Mermoz et comment tu vas arriver à les photographier. Ce qui compte, ce n'est pas de savoir qui a fixé les règles. D'accord, Benton n'en est pas responsable, toi non plus, moi non plus. Moi, je les ai enfin comprises, alors que vous les aviez comprises depuis longtemps. J'ai Gill. Toi, tu vas te procurer les documents de Mermoz. De plus, tu vas me procurer le nom du contact de Benton auprès de Gilman et une lettre de Gilman, une brochure, n'importe quoi avec le logo de la société. Et si veux revoir Gill très vite, tu ferais mieux de te dépêcher.

— Tu parles sérieusement ?

— Oui, Fran, je parle sérieusement.

— Et comment tu t'imagines ça ? Gill et toi à San Francisco ?

— Il n'y a rien à imaginer. Tous les jours, il doit y avoir des milliers de pères qui voyagent avec leur petite fille. Si ça va, je la prendrai avec moi, sinon je chercherai une baby-sitter, et je lui donnerai à manger et je la changerai.

— Ah, tu vois ça comme ça ?

— Oui. Si tu as des conseils à me donner, j'écoute. Je peux par exemple acheter un porte-bébé, tu vois, le truc avec des bretelles, tu connais ?

Ils se regardèrent. Le regard de Fran n'exprimait plus de haine, seulement de la tristesse. De la tristesse ? Georg l'avait effrayée, l'avait vue craintive, renfermée, rétive, hostile, pétillante ou gaie, mais encore jamais triste. Si elle peut avoir ce regard, pensa-t-il, alors elle est vraiment une Belle au bois dormant. Était-elle capable de considérer le bonheur avec cette même gravité ? Le regard de Fran le traversait, Georg aurait aimé lui demander à quoi elle pensait. Puis elle gloussa, étouffa un rire dans sa main, peut-être que ça l'amusait d'imaginer Georg avec un porte-bébé. Mais ça ne dura pas.

– Georg, si tu fais ça, je ne te le pardonnerai jamais. Me prendre Gill, me faire du chantage, je ne peux même pas te dire à quel point je trouve ça immonde, grossier, lâche. Tu n'as pas pu combattre comme… comme un homme pour gagner ta part de gâteau, ou peut-être que tu as essayé et que tu as échoué, et maintenant tu veux faire un sale coup, en douce… À Cucugnan, tu n'as pas réussi à tout détruire. Alors tu détruis tout maintenant. Je n'aurais jamais dû accepter cette mission en Provence, je sais, et j'aurais dû éviter que notre histoire devienne si sérieuse et qu'elle dure si longtemps. J'ai mal agi. J'y pensais tout le temps, mais d'une certaine façon… c'était le sexe ? Mais peu importe. Ne détruis pas tout, s'il te plaît. Reste ici ou pars tout de suite, je vais parler à Joe pour que tu puisses quitter les États-Unis sans problème et retourner à Cucugnan. Mais ne me prends pas Gill et ne m'oblige pas à ouvrir le coffre-fort de Joe comme une voleuse.

Elle tenta de lui faire comprendre pourquoi il devait s'enlever ce plan de la tête. Georg le remarqua. Ce n'était pas la Fran qui s'écoutait parler, qui économisait ses phrases, la femme qui utilise une voix de petite fille parce qu'elle ne peut plus crier.

— Non, Fran, je veux conclure cette histoire. Toi, tu penses que c'est déjà fait. Pas moi.

Tard dans la soirée, elle essaya encore une fois de le faire changer d'avis. Le lendemain et le surlendemain, elle insista encore. Elle essaya calmement, puis avec des larmes et des cris, elle essaya en raisonnant, en suppliant, en menaçant, en injuriant ou en tentant de le séduire. Parfois il remarquait avec stupéfaction et soulagement à la fois combien elle avait peur de lui, le même genre de peur qu'elle ressentait devant Benton.

Le lendemain elle lui apporta du papier avec l'en-tête de Gilman et le nom du contact de Benton chez Gilman, le surlendemain les boîtes avec les négatifs des plans. Sur les copies que possédait Georg figurait, en bas à droite, le logo de Mermoz, tout pâle, qui dans l'original, plus élégant, apparaissait en filigrane, un biplan avec les lettres M, E, R, M, O et Z entre les deux ailes. Sur la copie, Georg colla le logo de Gilman et le couvrit de Tipex jusqu'à ce que la lettre G, dont l'arrondi représentait la terre et la barre horizontale le fuselage d'un avion, ne soit plus que difficilement identifiable. De cette copie il fit faire à Fran un autre copie.

Il écrivit aussi une courte lettre sur la machine à écrire de Fran : « Chers messieurs, le plan ci-joint devrait vous intéresser. Le jeu complet peut se négocier à trente millions. Voulez-vous suivre ? Que quelqu'un se tienne prêt pour un rendez-vous à San Francisco. Le lieu et l'heure vous seront communiqués mercredi prochain à dix heures. Prévenez votre standardiste de passer la communication à la personne concernée quand elle entendra le mot “rotors”. L’affaire devra être conclue vendredi prochain. »

Il se demanda s’il devait ajouter « Mesdames » à l’en-tête de la lettre, et au mot de passe qu’il devait choisir. Mais ces deux points n’avaient en fait aucune importance. Sous l’adresse, dans la rubrique « objet », il inscrivit : « hélicoptères de combat ». Il mit la lettre et la copie dans une enveloppe, écrivit l’adresse du consulat russe de Washington et la posta le mercredi soir. Il le fit dans la pénombre, avec Gill dans les bras. Il resta assis longtemps sous la lampe avec les négatifs en tentant de vérifier leur authenticité et de voir s’ils étaient complets. Lorsqu’il les rembobina et les remit dans les boîtes, il n’était pas plus avancé.

Il réserva deux places pour Gill et lui sur un vol pour San Francisco. Le mercredi, il voulait rencontrer le Russe et, avant, parler avec Buchanan, le contact de Benton chez Gilman. Mais auparavant, il voulait trouver le lieu où il pourrait fixer rendez-vous au Russe ; il pensait avoir besoin de deux jours. Après avoir renoncé à faire changer Georg d’avis, Fran se mit à l’éviter. Il était disposé à respecter cette distance, mais c’était difficile dans le petit appartement. Ils n’échangeaient pas un mot quand ils étaient assis l’un en face de l’autre à la table. Quand ils se croisaient dans l’embrasure de la porte du séjour et de la chambre à coucher, ou dans le couloir, ou dans la cuisine et la salle de bains, ils se frôlaient à peine, évitant de se toucher, et Fran baissait les yeux. Leur intimité s'était fossilisée, et Georg se sentait triste. Mais parfois cela lui rappelait les jeunes filles des civilisations anciennes ou lointaines, promises à un homme et qui n'ont le droit de se montrer à lui qu'après le mariage. Fran dormait à nouveau dans le séjour. Dès les premières nuits où, après l'avoir excité sans réussir à le faire renoncer à son plan, elle s'était levée pour passer dans l'autre pièce.

Le vendredi soir, il la salua encore une fois selon le rituel établi la semaine précédente. Il avait fait les courses l'après-midi avec Gill pour s'habituer à nouveau au monde extérieur, et il avait passé l'après-midi dans la cuisine. Un repas de Cucugnan avec toasts de tapenade, une oie aux herbes de Provence et de la mousse au chocolat. Elle garda son air pincé, détournant le regard et parlant peu. Elle ne vint pas non plus le rejoindre au lit. Mais le lendemain matin, il trouva dans son sac de voyage un porte-bébé pour attacher Gill sur son ventre.

5

Au début du voyage, Gill se mit à crier. Elle s'endormit lorsque ses cris n'éveillèrent plus la sympathie des passagers et commencèrent à les agacer. Une petite fille de quatre ans essaya d'intéresser Gill avec un livre d'images et du chocolat. Une vieille dame donna des conseils d'éducation à Georg, en particulier pour l'éducation d'une jeune fille. Les hôtesses apportèrent des couvertures, réchauffèrent les biberons, préparèrent les couches et chantonnèrent. Elles gâtèrent Gill et Georg.

Jonathan et Firn vinrent le chercher à San Francisco. Un ami de l'université de Heidelberg avait étudié à Stanford, partagé un appartement dans la ville avec Jonathan, un peintre, et lorsque Georg l'avait appelé et sollicité, il avait arrangé l'hébergement chez Jonathan. Georg ne voulait pas descendre à l'hôtel avec Gill. En outre, Firn, l'amie de Jonathan, était comédienne, sans engagement actuellement, et prête à s'occuper de la fillette quand Georg aurait à faire. Ils prirent Gill en main avant même que Georg ne le leur demande.

Au départ de New York, il pleuvait. À San

Francisco, le soleil brillait sur un ciel clair et bleu. Georg laissa Gill dans l'entrepôt réaménagé au bord de la baie où habitaient Jonathan et Firn avec leur doberman. Il avait encore tout l'après-midi devant lui, il voulait commencer à chercher le lieu pour le rendez-vous avec le Russe.

Comment devait être l'endroit, Georg le savait. Il voulait voir si l'autre arrivait seul, il fallait donc une perspective ouverte. Georg voulait être sûr que l'autre ne le suivrait pas, il fallait donc qu'à proximité il puisse disparaître dans la foule ou atteindre une rue peu animée et une voiture qui y serait garée. Georg se voyait déjà démarrer, vérifier dans le rétroviseur qu'aucune voiture ne le suivait, prendre des rues adjacentes et se perdre dans le dédale des rues. Ou alors il se voyait disparaître dans la foule, aller dans des toilettes publiques et à nouveau se déguiser. Cela devrait suffire pour semer deux ou trois Russes. Si les Américains avaient intercepté sa lettre et son appel prévu pour mercredi prochain, et s'ils lui envoyaient des chiens et des hélicoptères, il n'aurait de toute façon aucune chance de s'en sortir.

Georg loua une voiture, reçut un plan de la ville en cadeau et partit. Il suivit tout d'abord le flot de la circulation, guidé par les panneaux de signalisation. Il s'engouffra dans de longues rues bordées de maisons en bois de deux ou trois étages, colorées et agrémentées d'encorbellements, de pignons et de tourelles. Puis d'un seul coup, le paysage changeait : il remarqua, entre les deuxième et troisième étages des immeubles, des enseignes de magasin, des néons publicitaires signalant des magasins d'alimentation, vantant le Pepsi-Cola, des boutiques d'antiquités, des pressings, des garages automobiles, des salons de thé, des laveries, des agences immobilières, des restaurants, des encadreurs, Budweiser, des marques de chaussures, des boutiques de mode, le Coca-Cola ; et encore des magasins d'alimentation. Puis, de nouveau, brusque changement dans le paysage : les maisons, alignées les unes à côté des autres, réapparaissaient. L'architecture était plus audacieuse qu'à Manhattan, les rues plus désertes et plus propres avec des petits morceaux de nature plus verdoyants. Comme dans l'ivresse du grand huit, il montait et descendait les collines de la ville, à travers un réseau de rues couvrant toute la presqu'île et conçu de manière fantaisiste, ce qui fait que certaines donnent l'impression de monter vers le ciel et d'autres de redescendre. D'en haut, il voyait toujours de l'eau, des cargos, des bateaux à voile, des ponts. Il voyait toujours la silhouette des grandes tours à l'extrémité de la ville et le croisement de voies automobiles qui passent au-dessus des immeubles, se faufilent entre eux et entre les maisons, s'enfoncent dans les souterrains et surplombent quelquefois la ville. Georg avait baissé la vitre et allumé la radio, le vent et la musique emplissant ses oreilles. Parfois il s'arrêtait et descendait de la voiture comme un touriste qui veut prendre une photo. Mais il se contentait de regarder si la petite place était suffisamment ouverte ou la longue rue suffisamment déserte ou si l'escalier qui descendait d'une rue, du haut d'une colline, aboutissait à une maison isolée ou à une rue située plus bas.

Le dimanche, Georg s'interdit de regarder le plan de la ville. Il chercha simplement à faire jouer son instinct pour s'y retrouver. Le soir, il avait une idée de la presqu'île. À l'ouest le Pacifique, à l'est la baie, au nord le Golden Gate Bridge. Et il devinait comment la ville avait poussé à l'origine au nord au bord de la baie pour s'étendre ensuite sur le reste de la presqu'île.

Le lundi matin, il s'aida du plan. Il fit tous les parcs et les rives du Pacifique. Dans le parc de Golden Gate, il trouva certes deux endroits solitaires, mais la solitude ne protégeait que d'un éventuel promeneur, pas d'une filature sérieuse. Les rives de l'océan s'étendaient sur des kilomètres et on pouvait en saisir toute l'étendue ; des vagues grises sous un ciel gris, des mouettes se laissant porter par le vent, quelques joggeurs, des promeneurs, un surfeur qui n'arrivait pas à passer la première vague, une pelleteuse jaune qui transportait du sable. Mais devant le mur qui séparait la rue de la plage, il y avait trop de voitures garées, et quelquefois même avec des gens à l'intérieur. Georg se dirigea vers un kiosque à hot-dogs isolé. Lorsque le vendeur saisit la saucisse chaude dans le récipient d'eau, la vapeur se dégagea en un nuage épais. Il faisait froid ici ; le matin, Georg avait quitté la maison au bord de la baie sous un ciel bleu et arrivé au centre de la presqu'île, il avait été plongé dans le brouillard qui recouvrait les côtes du Pacifique.

Il crut alors avoir trouvé l'endroit. À l'extrémité nord de la plage où le paysage devenait rocheux, où le rivage descendait vers la mer en pente abrupte pour s'arrondir vers l'est, le Golden Gate Bridge et la baie, une route s'élevait vers les hauteurs. Georg s'arrêta au sommet, étonné, devant une acropole. Un carré de bâtiments bas et de colonnades, devant lequel s'étendait une grande place circulaire, le bassin vide d'une fontaine, et au centre du bâtiment, un large escalier conduisant vers le portique. Georg se gara et fit le tour de la place. Le soleil avait chassé les nuages, à travers les arbres il découvrait la ville, la forêt de mâts rouges, et le profil élancé du Golden Gate Bridge. En dessous, deux hélicoptères longeaient la côte. Émanant du terrain de golf qui s'étendait jusqu'à l'acropole, on entendait parfois les coups frappés, les voix des joueurs ou le ronronnement d'un golfcart. Georg pouvait entendre le moteur des rares voitures. Mais sinon c'était absolument silencieux. C'était magique.

Lorsque Georg prit l'escalier pour monter au portique, il vit que l'acropole était une salle d'exposition fermée le lundi et le mardi, et on pouvait imaginer les nombreuses voitures garées sur le parking les jours d'ouverture. Pour détruire cette ambiance magique, trois voitures arrivèrent, et une noce japonaise ou chinoise très bruyante débarqua sur les lieux. Georg retourna à sa voiture. La mariée était belle.

Le lundi soir, il regretta de ne pas être resté en ville et s'en voulut surtout à lui-même et à sa virée touristique inutile. Cette ville lui plaisait avec son ordonnance claire, sa fraîcheur, le vent qui soufflait en permanence, le soleil, la diversité des quartiers, des cultures et des promesses de vie qu'elle contenait. Sans les réticences de féministe qu'il avait dans la tête, il l'aurait peinte en vierge séduisante, dans une robe empesée mettant ses charmes en valeur sans négliger de les masquer. Alors que New York était une vieille pute, grosse et grasse, se vautrant, suant, puant, marmonnant toujours et criant parfois. Mais il regrettait aussi les sensations qu'elle procurait et sa sensibilité inutile. Il n'avait pas trouvé l'endroit recherché. Il se gara et rentra dans la maison. Gill était encore éveillée, il lui donna le biberon et la changea sur la longue table de la cuisine où il put la faire rouler sur le côté en essayant de lui apprendre à ramper. Elle poussait des petits cris de plaisir. Puis il la coucha dans le grand lit qu'il devait partager avec elle. Il avait peur de l'étouffer ou de la faire tomber du lit. Ses craintes le poursuivirent jusque dans ses rêves.

Jonathan et Firn firent la cuisine et invitèrent Georg à manger. Ils lui posèrent des questions gentilles et intéressées sur son business. Ses réponses fuyantes le mettaient mal à l'aise et il aspirait à retrouver la normalité et la franchise. Les deux amis étaient heureux, bien qu'en ce moment Firn n'eût pas de travail et que ça obligeât Jonathan à s'arrêter de peindre pour gagner de l'argent. Puis tous les trois burent un peu trop, et Jonathan commença à faire du tapage, sortit son pistolet du tiroir de son bureau et tira sur le lampadaire de la rue. Firn jouait le jeu en riant tout en sachant qu'elle devrait bientôt demander à Jonathan d'arrêter pour qu'il aille se coucher. Georg rêvait de ça, qu'on le laisse faire et qu'on s'occupe de lui. Oh zut, j'ai envie d'être avec Fran, peu importe tout ça. J'aspire à poursuivre avec elle une vie que nous avons commencé à apprécier à Cucugnan et à New York. Ou s'il en est de la vie avec Fran comme avec Fran elle-même, si derrière ce que je vois et connais il n'y a plus rien à découvrir, alors je désirerai ce que je vois et connais déjà.

Il pensa qu'on pouvait lui prendre tout le reste, Joe, Mermoz et Gilman, sa vengeance, l'argent. Il savait que le lendemain il allait continuer à chercher l'endroit, à se rendre chez Gilman et à parler à Buchanan. Il savait aussi que les deux choses n'allaient pas ensemble tout en ne s'excluant pas. Comme sa tête à la fois lucide et saoule.

6

Le lendemain matin, Georg se réveilla seul dans son lit. Sur un petit bout de papier, Firn avait écrit qu'elle l'avait laissé dormir et avait emmené Gill faire un tour avec le chien. Il se promena dans la maison en vêtement de nuit, sa tasse de café à la main, et contempla les tableaux de Jonathan.

C'étaient de grandes huiles, deux mètres sur trois et plus, dans des couleurs sombres, mates, d'où jaillissait parfois un bleu ou le rouge éclatant du motif d'un tapis. Une femme nue au bureau, une femme nue sur le canapé, une femme nue assise par terre adossée contre un mur, une pièce vide d'où émergeait juste le buste d'un homme dormant sur le sol près du mur : tous les tableaux dégageaient une froideur comme si l'air des pièces était rare et les personnages figés dans leurs mouvements. Georg but une gorgée de café chaud. Jonathan avait-il peint ses tableaux avec une passion difficilement maîtrisée qui leur donnait cet aspect glacial ? Le tableau suivant représentait le dos d'un téléviseur et un couple : elle, assise sur le canapé, regardait l'écran, et lui se tenait derrière le canapé, s'apprêtant à partir. Jonathan voulait-il montrer que la communication était impossible et la solitude inévitable ? D'autres tableaux représentaient la nature, un paysage de glaciers avec, au premier plan, deux hommes se battant avec acharnement, une prairie au bord de laquelle est assis un couple, côte à côte mais sans communion, une clairière où un homme à genoux tient une petite fille et l'embrasse. Georg commença à voir ces tableaux d'une façon différente. Jonathan ne voulait pas montrer que la solitude était inévitable, mais il essayait, qu'il le veuille ou non, certainement même contre sa volonté, de capter l'intimité et de la représenter. Les yeux fermés de l'homme qui embrassait la petite fille n'exprimaient pas l'oubli de soi, mais la tension, et on avait l'impression que l'enfant cherchait à s'enfuir.

Georg se souvint de la façon dont Fran avait donné le sein à Gill : il n'y avait vu aucune intimité, aucune chaleur, aucune tendresse. Je suis peut-être devenu incapable de communiquer et même de déceler les signes externes de la communication entre deux êtres... Sur la table était posé un paquet de cigarettes, Georg en alluma une. À New York, il avait simplement arrêté de fumer un beau jour. Maintenant, après des semaines de sevrage, la première bouffée était comme un coup dans la poitrine et la gorge. Georg en tira encore une bouffée, alla dans la cuisine, passa la cigarette sous le robinet et la jeta à la poubelle. La porte de la chambre à coucher de Jonathan était ouverte et Georg entra. Une terrasse recouverte de gravillons s'étendait au ras de l'ouverture de la fenêtre. Georg y grimpa pour sortir et découvrit la vue sur les toits des camions et containers de la société de transport voisine, sur une rampe de chargement en face et, derrière, sur les entrepôts, les mâts et les câbles d'un transformateur et une haute cheminée. Et il vit une route qui menait à la baie et se terminait par un remblai de terre. Georg grimpa plus haut sur le toit de la maison au-dessus de la chambre de Jonathan. C'était une maison d'angle et à ses pieds se trouvait le carrefour ; la vue était dégagée, on pouvait voir les quatre rues et plus loin derrière, sur une colline, une autoroute et un gazomètre.

Voilà, pensa Georg, voilà l'endroit que je cherche. La rue qui va à la baie doit être la 24e, la rue transversale est Illinois Street et la rue parallèle la 3e. Je vais dire au Russe de prendre un taxi jusqu'à l'angle de la 3e et de la 24e Rue, et de prendre la 24e en direction de l'est jusqu'au bout. De là-haut, je verrai le taxi s'arrêter au coin, le Russe remonter la 24e Rue, peu fréquentée, et je verrai aussi si une voiture suspecte le précède ou l'accompagne.

Georg dégringola du toit et rentra dans la maison. Puis il s'habilla et sortit. Lorsqu'il se retrouva sur le remblai de terre, il constata qu'il devait s'agir des restes d'un parc. Des bancs, des allées, un sentier de pêcheurs, deux cabines bleues de toilettes publiques, de l'herbe brune et des buissons bruns. À gauche, un petit canal, derrière un wagon de tramway désaffecté, à nouveau les entrepôts et la cheminée d'une centrale électrique dont on entendait maintenant le bruissement. À droite, un terrain clôturé avec des buissons à hauteur d'homme, des ordures avec des carcasses de voitures, plus loin des containers verts, jaunes et bleus, de larges grues, des projecteurs, des canalisations. Devant lui, s'étendait la baie et plus loin, dans le brouillard, la rive opposée. Cela puait le goudron et le poisson mort.

Georg marcha le long de la rive, se fraya un chemin à travers les buissons et longea le grillage à l'abri des buissons qui suivaient le bord du rivage pour aboutir à Illinois Street. Georg avait pensé retrouvé la 25e Rue. Mais il ne trouva que des rails de chemin de fer qui traversaient un terrain vague et finissaient devant un débarcadère. Un chien errait. Le vent faisait voler la poussière.

L'endroit était idéal. Après le rendez-vous, Georg pourrait vérifier que le Russe retournait vers la 3e Rue et lui-même revenir caché par les buissons vers Illinois Street et là, à l'abri des voitures garées, regagner la maison. Et si les agents du Russe ne l'accompagnaient pas mais encerclaient les lieux pendant la rencontre ? Georg décida de demander au Russe de prendre un taxi jusqu'à l'angle de la 3e et de la 24e Rue, d'aller jusqu'au bout de la 24e et d'attendre derrière le remblai l'arrivée d'un bateau à moteur. Il lui recommanderait de mettre des bottes. Alors les agents devraient guetter dans des bateaux à moteur avec des jumelles sur la baie. Au départ, Georg avait pensé montrer les négatifs au Russe en deux fois. C'était mieux de ne pas emporter les quatorze bobines. Mais il en décida autrement. L'endroit convenait bien pour un rendez-vous et il n'en voyait pas d'autre pour une seconde rencontre. Il devrait faire attention que l'autre ne l'agresse pas pour lui prendre les négatifs. Il avait retenu où Jonathan cachait le pistolet dans le bureau. Donc, demain : appeler à dix heures, lui donner rendez-vous à onze. Laisser juste le temps nécessaire pour que l'ambassade de Washington puisse activer son agent à San Francisco. Et si ceux de Washington n'avaient rien préparé, envoyé personne à San Francisco, n'avaient pas pris sa lettre au sérieux ? Si, si, si : toujours avec mes si. Quelqu'un a été tué à cause des documents. Ils ont de la valeur. Pourquoi les Russes ne prendraient-ils pas son offre au sérieux ?

7

Georg prit la voiture pour se rendre à Palo Alto où se trouvait le siège de l'administration et du centre de recherche de Gilman. Il ne s'était pas annoncé. Il ne voulait pas d'une conversation téléphonique qui puisse permettre à Buchanan d'en savoir suffisamment pour alerter Benton.

Il prit le Freeway 101 en direction du sud. Les voitures roulaient les unes derrière les autres sur les huit voies. Où vont tous ces gens ? Et pourquoi je ne me pose pas cette question quand je prends l'autoroute en Allemagne ou en France ? Parce que ici la circulation est différente. Les gens conduisent différemment, pas seulement plus lentement comme l'exige la limitation de vitesse, mais aussi de façon plus calme. Il est rare qu'une voiture en dépasse une autre, elles glissent l'une à côté de l'autre, avançant ou reculant parfois un peu, dérivant sur le même fleuve qui coule paisiblement. Comme s'il ne s'agissait pas d'arriver aussi vite que possible quelque part, comme si la vie consistait tout simplement à rouler en voiture, à ne jamais s'arrêter.

Georg quitta le Freeway à Palo Alto. Gilman se trouvait dans Alpine Road, et après des maisons, des jardins, des rues avec des arbres verts, des magasins ornés de fleurs et de buissons fleuris, la rue grimpait dans la montagne couverte d'herbe brûlée d'un brun doré. Plus de maisons, ni d'arbres, plus de voitures garées ; la rue serpentait de plus en plus à mesure que l'on montait. À l'endroit où la route bifurquait se dressait une grande pierre en granit où était gravé le logo en bronze de la firme. Georg tourna, prit encore un virage et découvrit une vaste dépression verte. La rue aboutissait sur un rond-point. Donnant sur ce rond-point, trois séries de bâtiments de cinq étages, toujours en granit ou décorés de granit, et à gauche et à droite de l'entrée, un parking. Des arrosoirs automatiques tournoyaient, aspergeant la pelouse. Par la vitre baissée, Georg écouta leur murmure et, dans l'eau projetée en l'air, il vit la lumière irisée du soleil qui prenait des couleurs d'arc-en-ciel.

Il se gara et se dirigea vers le bâtiment dont l'entrée était ornée d'un baquet où poussait un laurier. Il ne faisait pas frais dans le hall, mais froid. Georg frissonna. Le portier ressemblait à un policier, écusson sur les manches, un badge portant son nom accroché sur sa poitrine, pistolet à la ceinture. Il demanda à Georg son passeport et lui interdit l'entrée quand Georg lui eut déclaré qu'il n'avait pas de rendez-vous avec Buchanan et qu'il ne voulait pas donner le motif de sa venue. Georg insista. Le policier appela finalement Buchanan et passa le téléphone à Georg.

— Mister Buchanan ?

— Oui. Qui est à l'appareil ?

— Mon nom est Polger. Nous ne nous connaissons pas. Ce que j'ai à vous dire est important. Je ne veux pas être long et je ne veux pas vous parler au téléphone. Dites à votre vigile de me laisser passer ou descendez me chercher, il peut aussi me fouiller si ça le chante et vous pouvez venir armé, je ne veux pas vous tuer, mais parler avec vous.

— Passez-moi le vigile.

Georg entendit à plusieurs reprises « Oui, Monsieur », et dut attendre qu'un second vigile l'accompagne au troisième étage jusqu'à la secrétaire de Buchanan. Elle lui offrit du café, le fit encore attendre puis le conduisit à Buchanan. Un petit homme trapu dans les quarante ans, chemise à manches courtes avec une cravate au logo de l'entreprise, poignée de main énergique, les joues couperosées. Il offrit à Georg un siège devant le bureau.

— Alors ?

— Mon histoire va vous sembler incroyable. Que vous la croyiez ou non, ce n'est pas très important pour le moment. Ce qui compte, c'est que vous l'enregistriez dans votre tête et que, le moment venu, vous la fassiez défiler. Car le moment venu, il sera trop tard pour la raconter encore une fois. Vous me suivez ?

Ce n'est qu'en posant sa question que Georg remarqua que Buchanan louchait légèrement. L'un des deux yeux était incapable de se fixer.

— Certes.

— Je suis allemand, allemand de l'Ouest et vous devez savoir que la séparation de l'Allemagne a déchiré de nombreuses familles. La moitié de ma famille vit en Allemagne de l'Est, dont mon cousin. Mon cousin travaille pour la Stasi, pour ainsi dire la CIA de l'Allemagne de l'Est. En ce moment, il ne travaille plus exactement pour la Stasi mais pour les Russes. Vous savez certainement que les Russes ont à leurs bottes les Allemands de l'Est comme les Polonais, les Tchèques, les Hongrois et les Bulgares, et cela aussi est valable pour les services secrets. Voilà maintenant le point important. Mon cousin a une mission qui l'a conduit de France aux USA. Les Russes cherchent à se procurer les plans de construction du nouvel hélicoptère de combat que vont construire soit les Européens sous la direction de Mermoz, soit vous, aux USA. J'ignore le détail de ce que les Russes ont entrepris pour mettre la main sur les plans. Mais mon cousin m'a dit que quelqu'un vient de faire une offre aux Russes pour vendre les plans pour trente millions.

— Qui ?

— J'y arrive. Laissez-moi d'abord vous montrer ce que mon cousin m'a donné. Cela vous dit quelque chose ?

Georg sortit une boîte de pellicule de sa poche et la posa sur le bureau devant Buchanan.

— Ouvrez-la et regardez.

Buchanan mit ses lunettes, ouvrit la boîte, en sortit les négatifs et les déroula lentement.

— Oui, cela me dit quelque chose.

— Je dois vous demander si vous voulez payer pour avoir les informations relatives à l'affaire. Mon cousin veut passer à l'Ouest, l'année prochaine, dans deux ans, c'est selon, et il veut assurer son avenir. Il pense vous prévenir quand il aura découvert l'identité de l'offre américaine et qu'il aura des preuves. Peut-être peut-il même arranger un rendez-vous, il vous appelle rapidement et vous venez au rendez-vous.

— C'est une histoire sacrément bizarre, vous savez. Buchanan retroussa sa lèvre supérieure et, de sa main gauche il massa son menton qui s'étirait.

— Je sais. Mon cousin aussi. Mais quel risque courez-vous si vous acceptez ? Au pire des cas, vous venez pour rien à un rendez-vous. Dans le meilleur des cas, vous pouvez, pour un prix qu'il nous faut encore discuter, trouver une faille dans votre système et la colmater. Il y a encore quelque chose que je dois vous donner.

Georg sortit deux copies de sa poche et les étala devant Buchanan. Elles étaient identiques, mis à part le coin inférieur droit, où figurait, sur l'un, le biplan de Mermoz, sur l'autre, l'avion de Gilman qui tournait autour de la terre.

— Que voulez-vous que je fasse avec deux copies identiques ?

— Je n'en sais pas plus que vous !

Georg recula dans son fauteuil.

— Qu'en est-il alors ?

— Vous parlez de l'argent ?

— Oui.

Buchanan haussa les épaules.

— Que s'imagine votre cousin ?

— Le jeu complet, dit-il, est négocié à trente millions.

Georg prit les négatifs sur le bureau, les roula pour les remettre dans les boîtes et les empocha.

— Mais il n'en veut pas autant car, dit-il, vous avez déjà payé. Il pense à un million.

— Juste un putain de million. Parce que nous avons déjà payé trente millions.

Buchanan massa à nouveau son menton.

— Cette histoire pue. Pourquoi votre cousin nous dirait-il ce que nous voulons savoir, avec en contrepartie la parole que je vous donne à vous ? Devant quel putain de tribunal il viendra réclamer son putain de million ?

— La presse. Si vous ne payez pas, il vendra son histoire à la presse. Vous n'aimeriez pas ça.

— C'est ce qu'il dit ? Dites alors à votre cousin que c'est bon pour un million.

Il observa Georg.

— Ou devons-nous d'abord nous occuper de vous ?

— Que voulez-vous encore savoir de moi ?

— Je sais, vous avez dit tout ce que votre putain de cousin vous a chargé de dire, et vous n'en savez pas plus. Mais peut-être n'êtes-vous pas le cousin de votre cousin mais le cousin lui-même, et qu'il n'existe pas d'autre cousin. Ou s'il existe, il serait intéressant de savoir où et comment. Vous et lui êtes en contact. Est-ce que votre cousin ne serait pas en fin de compte votre oncle ?

Buchanan lança un regard perçant à Georg.

Georg rit.

— Si je n'ai pas de cousin, je ne peux moi-même en être un. Mais sérieusement. Pourquoi me livrerais-je à ce jeu ? Et en ce qui concerne le contact, c'est lui qui m'appelle, pas moi.

Buchanan leva les bras en laissant retomber les paumes sur le bureau.

— Allez au diable ! Savez-vous ce qui m'est arrivé ce matin ? J'ai donné le mauvais chiot. Ma chienne Golden Retriever a mis bas, six c'est trop, mais je voulais en garder un et justement, celui-là je l'ai donné.

— Reprenez-le !

— Reprenez-le, reprenez-le… Je l'ai donné à mon chef. Et j'irais lui dire que son putain de chiot n'est pas pour lui et qu'il doit en prendre un autre ?

Georg se leva.

— J'ai été enchanté de parler avec vous. Bonne chance pour le chiot.

— Vous vous foutez de ce qui va advenir de mon chiot.

Buchanan accompagna Georg à la porte.

— Au revoir.

La radio à fond, Georg descendit la montagne. Sa chemise frissonnait dans le vent. « J'y suis arrivé, se dit Georg triomphalement. Ça, mon copain Joe Benton, c'est le début de la fin. Quoi que Buchanan pense de mon histoire, il n'appréciera pas plus longtemps ta façon de traiter l'affaire. "Benton, putain d'idiot ! se dira-t-il. Peu importe la putain de merde que tu as faite, tu as fait de la merde. Et quelqu'un qui fait de la merde, putain, j'en ai pas besoin." Dommage, Joe, peut-être n'apprendras-tu jamais que je creuse ta tombe. Buchanan ne te dira rien de moi, comme toi tu ne lui as rien dit de moi. Mais à quoi bon ? »

Georg ricanait. « Et maintenant au tour du Russe d'entrer en jeu. Pourquoi pas aussi les Chinois, les Libyens, les Israéliens et les Sud-Africains ? C'est comme un cocktail épicé préparé sans recette, mais celui qui le boit saute au plafond. Si le monde veut danser une danse de fous, autant que ce soit sur ma musique. »

Gill ramena Georg sur terre. Elle était couchée sur le lit les yeux ouverts, elle avait vomi et gémissait. Firn diagnostiquait des troubles gastriques. Georg voyait seulement que le pauvre ver de terre avait mal et il avait des remords. Firn parla de Coca-Cola.

— Quoi le Coca-Cola ?

— Quand on a des troubles gastriques, on boit du Coca-Cola. Tout le monde le fait. Ma mère avait toujours une petite bouteille de sirop à base du truc qu'on utilise pour le Coca.

— Tu veux sérieusement dire que Gill doit boire du Coca ? Quel âge tu avais quand ta mère t'a donné ce remède de bonne femme ?

Remède de bonne femme : Georg n'aimait pas utiliser ce mot. Les remèdes de bonnes femmes, c'étaient les tisanes de vermouth, de tilleul et de camomille, des bandes molletières et du schnaps. Le Coca-Cola comme remède de bonne femme, c'était vraiment le Nouveau Monde. Firn désespérait de l'incapacité de Georg à comprendre :

— Évidemment je ne peux pas me souvenir si on m'a donné du Coca justement à l'âge de deux mois. Mais pour autant qu'il m'en souvienne, j'en ai pris.

Ils finirent par prendre une canette dans le réfrigérateur, Georg prit Gill dans les bras en trempant son petit doigt dans le liquide marron pour ensuite le mettre dans la bouche de Gill. Elle tétait. Il le refit une deuxième puis une troisième fois.

— Tu crois que ça suffit ?

Firn avait regardé attentivement. Elle dégagea ses cheveux de son visage et dit d'un ton déterminé, comme si elle le savait exactement :

— Donne-lui-en cinq.

Georg continua, garda Gill dans ses bras et marcha sur la terrasse, à travers la maison, descendit l'escalier pour aller dans l'atelier avec les outils, la machine à laver et à sécher, et remonta les escaliers. Il parlait tout doucement à Gill, de papa et maman, de la Poméranie et de tout et n'importe quoi. Lorsqu'il se retrouva sur la terrasse, elle s'était endormie. Il s'assit avec précaution sur le bord de la chaise longue et regarda dans la rue, compta les carcasses de voiture sur le bord de la chaussée et les trois voiliers naviguant dans la baie et vit un ballon dirigeable qui volait vers le nord.

8

Le mercredi, à dix heures pile, Georg appela l'ambassade russe à Washington depuis une cabine publique.

– URSS Embassy. Que désirez-vous ?

– Je voudrais laisser un message. Dans la rubrique « rotors ». Vous pouvez noter ? Votre agent à San Francisco doit prendre un taxi jusqu'à l'angle de la 3e et de la 24e Rue, puis prendre à pied la 24e Rue en direction de l'est jusqu'au bout et attendre là-bas à onze heures l'arrivée d'un bateau à moteur. Vous avez tout noté ?

– Oui, mais...

Georg raccrocha. Il lui fallait dix minutes pour rentrer à la maison. Le temps que l'ambassade de Washington appelle, prévienne et envoie son agent de San Francisco, il faudrait bien un quart d'heure. Firn et Gill étaient au parc de Golden Gate. Jonathan leva à peine les yeux de son nouveau tableau lorsque Georg alla à son bureau. « Le papier est dans le tiroir du haut à gauche », lui dit-il. Dans le tiroir du bas à droite, Georg prit le pistolet. On ne pouvait pas encore reconnaître ce que représentait le nouveau tableau.

À dix heures vingt, Georg était couché sur le toit. L'Illinois Street et la 24e Rue étaient calmes. Quelques camions, des locomotives avec ou sans wagons de marchandises, des machines de construction, des camions de livraisons. Pas de voitures en l'espace de dix minutes. À dix heures et demie, une voiture de police remonta lentement l'Illinois Street, fit demi-tour au carrefour et descendit la rue dans l'autre sens. À dix heures trente-cinq, une vieille Lincoln, large et basse, sortit de la 3e Rue et prit la 24e Rue. Le pot d'échappement pétaradait, la suspension était lourde et la carrosserie frottait contre le sol aux irrégularités du carrefour. La Lincoln s'arrêta au bout de la 24e Rue. Personne n'en sortit. Dans la 3e Rue et sur l'autoroute, la circulation était dense et régulière.

Georg était nerveux. La voiture de police. La Lincoln. Il lui fallait en plus deux paires d'yeux pour surveiller le carrefour devant lui et la Lincoln derrière lui. Et toujours la même question : les Russes vont-ils entrer dans le jeu ? Ou prennent-ils tout cela pour une plaisanterie ? Un piège ? Attends, Georg, calme-toi et attends. Il n'y a rien qui puisse faire rire les Russes et pas de piège dans lequel ils pourraient tomber. Pour une plaisanterie, elle manque d'humour, et pour un piège, il n'y a pas de conséquences négatives. À quoi servirait aux Américains d'arrêter un agent russe qui attend un inconnu au bord de la baie de San Francisco ?

Soulagé, Georg vit la Lincoln remonter la 24e Rue, tourner au carrefour et prendre la 3e Rue.

Il était onze heures moins le quart. Un taxi s'arrêta à onze heures moins dix à l'angle de la 3e et de la 24e Rue. Un homme sortit, paya par la vitre baissée et regarda tout autour de lui pour s'orienter. Puis il marcha vers le carrefour. À chaque pas, Georg le voyait plus nettement. Pas de Monsieur Muscle bien taillé avec des cheveux blond filasse et des pommettes slaves. Un vieux monsieur mince et presque chauve en costume marron foncé, chemise rayée blanc bleu et cravate foncée à motifs. Il avançait prudemment comme s'il venait récemment de se faire une entorse au pied.

Personne ne le suivait à l'abri des voitures garées. Aucune voiture ne tourna dans Illinois Street ou la 24e Rue pour se garer. Lorsque le vieux monsieur passa sous la terrasse, Georg put entendre le bruit de ses pas, une jambe avec un pas énergique, l'autre avec un pas légèrement traînant. Il le vit aller jusqu'au bout de la 24e Rue et disparaître derrière le remblai de terre. Ses yeux vérifièrent à nouveau les rues, les voitures garées, les carcasses d'autos et ne virent rien d'inquiétant. Il était onze heures moins cinq. Georg glissa du toit sur la terrasse, passa par la fenêtre, prit sa veste alourdie par le pistolet et se précipita dans les escaliers. Par l'entrebâillement de la porte, il observa encore une fois la 24e Rue. Il ne voyait pas le vieil homme. Georg descendit la 24e Rue et monta sur le remblai. Le vieil homme se tenait sur la rive et regardait la baie. Georg posa son pied sur le banc, appuyant son coude sur le genou, le menton dans la main, et attendit. Au bout d'un moment, le vieil homme se retourna, vit Georg et remonta vers lui. Lorsqu'ils se firent face, Georg découvrit sur sa cravate de nombreux petits nains de jardin blancs debout, couchés, assis, avec des bonnets rouges sur la tête.

— Nous restons ici ?

Le vieil homme dévisagea Georg par-dessus ses lunettes qui avaient glissé sur son nez. On dirait un professeur, pensa Georg.

— Oui.

Georg sortit la main avec le pistolet de la poche de son manteau.

— Vous permettez ?

Il fouilla son vis-à-vis qui secouait la tête et ne trouva pas d'arme. Il rit.

— Ça ne se fait pas ? Je ne connais pas les règles protocolaires pour de telles rencontres.

Ils s'assirent.

— J'ai la marchandise sur moi. Vous pouvez regarder. Georg sortit une boîte avec les négatifs et la tendit au professeur.

— Il y a quatorze négatifs en tout et pour tout.

Le professeur sortit les négatifs de la boîte et les tendit en l'air vers le ciel clair. Il regarda lentement une photo après l'autre. Georg suivait les voiliers sur la baie. Lorsque le professeur en eut terminé avec le premier rouleau, il le rendit sans un mot, et Georg lui donna le suivant.

Un bateau avec une voile rouge et un autre avec une voile bleue faisaient la course. Puis passa un cargo avec de nombreux containers de toutes les couleurs sur le pont. Puis un navire de guerre gris et rapide. Georg tendit et reprit une bobine après l'autre. Le soleil scintillait sur les vagues.

— Combien en voulez-vous ?

La voix était fluette et haut perchée, il prononçait les mots avec une exactitude et une intonation britanniques.

— Mon commanditaire m'a indiqué un prix de trente millions, et tout ce qui est au-dessus de vingt millions est pour moi. Si nous descendons en dessous de vingt millions, je devrais reprendre mon offre.

Le professeur enroula délicatement la dernière pellicule en en faisant un rouleau très fin. Il la mit dans la boîte cinq fois trop grande pour elle et la retint entre ses doigts.

— Dites à votre commanditaire qu'on nous a proposé les mêmes négatifs pour douze millions et que nous trouvons déjà cette somme trop élevée.

Il lâcha la pellicule qui se déroula avec un léger sifflement.

Georg en resta interdit. Qu'est-ce que ça voulait dire ? Si c'était vrai. Et si ça ne l'était pas ?

— Je le dirai à mon commanditaire. Mais je pense qu'il prendra l'autre offre pour une fiction par le biais de laquelle vous cherchez à faire baisser le prix.

Le professeur sourit.

— Les choses sont plus compliquées. Si vous vous mettez à notre place et admettez que le premier vendeur existe vraiment, alors vous verrez que tout comme vous doutez de l'existence de la première offre, nous avons des motifs de douter de l'existence et de l'authenticité de ce que vous nous proposez en seconde offre. Car ce n'est pas aussi facile que vous avez pu l'imaginer, à savoir que l'acheteur potentiel, ayant reçu deux offres, veuille faire jouer un vendeur contre l'autre ; mais un vendeur peut également influencer les négociations avec l'acheteur potentiel en intervenant une seconde fois sous couvert d'un autre vendeur.

Si tout le monde parlait comme ça ! Et, tout aussi impeccable que la grammaire, était la logique de ce que disait le professeur.

— Réfléchissez seulement à ce que vaut la marchandise et dites un prix.

Ce fut au tour du professeur de rire.

— Que justement, moi, je doive vous expliquer les lois de l'offre et de la demande ainsi que les liens entre demande, prix et valeur, ça ne manque pas de piquant. Mais permettez que nous abordions un autre aspect de la situation. Si nous partons du fait que vous touchez personnellement la somme qui dépasse un certain montant fixé par le commanditaire et que vous avez déterminée à vingt millions mais qui, tout en tenant compte des intérêts que vous avez à défendre, ne peut de façon réaliste dépasser les quinze millions, et si nous tenons de plus compte du fait que vous, vu la manière dont vous avez imaginé la conclusion de notre affaire, ne pouvez guère compter sur une recette totale de plus de vingt et un millions, alors vous devez penser à un profit personnel d'un à six millions, et donc à une somme dont nous pouvons, sans aucun doute, parler plus facilement. Vous me suivez ?

— Je dois me concentrer, mais ça en vaut la peine. Vous aimez jouer avec les « si » et « alors », juste en parlant et en pensant ou aussi en agissant ?

— Vous connaissez l'histoire d'Alexandre le Grand et du nœud gordien ?

— Pourquoi ?

— Le point intéressant de cette histoire, c'est qu'Alexandre, se trouvant dans la cité de Gordion, face à un nœud gigantesque que personne n'avait réussi à dénouer, tire son épée et coupe le nœud en deux. Comme la logique n'est rien d'autre qu'une tentative de démêler les fils des pensées et des concepts qui s'entrelacent et s'emmêlent dans nos paroles et pensées quotidiennes, et comme les nœuds de ces fils sont composés de « si » et « alors », le jeu avec les « si » et « alors », comme vous dites, consiste à démêler plutôt qu'à trancher, et appartient donc à la parole et à la pensée plutôt qu'à l'action. Si vous me permettez de tirer pour ainsi dire la morale de cette histoire et de l'appliquer à vous, à moi, à notre commanditaire, alors nos réflexions précédentes vous font endosser le rôle d'Alexandre qui se trouve devant le nœud et l'alternative soit de tenter vainement de le défaire, comme les nombreux visiteurs qui l'ont précédé, soit de devenir d'un coup d'épée Alexandre le Grand.

— Vos réflexions précédentes, pas les nôtres.

Sur ces derniers mots, le professeur avait élevé la bobine en la tenant entre l'index et le majeur et il la laissa tomber dans la main ouverte de Georg. Il haussa les épaules.

— Mes réflexions, nos réflexions. Maintenant elles se sont déjà nichées dans votre tête et sont ainsi devenues aussi bien les vôtres que les nôtres.

— Vous connaissez le vendeur ?

— Moi ?

— Vous l'avez vu, lui avez parlé, vous savez qui il est ?

Le professeur secoua la tête.

— Il ne nous a pas laissé de carte de visite ni montré de passeport.

— Vous pensez à quelqu'un en particulier ?

— Le dépassement des limites du savoir par la supposition, c'est ainsi qu'effectivement nous pouvons décrire notre mission et notre activité. Évidemment nous avons des suppositions, et nos suppositions, comme d'ailleurs toute supposition, ne vaudraient rien si elles ne se concentraient pas sur quelque chose en particulier. Si je comprends bien, il s'agit pour vous d'une question de loyauté, alors soyez assuré que j'ai de la compréhension pour votre situation. Comme je ne suis pas celui qui émet et gère les suppositions particulières et pertinentes, je ne peux pas directement vous être d'un plus grand secours, mais je peux vous laisser entrevoir que je vais conférer en haut lieu et me renseigner sur l'état actuel des suppositions.

— Je n'ai pas dit que j'avais un problème de loyauté avec mon commanditaire.

— Non, vous ne l'avez pas dit.

— J'ai également pu demander cela pour voir les intérêts de mon commanditaire.

— Oui, cela peut également être le cas.

— Bon… Vous ne tenez absolument pas à payer douze millions, mais vous achèteriez en tout cas à six millions. C'est juste ?

Le professeur prit le temps de répondre.

— Votre commanditaire — vous jugerez vous-même de quels éléments de notre conversation vous lui rendrez compte — presse pour que l'affaire soit conclue vendredi, c'est-à-dire après-demain, alors que le premier vendeur se montre considérablement moins pressé. Je ne veux pas exclure la possibilité d'un accord rapide, le considérant peut-être même comme particulièrement approprié. Mais comme nous avons abordé tout à l'heure l'aspect concurrentiel, nous devrions également consacrer notre attention au facteur temps. Permettez que je le dise à l'américaine, de manière brève et directe : plus vite vous voulez voir du cash et moins vous en verrez.

— Vous êtes en ville jusqu'à vendredi ?

— Mais bien sûr.

— À quel numéro puis-je vous joindre ?

— Vous appelez l'hôtel St. Francis et vous demandez la chambre 612.

— Alors à bientôt.

Le professeur acquiesça et partit. Georg le suivit du regard jusqu'au moment où il disparut au coin de la 3e Rue. Alors il retourna à la maison en passant par les buissons et en marchant derrière les voitures garées. Il était midi moins le quart.

Georg n'arrêtait pas de penser à l'autre offre dont avait parlé le professeur. Essayait-il d'entraîner Joe dans une affaire à laquelle il était mêlé depuis déjà longtemps ? Si l'autre offre n'était pas pure invention, tout laissait à penser qu'il s'agissait de Joe. En outre, Georg ruminait la sommation du professeur de conclure avec quelques millions et d'arrêter. Arrêter sa tentative de couler Joe. Il avait toujours rêvé que Joe serait un homme fini et lui un homme riche. Tout est bien qui finit bien.

Mais il ne savait pas comment il allait obtenir l'argent tout en sachant comment il allait liquider Joe, et en fonction de cela il avait établi ses priorités. Et maintenant les deux choses étaient à nouveau à portée de main. Ou alors je veux à nouveau tout, et donc trop, comme Fran me l'a reproché ?

Georg se rendit en voiture au Golden Gate Park et chercha Gill et Firn. Il ne les trouva pas. Il alla au bord de l'océan et courut sur la plage. Il courut jusqu'à la douleur et au-delà de la douleur, atteignit dans sa course une légèreté magnifique jusqu'à ce que ses jambes n'en puissent plus et qu'il s'étale sur le sable. Il resta allongé jusqu'au moment où il grelotta de froid. Le soir, il se dit qu'il ne lâcherait pas l'argent, sous le simple prétexte de régler son contentieux avec Joe.

9

Georg se réveilla à cinq heures. La maison vibrait et tremblait. Georg alla à la fenêtre. Un long train de marchandises passait. La locomotive projetait des lumières blanches sur les rails que Georg avait toujours vus dans la rue mais jamais considérés sérieusement. Dans le clignotement du signal rouge, les voitures garées et les carcasses d'autos flamboyaient au bord de la rue. Lourd et noir, un wagon après l'autre passait sur une traverse sous la fenêtre en un grondement sourd. Un ouvrier se tenait sur le dernier marchepied et agitait une lampe. Georg se pencha par la fenêtre, vit les lumières devenir plus petites et plus faibles, et entendit diminuer le sifflement grave de la locomotive qui sifflait à chaque carrefour.

Gill dormait. Georg se coucha à nouveau à côté d'elle et regarda le soleil se lever. Puis le téléphone sonna dans la cuisine et n'arrêta pas de sonner. Au moment où Gill s'agita, Georg alla dans la cuisine et décrocha.

– Allô ?

– C'est toi, Georg ?

— Fran ! Bon Dieu…

— Ton ami en Allemagne… Tu as noté son numéro sur ton carnet d'adresses. Je l'ai appelé et il m'a dit où tu étais. Georg, tu dois partir. Joe veut… Il a remarqué que les négatifs avaient disparu, et il a su que je… j'ai dû tout lui dire. Il veut me ramener Gill. Tu entends, Georg ? Il va prendre l'avion ce matin. Il m'a promis de ne rien te faire, mais je ne sais pas, il était tellement en colère et il me regardait d'une telle façon. Georg, je t'en prie, fiche le camp et laisse Gill, s'il te plaît, ne l'emmène pas avec toi. Je me suis demandé toute la nuit s'il fallait que je t'appelle ou si tu allais en profiter pour me piéger. S'il te plaît, laisse-nous en paix, Gill et moi. Je n'en peux plus. Je ne te veux aucun mal, je veux récupérer Gill, j'ai peur.

— C'est bon, Fran. Je ne l'emmènerai pas, n'aie pas peur. Elle va bien, elle s'amuse beaucoup avec le chien et le chat, et tout le monde est gentil avec elle. Comment Benton veut-il la récupérer ?

— Il dit que tu ne peux pas toujours l'emmener avec toi, que tu ne peux pas vraiment la prendre comme otage, et que, dès que tu pars sans elle, il va la chercher. Il ne vient pas seul, ils sont à deux.

— Tu sais quand il arrive ?

— Il est en train de prendre l'avion, Pan Am à JFK, à midi il est à San Francisco. Promets-moi de ne plus être là à ce moment. Qu'il n'y ait pas de problème quand il viendra prendre Gill.

— N'aie pas peur, Œil-Brun. Il n'y a pas de raison d'avoir peur. Gill ne courra pas de danger et il n'y aura pas de problème avec moi. Bientôt tu reverras Gill, et quand elle sera grande, tu lui raconteras l'histoire d'un type un peu fou qui a foutu le camp avec elle à San Francisco, et elle racontera à ses copines qu'un type un peu fou a foutu le camp avec elle à San Francisco quand elle était encore petite. Hé, Œil-Brun, ne pleure pas.

Elle raccrocha. Georg mit en marche la machine à café et regarda le nouveau tableau de Jonathan. Hier, on ne voyait que les troncs d'une forêt sombre avec, entre, la silhouette grossière d'un homme, à moitié à genoux, à moitié accroupi, qui passait précautionneusement son bras autour de l'épaule d'une petite fille. Combien de temps Jonathan avait-il bien pu travailler ? La tête de l'homme était terminée. La bouche murmurait quelque chose à l'oreille de la petite fille, les yeux bruns étaient pleins de chaleur et d'humour, comme s'ils voulaient pousser le spectateur à imaginer que la petite fille se réjouirait des mots murmurés, ferait une grimace contente et hausserait les épaules. La petite fille était toujours à peine esquissée. Mais la tête de l'homme était pleine de vie.

Tu y es donc arrivé, Jonathan. L'air n'est plus rare et les hommes ne sont plus figés. Peut-être les tableaux du bonheur ne se vendront-ils pas aussi bien que ceux de l'effroi. Car, dans le bonheur, tous sont égaux, comme l'écrit Tolstoï, et c'est seulement quand on souffre et qu'on est seul qu'on devient intéressant pour les autres, ou qu'on se sent ainsi, ou, oh, que sais-je, ça ne vient pas pour le moment. En tout cas, je suis devant un nouveau tableau et je sais que je ne suis pas condamné à la solitude et que je ne suis pas exclu de la communication.

Dans la cuisine, le sifflement s'était arrêté. Georg y entra, le café était passé. Il se versa une tasse et s'assit au bout de la longue table. Il y a de la place pour sept personnes de chaque côté, compta-t-il, cela fait un repas pour seize personnes. Il regarda par la fenêtre. Le ciel était bleu. Dans la rue, on entendait passer les camions. Pourquoi font-ils des bruits si différents ? Le soir, quand ils sont rangés l'un à côté de l'autre, ils se ressemblent pourtant.

Ne noie pas le poisson, réfléchis. Pourquoi Benton vient-il ? Que pense-t-il que je vais faire avec les négatifs à San Francisco ? Suppose-t-il que je suis en contact avec Gilman ? Il ne vient pas pour me parler. Il pourrait le faire au téléphone, ou en tout cas essayer. Il ne vient certainement pas non plus pour parler avec Gilman. Cela aussi il peut le faire au téléphone.

Peut-être l'a-t-il fait et cela ne lui a pas plu. Vient-il pour Gill ? Question idiote. Même s'il tient à Gill ou à Fran, il sait que je ne lui ferai rien. Fran ne me prend déjà pas au sérieux et depuis le début Benton me tient pour inoffensif. Non, ce n'est pas ça. Benton sait que je ne suis pas capable de violence. Mais j'ai retrouvé sa trace, j'ai découvert sa couverture comme service secret russe ou polonais, j'ai pour ainsi dire changé après mon échec et maintenant je suis en train de le harceler. Il le voit, même s'il ne sait pas ce que je fais exactement et ce que j'ai prévu. Cela lui fait peur. Il va avoir vraiment peur quand il se retrouvera face au Russe.

Que ferais-je à sa place ?

Georg se leva lentement, retourna dans la grande pièce qu'il appelait l'atelier de Jonathan, chercha et trouva les cigarettes. Il en alluma une et inspira profondément la fumée. Il attendit le coup dans la poitrine et dans la gorge, et le coup vint. Il prit une seconde bouffée. Il était devant le tableau de Jonathan, le regard dans le vague.

Benton veut me tuer. Il n'a rien à perdre et tout à gagner. Il se peut que l'entrefilet dans le *New York Times* ne lui ait tout d'abord pas plu, le journal, les déclarations des deux salauds et le fait que je sois parti avec Gill, suffisent à inventer une histoire qui lui permettrait de devenir un héros en me tuant. Une nécessité. Et quels que soient les dégâts que j'ai pu commettre aux yeux de Benton chez Gilman, il arrivera plus facilement à les limiter si je suis mort que si je suis vivant et que je peux parler. Et que vais-je faire ? Foutre le camp ? Mais arriverai-je à quitter les USA ? Et Benton ne va-t-il pas me poursuivre jusqu'à Cucugnan et Karlsruhe ?

Georg observa la cigarette qu'il tenait entre le pouce, l'index et le majeur de la main gauche. La fumée glissait le long de la cigarette et montait en de furtives arabesques. Pall Mall. *In hoc signo vinces*. Deux lions tiennent l'emblème. Georg rit.

Et Fran ? J'aime Fran et que personne ne me demande pourquoi. Fran avec qui je veux vivre, même si je suis seul avec elle. Fran que j'ai commencé à aimer davantage à travers Gill, comme si cela ne suffisait pas. Qu'adviendra-t-il de Fran et de moi si je fous le camp ?

Georg s'approcha du bureau de Jonathan, sortit le pistolet et le soupesa. Trancher le nœud gordien. Je ne sais même pas comment charger ce truc et comment on tire avec ça. Presser la détente. Dois-je le tenir à deux mains ? Dois-je viser ou tirer au jugé ? Et les pistolets n'ont-ils pas un cran de sûreté ?

La porte de la chambre s'ouvrit.

– Salut, Georg.

Firn se traîna tout endormie dans la salle de bains. Heureusement elle n'avait pas vu le pistolet.

Puis la journée commença. On entendit la chasse d'eau, Firn sortit de la salle de bains et alla chercher du café pour Jonathan et pour elle, Jonathan prit une douche, Georg prit une douche, Gill cria, Firn réchauffa du lait en poudre et donna le biberon à Gill, Jonathan fit cuire des œufs et du lard, ils déjeunèrent. Et pendant tout ce temps, Georg eut l'impression qu'il vivait ces joies quotidiennes pour la dernière fois. Le café amer, le jet chaud de la douche sur le corps, le goût fort des œufs au lard, le plaisir tranquille avec lequel on se comprend à propos des petits riens. Après le petit-déjeuner, Georg mit tout d'abord le porte-bébé qu'il avait emporté dans ses bagages, y plaça Gill et fit une promenade.

Benton veut me tuer.

Georg monta sur la colline et au sommet, il montra à Gill les immeubles de la ville, les autoroutes, les ponts et la baie. Elle s'endormit.

Comment vais-je dire à Firn et Jonathan que deux hommes vont venir chercher Gill cet après-midi ? « Au fait, Firn, deux types viennent cet après-midi et voudront prendre Gill. Peut-être qu'ils vont casser la porte ou vous menacer, ou jouer aux flics. Tu leur donnes simplement Gill, et ne te fais pas de souci. Et merci pour ces jours que j'ai passés avec vous, voilà votre argent, je pars. »

Georg retourna à la maison. Ce qu'il fit alors, il n'aurait pu en donner la raison, ni sur le moment ni après, de même qu'il n'aurait pu dire quelles réflexions ou sensations décisives l'y avaient conduit. Sa tête ne tournait pas rond. Sur le chemin du retour il pensait à la façon dont il allait préparer Firn et Jonathan à la visite de Joe. À ce qu'il allait leur laisser là pour Gill et Joe, et à ce qu'il allait emporter. Où il allait rendre la voiture de location et comment il allait ensuite rejoindre la station de bus Greyhound. Il avait même commencé à idéaliser de façon romantique le voyage en bus vers l'inconnu. Mais de retour à la maison, il ne fit rien de tout ça. Ses mains et ses pieds ne le pouvaient pas, sa tête non plus. Il ne s'agissait pas de refus, à l'idée de refus est liée celle de résistance, et de résistance il n'en pouvait être question. Il fit simplement autrement, simplement autrement.

Les fumeurs le savent bien. Ils n'ont pas fumé pendant deux ans, ont dépassé depuis longtemps les symptômes de sevrage, ne ressentent que très rarement un manque, apprécient leur existence et leur identité de non-fumeur. Mais un jour, le non-fumeur est assis au bureau ou sur un banc dans un parc ou dans le hall de départ d'un aéroport, et sans raison apparente, sans être particulièrement stressé ou tendu, il se lève, se dirige vers un distributeur automatique, achète un paquet et se remet à fumer. Tout simplement. De la même façon des relations peuvent prendre fin ou commencer. Et selon le même principe on parcourt un menu, on se décide pour un filet de sole et on prend un tournedos.

Georg appela Pan Am et demanda quand atterrissait le premier vol en provenance de New York. Dix heures. Cela lui laissait tout juste deux heures. Il appela chez Gilman et demanda Buchanan.

— Mister Buchanan, avant-hier mon cousin a parlé avec vous. Vous voyez ?

Georg s'efforçait de prendre un accent saxon, ce n'était pas très authentique, mais suffisamment étrange.

— Putain, je veux être…

— Ce matin, j'ai rendez-vous à l'aéroport de San Francisco. Le vendeur arrive à dix heures sur le vol Pan Am de New York. Amenez la police. Je suis pourchassé et je vais demander la protection de la police.

Georg raccrocha. Puis il appela l'hôtel St. Francis et demanda la chambre 612. Le téléphone sonna longtemps, Georg eut le temps de diviser 612 par deux, puis encore une fois par deux, puis par trois deux fois de suite, pour arriver à 17.

— Allô ?

— Bonjour. Je vous ai réveillé ?

— Il n'y a aucune raison de ne pas me réveiller.

— Vous en savez maintenant plus sur l'autre vendeur ?

— Je n'ai pas encore…

— Moi si. Et je vous laisse les négatifs pour deux millions. Je ne sais pas combien d'argent vous avez emporté ni sous quelle forme. Mettez deux millions en petites coupures dans un attaché-case et soyez à dix heures à l'aéroport, Central Building, hall des départs. Je vous remets les boîtes et je prends l'avion.

10

Le Central Building se dresse à l'une des extrémités d'un circuit routier à deux niveaux, de forme ovale ; par l'autre extrémité, on peut accéder à l'autoroute. Le bâtiment comporte deux étages ; les passagers qui arrivent débarquent au premier et peuvent utiliser le niveau inférieur du réseau routier. Les passagers en partance parviennent au deuxième étage par le niveau supérieur. Pour les passagers qui arrivent, le contrôle douanier s'effectue donc en bas, derrière une porte à ouverture automatique et seul l'avant du bâtiment est accessible librement. Au-dessus, on peut accéder, vers l'arrière, à un long couloir, lieu de débarquement des passagers à l'arrivée. Et de là, on peut voir, en contrebas, par la vitre, le hall de la douane.

Georg était parti immédiatement après ses coups de téléphone, avait trouvé une place de parking à l'entrée et arpentait le Central Building. Jusqu'à ce que le milieu lui soit familier. D'en haut, je peux d'abord voir Joe. Mais comme il vient de New York, il n'a pas besoin de passer par la douane et il va rapidement traverser le hall. Il passe la porte du hall, ne s'arrête pas là, derrière les piliers rouges où se tiennent les personnes qui viennent chercher quelqu'un, mais se dirige soit vers la droite, à l'arrivée des bagages, soit vers une agence de location de voitures ou une station de taxis. Si l'avion est à l'heure, il est dehors au plus tôt à dix heures cinq, au plus tard au quart. D'en haut, je peux donc le voir en premier. Le professeur, à qui j'ai annoncé que j'allais prendre l'avion, va arriver par le haut. En bas, Buchanan attend l'arrivant. Pour monter et descendre, il me faut à chaque fois une petite minute. D'en haut, de là où on voit le hall, on ne peut pas voir ceux qui attendent, et d'en bas on ne peut pas voir en haut.

Georg se tenait derrière les piliers rouges et regardait en haut. Son regard se fixait sur les caissons d'une voûte en verre par un petit puits de lumière. L'étage supérieur repose sur de gros piliers. Piliers, voûtes, Georg sourit. La cathédrale est mon leitmotiv.

Il sourit d'un air résigné. Le professeur se réjouirait de me voir me démener avec des « si » et des « mais ». Si Joe a envie de me tuer, c'est parce que je risque de le mettre en danger auprès de Gilman et même peut-être des Russes. Mais s'il voit que le bébé est parti avec l'eau du bain, alors il se préoccupera du bébé. L'affaire se passera au-dessus de moi. Alors Joe sera peut-être en colère. Mais il ne me tuera pas pour ça.

Voilà à quoi ressemblait le plan. Se montrer en haut en compagnie du professeur de sorte que Joe les voie tous les deux en traversant le hall. Descendre ensuite avec le professeur par l'escalator près du puits de lumière. Quand Joe sortirait du hall et apercevrait Buchanan, balancer les quatorze bobines aux pieds des deux. Faire alors descendre le professeur par l'escalator et monter soi-même et disparaître. Qu'ils se démerdent entre eux, Joe, le professeur, Buchanan, la police.

Buchanan arriva à dix heures moins dix. Il vint avec deux hommes corpulents au visage inexpressif, bâtis comme des policiers et des voyous. Georg les vit de l'extrémité supérieure de l'escalator. Buchanan donna des ordres et les deux types se cachèrent derrière deux piliers. Lui-même se mêla à la foule des gens qui attendaient derrière les piliers rouges. Parfois il regardait tout autour de lui pour surveiller en essayant de garder un air détaché.

Le professeur arriva à dix heures moins cinq. La même démarche prudente, le même costume bleu, la même chemise rayée bleu et blanc, pas de cravate. Dans sa main il tenait un attaché-case.

— Vous prenez le vol de Pan Am pour Londres à dix heures vingt ?

Georg haussa les épaules.

— Venez avec moi un instant, dit-il en lui indiquant la vitre au-dessus du hall de la douane. Je veux vous montrer quelque chose.

— Où est la marchandise ?

Tout en marchant, Georg mit les mains dans ses poches et les ressortit chargées de boîtes. Il pressa le pas. Sur le moniteur annonçant le vol Pan Am de New York figurait « arrived ». Joe avait emmené le rouquin. Évidemment, pensa Georg, c'est lui qui me connaît le mieux. Le rouquin portait deux sacs de voyage. Joe parlait et gesticulait. Une masse d'empressement affable qui marchait tranquillement d'un pas lourd.

— Vous le connaissez ?

Georg donna un coup de coude au professeur en montrant Joe. Il n'attendit pas la réponse du professeur. Il frappa des deux poings contre la vitre. Ses coups n'auraient certainement pas attiré l'attention de Joe, mais la vitre était reliée à une alarme qui déclencha une sonnerie stridente et tous les gens du hall levèrent la tête. Georg vit l'étonnement dans le visage de Joe.

— Qu'est-ce que cela…

Le professeur saisit le bras de Georg.

— Allez !, cria Georg en partant, prenant la main du professeur, courant, poussant, sautant par-dessus les valises, contournant des gens, courant encore, tirant le professeur, se précipitant dans l'escalator et descendant.

Il relâcha la main du professeur qui haletait et jurait pour se saisir des boîtes dans ses poches. Buchanan apparut à la porte du hall.

Jusque-là Georg n'avait pas dérangé l'activité dans l'aéroport. Quelqu'un tape à la vitre et court avec un autre vers l'escalier. Une fausse alerte parce que les règlements des aéroports exigent que les vitres soient dotées d'alarmes. Course et bousculade, parce que deux types sont pressés, peut-être père et fils qui viennent chercher la mère. Et alors ?

Tout se déroula au même moment. La porte s'ouvrit, Joe sortit du hall, Georg lança. Il atteignit son but, quelques boîtes touchèrent Joe, d'autres rebondirent tout près de lui. Joe regarda les boîtes qui touchaient le sol et rebondissaient, puis il leva la tête dans la direction d'où elles venaient. Le coup de feu toucha Joe au front. Georg le vit tomber, vit Buchanan se retourner et viser encore une fois. À deux mains, pensa Georg, on tire à deux mains. Il vit le visage de Buchanan, les yeux, la bouche pincée, le pistolet. Il voulut se baisser mais déjà retentit le deuxième coup.

Des gens crièrent, coururent, se mirent à l'abri. Buchanan cria, mais Georg ne comprit pas quoi. Le professeur qui se tenait sur l'escalator derrière lui lui tomba dessus et continua à descendre. Il s'écroula sur une femme qui était accroupie à côté de Georg et se mit aussi à crier. Georg, également accroupi, plus parce que les gens autour de lui l'y contraignaient, entendit ses cris d'épouvante tout près de son oreille.

Puis il vit la petite valise. Elle avait glissé de la main du professeur. L'escalator s'immobilisa. Georg ne réfléchit pas. Il saisit la valise et remonta l'escalator à toute vitesse en se baissant. Il marcha sur des mains et repoussa des dos. En haut de l'escalier, il réussit à se frayer un chemin à l'aide de ses mains et de ses épaules à travers les curieux qui voulaient voir ce qui se passait en bas. Ils avaient été près du puits de lumière et avaient entendu les coups de feu et les cris. Ceux qui se tenaient là ou étaient assis plus loin n'avaient rien remarqué. Georg sortit tranquillement parmi cette foule tranquille.

Il retourna à San Francisco. Il se gara au bout de la 24e Rue, sortit l'attaché-case de la voiture et se promena jusqu'au banc au bord de l'eau. C'était marée basse, on voyait des rochers, des pneus de voitures et un réfrigérateur émerger de l'eau étale. Il resta longtemps assis là en contemplant la danse des rayons de soleil sur les vagues. Sa tête était vide. Il se décida évidemment à ouvrir l'attaché-case. Et plus tard, lorsque Gill dormit à côté de lui, il alluma la petite lampe et rouvrit la valise. Il n'y avait pas deux millions. Il n'y avait pas non plus un million. Mais il compta trois cent quatre-vingt-deux mille quatre cent soixante dollars. Il y avait des coupures de cent, cinquante et vingt, parmi lesquelles se trouvait la cravate avec les nains de jardin, le nœud déjà fait, il suffisait de la mettre et de l'ajuster.

Le lendemain, le journal ne parlait que des coups de feu à l'aéroport. Georg lut que Townsend Enterprises avait fait de l'espionnage industriel chez Gilman pour les Russes, et que Benton et un agent russe étaient tombés dans un piège tendu par Gilman. Benton avait voulu s'enfuir en tirant et avait été mortellement blessé par Buchanan. L'agent russe était à l'hôpital, grièvement blessé.

Une photo montrait Richard D. Buchanan Jr., security adviser chez Buchanan, le regard sombre.

Georg lut le journal le lendemain matin à l'aéroport. Il portait des lunettes de soleil et Gill dans le porte-bébé, et personne ne le regardait bizarrement. Il était presque dix heures. Le vol Pan Am en provenance de New York allait atterrir. Au téléphone, Fran avait dit qu'elle allait venir chercher Gill et qu'elle reprendrait le vol d'une heure trente pour rentrer à New York.

« Viens pour toujours ! » Elle avait ri. Mais ensuite elle avait demandé le temps qu'il faisait. « Il fait frais le soir ? »

ÉPILOGUE

Ils partirent en voiture en direction du Sud, à Mexico ils prirent un avion pour Madrid et à Madrid un autre pour Lisbonne.

Aujourd'hui ils vivent dans une maison au bord de la mer. Gill a cinq ans, et parfois le soir, Fran lui raconte l'histoire du type un peu fou qui a foutu le camp avec elle à San Francisco. Ils ont deux autres enfants. Georg traduit à nouveau car il en avait assez de ne rien faire.

— En fait, pourquoi n'as-tu pas écrit toi-même ton histoire ?

Nous étions assis sous les étoiles sur la terrasse qui dominait la mer. Il avait lu le manuscrit et chipoté sur quelques détails.

— Fran ne le voulait pas. Tu vas trouver ça bizarre, mais depuis San Francisco nous n'avons pas échangé deux mots sur mon ou notre histoire. Fran s'y refuse.

Il rit.

— Dès que je commence, elle dit d'un ton méprisant que c'est de la préhistoire. Elle ne voulait pas que je passe des semaines et des semaines au bureau avec de la préhistoire.

Georg resservit du vin, du Alvarinho de Monçao, léger en bouche et lourd dans le sang. Il se pencha en arrière. Entre-temps il était devenu presque chauve, les rides de son front et autour de sa bouche s'étaient transformées en profonds sillons et sur son menton sa cicatrice était encore visible. Mais il avait bonne mine, détendu et heureux.

— Tu sais, dit-il, depuis je comprends aussi Fran. Quand j'ai lu ton manuscrit, tout était si loin. Un écho lointain, et tu ne sais pas si c'est toi qui as crié ou quelqu'un d'autre. Comme quand tu retrouves une vieille photo de ton père mort quand tu étais petit et que tu sais exactement que c'est ton père, mais que tu l'as à peine connu. Quand, à l'époque, je t'ai raconté les dernières semaines passées à New York et San Francisco et que tu as eu l'idée de tout noter, j'ai trouvé ça bien. J'ai pensé qu'en le lisant, j'aurais les idées plus claires, j'y verrais une structure et une forme où je pourrais me… Et je ne sais plus. À l'époque j'avais la tête à l'envers. Mais ce que nous faisons et ce qui nous arrive, nous ne pouvons pas vraiment l'expliquer, nous ne pouvons même pas le garder comme notre propre histoire. Tôt ou tard, cela devient de toute façon de la préhistoire, alors autant que ce soit le plus tôt possible.

C'était l'été suivant son retour d'Amérique. Un soir, on sonna à la porte de mon appartement de l'Amselgasse. J'étais assis au bureau, je n'attendais personne et, tout étonné, j'appuyai sur la poignée de la porte. À l'ère du téléphone, les visites surprises sont rares. Je regardai et écoutai dans la cage d'escalier mais ne reconnus ni la main qui s'agrippait à la rambarde pour monter, ni le pas. Lorsque je le vis sur le palier du bas, je fus simplement soulagé. Après ma visite à Cucugnan en septembre, je n'avais plus eu de nouvelles de lui, mis à part ce rapide coup de téléphone de New York où il demandait de manière urgente de l'argent ; et depuis que Jürgen avait ouvert l'enveloppe cachetée, m'avait appelé pour me lire ce que Georg avait noté après sa conversation avec le rouquin, ce qu'il savait, devinait et craignait, j'avais peur pour lui. Ses parents n'avaient pas de nouvelles, il n'avait plus appelé les Epp, ni Larry et Helen dont les Epp m'avaient communiqué les adresses.

Nous nous serrâmes dans les bras. Je descendis à la cave chercher du vin, et il me parla de New York et San Francisco et de Fran qui l'attendait à Lisbonne. Lorsque le jour se leva, que j'avais fini de préparer son lit et qu'il était à la salle de bains, je me postai à la fenêtre avec une dernière cigarette. Étais-je seulement fatigué ? Je n'étais pas persuadé qu'il était heureux. Ou l'enviais-je ? Il allait très bien, disait-il, Fran était merveilleuse et Gill un trésor, et l'argent une bénédiction. Toute la soirée il joua avec ses lunettes de soleil, les tournant dans les mains, les mettant, les faisant glisser sur son nez où il les laissait un court instant avant de les enlever, mordillant la monture et les fermant et les rouvrant.

Il était de passage à Heidelberg, avait-il dit, allait rendre visite à ses parents le lendemain et reprenait l'avion le surlendemain. Il devait être prudent, l'herbe n'avait pas encore suffisamment repoussé pour couvrir toute l'affaire et il se pouvait qu'on le recherche encore. Au petit-déjeuner, je lui dis que j'avais envie d'écrire son histoire. Cela lui plut. Mais, avait-il répondu, il fallait que je prenne mon temps, le livre ne devrait pas paraître de sitôt et les noms des lieux et des personnes devaient être changés. Il avait remis ses lunettes.

Les années passèrent. Il appelait parfois et, un jour, nous nous rencontrâmes à Francfort à l'aéroport. Les notes pour son histoire restèrent de côté un bon bout de temps. Lorsqu'il y a un an j'eus achevé le manuscrit, je ne pus le lui envoyer parce qu'il n'avait jamais voulu me donner son adresse. Jusqu'à ce que récemment il m'appelle pour m'inviter.

Fran vint me chercher à l'aéroport. Je ne la reconnus pas, mais elle me reconnut. Je ne l'avais vue que brièvement à Cucugnan après la fête, ne pouvais retenir les visages vus sur les photos et me l'étais imaginée autrement. Peut-être n'est-elle ainsi que depuis peu : comme une matrone. De même que lui était devenu plus rond et plus affable.

En écrivant, je m'étais parfois demandé si je racontais l'histoire d'un amour fou. Lorsque je les vis tous les deux avec les enfants, dans la maison et le jardin, en train de faire la cuisine et de préparer le repas ou de faire la vaisselle, je songeai aux petits pains que Françoise avait voulu cuire dans sa vie. Est-ce que l'amour fou est un petit pain très appétissant ?

Georg jouait à nouveau avec les lunettes de soleil qu'il garda jusqu'à ce que la nuit tombe.

— Il y a encore une chose que j'ai remarquée dans ton manuscrit et qu'en réalité je n'avais pas vue. Pas comprise. Tu décris la conversation entre Buchanan et moi, et ses doutes quant à savoir si je ne suis pas mon cousin. Il me demande si mon cousin est mon oncle. Ça s'est passé ainsi, je m'en suis souvenu. En te lisant, je me suis d'abord étonné de t'en avoir parlé et que tu l'aies noté. Un détail idiot et absurde. Mais peut-être n'est-ce ni idiot ni absurde. J'avais toujours pensé que Buchanan avait tué Joe et le professeur parce qu'il en allait de la sécurité de Gilman, parce qu'il ne voulait pas qu'il y ait procès et scandale pour Gilman, parce qu'il haïssait ce traître de Benton, parce qu'il était tellement en colère qu'il a tiré, bref, pour une ou pour toutes ces raisons, en gros. Et qu'il ne voulait en fait pas toucher le professeur, mais moi.

— Il t'a vu et pour lui c'était une preuve que tu étais l'homme des services secrets russes, que ton rôle de cousin n'était qu'une couverture pour prendre contact, et qu'aucun cousin n'existait.

C'était bien ça.

— Mais un oncle existait bel et bien. Un oncle sur lequel Buchanan m'avait interrogé, un homme des services secrets russes, avec l'âge non d'un cousin mais d'un oncle. Le professeur.

— Je ne comprends pas.

Georg se leva et fit les cent pas sur la terrasse.

— Pourquoi Buchanan me demande-t-il si mon cousin est mon oncle ? Parce qu'il sait qu'un homme des services secrets russes de cet âge existe et qu'il a à voir avec les hélicoptères. S'il l'avait ignoré, il n'aurait pas eu de raison de me le demander. La seule autre raison pourrait être qu'il ait un penchant pour le comique absurde, qu'il trouve l'histoire avec le cousin idiote et veuille me dire de manière drôle à quel point il la trouvait idiote. Je ne le crois pas. Évidemment l'histoire ne se tient pas et elle est lourde. Mais il ne l'a pas trouvée idiote, et Buchanan est vraiment tout sauf un comique. Il savait qu'un homme du KGB d'un certain âge était mêlé à l'affaire des hélicoptères. D'où le tenait-il ?

Georg s'arrêta de marcher et m'interrogea du regard. Moi aussi je commençais à comprendre.

— Parce qu'il…

Georg répondit à ma place :

— Exactement. Parce qu'il le connaissait. Il le connaissait parce que c'était lui et non Joe l'autre vendeur. Tous deux ont dû se rencontrer un jour et ne se sont naturellement pas présentés, mais Buchanan a reconnu le professeur.

— En plus il savait que le professeur et lui n'avaient pas le rendez-vous dont tu avais parlé au téléphone. Et peu importe la voix que tu as prise, tu n'étais pas le professeur.

— Quelque chose clochait donc. Et pour savoir quoi, il vient à l'aéroport. Et c'est là qu'arrive aussi Joe.

— Et il suppose que Joe a découvert l'offre qu'il a faite aux Russes et veut le démasquer, et il fait table rase. Plus de Joe, plus de professeur, plus de traces et plus de preuves.

Il était debout, les mains dans les poches et le regard sur l'horizon, ne disant rien. Puis il se remit à parler.

— Moi ça m'a pas mal bouleversé. Pas tout ce que Buchanan a bien encore pu faire chez Gilman, mais la facilité avec laquelle je ne remarque pas les choses importantes et que je les néglige comme des détails.

— Tu penses à quelque chose en particulier ?

— Un jour Helen m'a dit…

Il se tourna et me regarda.

— Tu connais les détails et tu les as notés. À quoi bon te les raconter ?

Il s'approcha de la table et leva le verre.

— À la santé de Joe Benton !

Nous trinquâmes. Il reversa à boire et leva encore une fois son verre.

— À la santé du professeur sans nom qui voulait m'apprendre à trancher le nœud gordien.

Puis il s'assit.

— J'ai relu l'histoire d'Alexandre le Grand et du nœud gordien. C'était bien comme le professeur l'a racontée. Beaucoup avaient essayé de le démêler, Alexandre l'avait tranché avec son épée. À celui qui arriverait à défaire le nœud reviendrait la domination de l'Asie, et cette prédiction s'est effectivement réalisée. Mais il est tombé malade en Asie et il en est mort. Il aurait quand même dû essayer de défaire le nœud. On peut défaire tous les nœuds. Parce qu'on les fait soi-même.

Il me regarda en riant.

– Il n'y a pas de nœuds gordiens, ce ne sont que des rubans noués, faciles à défaire.

DU MÊME AUTEUR

Aux Éditions Gallimard

Dans la collection Série Noire

LA FIN DE SELB, 2003.

LE NŒUD GORDIEN, 2001, Folio Policier n° 438.

UN HIVER À MANNHEIM, 2000, Folio Policier n° 297.

BROUILLARD SUR MANNHEIM, en collaboration avec Walter Popp, 1997, Folio Policier n° 135.

Dans la collection Du monde entier

AMOURS EN FUITE, 2002, Folio n° 3745.

LE LISEUR, 1996, Folio n° 3158.

Dans la collection Folio 2 €

LA CIRCONCISION, 2003, n° 3869.

Dans la collection Folio bilingue

L'AUTRE, 2006, n° 139.

Composition Nord Compo
Impression Novoprint
le 18 septembre 2006.
Dépôt légal : septembre 2006.

ISBN 2-07-034076-7/Imprimé en Espagne.

145194

COLLECTION FOLIO POLICIER

Dernières parutions

237. Ian Fleming	*Les diamants sont éternels*
238. Ian Fleming	*Moonraker*
239. Wilfrid Simon	*La passagère clandestine*
240. Edmond Naughton	*Oh ! collègue*
241. Chris Offutt	*Kentucky Straight*
242. Ed McBain	*Coup de chaleur*
243. Raymond Chandler	*Le jade du mandarin*
244. David Goodis	*Les pieds dans les nuages*
245. Chester Himes	*Couché dans le pain*
246. Élisabeth Stromme	*Gangraine*
247. Georges Simenon	*Chemin sans issue*
248. Paul Borelli	*L'ombre du chat*
249. Larry Brown	*Sale boulot*
250. Michel Crespy	*Chasseurs de tête*
251. Dashiell Hammett	*Papier tue-mouches*
252. Max Allan Collins	*Mirage de sang*
253. Thierry Chevillard	*The Bad Leitmotiv*
254. Stéphanie Benson	*Le loup dans la lune bleue*
255. Jérome Charyn	*Zyeux-bleus*
256. Jim Thompson	*Le lien conjugal*
257. Jean-Patrick Manchette	*Ô dingos, ô châteaux !*
258. Jim Thompson	*Le démon dans ma peau*
259. Robert Sabbag	*Cocaïne blues*
260. Ian Rankin	*Causes mortelles*
261. Ed McBain	*Nid de poulets*
262. Chantal Pelletier	*Le chant du bouc*
263. Gérard Delteil	*La confiance règne*
264. François Barcelo	*Cadavres*
265. David Goodis	*Cauchemar*
266. John D. MacDonald	*Strip-tilt*
267. Patrick Raynal	*Fenêtre sur femmes*
268. Jim Thompson	*Des cliques et des cloaques*
269. Lawrence Block	*Huit millions de façons de mourir*

270.	Joseph Bialot	*Babel-Ville*
271.	Charles Williams	*Celle qu'on montre du doigt*
272.	Charles Williams	*Mieux vaut courir*
273.	Ed McBain	*Branle-bas au 87*
274.	Don Tracy	*Neiges d'antan*
275.	Michel Embareck	*Dans la seringue*
276.	Ian Rankin	*Ainsi saigne-t-il*
277.	Bill Pronzini	*Le crime de John Faith*
278.	Marc Behm	*La Vierge de Glace*
279.	James Eastwood	*La femme à abattre*
280.	Georg Klein	*Libidissi*
281.	William Irish	*J'ai vu rouge*
282.	David Goodis	*Vendredi 13*
283.	Chester Himes	*Il pleut des coups durs*
284.	Guillaume Nicloux	*Zoocity*
285.	Lakhdar Belaïd	*Sérail killers*
286.	Caryl Férey	*Haka*
287.	Thierry Jonquet	*Le manoir des immortelles*
288.	Georges Simenon	*Oncle Charles s'est enfermé*
289.	Georges Simenon	*45° à l'ombre*
290.	James M. Cain	*Assurance sur la mort*
291.	Nicholas Blincoe	*Acid Queen*
292.	Robin Cook	*Comment vivent les morts*
293.	Ian Rankin	*L'ombre du tueur*
294.	François Joly	*Be-bop à Lola*
295.	Patrick Raynal	*Arrêt d'urgence*
296.	Craig Smith	*Dame qui pique*
297.	Bernhard Schlink	*Un hiver à Mannheim*
298.	Francisco González Ledesma	*Le dossier Barcelone*
299.	Didier Daeninckx	*12, rue Meckert*
300.	Dashiell Hammett	*Le grand braquage*
301.	Dan Simmons	*Vengeance*
302.	Michel Steiner	*Mainmorte*
303.	Charles Williams	*Une femme là-dessous*
304.	Marvin Albert	*Un démon au paradis*
305.	Fredric Brown	*La belle et la bête*
306.	Charles Williams	*Calme blanc*
307.	Thierry Crifo	*La ballade de Kouski*
308.	José Giovanni	*Le deuxième souffle*
309.	Jean Amila	*La lune d'Omaha*

310.	Kem Nunn	*Surf City*
311.	Matti Y. Joensuu	*Harjunpäa et l'homme-oiseau*
312.	Charles Williams	*Fantasia chez les ploucs*
313.	Larry Beinhart	*Reality show*
315.	Michel Steiner	*Petites morts dans un hôpital psychiatrique de campagne*
316.	P.J. Wolfson	*À nos amours*
317.	Charles Williams	*L'ange du foyer*
318.	Pierre Rey	*L'ombre du paradis*
320.	Carlene Thompson	*Ne ferme pas les yeux*
321.	Georges Simenon	*Les suicidés*
322.	Alexandre Dumal	*En deux temps, trois mouvements*
323.	Henry Porter	*Une vie d'espion*
324.	Dan Simmons	*L'épée de Darwin*
325.	Colin Thibert	*Noël au balcon*
326.	Russel Greenan	*La reine d'Amérique*
327.	Chuck Palahniuk	*Survivant*
328.	Jean-Bernard Pouy	*Les roubignoles du destin*
329.	Otto Friedrich	*Le concasseur*
330.	François Muratet	*Le Pied-Rouge*
331.	Ridley Pearson	*Meurtres à grande vitesse*
332.	Gunnar Staalesen	*Le loup dans la bergerie*
333.	James Crumley	*La contrée finale*
334.	Matti Y. Joensuu	*Harjunpää et les lois de l'amour*
335.	Sophie Loubière	*Dernier parking avant la plage*
336.	Alessandro Perissinotto	*La chanson de Colombano*
337.	Christian Roux	*Braquages*
338.	Gunnar Staalesen	*Pour le meilleur et pour le pire*
339.	Georges Simenon	*Le fils Cardinaud*
340.	Tonino Benacquista	*Quatre romans noirs*
341.	Richard Matheson	*Les seins de glace*
342.	Daniel Berkowicz	*La dernière peut-être*
343.	Georges Simenon	*Le blanc à lunettes*
344.	Graham Hurley	*Disparu en mer*
345.	Bernard Mathieu	*Zé*
346.	Ian Rankin	*Le jardin des pendus*
347.	John Farris	*Furie*
348.	Carlene Thompson	*Depuis que tu es partie*
349.	Luna Satie	*À la recherche de Rita Kemper*
350.	Kem Nunn	*La reine de Pomona*
351.	Chester Himes	*Dare-dare*

352.	Joe R. Lansdale	*L'arbre à bouteilles*
353.	Peppe Ferrandino	*Le respect*
354.	Davis Grubb	*La nuit du chasseur*
355.	Georges Simenon	*Les Pitard*
356.	Donald Goines	*L'accro*
357.	Colin Bateman	*La bicyclette de la violence*
358.	Staffan Westerlund	*L'institut de recherches*
359.	Matilde Asensi	*Iacobus*
360.	Henry Porter	*Nom de code : Axiom Day*
361.	Colin Thibert	*Royal Cambouis*
362.	Gunnar Staalesen	*La Belle dormit cent ans*
363.	Don Winslow	*À contre-courant du Grand Toboggan*
364.	Joe R. Lansdale	*Bad Chili*
365.	Christopher Moore	*Un blues de coyote*
366.	Joe Nesbø	*L'homme chauve-souris*
367.	Jean-Bernard Pouy	*H4Blues*
368.	Arkadi et Gueorgui Vaïner	*L'Évangile du bourreau*
369.	Staffan Westerlund	*Chant pour Jenny*
370.	Chuck Palahniuk	*Choke*
371.	Dan Simmons	*Revanche*
372.	Charles Williams	*La mare aux diams*
373.	Don Winslow	*Au plus bas des Hautes Solitudes*
374.	Lalie Walker	*Pour toutes les fois*
375.	Didier Daeninckx	*La route du Rom*
376.	Yasmina Khadra	*La part du mort*
377.	Boston Teran	*Satan dans le désert*
378.	Giorgio Todde	*L'état des âmes*
379.	Patrick Pécherot	*Tiuraï*
380.	Henri Joseph	*Le paradis des dinosaures*
381.	Jean-Bernard Pouy	*La chasse au tatou dans la pampa argentine*
382.	Jean-Patrick Manchette	*La Princesse du sang*
383.	Dashiell Hammett	*L'introuvable*
384.	Georges Simenon	*Touriste de bananes*
385.	Georges Simenon	*Les noces de Poitiers*
386.	Carlene Thompson	*Présumée coupable*
387.	John Farris	*Terreur*
388.	Manchette-Bastid	*Laissez bronzer les cadavres !*
389.	Graham Hurley	*Coups sur coups*

390.	Thierry Jonquet	*Comedia*
391.	George P. Pelecanos	*Le chien qui vendait des chaussures*
392.	Ian Rankin	*La mort dans l'âme*
393.	Ken Bruen	*R&B. Le gros coup*
394.	Philip McLaren	*Tueur d'aborigènes*
395.	Eddie Little	*Encore un jour au paradis*
396.	Jean Amila	*Jusqu'à plus soif*
397.	Georges Simenon	*L'évadé*
398.	Georges Simenon	*Les sept minutes*
399.	Leif Davidsen	*La femme de Bratislava*
400.	Batya Gour	*Meurtre sur la route de Bethléem*
401.	Lamaison-Sophocle	*Œdipe roi*
402.	Chantal Pelletier	*Éros et Thalasso*
403.	Didier Daeninckx	*Je tue il...*
404.	Thierry Jonquet	*Du passé faisons table rase*
405.	Patrick Pécherot	*Les brouillards de la Butte*
406.	Romain Slocombe	*Un été japonais*
407.	Joe R. Lansdale	*Les marécages*
408.	William Lashner	*Vice de forme*
409.	Gunnar Staalesen	*La femme dans le frigo*
410.	Franz-Olivier Giesbert	*L'abatteur*
411.	James Crumley	*Le dernier baiser*
412.	Chuck Palahniuk	*Berceuse*
413.	Christine Adamo	*Requiem pour un poisson*
414.	James Crumley	*Fausse piste*
415.	Cesare Battisti	*Les habits d'ombre*
416.	Cesare Battisti	*Buena onda*
417.	Ken Bruen	*Delirium tremens*
418.	Jo Nesbo	*Les cafards*
419.	Batya Gour	*Meurtre au Kibboutz*
420.	Jean-Claude Izzo	*La trilogie Fabio Montale*
421.	Douglas Kennedy	*Cul-de-sac*
422.	Franco Mimmi	*Notre agent en Judée*
423.	Caryl Férey	*Plutôt crever*
424.	Carlene Thompson	*Si elle devait mourir*
425.	Laurent Martin	*L'ivresse des dieux*
426.	Georges Simenon	*Quartier nègre*
427.	Jean Vautrin	*À bulletins rouges*
428.	René Fregni	*Lettre à mes tueurs*
429.	Lalie Walker	*Portées disparues*

Composition Nord Compo
Impression Novoprint
le 18 septembre 2006.
Dépôt légal : septembre 2006.

ISBN 2-07-034076-7/Imprimé en Espagne.